秘进苗王城

◎ 戴其晓 著

上海大学出版社
·上海·

图书在版编目(CIP)数据

秘进苗王城 / 戴其晓著 . —上海 : 上海大学出版社，2017.12

（贵州少数民族传统文化与服饰研究丛书）

ISBN 978-7-5671-3047-0

Ⅰ. ① 秘… Ⅱ. ① 戴… Ⅲ. ① 报告文学-中国-当代 Ⅳ. ① I25

中国版本图书馆 CIP 数据核字（2017）第 302500 号

责任编辑 焦贵萍
封面设计 谬炎栩
技术编辑 金 鑫 章 斐

秘进苗王城

戴其晓 著

上海大学出版社出版发行

（上海市上大路99号 邮政编码200444）

（http://www.press.shu.edu.cn 发行热线021-66135112）

出版人 戴骏豪

*

南京展望文化发展有限公司排版

上海华业印刷装潢印刷有限公司印刷 各地新华书店经销

开本710mm×970mm 1/16 印张21.5 字数277千

2018年1月第1版 2018年1月第1次印刷

ISBN 978-7-5671-3047-0/I·469 定价 38.00元

序

代雨东

就在2017年“五一”小长假后，戴其晓在微信里向我报喜：上海大学出版社要出版他的长篇小说《秘进苗王城》，要我为其写序。花甲之年心眼最为明亮，第一次出版长篇小说，精神难能可贵。心里赞叹一声，我十分乐意为之。提起笔来，感觉有太多想表达的。

其晓兄是一个很独特很有趣味的人。我们相识于2015年8月8日北京的金秋之际，当时“礼仪天下：家国、家族、家风——中华戴氏‘家文化’论坛”为主题的中华戴氏总商会第一届第二次会员大会暨第一届理事会就职典礼在京举行，他风尘仆仆地从遥远的贵州省铜仁市松桃苗族自治县赶来参加会议。我曾到过铜仁考察，我的好友陈昌旭就在铜仁市当市委书记。铜仁山清水秀，民族风情浓厚，中国十大避暑名山，国家AAAA级旅游景区梵净山，令人神往。当时，其晓脸上布满纯朴的笑容，开口地道的松桃口音，风趣幽默，憨厚中充溢灵气和智慧，亲近和善的目光使人觉得有一种久违的朋友般亲切感。在文艺晚会上，总商会邀请了姜昆、冯巩、郁钧剑、李丹阳、白雪、葛优、解晓东等著名表演艺术家演出。年近花甲的他童心未泯，就像那些对世界充满好奇的年轻人一样，与这些名星签名留念，其乐融融，仿佛年轻狂热的追星族……2016年9月，贵州省戴氏商会成立，我提前几天到达贵阳，他也提前两天到达筹备会议。我们再次相逢，几乎每天都在一起，我对他有了进一步的了解。我们谈创作、谈读书、谈戴氏家族的历史变迁，甚是谈得投机。我出版了长篇小说《白雪》，也出版了诗歌集和其他经济研究类图书。在餐厅他发现了我的诗词集《月寒录》，便向我索要一本，拿到书后就立即读了起来。看他那聚精会神的样子，仿佛世界不存在似的，我想他一定是有重大发现。果不其然，他对我说，里面许多诗词写得很精彩，他已经背了下来，随口就背了几首出来。

戴其晓涉足诸多领域，做过医生，当过文化馆馆长、任过文联主席、当过宣传部副部长、县报总编，长期工作在宣传文化系统第一线，与文字结下了不解之缘。自认为是个"杂家"，我认为他是个兴趣非常广泛的人。对新闻宣传、文学创作、邮政邮票史都有研究，特别是对家乡民间文学的研究有重大突破，还能表演戴氏神功。已公开出版了集邮工具书《中国珍邮辞典》、《中华集邮之最辞典》，在全国4次获奖，6卷本《古今中外歇后语丛书》、《当代最新流行顺口溜大全》、领导管理学《从政笔记》等等，赢得广大读者的关注和好评。我很佩服他执着追求的精神，在工作十分繁忙的状态下，依然保持旺盛精力，几乎每天都抽出时间来读书和写作。他在《从政笔记·学会忙而不乱》一章中说道："做到'有所为，有所不为'，面对错综复杂的局势，从日常繁琐事务中抽出身来，忙而得当、忙而有益、忙而有序、忙而有责、忙而有法、忙得理直气壮、忙得从容不迫、忙到点子上、忙得有价值。"他戏谑自己是没有一篇文章突出，只有腰椎间盘最为突出。目前已出版发表作品和文章有近千万字，可想而知，他是一个丰产的作者。很多领导干部快要达到退休的临界点，却整天无所事事、百无聊赖地消磨时光时，他走自己的路，说自己的话，做自己的事，持之以恒的努力已变成累累成果，捣鼓出一部长篇小说《秘进苗王城》。

无疑，文学写作是一种积累，需要一种坚韧。写过长篇的人都知道写作长篇不是件轻松简单的事，简直是一种冒险。最初的时候，仅仅是一丁点儿火花，激发了创作的灵感，灵感不是说来就来的，饱含着更多生活感悟的沉淀，然后在键盘上熠熠生辉。其晓虽然大半生倾心钟情于文字，但真正写起长篇小说来，也付出了比常人多得多和难以想象的代价，其中的成败得失只能是甘苦自知了。费心费血写下的29万多字小说寄到出版社，编辑说篇幅长了，要砍到20万字左右才能出版，他竟然大刀阔斧地砍了7万多字。在这部小说里，我们看到了作者对时代理想民族精神的呕歌，对当今优秀女性的礼赞。

在这个属于速度的时代，每个身影都保持着一种前倾的姿态。《秘进苗王城》无疑是一部接地气的长篇小说，谓之时政百科全书，很吸引眼球。写的是"言"，言为心声，营造的是"意"，意之核是以一位年轻漂亮、有发展前途的女县长铁木钗在换届时回原籍当人大常委会主任的日常工作和生活为线索，将县委、政府、人大、政协的工作机制，巧妙地结合起来，让局外人读者，通过读文学作品的形式，一睹中国县级现行的政治体制及其运行机制。铁木钗坚持走群众路线，践行立党为公、执政为民的从政价值理念，放下身段，轻车简从，独自一人"秘密"来到苗王城村调研，与农民同吃同住同劳动，找出致穷根源的"病状"、对照"病因"开出治贫致富的"药方"。令人惊诧的是无特殊背景的铁木钗得到省委书记的赏识，很快被破格提拔市委常委兼任县委书记。作者笔下的铁木钗人生经历不仅曲折，甚至可以说是坎坷的，但她却始终能用积极的人生态度去面对，最终获得了成功，体现了"有为才有位"，"有位就有为"人生的价值。包含着作者对土地和乡亲的深切情感，深刻反思时代洪流之下领导干部应该如何修身齐家、治理一方，文笔张弛有度，小说情节扑朔迷离。人物塑造复杂、富有强烈的时代感和地域特色。

书中用了一些来自民间的方言和谚语，让人读后感觉格外亲切、生动而朴实。作者熟悉官场，从政经验丰富，观察事物独特，小说情节真实可信，通过作品我们看到了时代的潮流，感受到时代的脉博和主人公思想的光辉。当然，这是戴其晓的第一部长篇小说，不可避免地出现这样那样的缺陷和不足，但这些没有阻隔我对这部小说的欣赏和喜爱。

其晓依然是一个坚守者，坚守着文学神圣的心灵信念，坚守着对社会生活的观照和心灵“灵韵”的写作。当我写这篇序的时候，他又在谋划了下一部新书的写作。

愿其晓在创作的道路上走得更远……

（作者系博士生导师、龙之旅控股集团有限公司董事局主席、中华诗词学会副会长、北京大学公共政策研究所研究员、北京师范大学国学院特聘教授、中华戴氏总商会主席、国际市长联合会主席、国际诗人协会主席、中国作家协会会员。）

目录

序　代雨东 / 001
第一章　走马上任 / 001
第二章　两人世界 / 013
第三章　经济大会 / 022
第四章　不速之客 / 030
第五章　用心何在 / 039
第六章　支书村长 / 047
第七章　七老八十 / 056
第八章　传达精神 / 065
第九章　九妹餐馆 / 073
第十章　不露声色 / 081
第十一章　特事特办 / 092
第十二章　蒙在鼓里 / 106
第十三章　察言观色 / 119
第十四章　纳入『盘子』/ 128
第十五章　涉及保密 / 134
第十六章　研究改『非』/ 140
第十七章　忧心如焚 / 149
第十八章　暗度陈仓 / 156
第十九章　重要细节 / 166
第二十章　『跑官要官』/ 174
第二十一章　原则同意 / 184
第二十二章　高度集中 / 192
第二十三章　要不要脸 / 203
第二十四章　敢于说『不』/ 212
第二十五章　人大划圈 / 222
第二十六章　大错特错 / 229
第二十七章　贪官落马 / 239
第二十八章　尽找麻烦 / 246
第二十九章　据理力争 / 253
第三十章　下乡蹲点 / 261
第三十一章　现场办公 / 268
第三十二章　『秘密』进村 / 279
第三十三章　院坝会议 / 287
第三十四章　走访群众 / 293
第三十五章　身份暴露 / 300
第三十六章　发酵升级 / 309
第三十七章　听到真话 / 317
第三十八章　破格提拔 / 326

第一章　走马上任

铁木钗是坐在副驾驶位置上的，一双神采奕奕的眼睛始终平视着前方。

领导坐副驾驶在当地已成为约定俗成的规矩，在一般人眼里看来，是一种政治上的待遇，权力的象征，身份的骄傲。即便是拥有芝麻丁点儿权力上不了品级的小官儿坐上一辆破旧的轿车也概莫能外。秘书或工作员只能坐在后一排，是享受不了这种特殊待遇的。

马放鸣熟练地把乳白色丰田越野车开到人大办公楼前，缓缓地停下，手刹往后一挪，虽然地面很平整，车停下后手刹必须刹住，这是驾驶员的规定动作。

一股淡淡的香味从铁木钗身上飘过来，作为第一次给女领导开车的他来说，情不自禁深深地吸了一口，感觉很是舒适受用。放开手刹的手又从右边衣兜里掏出一把昨天办公室主任王广实交给他的钥匙，侧过头递给铁木钗，热切地说道："铁主任，这是你办公室的钥匙，乘电梯上去，在四楼右边。"

铁木钗毫不犹豫地接过钥匙，莞尔一笑，柔声地对马放鸣说道："你去忙吧，有事我再打电话给你。”

“好哩。”马放鸣从名片盒里取出一张名片，双手的拇指和食指分别持握名片上端的两角，郑重其事地递给铁木钗说：“这是我的名片，请你收下，上面有我的电话号码，有事请随时呼唤我。”

铁木钗也用双手的拇指和食指接住名片的下方两角，礼貌性地看了一眼说道：“好。”然后再慎重地放入自己的口袋。

新时代，新新潮啊，驾驶员也有自己的名片，并且还送自己的领导。

在社交场合，名片是自我介绍的简便方式。在职场中，他人对你的印象往往起源于你递上的那张表明你身份的名片。所以，千万别小看了名片，在现代职业场上，一张小小的名片往往能起到你无法估量的作用。

铁木钗知道名片是新朋友互相认识、自我介绍的最快有效的方法，是向对方推销介绍自己的一种方式。上面印有个人的姓名、地址、职务、电话号码等。而自己的驾驶员给自己递名片，于情于理都说不过啊。

马放鸣好像看出了铁木钗的猜疑，挺认真地说道：“开会出差碰到不认识的驾驶员，都要相互递名片。如果没有，就有失身份，别人就小看你。你们领导有领导的圈子，我们驾驶员有驾驶员的天地。”

铁木钗会心地一笑，理解性地点点头说道：“名片也不是领导干部的专利，任何人都该拥有。”

她下车后，右手习惯性地梳理了一下头发，径自走进办公楼。

县人大常委会和县政协在同一幢楼里办公，这是一栋七层楼的办公楼。左边是县政协，右边是县人大常委会。或许是时间的原因，走进办公楼里显空空荡荡的，没有碰到一个人，不像县委县政府大楼人气旺。铁木钗懒得乘电梯，到四楼不算远，早一分钟晚一分钟到办公室都没关系，从楼梯上上还可以锻炼身体。心不慌气不喘，不知不觉间就到了四楼。主任办公室很显眼，不用打听就能找得到，那是因为长长的走廊左侧除了一个门以外，再无第二个门。走拢去一看，门上贴有“401”字样的牌子。这也是中国官场上的特色吧，县领导似乎处于保密状态，办公室不会直接贴上“书记”、“副书记”、“县长”、“副县长”、“主任”、“主席”标签的，如果县委书记在五楼办公，门牌上就贴上“501”，县委副书记在四楼办公，那么门牌上就贴上“402”，在四楼你是永远找不到“401”的。县长副县长都是集中在四楼办公的话，县长是“401”、常务副县长是“402”，交叉任职的县委常委、副县长是“403”，其他的副县长就按排名顺序贴上“404”、“405”、“406”、“407”。同是副县级领导的县委常委办公室挂的牌子又是另外一番景象，和科局级局长办公室没有两样。县委常委、组织部长的办公室不会贴上“县委常委”，而是直白地贴上“部长办公室”，宣传部长、统战部长也都是一样的，纪委书记贴的是“纪委书记办公室”。人大、政协也依样画葫芦，一律用数字代替了“主任办公室”、“主席办公室”、“副主任办公室”、“副主席办公室”。

办公桌上有一本不知是老主任有意留下的或是办公室主任提供的当之县人大常委会通讯录。不经意间，她坐上了老板椅，闭上眼睛，呆呆地发了一阵愣，表情显得无奈，感到寂寞得心里发慌。在临江当县长时，车还在路上，就有人打探到了她的行踪。一下车屁股后面就跟了一长串的人，有副县级领导干部，也有科局长。走进办公室后，进进出出的人像走马灯似的，一上午至少进出一二十人。汇报工作要作指示的，拿着条子要批钱的，有来上访申诉的，秘书拿文件来处理的，到了中午十二点下班还有人在外面等着。来找她的人五花八门，无奇不有。那时她感到精力充沛，不知疲倦，快乐的工作内容十分充实。这世界竟然会如此美妙、妙不可言。

电脑是放在电脑桌上的，电脑桌放在办公桌的左侧。她无聊至极，找到插板，把电脑电源插上，然后打开电脑。约一分钟的时间，电脑的显示屏才出现图标。无意中进入一个网站，有篇关于人大的灰色顺口溜跃入眼帘：

党委管权，政府管钱，人大举手，政协发言。

以前人们茶余饭后作为谈资她也听到讲过，当时只不过一笑了之，并没放在心上，现在读起来有种刺耳的感觉，什么乱七八糟的顺口溜。电脑旁摆放了一部电话机，听筒上积了一层薄薄的灰尘，看样子可能是好久没人接听电话了。办公室里的电话，一般情况下对于领导干部来说，都只是个象征性的摆设，起作用的是方便打长途电话，自己的手机少着电话费。真正的有机秘事，一般都是使用手机。何况领导干部都忙，很少坐在办公室。搞一个民意调查，百个拥有手机的机主可能只有零点一存有对方办公室或家庭的座机号码，一般都存手机号码。手机方便，有信号的地方就可以接听。

时间不知不觉地过去了半个小时，还没得人来打照面，她也是县四大班子主要领导之一吗？

铁木钗拿起桌上的通讯录，翻到办公室主任王广实的电话号码，用座机拨号过去："广实啊，你到我办公室来一下。"

王广实的办公室在二楼，他是乘电梯上来的。快步走进铁木钗的办公室，屁股没挨着板凳，就猴急地问道："铁主任，有事吗。"

铁木钗把目光从电脑屏幕上移开，语气沉闷地朝着王广实说道："坐。"

王广实很快进入角色，他拿起铁木钗的茶杯，朝饮水机走去，边走边问道："铁主任，你要喝茶吗？"

铁木钗摆了摆手赶紧说道："我不喝茶，给我倒杯'阴阳水'。"

王广实一头雾水，头一次听到"阴阳水"这个词，十分惊诧，好奇地回过头朝铁木钗望了一眼："'阴阳水'？"

铁木钗露出了喜悦的笑容，这时便不免感到一丝丝的快意，一丝丝的温馨："'阴阳水'你就不懂呀，就是倒一半热水，倒一半冷水。冷热混合的水称为'阴阳水'。"

"呵呵呵，"王广实在那边嘿嘿一笑，铁木钗的话有一种新奇感，恍然大悟地说道："铁主任，我真是孤陋寡闻啊。平时只知道有冷水、热水、开水、井水、河水、海水、矿泉水。真的不知道有'阴阳水'。"

铁木钗温润地说道："不要当真，这是调侃的。"

王广实把茶杯放在铁木钗的面前，然后中规中矩地坐下说道："把冷热混合的水称为'阴阳水'很有意思，我真的长了见识。"

突然，铁木钗的手机铃声响了，清晰的音乐非常悦耳动听，忙低头看了一眼手机屏幕，来电显示是武江市本地的陌生号码。她在临江当县长时，就给自己定下了一条规矩，不管任何人打来电话她都要接，开会不方便散会后都要回个电话问一问是谁有什么事。当然，如果只响一次铃声手机上显示外地号码就挂断了的，她不会理睬的，那一般是诈骗电话。

"喂。"铁木钗对着话筒亲切地打招呼道。

耳机里传来男士粗犷的声音："铁县长，我有个亲戚……"

铁木钗一听就明白，来电话的人不是为亲戚跑调动工作的，就是来拉关系跑项目要工程的。还是依然好言好语地说道："对不起，我不在临江当县长了。"

"啊，那你高升了？"

"你有什么事，请你直接与现任县长反映。"

"看来，这人不是临江县的，也不是官场中人。要不连人调走都还不晓得。"王广实分析得相当透彻。

铁木钗把背紧紧地靠在老板椅的后背上，优哉闲哉地说道："我现在是闲职一身轻，来找我的人少了，电话也接得少了。今天上班到现在只接到这一个电话，而且是一个不该打给我的电话。我在当县长的时候，几分钟就要接一个电话，每天要预备四五个电池板才够用，充电器随身带着。"突然，她从老板椅的后背上立起身来，不由自主条件反射般地问道："有文件需要我处理的吗？"

王广实面对铁木钗苦笑一下，无奈地说道："铁主任，那些文件都是成立领导小组什么的，与我们人大关系不大。要不，我叫办公室拿来给你阅示。"

铁木钗皱着眉头，摆了摆手说道："算啦，算啦，我只是随便问问。当县长的时候，有许多文件需要我处理。"

王广实迅即站起身来，绕了半个圈走到铁木钗身旁，拉出办公桌左下的第一个抽屉，取出一叠文件夹，放在桌面上说："县委县政府下发的其他文件都有给人大常委会主任一份，今年的全在这里。"

铁木钗打开文件夹随意翻了翻，淡淡地笑着说道："等我有时间了再详细看看。"

王广实愣神了一秒钟之后，不由感叹了一声说道："铁主任，有句话我不知该讲不该讲。"

"说吧。"铁木钗淡然一笑，简单地吐出两个字。

王广实抓抓后脑勺，尽量摆出一脸诚恳的样子说道："你不该回当之来当人大主任，太没意思啦。不是有顺口溜这样说嘛：'人大，人大，其实没啥！几个老头，守个破电话。''不怕你年龄大，不到政协到人大。'这些话如果是我们人大工作人员说说聊以自嘲，或许尚可一笑了之，但是从社会上传出来的，听着可就不是个滋味了。似乎觉得政协、人大就是闲位子，现在要求干部年轻化，年龄大一点，不能再提拔，就到政协、人大机关去养老。还有人形容说：'政协、人大两味药，甘草与白芍，不说白不说，说了也白说。'认为政协、人大是党委、政府的配角，举举手，发发言，作用不大，可有可无。"

虽有一丝不快袭上铁木钗的心头，但她强忍着不快拿起水杯喝了一口水，不露声色地说道："广实啊，话可不能这么说。你我都是共产党员，常听到这样一句话：'我是革命一块砖，哪里需要往哪里搬。'作为一名共产党员，就应该体现'一块砖'的精神。就像钉子一样，组织把你安排在任何岗位上都必须永不生锈，闪闪发光。在世俗的眼光里，人大和政协好像成为‘一线官员’的‘候退室’，认为凡到了人大、政协任职的，等于仕途上被判了‘死刑’。其实不然，你看，人大的副主任和政协的副主席他们都在相应的重点工程担任指挥长，为县委县政府分忧啊。”

王广实回到了自己的座位上，不好意思地说道：“铁主任，你说的话也是事实，你的境界就比我们高。”

王广实的话坦诚实在，让铁木钗失落的内心涌进一丝暖流，她情绪好了许多，感慨地说：“其实，我也知足了，知足者常乐，一个农村姑娘当上了正处级干部也很不容易。自小和我一起玩耍一起长大一起放牛割草的姐妹们，现还在农村面朝黄土背朝天修地球。当年和我一起在当之任乡党委书记职务的现在还是正科级。”她讲话很有哲理性，不能在下属面前过多地流露出牢骚不满，还是要注重领导良好的个人形象。领导者在群众中树立什么形象，有着十分重要的示范和导向作用。

王广实看了看窗外，取出手机看了看时间，已经是九点了。他把手机又放回衣袋里，站起身说：“铁主任，如果没有事，我回办公室去啦。”

铁木钗身子向前倾了倾，把文件夹轻轻往右边一推，将目光投到王广实的身上，直言直语地说道：“我想到各专委去看看，听听他们有什么想法。”

王广实点头附和地说道：“好，我带你去。”

就在这个时候，“笃笃笃”传来三下有节奏而清脆的敲门声。王广实记得，他进来时外面的门没有关，从敲门这一动作来判断，来人十分注重细节性的礼节和礼貌。官场的礼仪是门大学问，一件事情的成与败，往往一些不起眼的小事会对最后的结果产生很大的影响。细节决定成败，如果想要成功，那么就一定要注意细节。比如说领导的办公室不论门是开着的还是关上的，都要先敲门，提醒领导有人要进来，然后领导发不发话都可以进去。铁木钗听到敲门声，响亮地答道：“请进。”

敲门进来的是农经委主任武锦梅。铁木钗站起身，来不及走过来，隔着办公桌热情地握着武锦梅的手，高兴地说："锦梅，坐坐坐，我刚才和广实说要到你办公室看你哩。"

武锦梅也伸出双手紧紧地握住铁木钗的双手，笑着说："铁主任，我去街上办了点事情，来迟到了。这几天人代会忙得我晕头转向，不知道自己姓甚名谁了。"

铁木钗缩回手，拿起桌上的茶杯，脸上立即浮出一丝舒心的微笑，站起身来，把椅子往后面一推，说："走，外面宽敞点，我们到外面坐坐。"

武锦梅开心地笑了一下，她走到前面，正要走出办公室的门，又回过头来对铁木钗说道："真是山不转水转，我们又转到一起了。"

"缘分、缘分。"铁木钗边走边说。

铁木钗在木溪镇任书记时，武锦梅在大湾乡任书记，当时五个乡镇的五个女书记，被誉为当之的五朵金花。五朵金花艳艳红，开得最鲜艳的就数铁木钗，最暗淡的是早谢的山溪乡党委书记苑平燕，她患子宫癌四年前就病逝了。上届乡镇换届时，武锦梅原以为会调进城到某个局去当局长，保守一点干个某局党组书记。天算不如人算，在没有任何征兆的情况下，就调任人大农经委主任。虽说是平级任职，还不及政府部门一个局的股长权力大。到人大来要钱没钱，要权无权，要车没车，要事也没的事情做，用一分钱还得看办公室主任王广实的脸色行事。哪像当乡党委书记时要风得风，要雨得雨，"一人之下，万人之上，一言九鼎"。现在的职位十分别扭，没有大作为。说是一把手嘛，确实是一把手，农经委的主任，自己管自己，说话除了自己听别人是不会听的；说是一把手嘛，又不是一把手，上面还有几重天，人大常委会主任、副主任，还有人大办公室主任，就是几个专委排名，她也是排在最后的。她列席主任办公会，从来只做笔记不发言，不是她不想发言，是没有时间让她发言，即使她发言也起不到作用，最后潜意识告诉她，没有必要发言。

你说武锦梅是几把手？

不管武锦梅是几把手，她算是当之的一大才女。到人大来虽说无所事事，但她却学起了写新闻报道。开始没入门，写的稿子见报率低。后来参加了县里的通讯员培训班，听了市报和县报老师们结合自身采访的实践体会，又找了几本新闻写作的书来看，天天读报纸研究报纸，从中悟出了新闻写作技巧，采访和写起稿来就得心应手了，县报几乎每期都有文章见报，《黔中日报》和《武江日报》每年也要发表几十篇新闻作品，还被《武江日报》评为优秀通讯员。

陆陆续续地，法制工作委员会主任孟国生、教育科学文化卫生工作委员会主任屈直东都来了。孟国生、屈直东都在乡镇担任个党委书记，铁木钗没记错的话，孟国生到人大应该有十个年头了，算得上人大的老革命。

孟国生年近五十，满脸的络腮胡子，看得出是用电动刮胡刀修理过的，几根漏刀的胡须茬依然栽在脸上。他大大咧咧地走到沙发上坐下，掏出包梵净山烟，取出两支递给王广实和屈直东。自己衔上一支点燃，翘起大腿，悠闲地抽着。

屈直东和武锦梅是同一年进人大的，他性格内向一点，接过孟国生递过来的烟，他用两根手指夹着，并没即刻点燃，他考虑的是有女同胞在场怕呛着人家，呵呵，这家伙还晓得怜香惜玉呢。

从孟国生那里飘过来的一缕缕烟雾，呛得武锦梅用手扇也扇不散。被动地吸烟，鼻黏膜受刺激一阵发痒，不由得打了个喷嚏。她抗议道："老孟，你这个老烟鬼，少造点危害好不好，你不想活，我还想多坐几年哩。"

响鼓不用重槌打，明白人一点就透。王广实悟性高，武锦梅没直接说他，武锦梅的话像八磅大锤打在他的心坎上。笑了笑，就把烟弄灭。

孟国生把烟放在烟灰上弹了弹，站起身走到门边，头朝外又深深地吸了一口才把烟弄灭。转过身把烟蒂丢放到烟灰缸里，戏谑地说："武媚娘，这下你满意了吗。"

武锦梅反唇相讥:“孟姜女,你污染环境,危害健康,秦始皇也不会饶过你的,第一个开刀问斩的就是你。”

王广实看了众人一眼,抬起双手摆了摆诙谐地说道:“哎哎哎,大家安静一下。我现在郑重地向你们说一个顺口溜《新纤夫的爱》好不好?”

众人拍手称快:“好,好,好。”

“这些灰色的顺口溜网上都搜索得到,而且在坊间都有流传,就不要说出了。”王广实想说的顺口溜被铁木钗制止了,他们的调侃让她有些坐立不安,滋生出几分陌生的感觉来。一个成熟的领导者,要善于把握路线,方针,政策,善于审时度势,善于择其要者而为之,择其善者而从之。她谦和地说:“我初来乍到,对人大的工作陌生得很,还望各位鼎力相助。有人说人大常委会是橡皮图章,我想以后不断改进会让群众逐渐认识人大常委会的作用的。”

屈直东把孟国生给他的香烟放在鼻子底闻了闻,然后又移开,沉闷地说道:“铁主任,到人大清闲得要死,平时不过搞搞视察,整整评议,办办人民代表建议、意见,一年一次例会忙两天,自我感觉好几天。例行公事举举手,实为走走过场而已。难以实现自己的政治抱负。”

孟国生瞟了一眼屈直东说道:“我倒是没有什么政治前途了,像屈直东、武锦梅他们年富力强,到人大来太可惜了。你们是知道的,凡副处领导基本上都是从乡镇党委书记和政府的局长中产生,要直接从人大专委会中提拔一个副处,那简直是蜀道之难。”

武锦梅接过话茬说道:“人大、政协的专委会主任应该和政府的科局长轮轮岗。让他们也来享受享受人大、政协无所事事的工作不充实的感觉。”

王广实也谈出了自己的看法:“轮岗我觉得很有必要,同是乡党委书记,为什么人家就能当局长,而我们专委会的人就不能当局长?这显然有心里落差。说白了,就是权力分配不公的问题。其实,依我看,来人大专委会任职的人一是年龄偏大的，政治上没有追求了。二是从那些长期得不到提拔的副科中产生，他们认为自己得到了重用，待遇解决了，还会感恩戴德的。”

武锦梅神色一黯，毫不忌讳地说道：“我们的工作能力、政治素质并不比他们差，现如今官场的风气不健康、不正常。只不过他们玩转了官场。说实话，买官我是一穷二白，拿不出半分三厘的，出卖色相我是徐娘半老，也是不可能的。”

孟国生提了提衣领，眯缝着眼说道：“说得难听死啦。出卖色相获得的官太污脏了，最终是不会有好下场。你看湖南第一女巨贪蒋艳萍，短短十余年间，用色相与几十名官员进行交易，想方设法傍有实权的高官，从一个只有初中文化程度的仓库保管员提升为副厅级的企业老总。还贪污八百多万元，可谓官、权、钱三者俱得。结果怎么样，身败名裂，被判处死缓。”

屈直东双手十指交叉紧扣握拳上下摆动着，不紧不慢地说道：“蒋艳萍还有一句经典名言：‘在男人当权的社会，只有懂得充分开发利用男人价值的女人，才能算是真正高明的女人。’”

武锦梅似笑非笑地看着屈直东说道：“女人从政是非多，关键是要洁身自好，清清白白，哥们，身正不怕影子歪。”

铁木钗扫视了大家一眼，关切地问道：“这些事你们没向老主任反映过？”

孟国生唉声叹气地说道：“我们都向老主任反映了。老主任当成件事放在心上，私下里给县委书记建议过，县委书记回答是可以考虑。”

铁木钗百感交集，感觉那仕途的心态有一些苦涩，他们的处境和她又有什么区别呢。一竿子从威风八面的县长打到坐“冷板凳”的人大常委会主任的位置上，一辈子奉献给人大事业了，提拔当副厅那也是痴心妄想。要是不当县长，直接从常务副县委升迁为人大常委会主任，心理会平衡的，那该多好啊。恰恰当了县长。此时此刻，铁木钗大有一种惺惺相惜之情，她不想把自己的情绪感染给大家，使大家感到更不愉快。

铁木钗突然像想起了什么，对武锦梅说道：“锦梅，大湾乡有叫苗王城的村，说是比较贫穷落后，情况如何？”

武锦梅脸上飘起一朵乌云，歉意地说道：“主要是交通制约了苗王城村的经济发展，我这个曾在大湾乡当过书记的有责任。那里有一条河，一直没有一座进村的桥，外界的物品运不进村里，村里的东西也运不出来。”

铁木钗一愣，随即回过神来说道：“我要抽个时间到苗王城村去转转，二级公路已从苗王城村过了，为发展经济创造了有利条件。”

第二章　两人世界

铁木钗的老公左前飞今天满四十六岁。前几年她在外地任职一直忙于工作没得时间回家陪老公过生日，心生一份内疚。从每天疲于应付的领导回归家庭主妇，做一个温柔的妻子，回来一起吃餐饭，祝福一下，希望可以让他感觉很幸福。

左前飞在当之县第一中学教英语，英语是高中教学中的一门重要科目。他是一个很实用上进心强的老师，创造了一套最新英语教学法，其特点是激发学生的学习兴趣，变逼为导，变苦学为乐学。用“爱”促进教育，用“趣”构建教育模式，用“玩”组织教学活动，充分发挥师生的互动作用，学生都乐意听他上课。他把自己的教学方法发到博客上，有一万多个网友转载。为此，他被评为县管专家。市一中想调他去，他谢绝了，真是个怪人，人家想拿钱买关系都调不去。

儿子左斌考上贵州大学，现读大二。

左前飞一跨进门，就闻到了一股从厨房里飘过来的香喷喷诱人的饭菜味道，任谁闻到都会垂涎欲滴。铁木钗系着围裙正在厨房里忙活，菜刀砧板的碰撞声使左前飞深深感受到了美好的家庭生活给他带来的温馨，心中瞬间被暖暖的爱意填满。马上找来一张围裙系着，进了厨房，神情乖巧地对铁木钗说道：“你去休息会儿，我来炒菜吧。”

铁木钗正在“嗒嗒嗒”全神贯注地切大蒜，突然身后左前飞的声音响起，吓了她一大跳。稳稳神，回头看了一眼左前飞，一脸故意嗔怒地说道：“看你把我吓死啦。今天你是寿星，就不劳你的大驾了。等一会儿让你尝尝我的好手艺。”

铁木钗做了一道拿手好菜酸汤鱼，是那年她到贵州松桃一个苗族同学家去学来的。酸汤鱼是苗族独有的风味名菜，入口酸味鲜美，辣劲十足，令人胃口大开，左前飞最喜欢吃。本来做酸汤鱼是用天然野生角角鱼最好，铁木钗几乎逛遍了农贸市场，就是没买到，只好买鲢鱼了。鲢鱼也将就，肉质稍稍比天然野生角角鱼要差点。再配上豆腐、黄豆芽、酸菜、西红柿、糟辣椒、野山泡椒、葱段、蒜末、姜末、木姜子油等佐料。

两人世界真有乐趣，酸汤鱼是放在电磁炉上边煮边吃。铁木钗从橱柜里取出两个高脚玻璃杯，用开瓶器拗开梵净啤酒盖，把啤酒瓶嘴伸进高脚玻璃杯里紧贴杯壁，先给左前飞缓缓倒满一杯，然后再给自家满满倒一杯。把剩有一半的啤酒瓶摆放到桌上，当下抬头赞赏地看了左前飞一眼，动情地说：“前飞，我用这杯啤酒略表一下心意，祝你生日快乐。这几年来辛苦你了，又当爹又当妈把儿子拉扯大，真不容易哪，我心里真不好受。”

左前飞是铁木钗回当之后才真实感受了温馨的家庭，老婆不在身边的日子，还真不好过啊，什么都得自己做。要担心儿子的学习，又要担心老婆的身体。作为女人从政太累了，比男人更辛苦，付出的更多。男人总是自私的，他希望心爱的女人留在自己的身边，两人可尽情享受天伦之乐；他又希望心爱的女人不要留在自己的身边，巴不得她仕途再上一个新台阶。铁木钗回当之任职，事前没给左前飞通气。那天晚上铁木钗回到家，左前飞茫茫然吓得魂不守舍，整个神经都高度紧张，目光懒散地望着她，仿佛不认识她似的。语气瞬间变得有些忧心忡忡，悄声问道："你犯什么错误啦？不让你当县长。告诉我，到底是怎么回事？"

铁木钗哭笑不得，右手放在额上向右梳理一下头发，安慰他说道："乖乖的个冬，是正常的职务调整，我好好的犯什么错误。"

左前飞拿手摸了摸自己的脑袋，还是不放心地说道："你莫骗我，我经受不住打击哩。"

铁木钗略微笑了笑说："你放心，没得事哩。"

终于，左前飞高度紧张的状态完全放松了，长长地舒了一口气："没事就好，没事就好。千万莫做违法乱纪的事来，我们家不缺钱用，平时我很少花零用钱。"

结婚之后，俩人恩恩爱爱，甜甜蜜蜜，意笃情深，相敬如宾，从来没红个脸，拌个嘴。偶尔为一些生活琐事彼此不愉快，就算左前飞有理，但他也礼让三分，一笑了之。有好事者开玩笑说："左老师，你老婆当官了当心她踢你出门。"无非是说得隐晦一点，潜台词是你不怕老婆"红杏出墙"吗？

知妻莫过于丈夫，铁木钗是那种中国传统型的女性，拥有高尚、洁身自好的情操，身在官场，出淤泥而不染。左前飞理直气壮地在同事们面前说："我们的婚姻是神圣的、铁桶一般不可动摇的。家庭犹如铁桶一般牢不可破。不管风吹浪打，胜似闲庭信步。"

俗话说："好言不出门，坏言传千里。"天下之大，谁人不被说，谁人不说人？当然也有风言风语传到铁木钗的耳朵里来，她一点不当回事，也没有过多地辩解，展现了女性领导者宽容大度的胸襟，只是淡淡地说道："我们的家就是爱情的甜蜜窝。"

铁木钗原是当之县一中的语文老师，被誉为一中的校花，从黔中省师范大学毕业分配来的。她一米六四的个头，身材颀长有致，清丽秀雅，圆圆的脸，一双漂亮的人眼睛水灵灵的，一笑呈现出来的两个迷人的酒窝，怎么看怎么美。

铁木钗的父母是老实巴交的庄稼人，没啥文化，家境不怎么好。铁木钗是家中的老大，小学是在村小读的，她家养了一头水牯牛，每天放学回家都要撵牛上后山放牛，成为地地道道的放牛妹子。她聪明，悟性高，勤奋努力，放牛并不影响学习，成绩一直在班上名列前茅。最大的特点是晚上别的孩子在玩，她坐在桌子前写一排字或做几道题目。读初中高中成绩一直都好，后来考上了师范大学。

铁木钗刚分到县一中的时候，天生丽质，才貌双全，马上就引起了县里很多单身男子的注意。呼风唤雨的政界领导、叱咤商界的风云人物，学富五车的教书先生，据说追求者有一个加强排，竞争者各方的实力都强。

左前飞家是冰山乡柚枫村的，和铁木钗是师范大学的校友，比铁木钗早一年分到当之一中。一时性起，他也不知天高地厚地加入追求“加强排”的队列。铁木钗出身的农民本色决定着她朴实的想法，一种强烈的责任感敲打着她的心灵，不为权所动，不被钱所惑，不为利所诱，看中的是人品，要能善待自己的农民父母。城市和农村各方面的落差太大，她也耳闻目染，找到男方条件优越的，特别是那些穷亲戚来，最容易遇到白眼。也许男人会选择一个性感诱人的美女当做恋爱伴侣，却未必会将她视为未来结婚对象。婚姻毕竟是一个人的终身大事，来不得半点轻率和马虎，必须找自己称心的，不能顾及得太多，追求女性是男人们的权利，对谁不会轻易表态。经过一段时间的观察，左前飞果然很优秀，是最佳的不二人选，可以说和她“门当户对”。她的整颗心都被她爱上的左前飞所吸引，但又不能主动给他表露心意。时间不容任何犹豫，一刹那的迟钝往往是以幸福作为代价的。那天是星期五下午，铁木钗刚好跨出校门口，就有五六辆小车到校门外等她，一个个心照不宣，脸上都挂着一抹势在必得的笑容，纷纷向铁木钗走了过去。当然，他们只是打招呼，不可能有什么举动。

这种阵势也不是一天两天了，铁木钗习以为常，微笑着应对着每个人的招呼，她不给任何人一丝暗示有啥意思或有实现他们愿望的任何可能，尽管他们如此热情；但是她也不会对他们显得冷漠，以免伤害他们的自尊心。

这时，不用回头，熟悉的脚步声传来，铁木钗知道左前飞已走出校园门口，就跟在她后面的不远处，她故意放慢脚步等左前飞，两米，一米，五十厘米，十厘米，左前飞快要接近她了，她向左前飞走过去，挨得近近的红着脸鼓足勇气，大胆提出一个令左前飞措手不及的要求："你敢牵着我的手吗？"

铁木钗耳边热热地说的甜甜的、富有磁性的话，突然令左前飞深感心跳加快。一抹疑惑的神情浮上了他的脸颊，有点不相信这句话出自铁木钗之口，侧着头疑惑地望着她。还不等左前飞反应过来，铁木钗紧接着有点羞涩地悄悄说道："你不是说你爱我吗？快牵着我的手。"

左前飞犹如醍醐灌顶猛然醒悟，真正的爱不是用言语可以表达的，是发自内心的，急忙兴奋地伸过手，亲热地挽起铁木钗的胳膊，他感到他现是世界上最幸福的人。贴近她耳畔甜甜地悄声说道："我爱你。"

铁木钗和左前飞真像一对恋人，走得自自然然地。好像是在月光下散步，若无其事地说着，笑着，忘掉了周围一切。

眼前的一幕终于让追求者们大跌眼镜，一个个目瞪口呆地看着他们，美妙童话般的情感都已付之东流。

新婚之夜，小两口没有恋爱时的山盟海誓，却说了许多甜言蜜语，谈到了未来温馨的家庭。左前飞满脸幸福地说："爱情最好的归宿自然就是结婚，令人憧憬。我们终于结婚了，从现在起，我们将以夫妻的名义理直气壮地来共同支撑起这个家庭。不过，也有人说结婚是爱情的坟墓，我不这样认为。"

铁木钗对左前飞的话并不感到意外，一般稍为有点知识的人都会说出这些浪漫的话来，这大概算是潮流吧。她沉吟了片刻说道：“看你选择什么样的婚姻，你是选择荣华富贵、还是选择平平淡淡，这将取决于你的婚姻状况。一位哲人也说过，即便结婚是爱情的坟墓，但也至少给了爱情一个最后的归宿，总比那些死无葬身之地暴死街头的爱情要好。”

左前飞激动地说：“想当年追求你的人很多，你最终选择了我，我定将珍惜我们来之不易的幸福。既然我们是夫妻，有些话我想给你说，憋在心里我怕憋出病来，不吐不快。”

铁木钗莫名地看着左前飞，想不到他还有什么心里话没说出来。好吧，就让他说出来，说出他的心声，开诚布公地说道：“我们是夫妻了，有什么话尽管敞开心扉，大胆说出来。”

左前飞鼓足勇气说：“请你不要在众人面前数落丈夫，总是夸奖别人的丈夫；请你不要漠视丈夫的喜怒哀乐；请你不要喜怒无常，得注意自我控制情绪；请你不要和邻里吵闹；请你不要盘根挖底打听别人家的事情；请你不要无原则偏袒自己家的孩子；请你不要视老人为一种累赘；请你不要事无巨细地问丈夫：你看怎么办？请你不要对丈夫说：嫁给你，算我倒霉。请你不要整天盯着丈夫的钱包和手机转。”其实，这是从那本名言警句书上信手拈来的十句话，不是左前飞的发明。

铁木钗开心得“咯咯咯”地笑了起来，心情特别的舒畅。她感到自己的丈夫书生气十足，天真幼稚得可爱。常言说，来而不往非礼也，她轻启朱唇，柔声软语地说道：“我也有几句话赠送给你。千万要记住，自家女人绝对不要拿来和别的女人比较，不要老说别人的老婆如何如何好；不可以三天两头地冷落我，其实出门前的一个蜻蜓点水的吻、回家推开门时的一个拥抱都会让我以后想起来感动万分；不要摆脸色给你的女人看，一个对女人使脾气的男人是很可恶的；老婆是娶来疼的，有修养的男人是绝对不会打老婆的；家庭永远是第一；我的父母就是你的父母，将心比心，爱屋及乌；两个人相处切记要坦诚、信任、宽容、理解。”说完抱着左前飞,使劲地吻他。

左前飞从美好的记忆中回过神来,一切一切都是那么幸福。抬眸而望,突然觉得铁木钗比以往任何时候都美丽迷人,他猛地站起,举起高脚玻璃杯与面对面坐着的铁木钗碰了一下,少量的啤酒冒着如发泡鲜奶油似的泡沫溢了出来,向前倾着身子说:“我俩都快乐,来,干杯,祝我老婆越来越年轻,越来越漂亮!”把头一仰,“咕噜咕噜”喝了个杯底朝天。

铁木钗一饮而尽,从抽纸里取出一张餐巾纸递给左前飞,自己另抽出一张,往嘴角上一揩,心怀歉意地说:“我反思我自己,当官没干出番惊天动地的成就事业来,对孩子关心不够,原指望他考上北大清华的,谁知才考上贵州大学,更没尽到做妻子的应尽责任。”

左前飞理解妻子,从某种角度来说,女人当官都是很不容易的,特别是单身和漂亮的女人。毕竟男人在政治这个舞台上独领风骚数千年,他们似乎更适应。女人从政,不单需要智慧,有时胆识显得尤为重要。他拿过啤酒瓶给铁木钗倒酒。借着些微酒意,打开了话匣子:“木钗,你回来就好,在人的一生中,做官只是一阵子的事情,做人却是一辈子的事情,无论官大官小,都概莫能外。钱财官乃是身外之物,生不带来,死不带去。做官的毕竟是少数,非要挤上羊肠小道,自己把自己逼上窄路,有什么过不去的呢?古人说:‘淡泊明志,宁静致远。’仔细品味一下人生,你会发现:人生在世,除了金钱和权力外,还有许多值得你追求的东西,如幸福、快乐、青春、活力。一句话,我们只想过清静的日子。”

铁木钗从左前飞手里接过高脚酒杯放在餐桌上,夹了一块鱼放进左前飞碗里,双眼放光地看着左前飞,快言快语地说道:“前飞,不管我做不做得成一个好官,但一定要做一个好人,做一个好妻子,做一个好母亲。”

左前飞津津有味地吃完鱼肉,把鱼骨头吐出丢进桌下的垃圾筒里,像小孩一样双肘架在桌上,两手交叉在眼前不由得称赞说:“嗯,好吃,好妻子做的酸汤鱼味道好极了。”

得到丈夫的夸奖，一股前所未有的暖意便满满地从心底涌上。铁木钗娇滴滴地悄然弯起嘴角，那是再怎么样控制也无法隐藏的欢喜。关爱地说道：“好吃你就多吃点。”

左前飞轻晃下手中的高脚玻璃杯，轻笑地看着铁木钗：“来，再干一杯。”

铁木钗兴奋地说：“干。”

左前飞从牙签瓶里取出一根牙签，用手遮住嘴巴，有节奏地边剔牙边答道：“吃好了。今晚我来洗碗。”

铁木钗忙说：“你去看电视，哪里要劳驾‘寿星’呢。这几个碗我两下子就洗好了。”

左前飞脸上做出一副很无奈的表情，说：“我本想表现一下，你不给我平台，遵命不如从命，你的心意我笑纳了。”他站起来移开椅子，走到垃圾筒边，抬起脚勾起垃圾筒的盖子，把牙签扔进里面。随后就往客厅走去，仰头靠着软软的沙发上，脱掉拖鞋后，双脚悠闲地架在茶几上，虽然样子不雅观，但很舒适受用。拿起遥控器打开电视机，调到中央电视台一频道，收看《新闻联播》。

铁木钗找来塑料袋，先把剩余的残渣酸汤鱼倒进去，给塑料袋口打了一个结，不让汤液浸出来，然后丢进垃圾桶里，收拾好餐桌上的碗筷盘子拿到厨房，放进洗碗池里，拧开水龙头，用洗碗巾在碗里转一圈，把碗里的食物残渣洗掉，接着在碗外面洗一圈，再在水龙头下用流动水将碗和筷逐个里外上下冲洗好几遍，用手一摸，嘿！挺干净的！碗清洗好后，从卫生间又拿起海绵拖把，把地干干净净地拖了一遍。

左前飞双脚悄然从茶几上缩回，伸了个懒腰，神态间自然流露出关爱的神色，疼惜地说：“你莫要累坏身子，快来休息看看电视。常言说：读不完的书，杀不完的猪，做不完的家务。”

铁木钗把拖把放在卫生间水池里冲洗好，握着挤压器挤压几遍，直到见清水为止，提起再轻轻一拉挤压一次，立刻把海绵里的水挤干。将洗干净的拖把挂在门墙的一颗铁钉上。从卫生间里出来，嘴上连连答应道：“来了，来了，我做好了。”走进客厅，紧挨着左前飞身边坐下。

左前飞穿上自己的拖鞋，从沙发上站起身子准备走。铁木钗不禁扯了扯他的衣襟，低声呢喃地问道：“到哪里去？”

左前飞笑容满面，亲密地说道：“我去给你泡杯茶来。”

铁木钗看新闻联播已播放得三分之二，已在播国际新闻了，就提醒左前飞说：“我不喝茶，你不是不知道。时间不早了，你八点钟还要去上毕业班的晚自习。”

左前飞突然一拍脑袋瓜子，像猛然醒悟了似的，笑道：“哦，看我这记性，一高兴就忘了，差点误了大事。”

第三章　经济大会

铁木钗当选当之县人大常委会主任参加的第一个大型会议是全县经济工作会，参会的人员直到村一级的支书，规模大，有七八百人。上午是大会发言，下午是现场参观，时间安排得十分紧凑。铁木钗一身适中的职业装，透出一股精气神，人也仿佛轻快了许多。她知道开会的程序，款款地走进候会室里，和其他参会的县领导打了声招呼找位置坐了下来，服务员给她上了一杯上等的梵净山翠芽。当初设计的时候在主席台的后面设有候会室，未正式开会前，领导们在候会室里喝茶、聊天、说八卦。

铁木钗向服务员轻轻地摆了摆手，彬彬有礼地说道："我不喝茶，请给我倒杯温热水来。"

服务员微笑地朝她点了点头，去了一会儿又端了杯白水给铁木钗。

县委专职副书记姜奎端起茶几上泡好茶的茶杯，低头喝了一口茶。然后抬头，轻声笑道："铁主任，你是怕催老，想青春永驻哇。"

铁木钗赶忙解释说："不是的，我不习惯喝茶。对茶非常敏感，只需沾着一点点，就睡不好瞌睡。其实，每天喝几杯绿茶对身体有很多好处的。"

她的脸正好冲着政协主席匡达明，匡达明看了一会儿铁木钗，他有意跟她玩笑说:“你们看,铁主任没喝茶,长得水灵灵的,今天显得格外漂亮。”

铁木钗也看了匡达明一眼笑着说道:“是吗? 匡主席,我怎么没觉得? 当年青春靓丽的‘新娘’,变成现在人老珠黄的‘黄脸婆’,人老珠黄,没有魅力了。哪像你经常喝茶,长得蛮帅的嘛。”

县委常委、组织部长玖长洪打着哈哈说道:“铁主任,徐娘虽半老,风韵还犹存。如果你走在大街上的话,回头率恐怕还要达到百分之九十九以上。”

匡达明笑哈哈地说道:“女人漂亮了是一种错,总叫男人们有些浮想联翩。”

县委常委、宣传部长导鹏志瞟了一眼铁木钗,接过话把说道:“铁主任再漂亮,你们也是望梅止渴,癞蛤蟆想吃天鹅肉。”

匡达明脸色鬼怪的,一拍大腿道:“那倒不一定哩,常言说,自古美女怕缠夫。说不定,那天癞蛤蟆就会吃到天鹅肉。”

玖长洪打趣说道:“哈哈哈,匡主席,癞蛤蟆想吃到天鹅肉,简直是痴人说梦。”

匡达明振振有词地说道:“不想吃天鹅肉的癞蛤蟆,就不是好癞蛤蟆。”

众人哄堂大笑:“匡主席是一只好癞蛤蟆。”

匡达明自我解嘲道:“嘿嘿,我们都应该成为一只好癞蛤蟆。”

男人们天生的习性,喜欢寻求刺激,见到女人就爱开玩笑,不管女人愿不愿意。

正当大家说说笑笑时,突然传来在主席台上主持会议的彭华刚县长洪亮的声音:“请县委书记丁江峰同志、县人大常委会主任铁木钗同志、县政协主席匡达明同志、县委常委、县人大常委会副主任、县人民政府副县长、县政协副主席、法检两长到主席台上就坐。”

候会室的领导像士兵听到口令一样,“唰”地全部迅速站了起来,一个个打住说笑居然一本正经，全没了先前的嘻嘻哈哈。丁江峰是县委书记，理所当然走在前面，然后依次是铁木钗、匡达明、姜奎，不需要安排，其他县领导按排名顺序自觉地跟着书记主任主席鱼贯而出，神情庄重地走上主席台，按照座签的提示各自对名入坐。

座签有两种形式：一种是写姓名的座签，另一种是写上单位名称的座签。在同一次会议上，写有姓名的座签一般是摆在主席台的，名曰出席本次会议的领导；写上单位名称的座签则是摆在主席台下的，名曰参加本次会议的人员。座签实则是“官位”，是放在每个领导的凳子面前桌子上，距离桌边十公分左右，双面都印有名字，主席台下参会的人看后能知道这个领导是谁，今天谁的官最大。而这个领导入会时可以直接发现哪个是自已的座位，自己该坐何处，一目了然，清清楚楚。每位领导的桌前都摆放有一个仿古瓷茶杯，会议服务员早已泡好茶水。还有一套会议资料、一支黑色中性笔和一个书写本，全装在一个塑料袋里。

摆放座签是有讲究的，千万不能错，不仅仅是一门艺术，而是有更深厚的政治内容。就是按照一定的次序将某类人的名字进行排列，其显著特征是次序的先后。如以职务大小为序、用年龄长幼为序，或者以姓氏笔画为序，总之必须有先后。一旦摆错，没有将领导该坐的位置弄准，那是一个态度问题甚至是政治问题。

前排是县四大班子主要领导及县委常委坐的。县委书记和县长摆在中间，县委书记放在右手一侧，传统文化中所说的“大手”，紧挨着的是县长。人大主任摆在书记左手一侧，政协主席紧挨着县长。主席台上座席有点像《水浒》中108将排坐次，前后、左右，那入座的顺序，严格根据官职大小排列、安置的，就是党委班子成员、人大班子成员、政府班子成员、政协班子成员，然后才是“两长”——法院院长与检察院检察长。

因座签摆放不对而生气发怒的领导大而有之，因座签摆放不妥而影响会议效果的领导也大而有之。官员排座次稍有差错，就可能挨批评，甚至按渎职论处。

台下座签的摆放也有一些基本原则，一般都是重要的部门和单位向中间、向前排集中，越往后就越随意了。会议座签的摆放还有许多细节问题，如台下的座签，有时也写姓名，但什么情况下写姓名、什么情况下写单位名称，都有几多考究，以单位名誉参会的座签写单位的，以个人身份参会的如党代表、人大代表、政协委员、劳动模范座签写的参会人名字。县委办负责会务的主任和秘书对主席台的排座次放座签在开会前要反复核对，做到万无一失，请假不得到会的领导就不摆放座签。

民间曾流传一个就餐时不摆放座签的小故事，足以体现摆放座签的重要。说的是某次宴会，中间最重要的那个位子——主宾位，领导们相互礼让，谁也不肯去坐。眼看饭菜都凉了，座位的事还没排妥，情急之中，一领导急中生智，将另一个领导带来的一小孩抱着放在主宾位，原以为这下可安心开餐了，谁知带小孩来的那位领导急了，冲上去给了小孩子一巴掌，怒斥道："不懂事的家伙，主宾位是你坐的吗？"小孩"哇"的一下大哭，似猛然醒悟，哭着道："呜呜，我不坐啦，你们是大灰狼。……"众领导面面相觑，一脸茫然。

彭华刚严厉的眼神扫视了一下台下坐得满满的人群，各乡镇各单位参会人员按指定区域范围排排相坐，参会人员基本到齐。他看了看手表，向丁江峰投去请示的目光，悄声问道："丁书记，可以开会了吗？"

丁江峰点了点头，也悄声答复道："好，开吧。"

彭华刚呷了一口茶水，清了清嗓子，对着麦克风大声地说道："同志们，请大家安静下来，现在开始开会。"

会场里慢慢地安静下来。

彭华刚有意识地停顿了一下，郑重其事地宣布道："请同志们把手机关掉、调成静音或者振动状态。这次全县经济工作会议是县委决定召开的一次重要会议……参加今天会议的县领导有……今天会议的议程有七项……下面依次进行。"

会议主持词无非是一堆永远正确的大话空话套话，就像古时的“八股文”。假设是铁木钗主持会议的话，不用秘书写她也能运用自如。

彭华刚的声音继续在会场内响起：“会议进行第一项，请县委常委、常务副县长华远胜同志发言。”

华远胜站起来，伸手把椅子朝后移开，转身出来向专用发言席走去。发言席摆在主席台的右边，发言席上摆了两束很美丽的鲜花，他走到发言席前，对着发言席的麦克风，声音清晰地回荡在会场大厅里：“同志们：根据会议安排，现我就结合自己分管的财税工作讲几点意见。……”

铁木钗内心很清楚，这种会议她是没有发言权的，也不会主持会议，只是充当一个“花瓶”摆设而已。

在如今的体制内，即使是纳米大个官整天也都是很忙碌的，主要是官场“陪风”盛行，“应酬”的事情太多太多，成了不得已而为之的三陪“官员”：陪会、陪酒、陪官。无法抽出身来做自己应该做的事情，让许多该及时处理的问题一拖再拖，甚至无法落实，小矛盾变成了大矛盾。

官场开会的学问博大精深，细致微妙，层级繁复，外行看热闹，内行看门道，圈外人是难以知晓这里面的端倪变化。大会成十上百人，台上台下，界线分明。小会三两人或十人等，围坐在圆桌旁团团作亲密状。

华远胜的发言结束后，接着是其他副县长轮番发言。会议主持人提醒每人讲话控制在二十分钟内，此时的政令根本不畅通，这是一次在众人面前展现才华的机会，副县长们我行我素，滔滔不绝的讲话都超过半小时甚至更长时间，全然不顾与会者已然酸痛的腰腿和僵硬的屁股。领导们的讲话叫作报告或是作指示，尽管说得天花乱坠，“八股文”式的“天下文章一大抄”的大话，空洞无物的官话，紧跟时事的套话，无可挑剔的废话，再加上自我陶醉的数据，全无新意，言之无物，如同嚼蜡，虽满足了领导者的话语权与表现欲，可对于台下的听众来说，无疑是“会议刑”——根本听不下去，不想听也不愿意听。现在的基层官员患有“上台瘾”、“讲话瘾”，是基层政治一大特色，“轮流坐庄”是另一特色，大领导一二三四作“指示”，其他小领导甲乙丙丁来“补充”……这一套“规定动作”下来，一个会议剩下的时间也就不多了。

“大会进行第七项，让我们用热烈的掌声欢迎丁江峰书记作重要讲话。”彭华刚声音响亮地说道，带头鼓起了掌。

全场爆发出一阵雷鸣般的掌声。

丁江峰抬起头微笑着扫了一眼整个会场，他没有到发言席去，大会筹备组专门在他的桌子上摆了个话筒。等掌声平息后，他才拿起讲话稿用大嗓门慢吞吞念起来：“同志们：今天这个会议，既是学习贯彻中央、省、市经济工作会议精神的工作会，也是进一步认清形势，统一思想，努力推进我县由农业大县向经济强县跨越。下面，我根据县委常委会议研究的意见，就今年经济工作的总体部署讲四点意见。”

丁江峰的讲话原定一小时的时间，谁知他又脱稿讲了与经济工作无关紧要的当前国际形势，管你爱不爱听反正延展到了两个多小时。

铁木钗对几个局的主要负责人是认识的，而坐在座签上的是几个陌生的面孔，这显然是替会的。官员找替身开会成为官场一种独特的现象，甚至一些地方出现专门替领导开会的“会虫”。会议不重要或者纯粹浪费时间，是被认为领导干部找“替身”开会最重要的原因之一。其实会风是干部作风的体现，一些找“替身”的现象后面折射的是干部责任感的滑坡。“无故”不参会，显然是对这一会议的不屑。

迟到、早退和反复进出等频繁现象，则更加说明那些官员基本上都得了“会场漂浮症”，想来就来，想走就走。依靠这样的作风怎么能管理好一个乡镇、一个部门，当然让人担心。连一个会议都不能认真参加，拿纳税人的钱就这样干事？这是一种非常散漫的无纪律现象。大家都这样，当之何以发展、何以进步？县委县政府召开这样的大会一年有几次？这么重要的会议，除了在外出差不能赶回的、临时出了意外不能到会的，没有其他理由可以迟到、早退和缺会。

会风不是小事，是一种作风，折射出党风与政风。也不是我们理解的仅仅是拖沓、务虚，耽误点时间，它带来的恶果往往是人们意想不到的，甚至于扭曲和误导人们道德倾向、削弱人们的意志、遏制了清正廉洁、助长了歪风邪气。一旦松懈，就容易满足于开会发文件，以会议落实会议，讲空话套话，做官样文章。有好的作风，必然有好的会风；作风上存在问题，必然带来会风不正。开会前都首先将手机调到静音。确实重要的电话，也是到外面再接。一般电话，都是等会议结束后再回复。

丁江峰的讲话画上一个圆满的句号，话音一落，会场再次响起热烈的掌声。待掌声回落后，彭华刚按下麦克风开关键，跟着主持词写的一字一句地说道："同志们，今天会议的主要议程已基本结束。今天的会议开得很好，达到了预期的效果。今天的会议非常重要，对指导做好今年全县经济工作具有十分重要的意义，希望大家认真学习领会，统一到丁书记的重要讲话精神上来，结合各自实际，各乡镇、各单位、各部门层层抓好贯彻落实，贯彻会议精神的情况要形成书面材料上报县委办，县效能办要加强督查。下面，我就如何贯彻落实好这次会议精神，做好今年经济工作再强调以下几点：一是要更加注重科学发展，进一步提升县域经济发展质量和效益。……二是要切实抓好增收节支，进一步提高为群众办事的能力。……三是要坚持依法行政，进一步优化经济发展环境。……四是要强化目标责任意识，进一步抓好经济工作目标责任的落实。……同志们，面对新的形势和任务，让我们在市委、市政府的正确领导下……确保圆满完成全年各项目标任务，推动全县经济社会实现又好又快发展，为把当之建设成为黔中省经济强县而努力奋斗。会议到此结束，散会。"

彭华刚把贯彻落实会议精神的重要性、必要性啰啰嗦嗦讲了可能有半个小时，参会者也听得心烦意乱。

铁木钗干坐了半天，看到时间超过了十二点半，会场里开始躁动了。

大家坐得浑身难受，哪有心思听会。好不容易盼到会议结束了，她的心情才稍稍缓和下来。从上午八点一直开到中午十二点过五十一分钟，会议明显拖得太长了。

丁江峰情绪高涨，再给他一个小时讲也不会觉得会议过长。他整理着桌上的资料，并没有起身，侧偏过头，微笑着给铁木钗说道："时间不早了，我们一起去吃会议餐吧。"

铁木钗早已把资料放进棕色女式手提拎包里，站起身朝丁江峰展颜一笑说："我要回去煮饭，等会老左回家不得饭吃。"其实，这是个托词，下午一点了还要煮饭给男人吃，那只能骗小孩，左前飞早就回家了。

丁江峰不愿捅破这层纸，吃饭自由，不要勉强。轻描淡写地问道："你如有饭局左老师怎么办？"

铁木钗起身拖开椅子准备走，听到丁江峰的问话，平心静气地说道："我会提前给他说的，他会自行安排，一般就在学校食堂吃。"

丁江峰感叹道："铁主任，你真是一个难得的贤妻良母啊。"

铁木钗调整了一下状态，笑着说道："丁书记，你真会说话啊。已为人妻，身不由己。"

丁江峰再次强调说："早上去不了，那晚上去吧，四大班子的领导都要参加。"

铁木钗毫不迟疑地连声答应了下来："好，好。"

第四章　不速之客

天福州神情专注，目不转睛地盯着电脑屏幕，手指敲击键盘“嗒嗒”的声音响个不停，办公室里除了手指敲击键盘的声音外听不到任何响动。他习惯用五笔打字，五笔出错率相对低一点，拼音输入法打单个字的时候，因同音字太多，稍不留神就出差错了。他在撰写贯彻全县经济工作会议精神评论员文章，千儿八百字的文章一气呵成，短小精悍，有可读性，特别是那些离退休老干部最喜欢他写的言论。他理出了十二篇评论员文章的标题，第一篇是《解放思想创新发展——论认真学习贯彻全县经济工作会议精神》。打上一个完美的句号后，又从头至尾逐字逐句细校了一遍，确认没有谬误，才摆出一副很累的样子，眯着眼睛舒舒服服地靠在椅子上伸了个懒腰。搞文字工作的人长时间坐在电脑前，最易得颈椎病。很多人一旦感觉到脖子肩膀不舒服，就喜欢像转“拨浪鼓”一样摇头，以为这样可以缓解不适。殊不知，经常这样剧烈、大幅度转脖子，反而会加速颈椎退化，加重病情。天福州特意学得一招锻炼颈椎的功法——每天用头写“米”字，简单易学。伸过懒腰后，慢慢地做他的养生预防颈椎病用头写“米”的功课。他闭上双眼，闭上双眼不会受到外界环境的干扰。

一心一意地在想着自己所写的每一个“米”字，想着用什么样的方法，可以把“米”字写得更加优美飘逸。头缓缓地向左边轻轻一点，再缓缓地向右边轻轻一点，然后一横一竖，一撇一捺，连续写十几个“米”字。开始感觉颈部有点痛，写来写去疼痛消失了，真还有点神奇。他每天都这样坚持写“米”字，很少出现头痛、头晕、手麻的颈椎病症状。

“天部”门是虚掩着的，记者罗丹凤象征性地敲敲门，推门进来，后面跟着一个近六十岁的老年人。“这位老同志要找你。”

天福州动了动身子，向老年人热情地招呼道：“请坐。”他是县委宣传部分管新闻外宣的副部长兼《当之报》总编，更多的人喊他天部长，极少有人喊天总编。官场上的习惯，喊领导的职务就高不就低。《当之报》总编是正科级，宣传部副部长是副科级，但宣传部管意识形态，宣传部副部长名声就比《当之报》总编大，所以喊“天部长”的人多就可以理解了。

刚好罗丹凤送一篇稿子给天福州看，她给老年人倒了一杯茶，放在他面前的茶几上，吟吟一笑说道：“老人家，请喝茶。”说完转身走出办公室，又回身轻轻地把门带上。

天福州转过身，面向老年人问道：“老同志，有什么事？”

老年人端起茶杯小喝了一口，坐在沙发上的身体往前倾了倾，自我介绍说：“我姓勾，叫勾宽，县机械厂的下岗工人。我以前写过新闻，还被省报评为优秀通讯员哩。我是当之报的铁杆读者，期期必看。每篇文章我都要认真阅读，特别是你写的评论，看完之后，我还把它收藏起来。这张报纸贴近生活，离我们近，办得真好。”

天福州自谦地笑笑说：“啊，新闻通讯员队伍的老前辈，还请勾老师多提宝贵意见。”

勾宽也笑笑说：“宝贵意见谈不上，粗浅建议有一点，让我慢慢向你汇报。”

天福州取出笔和笔记本，这是当领导的职业病，一旦有人汇报工作或提建议之类的，必须做记录；特别是群众来访，给人留下一个领导平易近人高度重视的好印象。他微微欠了欠身子，谦和地说道："莫要讲汇报，有什么好的建议请勾老师直接提出来。"

"本着对当之报负责，我就不客气啦。"勾宽停顿了一下，目光专注地看着天福州突然沉默不语了。

天福州看出他有什么顾虑，鼓励他说道："说出来，没问题。"

勾宽像下决心似的不留情面地说："当之报的校对太差，经常出错字、漏字。比如，今年第二十二期头版头条《省农委主任杭天到我县调研》一文出现两处错误。一是县长彭华刚汇报我县种植茶叶面积报纸上登的是'6亩'，这应是6万亩之误，过去多次报道过是6万亩。二是最后一个自然段：'航天指出'应为'杭天指出'。……"勾宽的记忆力相当强，不用看报纸，哪一期哪个版面哪一篇文章哪一行哪个字错了，哪个数据有质疑，都能如数家珍般地说出来。一共纠出了今年以来从一版到四版连标题制作、错别字、语法、标点符号在内的23处错。"仅是个人看报时一孔之见，不一定准确。见笑。"勾宽最后说道。

天福州心里一热，勾宽一丝不苟的阅报精神难能可贵。新闻最怕"认真"二字，读者就最讲认真。他把勾宽所说的每句话全记录在笔记本上，情不自禁地走过去，紧紧握着勾宽的双手深情地说道："勾老师，听君一席话，胜读十年书，谢谢您对当之报的关心。我要马上召开一个全体采编人员会议，把您纠错的情况向大家通报一下，让大家重视起来，把我们的报纸办好！"

勾宽也跟着站起来，万分激动地说："我知道办报纸大家都很辛苦，累了苦了有时得不到人的理解，领导的排序、领导的人名、领导人上的版面哪一个出了差错轻则问罪，重则处分。如履薄冰。也许是我危言耸听了。"

"绝非危言耸听，有前车之鉴。"勾宽的话似乎触动了天福州灵魂深处，他心有余悸地说道："1999年12月20日《安徽日报》第5版头条新闻，将'国家主席'一句中的'国'字丢失，错成'家主席'，结果当日20万份报纸全部报废。这是一起重大的政治差错，总编和责任编辑全撤。还有2006年江西九江有家报纸曾把'没有共产党就没有新中国'这句话中的第一个'没'字掉了，真是一字之差，谬之千里啊，你道结果如何？社长、总编辑到责任编辑全体起立——统统下课。"

《当之报》是免费赠阅的内部资料型报纸，随《武江日报》赠送，意思是说，哪个单位订了几份《武江日报》，邮局就会分发几份《当之报》给这个单位。当之报社总共订了三份《武江日报》，邮递员分发《当之报》也分了三份。

勾宽正想告辞，恰巧邮递员送来了一摞报纸杂志，勾宽眼尖，拣出了一张当天的《当之纸》。急不可待地看了起来，看着看着，冷不防说道："这头版头条又出现了一个严重的错误。你来看县人大常委会主任铁木钗……"

"啊？"头版头条是最受人关注的，出现严重的错误那还了得，看来这副部长总编当到头了。天福州大为震惊，连忙拿过报纸来看，不看不要紧，这一看，竟是将他自己吓出了一身冷汗，怎么没审出来哩？头版头条消息《全县经济工作会议召开》赫然犯了一个非常非常低级的错误，副标题及正文居然将县人大常委会主任铁木钗排位排在了县长彭华刚的后面，这是过去没出现过的。他是总编，头版头条都要亲自把关审，这篇稿子他看了三遍的，竟然从眼皮底溜过。他沉稳地说道："再次谢谢勾老师，这事我会向铁主任有个交代。"

勾宽言辞恳切地说道："我还没看完，这张报纸我要拿起走。"

天福州发出了邀请说："您能不能一起参加我们开个会？你在会上再说说。"

"不，不，"勾宽猛然摇头说道，"我还有事，我要走了。"当即把《当之报》折叠好，像宝贝似地放进衣兜里。

勾宽走到门口的时候，就听到天福州突然喊他："勾老师，请您等一下。"他回头瞪着惊讶的眼睛扫视着天福州："还有事？"

天福州朝勾宽招招手，转身从柜子里取出一包梵净翠芽茶，几步跨上前，双手递给勾宽。说："这是一个朋友从贵州带来送给我的，是贵州松桃产的梵净翠芽茶，我没有什么赠送你，只好借花献佛了。"

勾宽受宠若惊，推辞不敢接受，眼里闪现出感激的泪花，声音颤抖地说道："天部长，看你说的，我一个下岗职工，何能何德受此礼品，你自己留着喝吧。"

"下岗职工也是我们这个社会大家庭中的一员，是我们的兄弟姐妹。不存在着社会地位低下和高贵的问题。您来到报社，就是我们珍贵的客人。您说了那么多千金难买的真话，我们受益匪浅。不用客气，拿去就是。"天福州把茶叶硬塞进勾宽手里，勾宽双手接过茶叶，非常的激动。这种高端茶，市面上卖六七百块钱一斤。这么厚重的礼品受之有愧，百感交集，一时竟不知道该说什么好。眼眶一热，泪珠顺着脸颊淌了下来。他左手拿着茶叶，赶忙伸出右手握着天福州的手上下大幅地抖了三下说道："天部长，你真是大好人啦，你们宣传部你们报社都是大好人。"

天福州一直目送勾宽进了电梯，才转身回到办公室，气鼓鼓地坐在椅子上，提起座机的话筒，拨通了总编室的电话，其实，他的办公室和总编室门对门，喊就喊得应，他气得硬是拨打了电话。听得到总编室的电话铃声响，总编室主任闪电军很有礼貌地接听电话："喂，我是当之报社总编室，请讲。"

"请你个头，快到我办公室来。"天福州凶巴巴地在电话里吼道。

闪电军激灵灵打了个寒战，不知老大吃错什么药了，冲他发这样大的火，痴呆呆地放下话筒，不容思索，屁颠屁颠地跑过来，紧张地问道："天部，有什么事？"

天福州铁板着脸说道:“通知全体采编人员到我办公室来开会。”

全体采编人员包括两位副总编在内全部集中在一个大办公室里办公,门上的牌子除了挂有总编室外,还有编辑部、通联部、记者部,一个办公室挂三块牌子。只要到办公室门口轻轻吆喝一声,全都听得到。

《当之报》是周二报,全体采编人员和天福州在内才十个人。

今天没得采访任务,十个人整整齐齐地坐在天福州办公室里。大伙儿面面相觑,脸上露出惊讶的神色,猜不透到底发生了什么事,令老大不开心。

天福州面无表情地倚在椅子上,面无表情的还有两位副总编。天福州的表情是一张晴雨表,天福州晴空万里,两位副总编就会阳光灿烂;天福州乌云密布,两位副总编就会天色灰暗。大家知趣得大气都不敢出。天福州吁了口气,一针见血地说道:“近段时间来,有读者指出,我们《当之报》出的差错率太多了。”他打开笔记本,把勾宽找出的23处错误通报给大家,人大常委会主任铁木钗排错位的细节他没说出来。“错别字,漏字,语法,标点符号用错不能认为是小毛病,细节决定成败。在领导人排序上,谁先谁后,一旦出现了差错,惹出大祸,那是要吃不了兜着走的。人名不许出错,把谁的名字弄错了,哪怕是同音字,谁就会找上门来兴师问罪,非要你说清楚是什么意思。真实是新闻的生命,是新闻采编工作的第一职业准则,这是不可置疑的公理。不细心出现的不实新闻如果出现在我们的新闻报道中,不但将损害媒体的公信力,而且会给县委县政府和社会带来危害。求疑、存疑,做新闻工作多问几个为什么,不会耗费我们很大的体力和精力,但是却可以有效避免工作中出现偏差,还能有效地提升个人的新闻业务。所以,我们要加强业务学习,记者写稿子人名、地名、数据要反复核对,责任编辑编稿要精益求精,校对人员校稿要洞察秋毫,确保达到零差错、零失误。出现这些差错,我有不可推卸的责任,请以后大家细心点。”

分管记者部、通联部工作的副总编方舟江是《当之报》的元老了，从报纸诞生的那一天起，他就和报纸休戚相关。当之师范毕业后分配到一个村小任教，《当之报》创刊时面向全县招聘采编人员，他考得第一名被录取。对分管工作出现的差错惭愧之极，首先检讨说："刚才天部长通报的只是冰山一角，还有去年的前年的哩？这充分暴露出我们的记者作风漂浮，采访不深入，写稿时粗枝大叶，写好后敷衍塞责，才导致了严重的差错。鲁迅先生说：'写完后至少看两遍，竭力把可有可无的字、句段删去，毫不可惜。'你们看了几遍了？扪心自问一下。作为分管的领导我有重大责任。"

分管总编室、编辑部及校对工作的副总编笑玲是从县电视台提拔过来的，她对新闻工作还是尽职尽责的。对下属要求相当严，出了这么多的差错，都是校对马虎，脸上自然就没光彩，不敢正眼看天福州，低着头嗫嚅地说道："都是我的错，我愿意接受处罚。"一抬头，盯着罗丹凤，先拿她开刀，不留情面地说道，"罗丹凤，《省农委主任杭天到我县调研》一文是你采写的，头版头条出现两处错误在办报以来是罕见的。你算是骨干记者了，你说说到底为什么？"

罗丹凤吓了一跳，脸上红一阵白一阵，羞窘万分，无地自容，恨不得眼前找个洞钻下去。出现'杭天指出'错为'航天指出'是打拼音之误，6万亩写成6亩，实在想不起出错的缘由。她沮丧着脸，想了想嘟着嘴说："那天稿子刚写好，我又接到采访任务，来不及细看就走了。我……我……"

天福州很严肃地说道："不要为自己的过错找无谓的理由，不要再强调事情的客观性，而忽视了主观性，要从自身灵魂深处找问题。我们不要拿自己的政治前途做赌注，因为新闻重大事实差错，政治差错被追究责任的人不在少数。除了扣钱，还将写检查，或者解聘，或者降级，或者撤职，严重的政治差错甚至会停刊整顿。《江西广播电视报》在国庆55周年的时候，居然把大标题写成'庆祝中华民国成立55周年'，报社出了这么大的政治错误，结果从上到下全开除了，报纸也寿终正寝了。你们不希望因为一个字枪毙总编下课，我也不想你们受到任何党纪政纪处分。当然，如果遇到开明宽容的领导，认为报纸出现失误是无法避免的。因为报纸是由人来采写、编辑、出版，只要是人，就会失误。他们批评几句，指出缺点，然后就一笑了之，由报社按照内部规定处理，在经济上重惩。”

方舟江点点头，表示赞同地说道：“为了惩前毖后，治病救人，我认为对当事人加倍惩罚，包括我在内。”

笑铃神色凝重地说道：“我表示赞成。报纸出错是一块难看的伤疤，只要有连带责任的，不管涉及谁视同一律。”

每个人都进行了表态性发言，真正提高对报纸差错带来的严重后果的认识。表示在今后一定要坚持党性原则，坚持新闻的真实性。

天福州苦口婆心地说道：“新闻出了错，原本真实的就变成假的了。真实，是新闻的基本要素。新闻，因真实而美丽；新闻，因真实而有力量。真实，是新闻的生命。新闻真实无小事，我们要增强社会责任……”正说得起劲时，放在桌上的手机忽然振动起来，跟桌面摩擦发出“呜呜呜”刺耳的声音打断了他的说话。他伸手拿起，看了一下号码，“王广实”的名字在显示屏上闪烁，是县人大常委会办公室主任打来的，他按了一下接听键，语气很轻地说道：“喂，王主任。”

电话里传来王广实的声音：“天部，在当之吗？”

“到当之，有什么指示？”

“指示谈不上，请你马上到人大来一下。”

“有事吗？”

“我们铁主任要召见你。”

“铁主任？”

“嗯。”

“好，等一会儿我就来。”

预料中的事终于来了，只是来得太快了，铁木钗要找他肯定是为报纸上排错位的事情，天福州像蜈蚣吃萤火虫——心里明白。是祸躲不过，躲过不是祸，其实，他早就想好了摆平的办法，可以说有决胜的把握。通话结束后，从手机屏幕上看了看显示的时间，已是下午四点。会议达到了预期的效果，他宣布散会。

第五章　用心何在

铁木钗在临江当县长时，整天忙得像走马灯似地团团转，中午一顿饭局要吃两三个小时，碰起酒杯来有时两点半钟还结束不了，谈不上中午睡午觉，或是趁上班还有个把小时的剩余时间，在椅子上打个小盹儿，恢复一下精力。现在清闲下来，她一般不想中午去应酬，即使有饭局也很少。她的理念是年纪越来越大了，坚持睡个午觉保养好身体。身体是自己的，双眼一闭，两腿一伸，男人房子儿子都是别人的。铁木钗的生物钟相当准时，不依赖闹钟一点五十分准时睡醒，误差不过一两分钟。马放鸣两点钟准时在楼下来接她。铁木钗过意不去，就对马放鸣说："小马，我一提前上班，拖累了你，影响你的休息。你莫管我，我自己走到办公室去。"

马放鸣坚决反对，振振有词地说道："铁主任，为领导服务是驾驶员的天职，没有任何条件可谈的。"其实，铁木钗是多虑的，她当县长时为她开车的驾驶员比起马放鸣来起码辛苦五倍，披星戴月，早出晚归，从省城回来跑七八个小时的长途是家常便饭。

办公大楼除了保安依然尽职尽责值班外，静幽幽的见不到一个人。走进办公室时是两点半钟，她把包放在桌上，扯开乳白色的窗帘，一缕阳光从窗口斜射了进来，原本昏暗的屋里顿时亮堂许多。缓缓推开窗子，五月的天气不是太热，一丝清爽的春风扑面而来，吹到脸上让人柔润。一会儿，她又把窗帘拉拢一半，让刺眼的阳光变得多少柔和了一点点。她无所事事，慢慢地坐回椅子上，从包里取出一面镜子放在眼前，眼睛盯着镜子里，专注地照了照，用手撂了一下自己的头发，自豪地感叹额头上还没爬上皱纹，脸上更显丰腴饱满，丰腴的面颊始终给人一种饱满向上的感觉。"梆梆梆" 有人敲门，赶紧把镜子放进包里，她正儿八经地应答了一声："请进。"

进来的是人大办公室秘书赵直中，他是去年考公务员考进人大办公室的，二十四五岁，武江学院中文系毕业。他怀里抱着一摞报纸，熟练地从上面拿起几份放在办公桌上，显得很随意地说："主任，你的报纸。"旋即走了出去。

铁木钗随口说道："好。"

送来的报纸有中央省市县的党报，也有人大部门的专业报纸。她看报的习惯是先从县报看起，依次是市省中央的报纸。县报反映的事是发生在身边的事，知根知底。她把报纸拖过来放在眼前，取报纸时从中抽出一张《当之报》看起来，头版头条是全县经济工作会议消息，套红的标题醒目。她看着看着，心中一恼，仿佛一股无名火从脚心腾腾地窜到了脑门，这把火烧灼着她的神经末梢，血液循环仿佛在那一瞬间停滞了。积累多日的怨气和茫然终于找到了出处：好你个天福州，不讲政治，竟然拿老娘开涮，想看笑话，嗯，没门。消息里把她的名字排在县长彭华刚的后面。她放下报纸，种种滋味涌上心头，拨通了王广实的电话："广实，你打个电话给天福州，叫他马上到我办公室来一下。"

"有事吗？" 王广实问道。

铁木钗不耐烦地说："不该问的你不要问，什么时候变得婆婆妈妈起来。"

“要是他问起是什么事呢。”

“你就说是我找他。”

王广实下了决心似地说:“好。”

天福州来到铁木钗的办公室门前,门是半虚掩的,“笃、笃、笃,”伸手象征性地轻叩了几下门,没等屋内回应,就推门走了进去,从容地喊道:“铁主任,您好。”

铁木钗阴沉着脸,放下手中的《人民日报》,望了一眼天福州,冷冷地说道:“我有哪样好,你才好哩。”

天福州脸上浮起一丝苦笑:“您找我有事?”

铁木钗讥讽地说道:“你们的报纸办得真不错。党性强,原则性强,好得很是好上加好啊。”

天福州听出了铁木钗的弦外之音,也不管铁木钗招不招呼,大大咧咧地坐下,装聋卖傻地说道:“办得不好,还有一千个不足,一万个不周,请铁主任批评指正。”

铁木钗没有好脸色,冷冰冰地说道:“批评指正谈不上,不过有些问题我弄不明白想问问你。”

天福州谦逊地说道:“请讲,我愿洗耳恭听。”

铁木钗怪怪地问道:“是人大大或是政府大?”

天福州早有思想准备,他既不说人大大,也不说政府大,根据学到的知识利索地回答说:“人民代表大会,顾名思义,代表人民的,是人民经过层层选举出的代表,由人大立法,选举任命政府的官员,而政府的官员要向人大汇报工作。”

铁木钗眼中满是愠怒,心中郁结了一口气。说:“你说政府的官员要向人大汇报工作。是吗?”

天福州不加思索地说道:“是的,没错。”

铁木钗不咸不淡地说:“请你解释一下,什么叫汇报?”

问了这样一个问题，天福州沉默了两秒钟，屋子里顿时变得静悄悄的，努力搜索着辞典对"汇报"的解释，不一会儿，好像寻到了打开知识宝库大门的金钥匙，滔滔不绝地说道："什么叫汇报？一、汇集材料向上级或群众报告。二、指汇集材料，向领导或群众所做的口头或书面陈述。三、综合材料向上级或向群众报告。"

铁木钗取过《当之报》，丢在天福州面前，得理不饶人，咄咄逼人地说道："汇报汇报，向上级或群众报告。既然政府的官员要向人大汇报工作，就是说人大就比政府大。你看看你们的报纸办得乱七八糟、颠三倒四的，把我排在了县长彭华刚的后面，这是不是不讲政治的表现。"

天福州避开了铁木钗直视过来火辣辣的目光，有条有理地说道："人大常委会主任从理论上讲是二把手，但实际上是三号首长。"

铁木钗一听，心里那个气呀，也不好当面发作，毕竟是县领导。但言辞里，有了兴师问罪的味道："你这人如此不顾事实强词夺理，真可怕。人大主任天经地义排在县长前面。"

天福州气势旺盛地说道："我说出来不怕你不高兴，你排在彭县长的后面是千真万确的。"

铁木钗面子有点挂不住了，听得很不耐烦，自从她当县领导以来，还没有哪个科局级干部敢在她面前顶口拗嘴的。这个天福州是不是吃错了药，脑子进水了。猛然间发火了，拍着桌子，训斥道："简直是一派胡言。你不把人大放在眼里，用心何在？你是不是共产党员，要不要讲党性？"

天福州懵了，不明白就这么点小事铁木钗怎么就发了这么大的火，排位这事儿确实是小事，可领导要抓着不放做文章，再小的事情也能够给你上纲上线就是大事。立刻赔着笑脸说道："铁主任，请息怒，容我慢慢解释。"

铁木钗手一挥，武断地说道："我不需要你作任何解释。"

天福州抿了抿嘴，很理直气壮地说："常言说：话不说不明，理不辩不清。你不听我解释，我也要把话讲清楚。去年我到清华大学参加外宣干部培训班，给我们上课的老师说，中国共产党是我们国家的执政党，是社会主义现代化建设事业的领导核心。党领导人民制定宪法和法律，同时，又领导人民实施宪法和法律。我国的人民代表大会制度是党领导下的根本政治制度，是我们党长期进行政权建设的经验总结，也是我们党对国家事务进行领导的一大特色和优势。离开了党的领导，就不会有人民代表大会制度；离开了人民代表大会制度，就无法实现党对国家事务的领导。再说，《中华人民共和国各级人民代表大会常务委员会监督法》第三条规定：'各级人民代表大会常务委员会行使监督职权，应当围绕国家工作大局，以经济建设为中心，坚持中国共产党的领导，坚持马克思列宁主义、毛泽东思想、邓小平理论和'三个代表'重要思想，坚持人民民主专政，坚持社会主义道路，坚持改革开放。县长是县委副书记，县委召开会议县长可以代表县委作报告，而你是人大常委会主任，就不能代表县委。一个简单的道理，如果说有一天丁书记高升调走了，新任的县委书记未到位之前，彭县长主持县委全面工作，县委召开常委会议，彭华刚同志主持。你说，你是排在彭华刚同志前面呢还是排在他后面？你想排在彭华刚前面，你就凌驾于县委之上。”

这顶政治帽子一戴，可把铁木钗搞得纳闷狠了。在临江当县长时，《临江报》发的消息大会小会都把她排到人大主任后面，人大监督政府嘛，人大主任顺理成章排在县长前面，她无怨言。现在天福州说的一番话也有一定的道理，到清华来讲课的老师都是专家学者，有理论依据的。谁让你是人大主任，而不是县委书记。人大到底是个啥？铁木钗不得不再次回到这个问题上，这问题是个老问题，是个非常烦心的问题。人大是权力机构，听起来好听，谁都清楚明白，实际上就是个闲角。她大彻大悟，一个外表很坚强的女领导，只不过是事业有成，除去了她们在社会上那一张假面具，其实也像一般的女人一样，心里都是很脆弱的。铁木钗妥协了，刚才那股官气荡然无存了，她抬起头，目光明亮地注视着天福州，坦率地说道："天部长，也许你说得很有道理，我找不出任何理由来驳斥你。"

就在这个时候，天福州的手机响了起来，当然，不是铃声，是振动。掏出一看，竟然是用座机打来的，这个号码好像很熟悉，但一时又记不起来了。他朝铁木钗笑了笑说："铁主任，真不好意思，我接个电话。"他快速按了一下接听键，把手机贴近耳朵旁说道："喂。"

听筒里传来一个男子的声音："天部吗？我是政协卫阡乐。"

是县政协秘书长卫阡乐打来的，天福州问道："啊，是卫秘。有事吗？"

卫阡乐说："我们明天要召开政协常委和机关干部职工会议，传达贯彻全县经济工作会议精神，请你派一位记者采访。"

天福州又问道："几点钟，在什么地方？"

卫阡乐说："上午八点半，在县政协六楼会议室。"

天福州答道："好，我马上安排。"立即拨通了闪电军的电话："电军，明天上午八点半钟县政协在政协六楼会议室召开政协常委和机关干部职工会议，传达贯彻全县经济工作会议精神，你安排一位记者参加采访。"

铁木钗听完天福州的话，心里一震，政协要召开会议传达贯彻全县经济工作会议精神，同是县四大班子，咱人大也要有政治敏锐性，决不能落后政协啊。他们开到政协常委和机关干部职工，我要扩大到离退休老干部。

天福州接完电话，想尽快离开，在这里待久了，恐怕节外生枝，赶快说道："铁主任，还有事吗？没事我就走了。"

铁木钗感觉身边的人和事总是与自己想象的不一样，就有种莫名的失落感，长长地嘘了一口气，幽幽地说："唉，没什么事啦。"

天福州站起身，从容不迫地说："那我走啦。"

铁木钗也站起身，客气地说道："我不送了，你慢走。"她到饮水机前，拿起杯子接了一杯水，走到自己办公桌跟前，轻轻坐下，"咕咚"喝了一口，然后将杯子放在桌子上。用右手托住腮帮，回忆起刚刚跟天福州的谈话，忽然想起一件事，给王广实打了个电话："广实，你到我办公室来一下。"

王广实接到铁木钗的电话二话没说，立即放下手中正在撰写着的一个材料，快步来到铁木钗的办公室，急匆匆地问道："铁主任，有什么事？"

铁木钗扑闪着一双明亮清澈的大眼睛，轻声说道："明天下午我想召开一个主任办公（扩大）会议，贯彻全县经济工作会议精神，参会人员扩大到人大机关全体干部职工、人大常委会委员、人大离退休老干部。"

王广实惊奇地问道："要这么多人参加？"

铁木钗煞有介事地说："不仅在职人员要知道全县经济发展状况，而且也要让离退休老干部共同来关心全县经济发展大事。"

王广实还在辩解道："过去只是人大机关传达，没有这么大的规模。"

不管是在官场上，还是在生活中，总是避免不了竞争。女人本性是温柔的，可是一旦有个位置，面对的是个弱肉强食的领域，太温柔会失去很多机会。一个个都比较有心计，都有一颗争强好胜的心。战胜对方是一种力量，官场上是不允许别人一个个跑到了自己前头的，久而久之，她们很专横，很霸道。

政协召开的会议只是政协机关和政协常委参加，铁木钗多了个心机，要扩大到离退休人员，电视台一播，报纸上一登，网上一挂，人们就会认为人大就比政协技高一筹，用一个时髦的词语叫创新。她不好对王广实说出心底里埋藏的东西，于是开导说道："广实啦，我们要解放思想，与时俱进，先行先试，不要墨守成规看老皇历。历史在不断前进，在不断进步，过去我们县没有电梯房，现在满县城都是。过去一个人拥有一辆自行车就了不起，现在二十万元的私家车也司空见惯。再说，我初来乍到，对人大工作不熟悉，也想听听老同志们的意见和建议。"

王广实一时语塞，不知道该怎么回答，吞吞吐吐地说道："我懂，我……我是说……这些老干部要……发牢骚……"

铁木钗打断王广实的话说道:"不用多说了,就这么定了。让人家说话,有怨气让他们出,山不会垮下来,地不会陷下去。你统计一下,参加会议的共计有多少人?"

铁木钗继续说道:"会议的议程:一是由你传达全县经济工作会议精神;二是由敏锐达常务副主任通报人大常委会去年的工作;三是座谈。最后我再讲几句话。整个会议要做好记录,形成会议纪要。时间就定在明天下午两点半。"

第六章　支书村长

大湾乡苗王城村党支部书记吴革宪散会后回到村里，到新河堤边一下车就碰到村民吴国华。吴国华开了个沙石厂，算是村里的致富带头人，见到吴革宪从中巴车上走下来，便上前打招呼道："吴支书。"

吴革宪仿佛像打了胜仗凯旋的将军，瞧了一眼吴国华，很有派头地招招手道："国华，你忙啊。"

吴国华见吴革宪精神焕发，英气大盛，眼中还隐隐带着笑意，习惯性地递上一支香烟，新奇地问道："到哪里去来？"

吴革宪不客气地接过烟，叼在嘴中，冲吴国华一笑说："县城。"

吴国华从口袋中掏出打火机，"啪"的一声打开，机嘴里冒出的火球蓝蓝的，他帮吴革宪点燃烟，问道："做哪样？"

吴革宪美美地吸了一口，昂起头悠闲地吐出一个大大的、圆圆的烟圈，把香烟从嘴边移开，夹在右手的食指与中指之间，燃烧的烟雾袅袅升起，弥漫开来，和空气混绕在一起。故意慢吞吞地说道："开会。"

吴国华很关心国家大事，是个爱打破砂锅问到底的人，又好奇地问道："开哪样会？"

能参加县委县政府开的会，亲自聆听到了县委书记、县长的讲话，作为村支书来说，这是一生中的最大荣幸，那可不是一般人能够享受得到的待遇。只有乡里的书记乡长经常见到县委书记县长。吴革宪得意极了，兴奋的脸上光彩夺目，昂着头，挺着胸，无不自豪地说道："全县经济工作会。"

提到经济，吴国华兴趣盎然，瞪大眼睛问道："讲些哪样内容？给我们说说。"

在附近做活的几个村民也围拢来凑热闹。

"这……"吴革宪觉得脑子乱哄哄的一片空白，心里一阵慌乱，一时答不上话来，全身肌肉发紧。会议的内容太多了，不知从何谈起。

吴国华不依不饶地说道："说呀，支书，不会保密吧。"

"内容很多，三言两语说不清楚。"吴革宪稳了稳神，深深吸了口烟，飞快地思考着，不禁灵机一动，想起了乡长经常挂在嘴边上的一句话，此刻脸上露出欣喜的表情，铿锵有力地说道："搞好农业生产，增加农民收入。"

你看，兴师动众、轰轰烈烈开了整整一天的经济工作会议涉及的"三农"问题，书记县长洋洋万言听者云里雾里，人家村支书两句话就高度概括了。吴革宪多有水平，应算是个语言大师吧。

吴国华怔怔地望着吴革宪，有些不相信自己的耳朵，伸长脖子问道："就这些？"

吴革宪压住心中的激动，微笑着拍拍吴国华的肩膀道："国华，好好干，现在正是我们大显身手的时候。书记县长讲了很多，一时我也记不清楚，我觉得他们讲得好，讲到了我们的心坎上，咱们村要制定出发展经济的规划出来，不愁咱们没钱用。"

吴国华似懂非懂地点点头说道："嗯，就按你吴支书说的办。"

吴革宪双手一摊，摇着头说："你讲错了，那是县委书记、县长说的，我哪有这么高的水平啊。你们相互转告一下，县长说啦，要贯彻落实好这次会议精神。”关键的时候把县委书记县长抬出来威风威风村民，增加了一种可信度和神秘感。

听说是县委书记县长说的，吴国华佩服得五体投地，慷慨激昂地说道：“县委书记县长真是好领导，没到过我们村，硬是为我们老百姓考虑得周到。”

吴革宪乐呵呵地说道：“那还用说，书记县长的讲话材料都在我包包里，有空的时候你拿去学一学，也许对你开沙石厂有好处。”

吴国华深邃的眼里放出了异样的光彩，豪壮地说道：“支书，我们有脖子有腿的，有眼睛有鼻子的，我们这里山清水秀，土地肥沃，自然条件比哪里都好，为什么我们总是落后呢？最关键的是解决思想观念问题。”

吴革宪环顾左右，夸耀地说道：“你说得好。书记县长在讲话中也提到转变观念，说是观念一变天地宽。观念一变，思路也变了，方法也就变了，也就有了出路。有了出路老百姓才有致富路。”

吴国华发表了自己独特的见解，侃侃而谈道：“如果我们的观念不转变，老在那个死胡同里转来转去，没有什么出路，可见得观念转变的重要性。”

吴革宪把抽完的烟蒂丢在地上，脸上露出诚挚的笑容，说道：“你硬是有水平，不愧是个高中生，说起话来头头是道。当年选你当村长，你高矮不干，说是要照顾沙石厂，怕影响工作遭骂名。”

吴国华心里十分受用，嘴上却谦虚地说道：“你支书还是中专哩，比我高一篾片片。脑袋瓜子灵活，人年轻，有干劲，有闯劲。”

吴革宪自我解嘲道：“中专文凭虚飘飘的，武术学校去学练武颁发的，算不得数。原始文凭和你一样，高中。”十年前吴革宪高中毕业没考上大学，也懒得补习，就外出打工去了。在打工期间参加了当地武术学校培训一年，发了个中专文凭，严格地讲，是个结业证。去年回来后，刚好村支两委换届，就被选上了村党支部书记。

吴国华深情地望了一眼周围的乡亲，颇有感慨地说道："我们村有一个好的村支两委班子，发展是有希望的。你看，村长龙满姝人年轻，长得还漂亮，有能力。……"

"哈哈哈……哈哈哈……"没等吴国华说完，围观的人群都不约而同地爆发出一阵哄堂大笑。吴革宪碍于吴国华的面子，欲强忍着不笑，但心里却实在忍不住，也跟着笑了起来。

吴国华听着震耳欲聋的哄笑声，堂堂男子汉耳根子都烧红了。脸色凝重了几分，人们为什么笑他，心里是个谜。口若悬河的他此时此刻也显得笨嘴拙舌："你们笑……笑什么？笑我说话没水平？"

一个绰号叫"烂朽朽"的接过吴国华的话茬憨憨地笑了笑说道："司马总，你说话的水平没得谈的，有几句说到了我们心坎上。只是，只是……"

而今眼目下，不管是开门面卖烟酒唱独角戏的"光杆司令"，或是卖服装请人看摊子的"二人转"，当地的人都会封一个"总经理"，简称为"某某总"。他们私下说，管他真的假的，喊死了又不要我出钱买棺材埋。"烂朽朽"当着那么多人的面，喊他司马总，心里非常非常的受用，吴国华虚荣心得到满足。他本来想大发"烂朽朽"一通火的，可转念一想，又不是"烂朽朽"一人笑，对他发火也没有多大意思，别人看来显得我小肚鸡肠。男子汉大丈夫的，心胸宽广些。话说出来听起有点刻薄，但平心静气地说道："'烂朽朽'，有话就说，有屁就放，不要含声不吐的，只是，只是什么呀？"

"烂朽朽"眨着眼睛做了个怪相，突然，大大咧咧地向吴国华伸过手来，嬉皮笑脸地说道："反正我是'烂朽朽'，搞杆烟来再说。"

"真话是个'烂朽朽'，伸手派的掌门人当你莫属。"吴国华讥讽道。他为人处事还是慷慨大方的，不像有些小商人吝啬，一分钱就是命。他不分老幼,不分尊卑,见人发了一支烟。

吴革宪怕“烂朽朽”说出些出格的话,担心吴国华受不了。正色说道:“‘烂朽朽’,莫要扯闲谈了,谈点正事好不好。”

“烂朽朽”猛地抽了一口烟,在喉中滚了几圈这才吐出一团白茫茫的烟雾,慢悠悠地说道:“吃了人家的嘴软,拿了人家的手短,把人家的烟抽了,不说出阴在肚里我怕烂肠子。”

吴革宪实在拿“烂朽朽”没办法,公民都有说话的自由,这是宪法规定的,说就让他说吧,苦笑着脸说道:“好,好,你说,你说,我们都洗耳恭听。”

“烂朽朽”略带玩笑地说道:“司马总,说好说坏你不要多心哇。”

旁边几个人瞎起哄:“‘烂朽朽’,快说,快说。”

“不要怕,我们支持你。”

吴革宪见场面有点乱糟糟的,即忙摇手制止道:“哎哎哎,瞎起哄什么,让‘烂朽朽’把话说完。”

“烂朽朽”“嘿嘿”地干笑两声说道:“你说龙满姝村长工作有能力,连三岁娃娃都晓得。你说她人年轻也是事实,你说长得还漂亮一点都不假哩。”

吴国华眨了眨眼睛,很诚实地说道:“是呀,我没说错嘛,确实是这样。那你们笑什么啊?”

“烂朽朽”很得意地说道:“人家村长有工作能力,人长得漂亮,你是个什么歪歪主意给我说清楚起。”

吴国华是随口而出,根本没想过这些深层次的问题。不由得心一紧,一脸难堪,非常尴尬地说:“这……村长就是漂亮嘛,大家都知道的。”

“烂朽朽”紧追不放,嘴巴上依旧不饶人地说道:“你不要以为你有几个钱,想打村长的主意,那不过是乌龟想骑凤凰背——白日做梦。死了你这条心吧,村长是个作风正派的人,行得稳,坐得正,公公和媳妇可以坐一根板凳，她不是那些风流人哩。”

听到这话，吴国华暗暗叫苦，有好事者将此话传出夸大，以讹传讹，羊肉没得吃惹得一身骚，跳到黄河都洗不清。无奈地瞪了“烂朽朽”一眼说道：“莫要胡说八道，乱嚼舌根，说话可要负责任。要是村长听到了，当心她割下你的舌头拿来下酒吃。”

吴革宪觉得“烂朽朽”说得太过分了，便生气地制止道：“太不像话了‘烂朽朽’，是不是又喝醉了，胡言乱语的，说点正经的好不好。”

“‘烂朽朽’，想你个头，又喝了几两猫尿，嘴巴里臭醺醺的，要不要我去给你买套洗漱工具，刷刷牙，漱漱口。”不知什么时候，龙满姝站在人群后面。她三十出头，真的长得很漂亮，高挑的身材，一头乌黑发亮的长发披在肩上，一张圆圆的脸蛋儿不用化妆就红润润的，弯弯的眉毛下面有一双水灵灵的眼睛，闪烁青春的光芒。

龙满姝高中毕业后没考上大学，决心走出别人的阴影，到福建厦门进厂，有文化，人长得漂亮，脑袋瓜子灵活，很快当上了拉长。什么是拉长哩？拉长的“拉”是英文里的“line”的音译，在工厂里是“生产线”的意思，所以拉长就是负责生长线运作的管理人员。当了拉长工资就比普通农民工高，每月大概有个四五千块钱吧。在打工期间，她和她在同一工厂打工的高中时候的同班同学吴国安谈起了恋爱，读书时他们都相互了解，经常在一起说说笑笑，如今时代的命运使他们走在一起，只要捅破那么一层薄薄的窗户纸，温柔爱情的阳光就会穿过浪漫的窗户洒进他们的心房，也就是水到渠成的事。吴国安每月的工资收入也可观，不亚于龙满姝，甚至有些月份还要高点。起初各自分别住在由厂方提供的男女集体宿舍，没有单人房间，想干一点儿事也没机会，吴国安便大胆提出到外面租房子住。想不到龙满姝满口答应，她的逻辑是迟早是吴国安的人，同居也不是伤风败俗的丑事。更何况现在的年轻人思想解放，有恋人关系的不是恋人关系的在外打工同居是家常便饭。就算周围的人知道心照不宣罢了，此类事全国甚多，没必要大惊小怪。他们在离工厂不远的地方和另外两对夫妇合租了一套房子，住进去后才找到有家的感觉。瓜熟蒂落，不久，龙满妹身怀六甲了。腊月二十四，厂里陆陆续续放假了，除了不愿回家留守看守厂房外，大部分心情迫切地提前购车票返乡过年。龙满妹和吴国安权衡了一下利弊，为了未来的小孩，毅然辞去了工作。他们坐了一天一夜的长途大巴车，沿途吴国安照顾得无微不至。

大巴车到了县城，龙满妹才打电话给父母，说她不准备回家过年了，她要到她男朋友家过。父母也无可奈何，理解女儿的心，姑娘大了是人家的。次年的正月初二，按照当地的风俗，吴国安和他的父亲及几个堂兄弟，到龙满妹家去拜大年，同时把话挑明，吴国安的父亲提出吴国安的结婚事宜，日子看到正月十二，这天正好是个黄道吉日，过了大年十五，吴国安又要外出打工去了。龙满妹的父亲感到有些唐突，嫁妆什么都没准备，犹犹豫豫的。吴国安的父亲说来得及，嫁妆、家具、电器全部是买，不像过去半年前就得请木匠打家具，现在方便多了，想买什么都有，只怕没钞票。龙满妹的父亲想到纸包不住火，知道满妹怀孕了，在家多待一天，肚子就会大一圈，闲言碎语也就会多一些，当父母的抬不起头，当下点头答应了。

结婚后，吴国安继续外出打工挣钱，龙满妹就在家里等待坐月子。十月怀胎，一朝分娩，足月生下一个胖嘟嘟的娃娃崽，全家人都很高兴。看了个好日子讨了月米酒，娘家送得很隆重。龙满妹爱子心切，打消了外出打工的念头，钱是赚不完的，哺育儿子是大事。把娃娃丢给爷爷奶奶是放心不下的，最起码教育就是一道坎。去年村级组织换届，高票当选村委会主任，也就是我们习惯喊的“村长”，今年初还当选为县人大代表。

“呵呵呵，美女村长，本村民是大大的良民，虽说文化水平不高，但讲话还是有分寸的。”“烂朽朽”瞬间怔了一下，立即赔笑道。经历这样的场面也许是多次了，对于龙满妹的到来不惊不慌，面不改色，村民和村长说话非常随便，不忌讳什么，开开玩笑也是正常不过的。

遇到像“烂朽朽”这种有口无心的人，说的都是玩笑话，千万莫当真。跟他生气，气成病的是自己，再说生气很容易催人老，为了自己的健康着想，就不能跟他一般见识。龙满妹想通了，莞尔一笑说道：“本村长大人大量，不跟村民一般见识，搞经济发展还需大家的支持。”

吴革宪面带微笑上前主动招呼道：“龙村长，你到哪里去来？”

龙满妹雍容大雅地答道：“我去赶场来。今天赶大湾，去买点农药来。”

吴革宪两眼放光，充满活力地说道：“我正准备找你，县委召开了经济工作会议，我才散会回来。我们商量一下，今天晚上召开村支两委扩大会议传达会议精神，党员、村民组长、致富能手参加。对我们村的未来发展大伙儿出谋划策。”

龙满妹想了想，语气充满决心地说道：“我们村有人、有田、有土，就是缺少资金、技术和项目。咱们村可以发展特色农业经济，像原生态茶、中药材、百合、大棚蔬菜。使农业生产摆脱受自然条件制约的被动局面，改变传统的‘春种秋收’的种植方式，实现四季生产。只要找准发展方向，乘全县经济工作会议的东风，不愁我们村不富。”

吴国华一直纠结小河上的桥没架，似乎成了他的心病。早想买辆小轿车，就是开不进寨子里，只好放弃。叹了口气，担忧地说道：“要致富，先修路。还有一个制约我们村的瓶颈是小河上的桥没架，大车小车都进不了村子。”

吴革宪兴致勃勃地说道：“国华说得对，交通也是个问题。晚上八点在村委会会议室，参加会议的人由龙村长定。我开个小灶，特邀吴国华参加，你要仔细想一想，提提建议，出出主意，作个重点发言。”

吴国华并不推卸，乐意接受邀请，高兴地说道：“好，我一定来。”

龙满妹看着“烂朽朽”郑重其事地说道：“‘烂朽朽’，也邀请你参加。”

“烂朽朽”一脸愕然，颇感意外。以为听错了，不由有些迟疑地问道：

"村长，你说我也参加你们的干部会？是不是开国际玩笑，我一不是村干部，二不是村民组长，三不是党员，四不是致富能手，凭什么资格。"

龙满姝向他投去信任的目光，肯定地说："你爱动脑筋，点子多，作为群众代表参加。虽说平时说话烂杇烂杇的，有的话细细嚼来还有味道。想听听你们的意见，集思广益，找到脱贫致富的好路子。"

"烂杇杇"听了龙满姝的话，顿感精神大振，突然看见了希望，有那种不可抗拒的自信，拍着胸脯说道："村长，只要用得着我的地方，就是死了我也心甘情愿。"

吴革宪用眼光扫了"烂杇杇"一眼，徐徐地说道："'烂杇杇'你不喝烂酒了就是好人，喝烂酒了就是烂人。"

"烂杇杇"的脸色有些变化，但就是那么一瞬间，又马上恢复了正常。忙不迭地说道："毛主席他老人家说过，允许人犯错误，也要允许人改正错误。不要把人一棍子打死。从今天起，我不喝烂烂酒了，你支书叫走东，我决不会走西。不信，骑驴看唱本，走着瞧。"

龙满姝转动着那双美丽的眼睛，看着"烂杇杇"说道："好啦，'烂杇杇'，我不想听无实质内容的嘴动，关键是要看你的具体行动。"

"烂杇杇"抖了抖身体，斗志昂扬地说道："君子一言，四匹马都难追。"

吴革宪纠正道："'烂杇杇'你说错了，是'君子一言，驷马难追'。这是个成语。"

"烂杇杇"狡辩道："都是一个意思。我土一点，你文一点。"

吴革宪神清气爽地说道："好啦，不说了，我要回家去准备一下汇报材料。"

第七章　七老八十

路毕通吃过午饭后上床睡觉午休，这是他多年养成的养生习惯。他平时看了一些保健书籍，中午休息一会儿不在于时间长短，睡得着的话，半小时就足够了。午睡的好处是养精蓄锐，缓解一下疲劳，补充一下体力，这样才会有更充足的体力和精神投入到下午的工作中。还能预防冠心病，据医学家研究观察，每天午睡三十分钟，可使体内激素分泌更趋平衡，使冠心病发病率减少百分之三十。研究者认为，地中海各国冠心病发病率较低与午睡习惯是分不开的。而北欧、北美国家冠心病发病率高，究其原因之一就是缺乏午睡。成人睡眠不足4小时者，其死亡率比每晚睡7至8小时的人高百分之一百八十。这就提示人们，晚间睡眠不足，如能在午睡中适当补充，也将有益于延年益寿。凡是平素睡眠不足的人及体弱多病的人都该午睡，睡眠质量差的老人也能通过午睡让大脑得到真正的休息。午睡恰恰是人体保护生物节律的一种方法。难怪路毕通活到了八十五岁，眼不花，耳不聋，精神饱满，精力充沛。他眯了半个小时，有点兴奋，一点钟就睡醒了。起床刷了牙，洗了脸，对着镜子将自己精心打扮一番，左照照、右瞧瞧为的是给自己多一份自信和精神，穿上了平时不穿的灰色条纹西装，打着暗红色的领带，拿起木梳把头发向右边来回梳动，而且非常认真一丝不苟、精细；又将皮鞋擦得光可鉴人。老伴看他老来俏，温柔地责骂道："看你打扮成哪个样子，就像去相亲啦，老不正经的。"

路毕通呵呵一笑说道："你懂啥的，人老了就要打扮一下，免得别人瞧不起咱老头子。"孙子提出用车送他，他说离行政会务中心不远，走走路对身体有好处，生命在于运动，一定要坚持步行。孙子无可奈何，再三嘱咐爷爷，年纪大了，过马路要小心。路毕通说没问题，一点半钟就出了门，挺直胸膛地走在路上，还蛮有精神的。路毕通是山东人，属于被称为"南下干部"的那群人。1950年解放当之时他是连长，当之严重缺乏我党的干部，在这种情况下，他就留下来打土匪，搞土改，开始重整"家园"。先后当过公社书记、副区长、区长、区委书记、县委副书记，后来干了三届每届三年的当之县人大常委会主任。他过斑马线时即使亮绿灯了也要左右环顾一下，确信安全了才谨小慎微走过。他听孙子说，现在的驾驶员大多没有经过正规培训，会开车不会开车开得好开得不好花钱照样买得驾照，全然没有职业道德，特别是那些富二代，官二代，开着名贵车，口里喊着："我爸是××"，硬不把交通规则放在眼里。撞死人赔钱了事，或坐过三两年监狱出来又是一条"好汉"。人是无价之宝，钱乃身外之物。路毕通慢悠悠地步行到行政中心广场时间还早着哩，他找了个石凳坐了下来。

不一会儿，松奉藉喘着粗气也坐十一号车来到行政中心广场，打老远就热情开玩笑招呼道："哎哟，路老头啊，我以为你跟毛主席他老人家去了，回来怕见不着你了。"松奉藉也是山东人，和路毕通一天当兵入伍，比路毕通小一岁。两人既是老乡又是战友，战火中一起出生入死无数次结下了非常深厚的感情。解放当之时，松奉藉是路毕通手下一排的排长，和路毕通一起留了下来的。路毕通连任当之县人大常委会主任时，他力荐松奉藉当副主任。

路毕通将两掌心合在一起来回轻轻摩擦，他不是用此方法来取暖，而是一种简单的保健养生方法之一。见到松奉藉，眯缝着老眼，仰起头，风趣地说道：“小松鼠呀，毛老人家说，路毕通同志，我不喜欢见到你。这是最高指示，我们要坚决贯彻执行。”

“难怪你气色这么好，身体硬邦邦的，会要坐一百二十岁。”松奉藉开心地说。

“你身体也还不错嘛。你出去一年多了，想死我了。”路毕通欢喜地说道。

松奉藉紧挨着路毕通坐了下来，拉着家常说道：“大女儿大女婿有一番孝顺，去年接我俩老去他们家过年。在外面生活太不习惯了，碰不到一个熟人，想讲句话都找不到一个知己人，心里实在太憋得慌！我和老伴商量，还是回当之好，咱们低头不见抬头见。”松奉藉生有两男两女，大女儿在贵州贵阳工作，时已退休在家。其余子女都在当之成家。

路毕通感叹道：“常言讲，在家千日好，出门一时难。金窝银窝还是不及自己的狗窝。”

松奉藉深有感触地说道：“你说对，俗语说，不肯和当官的女儿过，情愿与讨饭的儿子活。”

路毕通面色突然晴天转阴云，以领导的口气训斥道：“屁话，我是那个意思吗？小松同志，不要有重男轻女的封建思想，计划生育就是好，生男生女都一样。亏你还是个领导干部，说起话来经不起推敲。”

松奉藉赶紧赔着笑脸说道：“我不是那个意思，七老八十的了，还谈什么重男轻女。我有儿有女，一辈子享不完的清福。”

路毕通又阴天转晴，充分肯定地说道：“认识提高就好，没有忘记自己是一名共产党员，干什么事都要为年轻人树个榜样。”

松奉藉摆出一副下属的样子，顺从地说道：“您的教诲我紧紧牢牢记在心上。不过，有个问题想请教一下领导。”

路毕通喜色地抬起头看了眼松奉藉，蓦地找回了当年当领导的感觉，他不紧不慢地问道:“嗯,有什么事?”

松奉藉也慢条斯理地说道:“这个铁木钗真是的,传达一个经济工作会议精神也要我们这些入土半尺的老东西参加。我们不在其位,不谋其政,现在能为社会经济发展做点什么哩。”

坐得久了也会累,路毕通站起来,活动一下身子说道:“这就是现代型女干部铁木钗从政的高明之处,她初来乍到,不熟悉人大工作,把我们召集拢来,实则想听听我们的意见和建议。或许我们某个建议对她有很大的帮助,三个臭皮匠,顶个诸葛亮,这就叫集思广益。”

松奉藉也跟着站起来,双手有节奏地前后甩了甩,瞅了一眼路毕通,满腹狐疑问道:“这不是多此一举吗?在职的副主任、各位委员、各专委会主任们都是专家,他们说一说不就得了嘛。”

路毕通也甩了甩手,责备道:“小老松,你的脑袋就是不开窍。现在在职的干部职工在领导面前都是看领导脸色办事,唯领导之命是从,谁敢讲真话?在‘假’盛行的今天,讲真话和听真话已是很难的了。一个领导干部不说真话,甚至昧着良知说假话,其实质是一个‘私’字在作怪,是党性不纯洁的表现。官员脱离官场才能说真话,敢于讲真话只有我们这些心底无私天地宽的老头儿。无私,才能坦然地面对一切。提倡说真话,反对说假话说起来容易做起来难。最近,我看了篇文章,专门讲到官场上大凡不愿说真话的有三种人。”

松奉藉探寻的眼光直直地看着路毕通,诧异地问道:“哪三种人?”

路毕通卖关子说道:“你真的不知道?”

松奉藉似在深思,想起了什么,自作聪明地答道:“是不是追随林彪、江青反革命集团造反起家的人,帮派思想严重的人,打砸抢分子。”

路毕通呵呵干笑两声,然后清清嗓子,严肃认真地说道:“你还是老眼光看新生事物,要加强学习啊。不能说我们离休了就放弃学习,那是大错特错。知识是一盏明灯,照亮人生历程;是加油站,为延续生命注入活力。学无止境，干到老，学到老，做一个真正的学习型老干部，为经济社会发展贡献一点聪明才智。我的基本学习方法是要多看：多看书、多看报、多看电视新闻、多上网。”

松奉藉睁大了双眼，仿佛不认识一般地望着路毕通，惊愕地问道：“你还会上网？耄耋之年玩起了电脑，真是稀奇古怪了。”

路毕通开诚布公地说道：“我也不懂得什么电脑，我是让我孙子把我要看的网页放到桌面上。只要会开机，什么都好办。点击桌面上的网页就行了。”

松奉藉恍然大悟地说道：“就这么简单？”

路毕通炫耀地点了点头说道：“嗯，就这么简单。”

松奉藉佩服得五体投地，奉承地说道：“难怪你知识这么渊博，原来如此。”

路毕通从容镇定地说道：“我讲的官场上大凡不愿说真话的有三种人。第一种是少数腐败官员，他们为了升官捞取政治资本，不择手段弄虚作假，为掩盖真相、欺上瞒下，编造政绩，讨得上级领导的欢心与重用，从而实现自己的政治野心；第二种是投机钻营分子。这种人阳奉阴违，大家又叫阴阳先生，说一套做一套，唯利是图，他们捞取政绩，只说成果，不说成本，领导面前一本账，群众职工面前一本账，背地里还有一套不可告人的账；第三种人是好好先生，他们慑于上级领导的权威，担心说了影响领导政绩的真话后，受到打击报复，甚至遭‘逆淘汰’。于是他们有真话却不敢说，不愿说。当前社会上流行的一段顺口溜，形象地反映了人们要说真话的困难之大。”

松奉藉心情迫切，追根究底地问道：“顺口溜怎么说的？”

路毕通不满地瞪了松奉藉一眼说道：“你的坏毛病就是改不了，别人说话总是爱打岔，一点不尊重人，让人把话说完嘛。”

官大一级压死人，松奉藉离休了一直还把路毕通当领导。低下了头显得愧疚地说道："你讲你讲，我不说了。"

路毕通有板有眼地说道："你听仔细了，免得你再来问。顺口溜是这样说的："

批评上级，官位难保；

批评同级，关系难搞；

批评下级，选票减少；

批评自己，自寻烦恼；

批评老婆，她就乱跑；

批评老公，他就乱搞。

松奉藉听得有滋有味，眉开眼笑地说道："这顺口溜挺有意思的，让人耳目一新，大开眼界。"

路毕通推心置腹地说道："这有什么稀奇的，网上都能找到。《当代最新流行顺口溜大全》一书中也收录得有。"

松奉藉猎奇地问道："你有这本书？"

路毕通自豪地说道："有，当然有。"

松奉藉讨好地说道："借给我看一看。"

路毕通摸了一下胡子拉碴的下巴，表示遗憾地说道："我老伴正在看。书店里有卖的，你去买一本就得了。"

松奉藉渴望地说道："好，那我明天就去买一本。"

这时，王广实从一辆绿色车上走下来，他是打的来的，堂堂县人大常委会办公室主任没有车接送，还不及教育局一个副局长有派头。他见到路毕通和松奉藉两位老领导正在开心地聊天，主动向前打招呼道："路老、松老，你们俩来得早啊。"

路毕通转过身来，眯着眼颔首微笑着答道："不早了，小王，你也来得早啦。”

路毕通和松奉藉摒弃了官场上那些喊官衙的形式主义习气，他俩直呼其名姓氏前面加个小字显得倍感亲切，拉近了彼此之间的关系。有的人不管看到什么人都是“哎”、“喂”，或者直接地来一句“你早”、“你好”、“吃饭了吗?”什么称呼都没有就直接说话，这样感觉很不礼貌。当然，也有一些领导特别在乎官衔称呼，好像显得有权势。官衔蒙上了一层神秘的色彩，就显得更加深不可测。王广实称呼路毕通和松奉藉为“路老”、“松老”，这简称透露出一股对领导的敬仰和亲切感情。如喊“路主任”、“松主任”，显得出称呼者的一些矜持和与领导的距离。官场上的称谓学问其实很大，称呼错了可是个大问题。如遇上有头有脸姓傅的和姓戴的一把手，你叫他“傅县长”、“傅市长”和“戴局长”、“戴省长”什么的，对方会不高兴的，因为外人一听，误以为他是副职或临时代理呢。谋略是去隐其姓氏，直称官衔“县长”、“市长”或“局长”、“省长”则可。官场简称也有所讲究的，一般的原则，正职以姓氏加职务称谓的第一个字，如“麻县”、“张局”、“周处”、偶尔遇到姓氏谐音难题，如“范(饭)局”、“戴校(孝)”、“季(妓)院”等，最好改用全称“范局长”、“戴校长”、“季院长”。女性副职领导的称呼，更应小心谨慎，万万不可粗心大意。诸如称呼“习(媳)副(妇)”、“幺(妖)副(妇)”、“邵(少)副(妇)”、“刁副(妇)”、“秦(情)副(妇)”等，听起来真的很不雅，浑身都要起鸡皮疙瘩。

王广实谦和地笑笑说道:“时间快要到了，请两位进会场吧。”

路毕通高兴地说道:“走吧，小老松。”

松奉藉满脸堆笑地说道:“好哩。”

其实，离两点半开会的时间尚早，还差二十分钟。县人大常委会扩大会议室在会务中心二楼，在会议室正对着门的那面墙上，悬挂着一面红艳艳的国旗，鲜红的旗面映衬着金灿灿的五星，人一进门就能被那鲜艳夺目的红色所感染，传递给人的更是一种力量，一种正气。中间的为36席的圆桌会议台，外层三方各为24席的会议桌。圆桌虽然不设主席台，但实际上国旗下的一方就是主席台。人大常委会的这次会议也十分庄重，全部摆放了座签。铁木钗右边是老主任路毕通。然后两边顺延是在职的副主任、任职先后的离退休副主任，各专委会主任。常委会委员、工作人员、记者坐圆桌后的三排，因事因病请假的就未设立座签。

王广实陪着路毕通和松奉藉慢慢地爬上楼梯，缓缓地走进会场。会场里闹哄哄的，不时发出一阵爆笑，好像有人在说滑稽搞笑的故事，看到路毕通和松奉藉进来，相对安静了许多，先期进场的几个老同志激动不已，纷纷上前与路毕通和松奉藉握手，嘘寒问暖。路毕通和松奉藉分别坐到属于自己的座签的座位上。

时间快要到两点半了，在众人说说笑笑的时候，参加会议的人员已陆陆续续地进了会场，他们相互打着招呼，在秘书的引领下，各自找到了自己的座位坐下。

铁木钗面带微笑精神饱满地走进会场，后面跟着几位副主任。对于这次会议，她是充满了热情和期待。人们跟她打招呼，她频频点头，举起右手招手致意。王广实把铁木钗引到她的座位前，向她介绍了路毕通："这是老主任路毕通。"又向路毕通介绍铁木钗，"这位是铁木钗主任。"铁木钗路毕通是不认识的，他离休的时候，铁木钗还在读大学，为了开这次会要了解相关的人员，王广实才提起过他。

铁木钗伸出手，紧紧地握着路毕通的手，互相感到别样的亲切。她热情地说道："路老，你好。"

路毕通赶紧站起来，握着铁木钗的手，想到铁木钗看得起他，邀请他参加开会，心情是十分激动的，他声音有些颤抖地说道："你好，木钗同志。"在官场中称呼官职已成为习惯的今天，他还是老传统，不喊铁主任，而称呼同志。路毕通记得，在他参加工作时，党内一律互称同志，没有哪个叫个官衔的。南下刚到当之不久，上级首长给他们讲了周恩来不要称呼职务而要喊同志的故事：说是建国初期，新中国百废待兴。有一次，日理万机的周恩来同志刚刚走出办公室，身边的工作人员走上前来说："总理，有几件事想向您汇报一下。"周恩来同志打断他的话，很郑重地说："不要叫总理，我们党内，还是称同志好。"一句"还是称同志好"，折射出开国总理周恩来同志伟大的人格风范和民主平等的作风。但近些年来，"同志"的称呼已经被"书记"、"市长"、"县长"、"乡长"、"局长"、"主任"或"洪市"、"马县"、"何部"、"宁局"等词所代替。党内职务不论高低一律称同志，体现的是志同道合的情怀。一声同志往往会令人们拉近距离，而一声官职称谓往往会令人有隔阂之感。

"请保重身体。"铁木钗放开握着路毕通的手，伸出右手朝路毕通打了个手势，"路老，请坐。"

路毕通高兴地坐下。

王广实又向铁木钗介绍了其他离退休老领导，因为人多，铁木钗就站在原地，微笑着向他们挥手致意。那些老领导也纷纷站起来，点头挥手向铁木钗打招呼。会场里洋溢着一片祥和气氛。

第八章　传达精神

铁木钗缓缓地坐下，朝会场四周扫视了一下，整个会场内已是座无虚席。她脸上的表情非常的愉悦，打心眼里满意，到当之来第一次开这么多人的会，从座签来看几乎没有缺席，这是给足了她的面子。铁木钗把麦克风稍为向前移近点，按下电源键开关，话筒上的红色指示灯亮了起来。她沉吟了一会儿说道："同志们，我们今天召开县人大常委会主任办公（扩大）会议。参加会议的人员有：县人大常委会正副主任、委员、县人大常委会机关工作人员、离退休老领导老干部。会议的议程主要有三项：一是由人大常委会办公室主任王广实同志传达全县经济工作会议精神；二是由人大常委会常务副主敏锐达同志通报县人大常委会去年的工作；三是座谈。下面，我们依次进行。首先请王广实同志传达全县经济工作会议精神。"

人大常委会每年都要召开十多次会议，人大常委会主任扩大会议在当之来说还是第一次。虽不是全县性会议，还是比较正规的。铁木钗是个很讲究实际的人，工作注重实效。讲话语言简洁，干净利索，不拖泥带水。

人大常委会办公室简称人大办，是人大常委会的综合办事机构，连接上下左右协调各方关系的“枢纽”，既是常委会机关的“门面”，又是内部事务的“管家”。所以，有人说，人大常委会办公室主任是：“上有老（正副主任），下有小（办事员），兄弟姊妹处理好（各委室主任）。”县委办、县人大办、县政府办的主要负责人称主任，政协则称秘书长，兼办公室主任。四办的主任、秘书长是四办的法人代表，而不是县委书记丁江峰、人大常委主任铁木钗、县长彭华刚、政协主席匡达明。凡县里的大会小会只要通知各单位领导参加，人大都是王广实去。铁木钗或其他副主任参会都是以县领导的身份出席，谁也不能代表人大参会。就算主任副主任坐在主席台上，台下人大办的座签上如唱起了空城计，县效能办照样通报缺会。王广实来传达会议精神是最合适的，他简明扼要地把丁江峰的讲话条款似地传达，通报了去年的财政收入，重点讲了今年要实现的各项经济指标。他不想啰唆，要把更多的时间留给座谈会的发言者。事实上，在座的相当一部分人员如人大常委会正副主任、各专委会主任、人大常委会委员、县委组织部分管干部的常务副部长那信锋、县工会主席闫九州、县妇联主席张洪英、团县委书记罗雪婧、县医院院长温丞明等都亲自参加过全县经济工作会，没有参加过会议的委员和老领导老干部也从电视上、报纸上、网站上了解了会议精神。在时间上王广实把握得住火候，十五分钟敲定结束讲话。

敏锐达是拿着人大的总结发言的，相当一部分内容在人代会上的《当之县人大常委会工作报告》里有所体现，在座的除了退居二线和离退休老领导老干部外，其余的委员都聆听过铁木钗的报告。不是人大代表的人大机关工作人员在起草和校对报告时也是通读过几遍的。敏锐达盯着稿子说道：“县人大常委会在去年的工作中，紧紧围绕全县发展大局，依法履行职责，把促进发展作为一条主线贯穿始终，着力推动经济又好又快发展。全年共召开12次常委会会议、6次主任会议，听取和审议‘一府两院’专项工作报告18项，依法任免国家机关工作人员12名，组织代表开展12次视察检查活动，推动了全县经济社会又好又快发展，较好地发挥了地方国家权力机关作用。”提纲挈领地从四个方面总结了县人大一年来开展的工作，一是开展工作监督；二是切实加强法律监督；三是做好代表工作；四是提高人大常委会履职能力。

铁木钗对王广实和敏锐达的讲话很满意，两人加起来的时间没超过半小时。她喜欢会上讲短话、讲实话、讲解决问题的话、讲建设性意见的话。铁木钗把身子往前倾了倾，又按下麦克风的开关，红色的指示灯再次亮了起来。她抬头望望大家，微笑着说道："同志们，对贯彻全县经济工作会议精神有什么学习体会，可以深入交流。对人大工作有什么意见和建议，都请讲出来。我到人大才来不久，是人大战线上的一名新兵，对人大工作不熟悉，望大家多多帮助。"

那信锋首先发了言："丁江峰书记的讲话具有很强的理论性、思想性、战略性和开创性，是做好我县经济社会转型跨越发展的重要纲领性指导文献。"套话是机关最基本的语言，是一门艺术，是一种智谋、一种武器、一种生存手段。在内容上不一般，读起来气势恢宏，流畅自如。

闫九州不甘落后，接着抢着发了言："丁江峰书记客观分析了我县经济发展形势，勇于直面查摆问题，清醒、准确地分析了当之当前发展中存在的不足。经济工作报告实事求是，十分鼓舞人心，思路清晰，目标明确。我们要有敢于负责、敢于担当、敢于突破的精神，以饱满的热情为当之经济社会发展做出自己应有的贡献。"

大家纷纷结合自身工作实际，当前经济发展形势，围绕贯彻落实全县经济工作会议精神进行讨论，畅谈体会。

铁木钗反应敏捷，很替人着想，这触动了路毕通。现在有的领导势利得太过分了一些，官不大，官架子很大，官气十足，一门心思考虑的"五子登科"：位子、票子、车子、房子、儿子，他们根本就不把老同志放在眼里。

认为老同志反正远离权力中心，手中没有实权了，不能影响到他们的切身利益了，决定不了自己的前途命运，最现实的是把现任领导伺候好，什么官帽子钱票子问题就会迎刃而解。路毕通一脸平静，几秒钟的若有所思，慢条斯理开了腔："我们老同志退下来了，最大的任务，就是休息，颐养天年。小铁要我讲几句，我就随便讲讲。人大是国家的权力机关，人民就是通过它当家做主的。社会上一部分人对地方人大及其常委会的地位和作用总是持消极、被动的心态，认为机构是'摆设'，行权是'走过场'。有人戏说人大是枚橡皮图章，可不能小看这枚橡皮图章，一旦它盖不到某人的任命书上，那他就别想当这个官儿。所以，我们要真正履行好法定职责，我们要看得起我们自己。"

路毕通的话说到了大家的心坎上，引起了强烈的共鸣，会场里顿时爆发出一阵热烈的掌声。

等掌声渐渐静了下来后，松奉藉干咳两声，移过麦克风，想了想说："我认为，除少数人对人大的地位和作用欠理解外，关键是人大自身监督缺位，监督是宪法和法律赋予地方人大及其常委会的一项重要职权。自监督法颁布实施以来，对'一府两院'进行工作监督和法律监督更是人大的神圣职责。'一府两院'在履职中若出现偏差，人大就有责任监督并督促其改正。人大有依法通过视察、执法检查、听取汇报、工作评议、询问、质询、特定问题调查、罢免等方式履行监督职责，应该说人大开展工作是有良好的法制环境的。"

"我来讲几句。"邬席辉倒也快人快语，"人大要敢于说'不'。说'不'，就是要敢于说不同意见，甚至是批评意见，不能总是'顺着说'。人大及其常委会的监督权是宪法和法律赋予的一项重要职权，是法律赋予的，代表人民行使的，因此人大的监督应该是神圣的、理直气壮的。人大干部首先要提高认识，切实杜绝一个'怕'字。"他发言的时候，头总是左右不停地摆动，双眼注视着人群，好像在寻求支持者，"要明白，人大的监督不是代表某个人的监督，也不是针对某个人的监督，不能怕‘一府两院’不高兴，怕部门领导不高兴，怕来怕去，到头来只会让老百姓不高兴。因此，人大说‘不’先要克服一个‘怕’字，必须挺起腰杆，就要理直气壮。”

铁木钗不禁心里暗自欣喜一翻，她边听边在笔记本上写着，把发言者精辟的话记录下来。目光总是专注地投向发言人，时不时还对他们的观点表示赞赏地点点头。这就给人传递了一个信息，他们的发言被证明领导是高度重视的。

“我来讲几句。”施平鹤用左手摸了一下脸，又缓缓地放下，似乎也来了思路，说起话来有条不紊，很是精干，“我们要弄清楚县人大常委会到底行使哪些职权，根据我掌握的知识，我认为主要有那么几点。除了领导、主持县人民代表大会代表的选举，召集县人民代表大会会议外，一是在本行政区域内，保证宪法、法律、行政法规和上级人民代表大会及其常委会决议的遵守和执行；二是讨论、决定本县内的政治、经济、教育、科学、文化、卫生、环境和资源保护、民政、民族等工作的重大事项；三是根据县人民政府的建议，决定对本县内的国民经济和社会发展计划、预算的部分变更；四是监督县人民政府、人民法院和人民检察院的工作，联系县人民代表大会代表，受理人民群众对上述机关和国家工作人员的申诉和意见；五是撤销乡镇人民代表大会及人大主席团的不适当的决议；撤销县人民政府的不适当的决议和命令；六是在县人民代表大会闭会期间，决定副县长的个别任免；七是在县长和人民法院院长、人民检察院检察长因故不能担任职务的时候，从县人民政府、人民法院、人民检察院副职领导人员中决定代理的人选。决定代理检察长，须报市人民检察院和人大常委会备案；八是根据县长的提名，决定县人民政府办公室主任、各序列局局长的任免；按照人民法院组织法和人民检察院组织法的规定，任免人民法院副院长、庭长、副庭长、审判委员会委员、审判员，任免人民检察院副检察长、检察委员会委员、检察员；九是在县人民代表大会闭会期间，决定撤销个别副县长；十是决定撤销由它任命的县人民政府其他组成人员和人民法院副院长、庭长、副庭长、审判委员会委员、审判员，人民检察院副检察长、检察委员会委员、检察员；十一是在县人民代表大会闭会期间，补选市人民代表大会出缺的代表和罢免个别代表；十二是决定授予地方的荣誉称号等。"

邬席辉对施平鹤精彩的发言心悦诚服，听过之后非常感动地说："施平鹤，我服了你，你文化程度不高，总结出来的人大常委会职责使我大开眼界，说实话，我到人大那么多年，我真的没搞懂还有这么多职责。"

施平鹤谦卑地说："其实，这并没有什么，我是从书上学来的。"

冷枫奇喉咙里引人注目地"嗯"了一声，好像是在给人打招呼：我要准备发言。有了这样的举动，别人会尊重他而不会抢着发言的。他直言不讳地说道："施平鹤讲得很实在很好，在干部任免上，我们要坚持原则，对于那些作风漂浮，群众反映大的干部不能用的坚决不予任命。"

孟国生终于忍不住打破了沉默，他看了一眼那信锋，索性直接挑白了说道："组织部门在考察干部过程中，应让人大有关专门委员会或工作机构参与需经其选举任命的官员的考察工作。当前，在一些地方，党委或政府考察推荐、提名官员人选过程中，很少和人大沟通，忽视了人大在官员考察、提名过程中的参与权和知情权。在提请人大任免时，也只是作简单的情况介绍，人大对拟任免人选缺乏了解，其决定就可能无法达到任免公正、为民选官的价值追求。"

接着孟国生的话头，屈直东也放起了炮："《组织法》规定，县级以上的地方各级人民代表大会常务委员会有权'根据省长、自治区主席、市长、州长、县长、区长的提名，决定本级人民政府秘书长、厅长、局长、委员会主任、科长的任免，报上一级人民政府备案'。这事说明，人大常委会不仅有权谨慎决定官员的任命，并且有义务来监督官员的任命，确保官员的任命合法，合乎民意。人大常委会理应经常动用人事上的否决权，来监督‘一府二院’，让否决官员的任命成为日常工作的常态。”

挨着屈直东坐的是冯隆兴，他属于人大常委会的“老革命”了，大学一毕业就分配到人大办公室工作，那时人大的工作人员不多，力量比较薄弱，每天有很多的杂务需要他去做。当时，各种书面材料都是由他完成。五年后任职人大常委会办公室副主任，后来升任人大代表工作委员会主任。他有根有据地说道：“人大常委会动用人事上的否决权是有先例的。1998年，广东省四会市第十二届人大常委会举行第一次会议，听取和审议市长提请任命新一届政府31名主任、局长名单，其中30名依法获决定任命，一名拟任局长，因前一个时期在镇街道办事处工作时，民主作风不好，法制观念不强，群众对其意见较大，常委会组成人员认为不宜任职局长，未获通过任命。从此也改变了人们认为人大任命干部是走形式的看法，树立了人大的权威。”

曾何贵在麻梧乡当过乡长，因计划生育全县排名倒数第一被问责，降到县人大常委会农业与农村工作委员会主持工作保留正科待遇的副主任，满腹的怨气，一肚子的娘骂不出来。看到那些局长吃香喝辣的心里就不平衡，说起话来就带火药味：“现在有的干部，抽烟抽天价烟熊猫，喝酒喝茅台酒，打麻将两百块钱炮，一晚上要输两三万，相当于一个普通职工一年的工资。像这样的干部肯定有问题，绝对不能任命。”

施平鹤说：“我听说县建设局局长吴保贵经常打大牌，传言他在建设污水处理厂可能有经济问题。”施平鹤的发言就像是在滚开的油锅里撒了一把盐，一下子炸开了，激起会场上强烈的反响。

孟国生说道，“我也听人说县交通局局长上官禄霆生活作风有问题，和他们单位的副局长董俪英有不明不白的暧昧关系。确切地说，搞起了婚外情。我认为他不适合继续在现岗位工作，应免去其局长职务。”

曾何贵想到政治上没有发展前途，说起话来无所顾虑：“吴保贵、上官禄霆、俅胜保和岳江坪他们，群众的口碑都不好。”

俅胜保是县农业局局长，岳江坪是县粮食局局长。

大家发言踊跃积极，谈了很多实际的话题，铁木钗一一记在笔记本上。在心里估算了一下，时间差不多了，实际上已达到预期的目的。她愉悦地说道：“时间不早了，想发言的人还多，座谈会就开到这里。”她话锋一转，不由讲起了官场上的套话，她反对讲官话套话空话，但她是县四大班子主要领导之一，像这样正规会议，官样话还是要讲的，不讲不行，“同志们，王广实同志传达了全县经济工作会议精神，敏锐达同志通报了去年县人大的工作。这次座谈会开得好开得成功，大家提了很好的宝贵意见和合理化建议，我们将梳理出来。各位委员要切实把思想和行动统一到县委的要求上来，充分认识坚持和完善人民代表大会制度的极端重要性，坚持克服‘做人大工作没有意义、没有作为’的错误观念和搞形式、走过场的模糊认识，进一步增强做好人大工作的政治责任感和历史使命感，认清形势，与时俱进，主动融入经济社会发展。把推动加速发展、跨越赶超作为中心任务。人大要敢于说‘不’，不愿说‘不’，不敢说‘不’，就是不作为。人大监督不必畏首畏尾，要放开手脚，依照法律赋予的权力，正确行使重大事项决定权，认真行使监督权，正当行使地方立法权，充分行使人事任免权，不断开创人大工作新局面。任何一个政府领导干部，不论他是谁，只要他不能执政为民，没有能力履职，解决不好自身廉洁问题，都应该‘下岗’。谢谢大家。”

铁木钗是个心细的人，她想起乘车的事，对王广实说：“你把车子调剂一下，没有车的委员和老领导妥善安排好。”

王广实宣布道：“大家请到楼下集中，我来具体安排，一起乘车走。”

第九章 九妹餐馆

现下已是二月天，天依然亮得很迟，到早晨七点钟了，天色才刚蒙蒙亮，匡达明就睡不着了，这是由于生物钟决定的。不像那些年轻人翻过身，眼睛一闭又睡起了回笼觉。夜里熬眼再睡得晚，哪怕是凌晨三点钟睡，到了七点钟都准时醒，再也睡不着。醒来后在床上躺过三五分钟，就慢慢起床了。一本保健书说，在床上多躺三五分钟，可使人体生物钟的运转有一个交替的缓冲过程。在这期间做几个简单按摩动作可抗衰老，益寿延年。匡达明记住了“多躺三五分钟”，“做几个简单按摩动作”却没放在心上。三下五除二洗漱完毕，不像女士那样要化妆、梳头搞得复杂，花上半小时还出不了门。

好久没见一丝阳光，虽是初春天气依旧非常的寒冷，凉飕飕的风犀利地吹过，天干冷干冷的。

匡达明家住盛世新城，距离行政中心不远，大概三四百米。县城的面积七八个平方公里，簸箕大个天，一袋烟的功夫就可走出城，不像大都市，乘地铁一个小时到单位还算是近的。匡达明坚持走路，他要走出“上班百米乘车，傍晚千米散步”的怪圈。他给驾驶员吩咐过，一般情况下不要来接他，除非是下雨天或炎热的夏天行走不方便。这样一来可以为国家节约一笔不小的开支，二来可以锻炼身体。他喝了一杯冷水，提着公文包走下楼来，但街上行人稀少，显得冷冷清清的，所有的店铺都还没开门，唯有炸油香粑卖的老太太和卖早餐的餐馆比谁都开得早。

“匡主席，你早啊。”武锦梅提着个菜篮子，彬彬有礼地向匡达明招呼道。

匡达明一下得楼就碰到武锦梅，她家和他家住一个小区。匡达明和容悦色地说道：“武主任，你也早啊。要去买菜？”

武锦梅笑吟吟地说道：“等下班去买就来不及了，现离上班时间还有个把小时。”

匡达明感叹地说道：“打个时间差，苦了你们女同志了。俗语说，开门七件事，油盐柴米酱醋茶，方方面面都要考虑周到。当家才知盐米贵，养儿方知父母恩。”

武锦梅敬重地看了匡达明一眼，轻笑道：“你们当领导的才辛苦，一天都在为县里的事操劳。”

匡达明淡淡地说道：“书记县长他们才辛苦，我们是空空中间过日子。”

武锦梅轻声说道：“匡主席，我有些话想给你说说。”

“什么事？”

“是不是二级单位领导班子马上要调整啦？”

“县级班子换届后二级班子肯定要调整。”

“我有个想法。”

“说嘛，有什么想法。”

“我们人大和政协专委会主任应该换个单位到政府部门工作。”

“我是心有余而力不足，手中没得实权，人事问题上说话算不了数。”

“你有建议权，可以向丁书记建议嘛。”

“这个值得考虑，等会儿我和你们铁主任商量一下，看怎么运作。”

“谢谢匡主席的关心。”

“时间不早了，我还要去买菜。”武锦梅觉得匡主席平易近人，没得一点官架子，说话和颜悦色，对他因而渐渐多了几分敬意，与他说话觉得十分亲切。

九妹餐馆就在盛世新城，匡达明上班要路过，过早很方便。过早是当之的方言，也叫土话，吃早餐的意思。九妹餐馆生意很火爆，主要经营米粉类和面食，二十四小时营业，任何时候去都有东西吃。味道鲜美，咸辣适中，人们喜欢到她这里来吃粉。九妹餐馆原来不叫九妹餐馆，叫“好再来餐馆”，因歌曲《九妹》唱红而改名。“好再来餐馆”从贵州松桃来了个苗家打工妹子生得水灵灵的，一双十分迷人的大眼睛会说话，酷像九妹歌曲中那个女孩谢娜。更多的食客是冲着苗家妹子来的，目的一是一睹芳容，二是想来这里吃苗家妹子做的锅巴粉。人们一提起过早，开口闭口就说：“到九妹餐馆去。”九妹餐馆成了品牌，反而把好再来餐馆遗忘了。老板娘见九妹餐馆有商机，就乘势把好再来餐馆改成九妹餐馆。“九妹”早就不到九妹餐馆打工了，制作锅巴粉的技术却留在了当之。大家习惯了这里的口味，都喜欢来这里过早。

匡达明进得九妹餐馆，餐厅里已是高朋满座，大多不认识，认识的都主动和他打了招呼，他笑着点点头爽快地答应着。他寻了个位子，紧挨着正在吃粉的县科协主席全美胜坐了下来。女服务员过来问匡达明要吃什么，匡达明说要吃肉丝绿豆锅巴粉。绿豆锅巴粉可不简单，是松桃特有的风味美食，主要原料是绿豆、糯米、大米。将它们浸泡10来个小时，混合在一起，磨成浆。把已浓淡相适的浆汁，均匀地铺到烧热的锅上，且在锅中烙成锅巴而得名。一般烙这面皮时，多要在锅底刷一层菜油，一是防止面皮粘锅，二则也能让面皮色调好看。锅巴粉加进绿豆作原料，其作用是能清火解热，爽心提神，所以人们常把锅巴粉称为绿豆锅巴粉。食用时，将新鲜的绿豆粉下在沸水里煮半分钟左右捞在碗里，加上佐料即可。绿豆粉的佐料也很讲究，有姜粒、葱花、花椒油、豆酱、油辣椒、猪油等，吃起来鲜辣醇香，绵软溜滑，清爽可口。如有条件，可将花椒油换成木椒油，猪油换成松菌油，吃起来清香更甚。炎热天吃一碗绿豆粉会使人感到浑身清爽，暑气顿消。

全美胜赶紧对服务员说道："服务员，匡主席的粉钱我一起开。"

匡达明客气地说道："美胜，我来一起开。"

全美胜从纸包里抽出一张纸，替自己擦干净下巴上的油腻。从衣服的口袋里掏出一包贵州产的磨砂黄果树香烟，抽出一根递给匡达明："匡主席，抽支烟。"

匡达明抬起双手朝全美胜一摆，说道："我不抽烟。"

全美胜把匡达明不要的烟叼在了自己的嘴上，取出打火机点燃，深深地吸了一口，对匡达明说道："匡主席，你稍后，我先走一步。前客让后客。"

匡达明站起来说道："好，你慢走。"

说话间，服务员端来了一碗热气腾腾的绿豆锅巴粉放到桌上，一股绿豆的清香扑面而来，诱人食欲。匡达明夹起两根放进嘴里，真的是软糯爽滑，咸辣适当，鲜美可口。

就在这时，吴保贵慢悠悠地走了进来，不断有认识他的人给他打着招呼。他嘴里"嗯"、"啊"地应付着，旁若无人地坐到刚才全美胜坐的位子上。发现匡达明坐在旁边，有恃无恐地嚷嚷道："大脑壳，你也在这里过早。"

吴保贵仗着丁江峰，不把任何人放在眼里，经常拿领导来开涮，这在当之是公开的秘密。听了吴保贵的称呼，匡达明的脸色顿时垮了下来，皱着眉头，眼皮一颤一颤的。一般的科局级干部对匡达明都十分尊重，见面"匡主席"长"匡主席"短的喊。关系很铁的私下里开句把玩笑，公众场合都正儿八经的喊"匡主席"。匡达明头也不抬地说："大脑壳是丁书记。”

吴保贵皮笑肉不笑地说：“你是政协的大脑壳。”

“和尚的鸡巴冤枉大。”匡达明阴沉着脸瞪了吴保贵一眼，说了句粗话。他本来就有一肚子怨气无处发泄，吴保贵戏谑，更是火上浇油。匡达明原是当之县常务副县长，上届换届考察双推时，他的票是相对集中的，组织上复杂的组织程序重点考察过了，拟提拔为正县级也公示了。从他当时四十四岁的年龄、大学本科学历和工作能力，他想象的职位应该交流到外地当县长，结果大相径庭，踢到有职无权的政协搞了主席。他挂在嘴边的口头禅是：“政协政协，正在休息。”以前，在人们的印象中，政协所起的作用就是“拍拍手”，政协委员建言献策是：

不说白不说，
说了也白说，
白说也得说。

听到那些乱七八糟的顺口溜，政协文史宗教委员会主任麻文福气不过，曾自我安慰用一幅大红对联来描述人民政协工作，贴在办公室的门两旁，来表达自己的情感：

无权无钱无烦恼
有情有义有朋友

横批是：

政协真好

匡达明看了这副对联后，认为妙不可言，表达了政协的心声，连说几个好。

吴保贵和县委书记丁江峰走得近，在群众中的口碑一直很差。正在匡达明沉思时，吴保贵的手机响了，是和弦的铃声，满餐厅都能听得到。他从口袋内掏出手机看了看，屏幕上闪烁着一个似熟非熟的号码，就直接摁下接听键，贴在耳边，肆无忌惮地大声问道："喂，哪位？"

吴保贵的手机音量很大，在这嘈杂的地方，周围的人都能清晰地听得到对方的声音："吴局，我是严迈森。"

匡达明离吴保贵的距离近，对方的话听得清清楚楚，严迈森是龙把乡党委书记。

"啊，是严书记。有何吩咐？"

"说话方便吗？"

"你说嘛，没得事的。"

"县里要调整二级班子了，我在乡里当书记的时间太久了，你给丁书记说一声，让我来个农村包围城市。"

"想到哪个局"吴保贵压低了声音。

"民政局。"严迈森说话也细声。

"你没去找老板？"吴保贵有意把县委书记说成是老板。

"找了，你再给老板说说，含金量要高一点嘛。"

"你现在在城里还是在乡头？"

"到城里。"

"电话里一时说不清楚，半个小时后你到我办公室来。"

吴保贵与丁江峰的关系是最为复杂，是丁江峰眼前的大红人，也是最为引人关注的，许多县委常委不知道的事情他就提前知道，严迈森跑官来找吴保贵的门路，可见他的能耐不小。吴保贵接听完电话后，把手机放进衣兜里，顺手取出一包黄色硬壳典藏版熊猫烟，赶忙从烟盒里掏了一支烟递给匡达明。

匡达明连忙摆手说自己不会吸。这熊猫烟很昂贵，称为天价烟，比软中华还贵，在当之是卖100块钱一包，一般工薪族是抽不起的。抽得起熊猫烟的人不是受贿的腐败烟，就是公款消费。当之一个正科级干部一个月的工资不吃不喝只够买三条。

“咔嚓，”打火机冒出蓝色的火苗，吴保贵给自己点上一支，熟练地倒吸一口，然后很享受地吐出一口烟来。服务员给他端来了锅巴粉，哨子是猪脚。吴保贵指着匡达明对服务员说：“他的粉一起记在我的账上。”

匡达明正在端起碗喝汤，吞下一口汤水后，赶紧放下碗说：“不用了，钱已经付了。”

吴保贵深深地猛吸了两口烟，香烟燃烧着，泛着白灰，透着红光。餐桌上没有烟灰缸，他大拇指和食指夹紧烟身，中指头快速地弹了两下，烟灰就掉在了地上。几秒钟后，又深深地吸两口，把还剩一半的香烟头丢在地上踩熄，太浪费了。要是自己花钱买的，肯定很珍惜，不吸到海绵烟嘴处是舍不得甩的。丢下烟头后，拣起一块猪脚骨头有劲地啃起来。他把身子往匡达明这边凑了过来，盯着匡达明，小声地问道：“这次县里二级班子调整，人事是怎么安排的？”

匡达明浑身的神经细胞发出警觉的信号，自己身为县四大班子主要领导之一，却不能信口雌黄以免授人以柄，每一位领导干部必须对自己的一言一行负责，注意自己的言行举止。如果不做到“慎言”、“慎行”，就可能造成信任危机，甚至产生更为直接的严重后果。他顿了顿，表情有些复杂地看着吴保贵，仿佛想从他的脸上看出什么端倪。神情严肃而又沉稳地说道：“我又不是县委书记，也不是组织部长，人事安排我怎么知道。再说，干部问题是一个敏感的话题，不能随便猜测。就算我知道了，组织原则，我也不会告诉你。你确实想知道的话，最好去找丁书记。”

“你是县四大班子领导，参加县委常委会研究决策，怎能说不知道的。”吴保贵碰了个软钉子，自讨没趣。表面上恭恭敬敬地听着，但心里很不舒服。

“我不是县委常委，只是列席常委会，没有表决权。当我知道的时候，你也知道了。”

“那可不一定。”

“什么一定不一定的，坛口封得到，人口是封不住的。常委会议还没散，谁当局长谁当主任外面就传开了。”

“我只是随便问问，并没其他意思。”

“其实，你的消息比我还灵通。”匡达明轻声说道，“丁书记不可能不告诉你。”

一时之间，吴保贵不知道该如何回答才好。恰在此时，他的手机铃声又响了，借故接听电话，离开了匡达明。

匡达明鄙视地望着吴保贵的背影，暗自在心里嘀咕道：“此人印堂发黑，再不夹着尾巴做人，会出大事的。”

第十章　不露声色

这几天，来找丁江峰汇报思想工作的人踏烂了他办公室的门槛，说白了，十有八九就是来跑官要官的。来跑官要官的人都会“毛遂自荐”，管你送礼送多送少，丁江峰一概回绝，叫当事人拿回去。在关键时刻要守住廉洁的底线，筑牢“防腐线”，把好“权力关”，永远牢记权力的来源和归属。任由来人花言巧语，就算心里有想法，也是不会轻易表态承诺的。

官场上的人都心照不宣，明白“不跑不送，原地不动；只跑不送，平级调动；又跑又送，提拔重用”的玄机，毕竟“官帽”充满了诱惑。而今眼目下，当官不只看能力，论政绩，还得跑关系。要有人站出来帮你说话，帮你说话的人要说得到话。跑跑领导混个脸熟，从中可获取巨大益处，使自己晋升的成本付出较小。有的人很“聪明”，知道自己成绩平平，想要博得上级“好评”，如果不跑步“钱”进，想提拔连门都没有。于是走捷径，抄近道，用钱铺路，据“礼”力争。

丁江峰却很另类，在使用干部上，不为金钱所动。

吴保贵赶到丁江峰的办公室已是下午六点钟，实际上到了下班的时间，外面候客室的沙发上还有四五个人等候，癞皮狗他是认识的，其他的人就认不得了。癞皮狗是诨名，五十出头，真实姓名叫耿立晓，耿立晓的名字被人们遗忘了，取而代之的诨名“癞皮狗”却老幼皆知。他家住县城小河坎，似乎得了上访癖，经常上访，变成了上访专业户。鸡毛蒜皮的家庭琐事如两口子吵架、他家门前大街摆摊设点多都要去上访，信访局感到最头痛，多次签署罢访协议，多次翻悔又上访。中间那间是丁江峰的办公室，约见客人的地方。门是紧闭着的，意味着里面还有人在和丁书记交谈。吴保贵和丁江峰的关系再铁，他也不敢造次推门进去。关键的时候，县委书记是要尊严的。没有永远的朋友，也没有永远的领导，只有永远的利益。丁江峰的秘书仲国富很热情，来的客人每人都泡上一杯热茶。实实在在地方便群众、服务群众。他可能懂茶道，泡茶讲究技巧，杯内的水略超过一半的位置，不会过多的，以防止热水溢出烫伤客人，一看就知道是行家。这就是俗语中常说的“酒满茶半”。

丁江峰办公室的门悄无声息地开了，出来的人吴保贵认识，是岣石镇的镇长莫丘军，不用说，他也是来跑官要官的。县里二级班子调整，部分任职年限长的乡镇党委书记要进城当局长主任什么的，当乡镇长的有望当书记。看不出莫丘军的表情是喜是忧，两人相互打了招呼，莫丘军说了句:“丁书记叫吴局长进去。”说完扬长而去。

坐在沙发上的几个人见莫丘军走了出来，兴奋得“唰”地站了起来，听到莫丘军说“丁书记叫吴局长进去”的话，突然间好像霜打的茄子般就蔫了下去，无力地又重新坐在了沙发上。

吴保贵刚走进丁江峰的办公室，随后仲国富就跟着进来端了一杯茶轻轻放在办公桌上，说道:“吴局，你的茶。”

吴保贵端起杯子象征性地喝了一口，刚才在候客室他已喝了。

仲国富转身欲走，丁江峰叫住了他:“外面还有哪些人?”

“癞皮狗和几位上访户。”

“又是癞皮狗?”

“嗯。”

“什么事?”

“癞皮狗是因为自来水公司新来的抄表员把他的名字写错了。把耿立晓的晓写大小的小,其他几位是房屋拆迁补偿问题。”

“让他们先去找信访局。”

“他们说找过信访局了,一直得不到落实。癞皮狗硬要来找你。”

“癞皮狗属于老上访户了,从我到当之来,找我不下十次。他所提出的合理要求基本上解决了,他还有什么诉求?”

“说是自来水公司侵犯了他的姓名权,要自来水公司赔偿他的精神损失十万元。”

“简直是胡闹,他癞皮狗想钱想疯了。这么丁点儿事也要来上访,传出去简直是个天大的笑话。你给他们说清楚,时间不早了,让他们不要再等了。还有,你给耿立晓说,如果自来水公司确实侵犯了他的姓名权,让他走法律的道路,向法院起诉。”

“他向法院起诉了,法院不给予立案。”

“癞皮狗真是要无赖,人家不是有意把你写错,这是人们的习惯问题,‘小’字笔画少信手拈来图方便,‘晓’笔画多忽略不计嫌麻烦。比如我的名字丁江峰的‘峰’,很多人不经意就写成金字旁的‘锋’。一般是不熟悉的人才犯这个低级错误。凡事要包容,不要斤斤计较。另外,那几位拆迁上访户让他们把材料留下,我了解情况后再作答复。社会矛盾要及时解决,闹到民怨沸腾就无法收拾了。在当前群众信访反映的问题中,80%以上有道理或有一定的实际困难;但一些基层官员麻木不仁,不是积极解决民众问题,而是视上访者为刁民或麻烦制造者,采取种种手段忽悠甚至欺骗,激化矛盾。当然,癞皮狗属于无理取闹型,你去给他说,叫他不要再缠访了。”

仲国富转身走出办公室,顺手就把门关上了。他耸了耸肩对癞皮狗他们说："各位，对不起了，丁书记今天没时间接见你们了。"

"那我们改天再来。"癞皮狗无奈地说道。

"耿立晓，丁书记一天很忙，时间宝贵，全县好多重大事情还需要丁书记去考虑。"仲国富严肃地说，"你不要为这点儿小事来影响他的正常工作。该哪个部门解决就由哪个部门解决。"

"群众利益无小事，老百姓的切身利益受到损害，县委县政府就不伸张正义？"耿立晓也据理力争，"我已向信访局反映了，但是应该解决问题的部门不是推卸责任就是拖延时间，所以才来向丁书记反映。"

"你的名字就能代表广大人民的根本利益？名字写错了群众利益就受到损害？"仲国富黑着脸说，"耿立晓，我告诉你，不要打着'群众利益'的旗号到处要挟县领导，成何体统？"

"东方不亮西方亮，黑了南方有北方。"癞皮狗翻着白眼说，"县里告不响，我到市里，市里告不响，我到省里，省里告不响，我上中南海告。"

一个四十开外年纪的中年男子看不惯了，仗义执言道："老耿，凡事要有个章法，不可乱来。要去越级上访就是你的不对了。你这样胡搅蛮缠，把我们的事情搞黄了，你可担当不起啊。"

这时候仲国富也接着中年男子的话语，顺驴下坡地说道："这位大哥说得有道理，上访要有一定的程序，乱来就违法了。"顺便送了一顶不花钱的高帽子丢给癞皮狗，"听说耿立晓懂法律法规，特别是精通《信访条例》。"

癞皮狗被仲国富吹得心花怒放，脸上掠过一丝自豪。对中年男子说道："这点觉悟我还没有？我是开着玩笑的，哪能去越级上访。"

中年男子说："开玩笑就好，千万莫要当真。"

仲国富向中年男子他们说："丁书记说了，请你们把资料留下，待他了解情况后再说。"

中年男子连忙握着仲国富的手，高兴地说："麻烦丁书记了。"

待仲国富把门关上后，吴保贵转头看了看门边，确信门已关上，才从座椅子上站起，掏出熊猫烟递了一支给丁江峰。吴保贵吸了一口烟后，轻声问道："二级班子调整定调子了没有？"

"还没有。"丁江峰看着吴保贵，十分悠闲地吸了一口烟，然后将烟从自己的口中取下来，向着空中吹了口烟圈。眼中闪烁着令人捉摸不透的复杂眸光，似乎掺杂了很多信息，有疑惑，有不解。

吴保贵疑惑不解："这么久了，还不落实？好多局的头头都无心思搞工作了。"

"这我知道，"丁江峰叹了口气，"干部调整难度大啊。"

吴保贵试探性地说道："你是全县的老大，在干部问题上是你说了算，别人敢把你怎么样？"

"你认为县委书记的权力就无穷大啦，还要受各路神仙制约的。不要小看当之这些小神，他们个个神通广大，有动用省里的力量，也有动用市里的力量，本地势力也不可忽视。还有，现是事业身份的干部要提拔任行政单位的领导，还得报市委批准，哪一个程序不到位，就不能调整干部。不比平时，动干部只要我一句话就敲定。在目前的干部队伍中，是由不同年龄段干部组成的一个整体。由于职数的限制，老同志下不去，年轻干部就提不上来，以后很难出县处级干部。"

听得吴保贵头痛，干部调整这么复杂，他总认为县委书记一人说了就算。愣了愣嗫嚅地说道："让那些年龄偏大的干部退到二线，位子腾出来，选拔一批年轻干部放在比较重要的岗位，就是划年龄段，一刀切。"

丁江峰很感兴趣："怎么个砍法？"

吴保贵说道："比方说，对男年满五十三周岁，女满五十周岁实行'一刀切'，让他们退居二线，改任非领导职务。"

显然，丁江峰对吴保贵这个建议十分满意："我叫组织部提供一个干部花名册，看看男五十三周岁以上，女五十周岁以上有多少，再作决定。

一切从工作实际需要出发，在重要岗位上，要提拔重用一批有业务能力、敢于担当的年轻干部，以此来带动和激发全体干部的工作热情。”

吴保贵小心翼翼地从公文包里掏出一个牛皮纸信封，鼓鼓囊囊的，好像塞了不少东西在里面，放在丁江峰面前，然后看着丁江峰，满脸堆着笑说道：“这是龙把乡党委书记严迈森要我转交给你的材料。”

丁江峰紧皱双眉，并没接信封，对那鼓鼓的“材料”心知肚明，少说也有两三万。不露声色地问道：“他想到哪个局？”

吴保贵试探性说道：“民政局。”

“民政局另有人选了。”

“农办也可以。”

丁江峰摇了摇头，果断地拒绝了吴保贵的请求：“农办已有十二个人在竞争这个位子，严迈森早先来找过我，提出过这个要求，并送两万块钱给我，被我拒绝了，我义正词严地批评了他。你必须把这信封退给他。我告诉你，你不要当官托，从中捞取好处费。让我知道了，我可不会轻饶你。”说完，把信封推给吴保贵。

钱是不可乱收的，伸手要被捉。

吴保贵做人过于高调，往往容易出事，甚至会在不知不觉中引来不必要的麻烦。做人不宜过于张扬，选择低调，不仅仅是一种态度，更是一种原则。吃了丁江峰的闭门羹，脸色十分难看，他收了严迈森五千元，严迈森说明意图后，拍着胸脯说没问题。现在碰了一鼻子灰，而且碰得灰头土面。他不死心，哪怕还有万分之一的希望，也要尽力争取，死马当做活马医。这件事情砸锅了，以后在众人面前没面子了。几乎是带着哭腔哀求道：“民政局、农办不行，卫生局也可以嘛。严迈森说他要回城照顾小孩读书。”

丁江峰愠怒地说道：“吴保贵啊吴保贵，你这个官托当得很执着，不到黄河心不死。回城照顾小孩读书就是理由？从县直机关下去当书记的哪个小孩不在读书?”丁江峰端起茶杯啜一口茶,缓和了一下情绪,“不是我抹你面子,实是有隐情。”

“有隐情?”吴保贵眼睛瞪得像牛眼大,丁江峰的话令人疑惑不解,县委书记是一县之帅,担负着领导县域改革、发展、稳定的重大历史责任,权力无所不至。除了没有外交权、军事权、国防权,其他的权力都拥有。不仅干部的提拔任用,就连重大工程的决策,都是县委书记“一锤定音”。干部任用中的组织考察、书记办公会以及县委常委会等程序,看似周密严谨,但实际上最终体现的都是书记“个人意志”。试想想,一个小小的乡党委书记进城当个局长是举手之劳,还有难言之隐,打死我都不会信,真是怪事奇事了。

丁江峰看到吴保贵似乎有些困惑,微微一笑解释说道:“本来我不想告诉你,因为我们是老同学,便说无妨。为了保持乡镇干部的稳定性,省委规定任职未满三年的乡镇长不能提拔当书记,书记任职不足三年的不能换岗。严迈森当书记才两年半,报到市委去肯定行不通的。这就是严迈森既不能当民政局长,也不能当农办主任的原因。你认为是严迈森送钱送少了,我不考虑他,他加注叫你来当说客。简直是昏搞,门缝里瞧人,把人看扁了。县委书记的权力大,风险也大。中央三令五申严明干部纪律不许买官卖官,谁要是来买官,我要让他‘赔了夫人又折兵’。‘买官卖官’败坏党风,贻误事业。新一届县委下决心狠刹这股歪风邪气,凡所涉‘买官卖官’问题的干部不但不能提拔重用,还要依照党纪国法,坚决予以严惩。”

吴保贵喝一口茶水,舔舔嘴唇说:“啊,原来有那么多框框。我还不晓得哩。”

丁江峰脸上已经没有一丝笑容,一脸严肃地反问道:“我丁江峰是那种贪得无厌的人?事业兴衰,唯在用人;用人之要,在于树立正确导向。有什么样的用人导向,造就什么样的干部队伍。用人导向左右着干部努力的方向。”

吴保贵眨眨眼，咧嘴一笑说道：“谁人不知丁书记一身正气，两袖清风，清正廉洁，公道正派。”“一身正气，两袖清风”，这是古人对官员清正廉洁的褒奖之词，从古至今，人们都把廉洁视为一种美德，而把腐败看作社会的毒瘤。

丁江峰神色凝重地说道：“古语云：‘公生明，廉生威。’领导干部秉公执政、清正廉洁，办事就会光明磊落，就能脚下站得稳、腰杆挺得直、说话有底气，在群众中威信高，得到群众的信任和支持，从而为干成事、干好事奠定坚实基础。廉洁，关系着个人的素养，关系着社会的安定，关系着国家的前途，关系着民族的命运，更关系着社会主义法制体系的完善，关系着社会主义和谐社会的建设。如何在各种诱惑面前正确使用权力呢？这就需要领导干部对党纪国法心存敬畏，控制自己的欲望，坚守做人的底线，始终保持清醒的头脑，管住自己的嘴，不该吃的坚决不吃；管住自己的手，不该拿的坚决不拿；管住自己的腿，不该去的地方坚决不去。常除非分之想，不为私利所动，不为金钱所诱，不为享乐所惑，干干净净办事，堂堂正正做人。”

丁江峰一席反腐倡廉的话，说得吴保贵胆战心悸，他屁眼里夹得有干屎不干净。转念一想，总觉得有什么地方不对劲，心里打了个问号，猫吃鱼是天经地义的事情，哪个猫儿不吃腥？常言讲，千里来做官，为了吃和穿，当官不发财，请我都不来。现在的领导太虚伪了，在你面前说得冠冕堂皇，大反腐败，极力塑造一个清正廉洁的良好形象，实际上背地里却干一些见不得人的勾当。丁江峰是不是在放烟幕弹？也许这是当县委书记的高明之处吧。不管假话谎话，领导高兴就是好话，先说两句奉承话再说：“丁书记的话让我醍醐灌顶，恰似甘露洒心，上了一堂生动的廉政教育课，我一定铭记在心。”

“手莫伸，手伸要被捉。”吴保贵的话丁江峰听起来很爽。他话锋一转，问道：“听说你最近打牌手气红。”

“打了点小麻将，还可以，赢得过四五万。”吴保贵脸上露出喜色，洋洋自得。

“你是领导干部要注意影响，严禁赌博，严把八小时外的生活圈、社交圈、娱乐圈。要是被公安抓了个现场，纪委要处分你，你的政治前途就完了。”丁江峰严厉地说道。

“我是和上官禄霆、俅胜保和岳江坪他们打点小麻将，偶尔和一些科局级领导打，或者和一些县领导娱乐。社会上的一概不参与，我也要注意自己的身份，不是是人是鬼都和他们打，这样的话太没档次了。”

“不管和谁打都不行。中央有规定，严禁党员干部和国家公职人员参与赌博活动。”

“是、是、是。”吴保贵心里话，怎么今天都没打着顺卦呢。

“听说你最近在省里得过什么奖？”丁江峰掉转了话头，缓和了一下僵局。

“省科学技术奖三等奖，”吴保贵说完，从公文包里取出两沓捆好的百元钞票，笑容满面地递给丁江峰，“这是我得的奖金，给你两万块钱。”

丁江峰把钱往吴保贵面前一推说：“这可不行，有受贿之嫌。”

“这是我得的正当收入，又不是贪污受贿得来的。隔山撵羊，见者有份。有肉同吃，有酒同喝。”

“无功不受禄，你这钱我不能要。”

“这你放心，我们是老同学，还能害你？没有县委县政府的支持，我能获奖？”吴保贵说得冠冕堂皇，想打消丁江峰的心头之虑。

“我说不行就不行。”丁江峰义正词严。突然想起一件非常重要的事情来，“有人举报你在污水处理工程建设中收受贿赂八十万元。致使老板偷工减料，使用了大量的劣质材料……”

“哪有这回事，纯粹是造谣污蔑。”吴保贵急得打断了丁江峰的话，忐忑不安，额头沁出了细微的汗珠。

“当领导的常在河边走，没有不湿鞋的。你那里是权力部门，经常和老板打交道，我担心你意志不坚强。手中的实权越多、权力越大，各种诱惑就越多，面临的考验就越大。如果反映的是事实，你就赶快退给老板。如果是凭空捏造，也要有则改之，无则加勉。古人说君子取财有道，不义之财不取，要挣正大光明的钱。”

“请书记同学放心，绝无此事，我敢用党籍担保。”

“无风不起浪，无水不行船。有没有，你自己清楚。你一定要给我实话实说，我才好想办法采取应对措施。纪委‘双规’还好办，毕竟是内部处理，能大事化小，小事化了。检察院介入就比较麻烦了。为了防止徇私舞弊，办人情案，现在是全市统一办案，异地关押，纵是有夺天的本事，恐也无能为力，望案兴叹，到时悔之晚矣。”

“你关心我，我知道，绝没有做出对不起你的事。”

“不要存任何侥幸心理，夜路走多了要碰到鬼。上上策是把钱如数退给当事人，或存入纪委廉政账户，方可万事大吉。”

“得吃过两顿饭，收过一条熊猫烟。其他的没有了。”此时此刻，吴保贵反而显得轻松，大树底下好乘凉，凡事都有丁江峰顶着，怕什么怕。

“你仗着和我的关系，总是狂妄，这是官场之大忌。要低调做人，高调干事，金杯银杯不如群众的口碑，以后要收敛点，不要授人以把柄。在研究干部时，有领导提出反对意见，有根有据的，我也无可奈何。”丁江峰一语道破，微言大义地说。

“这次二级班子调整，我想轮岗交流。”

“你想到哪个单位？”

“县委办。”

“我实话给你说，可能性几乎微乎其微。”

“为什么？”

“因为我们是同学。避嫌。”

“举贤不避亲。”

“理论上可以这样说,但操作起来难度就比较大。”

“反正我不想在建设局待下去了。”

“你放心,我还没考虑成熟,不会亏待你。我们不能只顾说话,肚子要闹革命了。”

“我已安排好了。”

“到哪里?”

“大河坝新农村,去吃点农家饭。上官禄霆、俅胜保和岳江坪他们在那里等了。”

“好。”

第十一章　特事特办

大河坝原是当之河边的一片沙滩，是当之人踏青休闲的好去处。当之县政府在这里修起了防洪堤，架通了大桥后，有人发现了商机，以最便宜的价钱从老百姓手里征用一片沙滩，建起了风格各异的木房，开起了饮食店。

过得桥来，一条路穿滩而过，来到一堵墙壁前，墙上爬满了巴壁虎植物。墙门上方一块木板用草书写着“新农村”三字。进得墙门来，有几排木楼傍水而立，楼前早已停了几辆小车，看来这家新农村饭店的生意兴隆。

车停稳后，吴保贵从后排右侧迅速下车，立即到副驾驶旁打开车门，让丁江峰舒适地下车。驾驶员给丁江峰打了个招呼，知趣地开走了。领导干部聚会有些私房话要谈，一般驾驶员是不参加的；即使开大会，驾驶员就餐有专桌，也不会和领导在一起。

新农村的环境幽雅，楼前是一个大大的坝子，有个小的沙滩泳池，还有一口水井，可从地下取水。丁江峰一到，楼里迎出一位透出乡土气息的漂亮女孩，一双水灵灵的眼睛似乎会说话，脸上总是挂着迷人的微笑，给人印象深刻。她轻启朱唇，用标准的普通话问道："先生，下午好，请问你们有预订吗？"

"支书家。"吴保贵觉得女孩音质说得比倪萍还好听，忍不住多看了她几眼。这姑娘长得眉目清丽，肌肤雪白，水灵秀气，一闪一闪的大眼睛充满了迷人的青春气息，堪比清水出芙蓉。

新农村各包厢的起名原汁原味很有特色的，都与农村有关联：支书家、村长家、会计家、计生专干家、妇女主任家、联防队长家、组长家、党代表家、人大代表家、政协委员家、村民家等，来吃饭的领导并不计较包厢名字职务的大小，只在乎菜的味道，包厢名字职务不过是一种符号而已。

"这边请。"女孩脸上一直挂着最灿烂的笑意，微微弯下了腰，恭敬地伸出右手朝着一个方向做了一个请的手势，她转过身去，那婀娜身姿迈着轻盈的脚步走在了前头，丁江峰和吴保贵紧随其后。穿过一个大厅，走过天井坝，来到临河的小屋前，门上挂有"支书家"三个字的木牌。屋里候着的上官禄霆、俅胜保和岳江坪，面带笑容，走出来与丁江峰打招呼："丁书记。"把丁江峰引进屋里，坐在主宾席上。

女孩轻盈地走近上官禄霆的身侧，轻言细语地问道："先生，你们人到齐了吗？"

上官禄霆用极其肯定的语气答道："到齐了。"

"可以上菜了吗？"

"可以上了。"

女孩转过身，背对着上官禄霆，大方地拿起挂在板壁上的电话，以一种不由分说的口气说道："喂，厨房，支书家人已到齐，可以上菜了。"

俅胜保正好面对着女孩，竟然能看尽她的胸部是那样的饱满，乳峰高高地耸立着，隆起的曲线最迷人，目含秋水，有几多联想，目光久久地不能收回。吴保贵甩过来一支烟，他才仿佛从睡梦里惊醒一般。

女孩打完电话后，又来问上官禄霆："喝茶吗？"

“来一壶吧。”

“喝什么茶?”

“有些什么茶?”

“有铁观音、龙井、大红袍、毛尖、梵净翠芽。”

“泡一壶梵净翠芽。”

“好,”女孩应答着转身出去。很快,女孩端着茶壶进屋,先给丁江峰倒了一杯,然后就依次给每个都倒上了一杯,转眼间屋里飘满茶香。

“这茶不错,味道清新。”丁江峰品了一口,称赞道。

“小妹,我们来唱首山歌。”俅胜保将杯子拿到嘴边,浅浅地抿了一口,茶水在口中稍留,再缓缓咽下。放下茶杯后,看了她一眼,突然来了雅兴,要和女孩唱山歌。唱流行歌曲是年轻人的拿手好戏,只有找他们的软肋,才能立于不败之地。

“我唱不好哦。”女孩扑闪着一双水汪汪的大眼睛,眼波流转,柔美的脸庞带着几分羞涩,直直地望着俅胜保说。

“你是农村来的吗?”

“是。”

“照理说,农村来的姑娘一般都会唱山歌。我到乡下听到她们唱过。”

“我们那里不允妹妹家唱山歌。”

“不会唱不打紧,等会儿你要陪我们喝酒,如果我唱出来你答对了的,喝酒就免了。”

不等女孩说话,扯开嗓门向女孩唱起了湖北省恩施的《六口茶》民歌来:“喝你一口茶呀问你一句话,你的那个爹妈(嗦)在家不在家。”公鸭似的嗓子,把好好的一首歌唱得黄腔黄调的,听起来令人全身起鸡皮疙瘩。《六口茶》讲述的是外乡客人与土家姑娘之间的对白。一口一问,一口一答,节奏轻快,朗朗上口。现在一般被运用到旅游中来,导游会给游客进行传唱。其实,要说唱山歌,也不是俅胜保的强项,那年他到恩施开会,听到当地人唱过，觉得好听，也就默记下来了。

女孩眼波一动，不甘示弱，大胆地接口唱了起来："你喝茶就喝茶呀哪来这多话，我的那个爹妈(噻)已经八十八。"她悦耳的歌喉就像百灵鸟一样婉转动听，是一种超级享受。

俫胜保："喝你二口茶呀问你二句话，你的那个哥嫂(噻)在家不在家。"

女孩："你喝茶就喝茶呀哪来这多话，我的那个哥嫂(噻)已经分了家。"

俫胜保："喝你三口茶呀问你三句话，你的那个姐姐(噻)在家不在家。"

女孩："你喝茶就喝茶呀哪来这多话，我的那个姐姐(噻)已经出了嫁。"

俫胜保："喝你四口茶呀问你四句话，你的那个妹妹(噻)在家不在家。"

女孩："你喝茶就喝茶呀哪来这多话，我的那个妹妹(噻)已经上学哒。"

俫胜保："喝你五口茶呀问你五句话，你的那个弟弟(噻)在家不在家。"

女孩："你喝茶就喝茶呀哪来这多话，我的那个弟弟(噻)还是个奶娃娃。"

俫胜保："喝你六口茶呀问你六句话，眼前这个妹子(噻)今年有多大。"

女孩："你喝茶就喝茶呀哪来这多话，眼前这个妹子(噻)今年一十八。"

岳江坪听得清爽神怡，满脸的激动神色，不由自主地陶醉在女孩的歌声中，也忍不住哼上两句。一曲终了，首先带头鼓起掌来："小妹妹唱得好，再来一首。"

“你比我们文工队的演员还唱得专业。音质纯净，特别好听。”丁江峰用一种很赞赏的眼光从上到下打量了一番女孩，满意似地点点头说，“给了我们最美的艺术感觉和享受。”

“唱得不好，让你们见笑了。”女孩淡淡地笑着说。她心里清楚，在这种场合，来的人五花八门，不要把任何甜蜜的语言，赞美的声音当真，那都是逢场作戏，说说开心而已。

“你还会唱其他歌吧？”丁江峰沉思了片刻问道。他想进一步证实女孩唱歌的技巧。

“会唱。”女孩倒也诚实地答道。

丁江峰像一个面试的考官，直接出题道：“你给我们唱一首毛阿敏唱的《我的家乡梵净山》。”

《我的家乡梵净山》歌词有意境，可以说是一首抒情诗，一幅风景画，被它的优美旋律，节奏柔和而轻快和动人的歌词所打动，丁江峰最喜欢。最初听到这首歌是中央电视台中国欢乐行播放的，当时万名观众与毛阿敏齐声清唱，后来在网上又查到了这首歌曲。

女孩会心地笑了，她在铜仁学院读书时，学校就要求唱这首歌。她参加了《中国欢乐行——魅力梵净山》大型文艺晚会观看演出，和毛阿敏互动唱了《我的家乡梵净山》：

我的家乡梵净山
红云金顶入云端
云梯万步天路远
风雨飘飘几千年

我的家乡梵净山
鸟语蝉鸣水潺潺

一山千溪武陵源
群山巍巍雾缠绵

啊……啊……啊……
我的家乡梵净山
美丽的梵净山
啊……啊……啊……

我的家乡梵净山
花漫桃源情浪漫
山歌飞来醉心坎
云卷云舒爱依然

我的家乡梵净山
鸟语蝉鸣水潺潺
一山千溪武陵源
群山巍巍雾缠绵

啊……啊……啊……
我的家乡梵净山
美丽的梵净山
啊……啊……啊……
我的家乡梵净山
美丽的梵净山
啊……啊……啊……

梵净山位于中国贵州铜仁地区的印江县、江口县、松桃县交界处，得名于“梵天净土”，原来的正名为“三山谷”。为武陵山脉主峰，原始生态保存完好，梵净山乃“武陵正源，名山之宗”，是全国著名的弥勒菩萨道场，是与山西五台山、四川峨眉山、安徽九华山、浙江普陀山齐名的中国第五大佛教名山，在佛教史上具有重要的地位。

丁江峰悠闲地微闭着眼睛细细品趣女孩唱歌的旋律，切实体味到歌词信息中传达的美感，时不时点点头。待女孩唱完后，他点评道：“嗯，有毛阿敏的风格。”很亲切地问道：“你叫什么名字？”

女孩大方地答道：“我叫肖敏霞。”

“哪个学校毕业。”

“铜仁学院。”

“什么专业？”

“音乐系。”

“怪不得你乐感那么好。”丁江峰赞叹道。

“谢谢大哥夸奖。”

吴保贵见肖敏霞称丁江峰为“大哥”，心里有一丝儿不快，立即纠正道：“他是县……”

丁江峰举起左手，制止吴保贵说下去。继续问道：“哪年毕业的？”

“去年。”

“去年为啥不去参加教师招考呢？”

“县里没招音乐专业。”

“哦。应该说当服务员不是你的专业，太可惜浪费人才了。”

“有什么办法哩，比待在家里好。每天有四十块的收入，总算有工作了。”肖敏霞苦笑道。

“你想不想到县文工团去？”

“想！哪个不想，我做梦都在想！就是不得去。”

“我要让你梦想成真，明天就让你到县文工团去上班，先聘用。你愿意到文工团，今年给个特招指标解决你，文工团是地方粮票，我们可以自行做主。你愿意教书，今年增设音乐专业，你去报考。抓紧时间复习，这个看你的造化，考不上，我就无能为力了。”

“你莫骗我啊。”肖敏霞上上下下打量了丁江峰一会儿，不屑一顾地说道。她很警惕，用着一副不可思议的眼光打量着丁江峰，来这里吃饭的人三教九流都有，什么大话、狂话、黄话、丑话司空见惯。现在的骗子太多了，帮人找工作的，读书找门路的，一个目的，就是骗财或骗色。

“小肖，你今天遇到贵人了，你说他是谁，他是我们的县委丁书记。”岳江坪得意地故作神秘地说道。心里却暗暗地思忖着：丁书记和肖敏霞非亲非故，他发起了菩萨善心帮她安排了工作，真的是爱惜人才，还是有其他目的？

“丁书记？”肖敏霞一时惊愕得张大了嘴巴，羞答答的不知如何是好，模样看起来可爱至极。真是天上掉下一个馅饼，平时人家拿猪头敬菩萨还找不到庙门，自己没花一分钱就找得了工作，这就是老祖宗积得德。

“我是丁江峰。”丁江峰一副慈祥的目光落到了肖敏霞的脸上，肯定地点点头。他爱惜人才，主张人尽其才，在党代会上提出了“人才兴县”战略，现在人才资源的浪费问题比人才短缺和流失更为严重，他想最大限度地扭转这个局面，不拘一格选人才、用人才。

“刚才有所冒犯，请丁书记谅解。”肖敏霞害羞得低着头，双手好像没得放处，窸窣地扯着衣襟角，变得十分拘谨起来，全然没了刚才的落落大方的神态。

丁江峰是个雷厉风行的领导，说干就干，掏出手机接通了文体广电局长彭水海的电话：“水海，你在什么地方？”

电话里传来彭水海的声音：“丁书记，我在当之。有什么指示？”

丁江峰按下了免提，让大家都听得到：“是这样的。铜仁学院音乐系有个毕业生叫肖敏霞，她的歌唱得好，我给你推荐到县文工团去，你看如何？”

彭水海慷慨激昂地答应道：“坚决落实丁书记的指示。叫她明天来报到吧。”

上官禄霆拍马屁道：“丁书记爱民、亲民、护民，慧眼识珠，‘现场办公’解决了大学生的就业问题，为我们树立了榜样，真是人民的好领导啊。我叫天福州在报纸上好好宣传一下。”

丁江峰连连摆摆手，严肃地说道：“使不得，这是个个案。全县还有上千名大学生没就业，个个我都搞特殊照顾，一是政策不允许，二也是不现实的。不过，我们应千方百计扩大就业渠道，扩大就业是改善民生的头等大事，要实施就业优先战略，使就业困难人员实现就业。”转而对肖敏霞说道，“你把这里的事情交接好，老板要扣你的工钱，你给我说。你明天早上就去文工团报到。”

“谢谢丁书记。”此时此刻，肖敏霞仿佛像做梦一样，难以相信这是真的。抑制不住自己激动喜悦的心情，脸上泛起了一抹不易察觉的红晕。她随后用颤抖的声音问上官禄霆道，“你们喝什么酒？”

“丁书记，是喝五粮液还是茅台酒？”上官禄霆恭敬地征求丁江峰的意见。

“我们只是简单地吃个便饭，搞这奢侈干吗？吃饭的事看起来是件小事，折射出的却是作风建设的大问题，反映的是享乐主义和奢靡之风。因而，一切要从节俭出发，反对铺张浪费、大手大脚。就喝糯米酒，价廉物美。”丁江峰问吴保贵道，“保贵，你看如何？”

吴保贵微微一笑道：“喝糯米好，养身健体，价格也实惠。”

“先上四斤来。”上官禄霆对肖敏霞说。

肖敏霞又拿起话筒呼叫道：“喂，总台，支书家上四斤糯米酒。”

不一会儿，上菜员端来了菜，肖敏霞熟练地摆上转盘的餐桌。上菜也很讲究，最初上菜的时候，因为菜少，先上东南西北四个角，菜与菜之间的距离要分开些。这样不仅看起来井然有序，而且无论转盘怎么转，每个顾客都能吃到菜。菜上齐了，服务员双手托着一个大圆盘，如履薄冰地走进屋，盘里是装有糯米酒的土罐罐和五个专供喝糯米酒的土碗。肖敏霞把土碗摆放好后，一一地斟上酒。

上的菜是地地道道的农家菜，鲜、土、野，纯绿色、无污染、高营养，原汁原味。品种上更是风格各异、贴近自然。有野菜鸭脚板、回锅肉、泡汤肉、农家小炒肉、凉拌折耳根、爆炒油菜苗、酸辣蕨菜、菜豆腐、楠竹笋炖腊肉、大蒜炒米豆腐、酸辣子肉末等。最后上了一道菜叫“五谷丰登”，用玉米、芋头、青豆、南瓜、胡萝卜等一起煮熟而成放在盘里。尽管很多农家菜的品种“土”，巧妙的取名都让人耳目一新，让食客们赞叹不已。烹制“农家饭”讲究用“土材料”、“土办法”，或者叫“笨办法”来烹制。用土灶柴火焖的饭，其香味绝不是用电饭煲焖出的饭所能比拟的。人们在尝遍大鱼大肉、享尽天下珍肴后，进一步追求返璞归真，崇尚绿色、天然，并回归自然、天人合一的产物。

今天大家都很高兴，在这个地方青山绿水，空气清新，让人感到一种难得的放松。

肖敏霞恭敬地站着，彬彬有礼地说道：“丁书记，你们的菜上齐了，请慢用。”

“你有事忙去吧，如需要我会喊你的。”丁江峰支走肖敏霞，他清楚吴保贵他们要提出一些人事上的敏感问题，他不想让旁人知道。

肖敏霞像耍魔术似地拿出个呼叫器放在餐桌上，莞尔一笑吩咐道：“有什么事请按呼叫器，我就会过来。”

“知道了，你去吧。”吴保贵打着送客的手势。

“嗯。”肖敏霞立即知趣地走了出去，出门时将门也掩上了。

上官禄霆端起土碗说道：“来，丁书记，喝酒。”

“干。”岳江坪吠形吠声地说道，说完一仰脖子，将一碗甜蜜的糯米酒全部灌进肚里。

“咕嘟咕嘟，”吴保贵也喝了个碗底儿朝天。

酒罐罐刚好转到俅胜保面前，他站起捧起酒罐罐，又往每人面前酒碗里满满地倒了一碗。

俅胜保伸出筷子夹起一块泡汤肉，放进丁江峰面前的碗中，笑道：“丁书记，吃菜。”

“我自己来。”丁江峰把肉放进嘴里，肉质鲜嫩，入口一下子就激起了他的食欲，一边嚼着一边说道：“唔，好香，好香。”

上官禄霆嘴里慢慢嚼着，听到丁江峰称赞菜好吃，露出一点心满意足的表情来，热乎乎地说道：“丁书记，多吃菜。”

“大家随意嘛，不用客气，咹。”丁江峰自己夹一片半肥半瘦的回锅肉，津津有味地吃着。这时，丁江峰放在桌上的手机振动起来，他拿起手机看了看，是麻柳乡党委书记陈武孟打来的。陈武孟在电话里问道：“丁书记，你在哪里？”

“我在厢里。”不言而喻，陈洪武是来跑官要官的。丁江峰知道，这些乡镇党委书记一旦得不到提拔副县长，一个个削尖脑壳都想进城谋个一官半职。

“在哪个乡？”陈武孟穷追不舍地问道。

“在一个小厢。”丁江峰说。

“哪个小乡？”陈武孟又问。

“大河坝。”丁江峰模棱两可忽悠着陈武孟，当之县真的有个大河坝乡，他说得一点不假。

“晚上要回来不？”

“要回来。”

“等你回来再联系你，有事情向你汇报。”

"好。"丁江峰挂断电话笑了起来:"真是的,现在是庙少菩萨多,职数有限。全县36个乡镇,33个局,就算把所有局长抹下来,乡镇党委书记也不够安排。何况,大多数局长都还要连任。"

吴保贵诡诈地眨着眼睛说道:"我看唯一的办法就是划分年龄段,超过该年龄段的一律改任非领导职务。"

上官禄霆一愣,翻着白眼问道:"划分多少年龄段最合适?"

吴保贵不假思索地说道:"男的五十三岁,女的五十岁。"

上官禄霆脸色却突然垮了下来,大声说道:"我坚决反对。"

丁江峰目光惊愕地盯着他:"你为什么反对?"

俅胜保很不高兴地斥问道:"你不支持丁书记的工作?"

上官禄霆瞪着眼说道:"谁说我不支持丁书记的工作?我一千个支持,一个万支持。"

岳江坪脑子飞快地转动着,明白了上官禄霆反对的理由,他的年龄应在五十三岁坎上坎下:"如果我没记错的话,上官禄霆你今年刚好像满五十三岁。"

上官禄霆不持可否,目光中流露出一丝忧虑:"是的。吴保贵说砍到五十三岁,不是整我的名堂是什么?"

吴保贵非常尴尬,笑了笑,自我解嘲道:"啊,原来如此。不知者不怪。"

丁江峰带着一抹笑容温和地问道:"你什么时候满五十三岁?"

"4月1日。"上官禄霆说。

"这好办嘛。"上官禄霆的出生月日引发了丁江峰的思考,"年龄是死的,人是活的,砍在3月31日前。你不就保留下来了吗?"

"丁书记高瞻远瞩,决策英明。"吴保贵拍马屁拍得恰到好处,不痛不痒,十分受用。若是拍重了会疼痛,拍轻了达不到目的。

"来,为上官禄霆留任干杯。"岳江坪端起土碗分别和丁江峰、吴保贵、上官禄霆、俅胜保碰了一下，碗内的酒有少量溢了出来，一仰脖子一饮而尽，喝完之后还咂巴了一下嘴。

“这是重大的事情，还得经县委常委会研究决定。我个人可不能擅自做主。”丁江峰放下土碗后，一脸郑重地说。

“丁书记，我要求轮岗，换个环境。”岳江坪觉得在粮食局当局长实在没有意义，要钱没钱，要权没权，面对的是数百名下岗职工，一天搞得焦头烂额，许多工作都是给人家讲好话。

“凡事得有个度，一切要从大局考虑，不是你们想到哪个局就到哪局。”在使用干部问题上，丁江峰也有一定的原则性。再熟悉亲近的人，不能轻易许诺。想了想，不动声色地问道：“你想到哪个局？”

“教育局。”岳江坪好像早就思考成熟似的，毫不犹豫地答道。

“教育局是个大局，不是一般的人都能去的。百年大计，教育为本。当局长是一种责任，责任重于泰山，你能胜任吗？”丁江峰提出质疑。

“我教过书，当过教辅站长，对教育的管理工作应该说是轻车熟路的。”岳江坪信心十足地说。

“我想到水利局。”俅胜保趁此机会提出要求。

“我就原地踏步不动。”上官禄霆表态道。

“我想到发改局，我对经济工作还是比较熟悉的。”吴保贵提出了自己内心真实的想法。他想尽快离开建设局，他怕在建设局待下去越陷越深，污水处理工程建设中他屁眼里是夹得有干屎的，丁江峰收到的举报信并非空穴来风，他是蜈蚣吃萤火虫——心里明白。三十六计走为上计，离开了建设局后，让人们逐渐淡化，慢慢忘却。

“你们提出的要求我现在不能答复你们，容我思考后再说，到时我会把你们摆在合适的岗位上。”丁江峰算是推心置腹了，作为一个县委书记说到这个份上，也算够意思。领导是人，有七情六欲，原则性再强的领导也走不出情感的怪圈，他们不是生活在真空里。

“古人说，大树底下好乘凉。”吴保贵感慨地说。

“你们不要得意忘形，做官先做人，从政德为先，要做到情系于民，让人民拥护；造福于民，让人民满意；取信于民，让人民放心。政府组成人员县委研究了，还要经过人大常委会通过。铁木钗可不是省油的灯，她是个较真的人，一不小心人大通不过就麻烦大了，此类事全国多有发生。这是人大行使权力，我这个县委书记也无回天之力。”

丁江峰的话说得吴保贵、上官禄霆、俅胜保和岳江坪背上冷汗直冒。他们只顾巴结县委书记，却忽略了人大，特别是铁木钗主任。

第十二章　蒙在鼓里

老县长温和成突然来拜访，铁木钗是预料不到的。她亲切地握着温和成的手，满腔热情地说："是哪阵风把老县长大人吹来了，有失远迎，望大人海涵。来，坐坐。"她很有礼貌地把温和成请到了会客室。办公室的座位是有讲究的，作为领导来讲是领导下属的，按古人的讲法就是"克"下属的，坐在老板椅上我自岿然不动，体现的是一种当官的凛凛威风。所谓的凛凛威风，按中国老百姓的话来讲：就是面子问题。面子，有大有小，依个人来说："凛凛威风"就是面子。凡下级来汇报工作，必然是隔着桌子坐在领导的对面。领导时不时询问，或作重要指示，当场拍板。上级的领导和知心朋友来则不然，如果坐在对面则大不敬，就必须请到会客室。县委书记县长找他们的人多，办公室相对来说比人大主任、政协主席的宽大，就在办公室一侧另摆有沙发茶几接待客人。

"铁主任，我是无事不登三宝殿。"头发花白、年近七十岁的温和成笑呵呵地说。1980年代初在当之一中任过校长、市委组织部来考察他任副县长时，是带着框框来的，任职的条件是中共党员、懂教育管理、有副高职称，明眼人一听就晓得是他。1990年代初当选为县长。当时不像现在那么规范，出生地的人可以在出生地担任县委书记县长，也不硬性要求提拔县委县政府班子成员要有在基层工作经验。

“温县长，请用茶。”铁木钗让温和成坐在皮沙发上，泡了一杯梵净翠芽放在温和成面前的茶几上，然后在他的身边坐下。她不想惊动秘书，秘书的办公室在一楼，叫秘书来泡茶一是耽搁时间，二是显得官僚，不像县委书记和县长有专职秘书伺候，在老领导面前，亲自泡茶表达了自己的一番诚意。

温和成伸手拿起茶杯挨近嘴边轻轻地抿了一口，那股子茶香从口中直窜进喉咙里又从鼻孔里呼出，回味悠长。他慈祥的眼神平静地望着铁木钗说："有件事我想给你说一下。"

“老县长请讲。”铁木钗恭敬地说道。她刚分到当之一中任教时，温和成就当了副县长，也许是情结的缘故吧，温和成不管是当副县长或是当县长，经常到当之一中调查研究，在经费和师资上解决了不少实际问题，作为骨干教师的铁木钗应邀参加了两次座谈会，为学校的发展建个言献个策。

“事情是这样的，现在县里不是要调整二级班子嘛，给你提个建议，我想推荐欧阳明锋当教育局长。”温和成那一双充满希冀的眼睛看着铁木钗，这双眼睛比起别人来更加明亮，更加有神，期待铁木钗给予一个满意的答案。

“老县长也来跑官要官啦。”铁木钗不由微微一怔，开了句玩笑说，“这个难度比较大。现在是县委书记管着人事任命权的呀，我是没有这个权的。”温和成的提议与她不谋而合，欧阳明锋现是当之一中的校长，当教育局长最有说服力。铁木钗分到当之一中任教时，欧阳明锋是政教室主任，铁木钗调到县委办后，欧阳明锋提拔当了副校长。应该说，欧阳明锋是温和成一手培养起来的。事隔三年，欧阳明锋下乡去任职，先后当了乡长，乡党委书记，那年届中县委要对乡镇和县部门领导班子进行微调，欧阳明锋从马路新闻社得到可靠消息，组织上初步打算调他到县委直属机关工委任书记，他认为在这样清闲的单位无法施展抱负。于是当机立断，连夜赶到县城，找到县委书记，主动要求回当之一中从事教育工作。恰逢任县政协副主席的校长调离到市教育局任副局长，校长的位置空缺，县委书记就答应了他的请求。

“这我知道，县委书记岗位地位特殊作用大、职级不高权力大。对干部你没得决定权但有建议权。”温和成说。

“建议权实际上是没得权，书记采纳你的建议，你面子上有光彩，书记置之不理的话，你干得气怄。”

“你是四大班子主要领导之一，难道个把干部的提名都没有？当年我当县长时，要提拔几个局长，书记还是考虑的。”

“今非昔比，现实行的是常委负责制。过去还有个分管组织的县委副书记，权力分散，事情好办。现在不行了，干部人事全归县委书记管，谁当局长谁当主任组织部长直接向县委书记汇报，盘子端好了，才提交书记办公会，一般不会有大变动，即使要调整，也是无关紧要的职位，常委会上基本不变，我是列席常委会，只有发言权，没有表决权。”

“我主要是从当之教育大局出发，据我所知，目前还没有比他更为合适的人选。”

“欧阳校长我是了解的，他既懂教育又懂管理，可以说是我县教育界的权威人士，于公于私我也想他去当教育局长。目前有十二个人在竞争教育局长的位子，有几个都来找过我。教育局局长相当于一个副县长，管着八千多名教师，每个教师的工作调动都要经过局长签字。两袖清风的局长却因教师工作需要内部调动或调出教育系统，他会把握住分寸的。以权谋私的局长大相径庭，每一个教师的合理要求他都会索取贿赂的。”

“常言说，走错一步棋，满盘都是输，开坏一代亲，延坏九代人，选错一个教育局长，当之的教育将倒退十年。欧阳明锋当校长这几年，亲政廉洁，有口皆碑，教育质量逐年上升，高考录取率在全市是第一的。考上两个北大，两个清华，一个小小的县级高中取得这样的成绩，真是了不起呀。”

“前不久，我到一中调研过，欧阳明锋校长有一套管理模式，他组织一批各科骨干教师攻克高考题，把历年的高考题进行统计学分析比较，找出其中的规律，然后再结合研究的成果，确定当年要出哪些高考题，八九不离十。好多考生放弃市一中的优惠条件，愿花高价钱到当中来读，其他外省外县的考生人上托人开后门也要到当之一中来读书。”

“我们都是当中出来的，为这几年当中取得的成就而感到骄傲和自豪。不管怎样说，当中的巨大变化，欧阳明锋是立下汗马功劳的，全县人民有目共睹。”

“说实话，我从当中出来，我对当中有感情，我和欧阳明锋是同事，我对欧阳明锋也有感情。欧阳明锋放在教育局长的位置上，是最好不过的了。”

“兵雄雄一个，将雄雄一窝。欧阳明锋在当中当校长，不仅使当中的教育质量提高，受益的更是当中的广大师生。欧阳明锋当教育局长，那是全县师生的福气。”

“我看这样，老县长，适当的时候我给丁书记说一下，有没有效果我也没把握。”

“只要我们大家齐心协力，目的应该能够达到。”

“但愿我们的理想能变成实现。”

“耽误了你的时间，我要告辞了。”

“没关系，老县长，您再坐一会儿。”

“不坐了，我知道你很忙。”温和成说完随着站了起来，非常有力度地握着铁木钗的手说道：“一切拜托你了。”

“你放心，我会尽力而为。”铁木钗恭恭敬敬地答道。她送温和成出了门，望着温和成远去的背影，再次挥手招呼道：“老县长，您慢走。”

温和成回过头也向铁木钗挥挥手：“不用送了，你回去吧。”

铁木钗转身回到办公室坐下，桌上堆放着几份上访户的材料，反映的问题基本上是违法乱纪受处分要求复议的，这一类是县委政府落实的，作为人大主任，只是了解一下事实的真相，县委常委在讨论时，不放烂药就天公地道了。常言说，不怕十个说客，就怕一个夺客。另外一份材料是癞皮狗耿立晓的，癞皮狗最令她头痛，他已来找她不下八次，都是些鸡毛蒜皮大不了的事情，这次上访的事说是他妻子虐待他，认为他经常上访不务正业，有两个星期分居没和他睡了，要求有关部门支持他上访，解决他和他妻子的矛盾，这简直是谲怪之谈，清官难断家务事，这也要上访，铁木钗哭笑不得。

我们国家对上访户太宽容了，有理无理都要礼让三分，就连一个小偷盗窃时被警察发现，骑着摩托车逃跑，在警察追捕的过程上，自家慌不择路摔下路坎下，大腿摔成骨折。他要公安局赔偿他住院治疗费、误工补贴费、生活费、营养费、护理费，合计下来要几十万元，颠倒黑白，似乎小偷盗窃有理，正常执行公务的警察是彻彻底底的错。正义的公安局肯定不会赔偿，于是，小偷就上访，省市县一致认为小偷的诉求不合理，晓之以理，动之以情，劝他放弃上访。小偷根本不听，就自个儿跑到北京上访。县信访局的人把他接回来，出于人道主义，以人为本，与有关部门协商，给他解决了低保。他还是不满足，又继续到北京上访，当地党委和政府简直拿他一点办法都没有。可以说，他是属于非法上访。对非法上访人员有什么措施？上面的领导一再强调要稳定，因而关不能关，罚又不能罚，守又守不住。

铁木钗正在看材料，匡达明打来了电话，问她现在哪里。铁木钗说她在办公室，匡达明说他要来她办公室，有些话想说。匡达明的办公室和铁木钗的办公室在同一层楼，相隔不过十来米距离。铁木钗会客室的门正虚掩着，匡达明走到门前停顿下来，轻轻敲了敲房门。

“请进。”只听见里面传来一个清脆的声音，匡达明推开了门，径直走到铁木钗里间的办公室。

铁木钗站起，走过来伸手笑脸盈盈地握住了匡达明的手，热情大方地说道：“匡主席，我们到外面去谈吧。”

匡达明笑道：“没必要，就在这里。”

“不妥吧。”铁木钗面有难色地说。她和匡达明是县四大班子主要领导，级别上是平级的，不存在着谁领导谁的问题。如果在办公室里，显得不平等，意味着匡达明坐在她的对面，处于从属地位。自她任人大常委会主任以来，在此以前，正处级实职领导还没哪个来过，匡达明是第一个。

“不用客气啦，我的大主任，你把我看格外了。你坐你的老板椅，我坐我的客沙发。咱们脱掉主任和主席的外衣，现以平等的身份谈话好不好?”匡达明马上收敛笑容，似乎不满意地说。他熟悉官场的规矩，坐有讲究，行有规则，讲有顺序。铁木钗一说话他就明白她的用意，其实，这不是正规场合，像朋友一样私下交谈，并没什么了不起。再说，他想找铁木钗说的事是绝对保密的，会客室的保密系数就没得办公室里大，万一有人偷听去了，政治影响不好。

“既然匡主席不介意，那我就恭敬不如从命。你就请坐吧。”铁木钗伸出右手，掌心向上，有礼地做了一个请坐的手势。掌心向上向下也有学问，掌心向上的手势有一种诚恳、尊重他人的含义；掌心向下的手势意味着不够坦率、缺乏诚意等。

匡达明坐下后爽快地说道：“随便点好，让虚伪的官场习气见鬼去吧。”

铁木钗走到饮水机旁，取出一次性杯子，准备给匡达明泡杯茶。

匡达明见状，赶紧制止道：“不用去泡，我刚才在办公室已经喝了。”

“匡主席，真不好意思，你第一次到我办公室来，坐没得好坐的，吃没得好吃的。”铁木钗说着客套话，心里显得过意不去，她觉得在会客厅坐下来才能平等讲话，匡达明硬要坚持，真拿他没办法。

“铁主任是不是在批评我官僚，这么久时间了，同一层楼近在咫尺就没来过拜访，我向你作深刻的检讨。你回当之的第二天就到我办公室，朴实的工作作风值得我学习啊。”匡达明开个玩笑活跃了一下气氛，为等会儿交流作好铺垫。其实，在官场的非正规场合，领导们都客客气气，相敬如宾，未免让人觉得气氛太过死板和迂腐，还不如调侃一下幽默一下反倒显得亲密无间，无拘无束，大家的关系也会更进一步。适当的玩笑是对死气沉沉的空间进行必要的“补氧”，也是放松自己、改善同事关系的一剂良药。当然，什么事情都要有个度，开玩笑要讲究内容健康，同时也要看场合和对象，开不开还得要因人而异，因场合而异。办公室里开玩笑是人际关系的润滑剂，也是惹祸上身的导火索，弄不好玩笑成了“完笑”。

“好啦，好啦，我惹不起你大主席。你贵脚来到我贱地，有何赐教？”铁木钗放松了心绪，也开着玩笑说。

“赐教倒没有，有些疑难事情我想请教你一下。”匡达明像搞地下活动，小心地朝门外瞅一眼，生怕他的话被别人听去。

铁木钗似乎看出了匡达明的心思，语气轻松地说道：“你有什么机密话要谈，我把门关上。”说罢，站起来准备去关门。

“算啦，算啦，孤男寡女关上门，免得人家说闲话。”匡达明有些担心，赶紧拦住。

“为人不做亏心事，半夜不怕鬼敲门。行得稳，坐得正，公公敢和儿媳妇坐一根凳。心底无私天地宽，我是女人都不怕，你堂堂七尺男子汉还怕啥？”铁木钗没有绕圈子，而是单刀直入。

匡达明再也不好反对，起身把门关上。又回到座位上。为谨慎起见，他凑上前来，如同地下党接头似的，放低声音说道：“‘两会’已开个把多月了，二级班子的调整还不见动静。你是消息灵通人士，到底是怎么回事情?”

铁木钗一本正经地说道:“我不是什么消息灵通人士,我能够知道的,你也知道了。”

匡达明说:“我感到很奇怪,按常规一个月之内就要有所动作,据我所知,其他县局长们早就到新岗位了。”

铁木钗郑重其事地说道:“干部工作是一个非常严肃、非常慎重、非常敏感的问题,我在想,丁江峰有他的通盘考虑。”

“现在搞得人心浮动,许多单位处于半瘫痪状态了,传言纷纷,局长们都在观望,特别是年龄稍大的产生了惰性。搞不搞工作无所谓。”匡达明忧心忡忡地说。

“这个我知道,为了防止突击用钱,丁江峰宣布政府部门局长停止签字权,要用钱发票必须经分管县长签字方才生效。”铁木钗早已耳闻,从县里开几次会的会况可以看出,要局长来的却来了副局长或办公室主任。

匡达明抬头望了一眼门,犹豫了一下说道:“讲句不负责任的话,丁江峰是不是在等待人们去买官帽。”

铁木钗摇了摇头,认真地说:“不可能,我看丁江峰不是那种人。前几天他无意间给我说起过,他到当之才来三四个月,初来乍到,对干部情况不太了解。”

丁江峰是从市文化局局长位置上下县来当县委书记的,他一直在市直机关工作,没得基层经验。明眼人一看就知道,正县级下来任正县级显然是下来镀金的,作为市级领导来培养。他不可能因一丝贪念,毁掉自己的大好前程。

“我们都蒙在鼓里,搞不清楚他卖不卖。靠山吃山,靠水吃水,常在河边走,不可能不湿鞋,作为县委书记卖几顶官帽子也是常有的事。”匡达明直白地说道,他不大相信猫不吃鱼。

“没有真凭实据就不能乱下结论,不过,有几个局长跟他跟得紧,吴保贵、上官禄霆、俅胜保和岳江坪被称为是丁江峰的四大金刚。”铁木钗眉头不由竖了起来。这四个人她有所耳闻，品质不是那么好，耳朵里早传来了他们的是是非非。

“特别是那个吴保贵，目空一切，除了丁江峰，我看他谁都不会放在眼里。这是个危险人物，据群众反映，他有重大的经济问题。”匡达明一直在当之任职，应该说对干部的情况知根知底，吴保贵何许人也最清楚不过。

“我也略知一二，这样的干部不能用就不能用，一定要坚持原则。”铁木钗心中一动，慷慨激昂地说。

“我坚决支持你的革命行动。”匡达明将手敲在桌子上，桌子发出了“咚咚咚”的清脆声。

铁木钗不想纠缠这个话题，说多了也是打话平伙。话锋一转，扯到教育局长问题上，“刚才，老县长来找过我，他想推荐欧阳明锋当教育局长，我看比较合适。”

“他也去找过我来，我了解欧阳明锋，他是很不错的，当过乡党委书记有管理经验，任中学校长懂教育业务。不过，县委书记管干部，最终还是丁江峰说了算。”匡达明稍微把身体向前倾，用手摸了一下下巴，苦笑着说。

铁木钗愣了一下，微微点点头说道：“你说得也有道理，什么人当局长，什么人当主任上县委常委会了我们才知道。在此之前，我们是聋子，是睁眼瞎。”

匡达明双肘撑在办公桌上，双手交叉托住下颌，无奈地长叹一口气，讲话的语气显得底气不足：“你们人大倒好，不称职不合格的干部完全可以行使自己神圣职权，动用表决权。我们政协呢？不说白不说，说了也白说，白说也得说。聋子的耳朵是个摆设。”

“话不能那么说，你也是四大班子主要领导之一，有时你说的话还是管用的。”铁木钗微笑着说。

“哈哈哈，要是管用的话，政协主席就落不到我来当了。”匡达明脸上堆满了苦笑说，“坊间有顺口溜说政协是‘一间老房子，挂块大牌子，里面坐着些老头子，一天到晚看报纸’。在外界给人一种什么印象？一种‘二线’、‘清闲’、‘养老’的印象。专委会主任们都不安心工作，他们说：‘干多了什么意思，不干不好意思，干一点意思意思。’当然，相比政府来说，政协比较超脱，这都是实情。”

“我深有同感，人大的处境和你们也是一样的。我们除了任命政府组成人员有话语权，其他的和你们差不多，专委会主任也是牢骚满腹，认为英雄无用武之地，一致要求和政府的局长们轮岗。”铁木钗端起杯子喝了一大口水，为人大专委会的主任们鸣不平。

“我正有此意。长期在政协待下去，人都搞傻完了。会出现倦怠心理，工作上敷衍塞责、得过且过、不求有功、但求无过。”匡达明忧心忡忡地说。

“何尝不是呢，你们有两个专委会的主任是乡党委书记上来了，我们也有两个专委会的主任也是担任过乡镇党委书记的。你看同是任乡镇党委书记的人家当了局长，他们却在人大政协来闲起，想干番事业都施展不开，心里肯定不平衡。”铁木钗笑了，温柔地看了满脸沮丧的匡达明一眼，“我看这样，你去和丁书记把我们的想法说一说。”

“在干部问题上，他能听我的吗？你去说不是一样吗？”

“泥鳅不能和黄鳝比，位卑言轻，我的含金量比你少百分之七十，我的话他不一定听。”

“你认为我位高权重，一言九鼎？大错特错，你我在四大班子中都处于从属地位，秃子当和尚——差不多。”

“隔着山头拉手，我差你差得远了。政府部门的主要负责人任职毕竟还要经过你们人大任命这一关，对那些不称职的干部你们还有否定权。

仅凭这一点，丁江峰都要给你面子。”

“要不，我俩一起去。”

“那可不行，又不是去打架，人多好助威。他有些话想给你说的当着我的面不好说得。我在场不方便，多一个人就是多一个不方便，有些事情知道的范围越小越好。”

铁木钗低头思考了一阵之后，缓缓地说道：“我去试试看看，未必能达到目的。”

匡达明鼓劲说道：“如果丁江峰知趣的话，凭你的人格魅力，人气指数，人大主任，他都会应该考虑你的建议的。”

铁木钗笑了笑，很冷静地说道：“你尽给我戴高帽子来忽悠我，我有几斤几两我自家清楚。”匡达明的话很亲切到位，听起来还是挺受用。自古以来，不管是一品大员抑或是平民百姓，都有虚荣心。虚荣心虽是人性的弱点，对于某些人是致命的，对于有些人反而是种推进器，他希望自己得到别人的认可，希望自己在某一方面可以有所建树，会更加的努力去超越别人，去证明自己的能力比别人强。

匡达明见铁木钗不急不躁的样子，自家便也不着急了。他笑了笑说：“我尽拿大实话诬陷你。”

突然，门外有声音轻微一响，匡达明警觉地朝门外看去，他担心有人偷听他们的谈话，换届之时对干部人事都十分敏感，往往也是拉票贿选、跑官要官等腐败现象多发的敏感期。别有用心的人散布谣言还认为是搞地下组织活动，留下把柄，传出去影响不好。一切都要在秘密中进行。

进来的是赵直中，匡达明只是看了他一眼之后便很快收回了疑惑的目光，默不作声，这时再讲话也显得多余，人家进来肯定有事，想离开回避觉得唐突，怕引起铁木钗的误会。赵直中来给铁木钗汇报工作不可能是重大核心秘密，无非是送文件报刊、打扫卫生、通知开会之类的。果不出所料，赵直中走进办公室很自然地给他打了声招呼，站在他的身旁，慢慢悠悠地对铁木钗说:“铁主任,县委办通知你晚上八点钟在行政中心十楼县委常委扩大会议室开常委会,请你准时列席参加,他们打你手机没人接。”说完,拿过铁木钗的茶杯到饮水机往里面倒一半的热水,然后再在冷水管下掺进一半的冷水,使杯里的水不冷不热,稳稳当当地放在桌子上。转过身又从饮水机上取出一个一次性杯子,刚有这个举动,匡达明就对赵直中说:“不要倒了。”

铁木钗习惯把手机放在包里,走时免得遗忘。取出一看,确实有两个未接电话,号码再熟悉不过,县委办打来的。她把脑门一拍,恍然大悟的样子:“怎么搞的,我把手机调成静音了,难怪听不到声音。”她随即把手机调到振动状态。

匡达明有一种莫名其妙的感觉,静静地望着铁木钗,眼神里充满着一种莫名的茫然,片刻才问道:“真是邪门了,我也没接到参加县委常委会的电话。按理说,常委们通知完了,就通知你,然后就是我。不可能忘记吧,县委常委会我和你是一定要列席参加的。”

“对呀。是不是你也调成静音了。”铁木钗提醒道。

“不可能的,一般我都是调成振动的。”

“取出来看看,或许有失误的时候。”

“神了,没在身上?”匡达明惊呼道。他把所有的荷包摸遍了,都不见手机,突然自我解嘲地说道,“我记起来了,刚才给你打电话时放在桌子上,忘记带在身上了。”

“匡主席,我去给你拿来。”赵直中赶快接口道。不愧是当秘书的,干事的官儿,转变真快。

匡达明摆了摆手说道:“不用啦,我要回办公室去。铁主任,抓紧办,说不定今晚上就要研究有关二级班子调整问题。按惯例,我们昨天就该收到议题的。”

“有可能,除了人事、信访、维稳等带有保密性质的议题外,一般都会提前把议题发到我们手中。直到现在我们都没收到议题，十有八九是研究人事。”铁木钗若有所思地说。

“是有点奇怪啊，都还没进入考察的程序，研究干部值得打个问号。”匡达明郁闷地说道。

“不一定研究干部的任免，可以研究调整二级班子政策，比如划框框，制方案，定调子。”

“像其他区县砍年龄段，男的五十、女的四十八或男的五十三、女的五十不问青红皂白地一刀切。”

“不问青红皂白‘一刀切’砍年龄段的做法，明显是不合理的。是不顾民意肆意妄为的官僚作风。如确有此事，我会提出我的看法的。”

“我助你一臂之力。”匡达明拍着胸脯表态，说完站了起来，“我走了。”

第十三章　察言观色

铁木钗是个性子急的人，说要办的事就要抓紧时间办，不喜欢拖拖拉拉，总想尽快完成工作。匡达明走后，看了看时间还早，必须抢占先机，快速去和丁江峰碰头沟通，要是在县委常委会上唐突提出来，通不过就无回天之力了。再说临时动议，也不符合组织程序。她拨通了丁江峰的电话，还好，丁江峰正在办公室。

要到长长的走廊的尽头才看到房门，可以断定县委书记的办公室是三套间，和她在临江当县长的办公室相比，还要宽。看规模来应该有候客室、办公室和带卫生间的休息室。按国家有关文件规定，显然是严重超标了。其实，从省里、市里、县里大部分领导干部的办公面积都超标，没有人过问，大家彼此彼此，心照不宣罢了。候客室的门是敞开的，铁木钗走进去一看，沙发上坐满了人，有乡镇党委书记、有乡镇长，县直部门的局长、党组书记，也有几位不认识的，大家相互打了招呼，坐在沙发上的全都站了起来，纷纷让位给铁木钗。

铁木钗不肯坐，一坐下就处于被动。不坐随时可以走进丁江峰的办公室，官大一级压死人，不用排队，也不分先来后到，领导就享有特权，科局长只有干瞪眼的份。她不坐，其他人也不好意思坐，站着和铁木钗拉起家常，时不时提到二级班子领导调整的事。铁木钗谨小慎微，不敢随意说话，一旦把握不准，别人听走了调，惹出麻烦，误认为是县委的声音。在这个关键时期，铁木钗最明白不过，凡去找县长的大多是要县长签条子批钱的，或是确确实实汇报工作，也有极少数为自己的位子探听口风的。县长管钱不管干部，任你磨破嘴皮子，说到黄河是缸水，对干部问题他会一口回绝，建议你去找丁书记。来找丁江峰的大多是打着汇报工作的幌子，来跑官要官的，大家彼此都心知肚明。也有极少数是真心实意来汇报工作的，那就是新提拔起来的乡镇领导干部。铁木钗微笑着对他们说："我先找一下丁书记，你们稍后。"

大伙儿也笑呵呵地说："铁主任，你先去，我们等一会儿。"

铁木钗轻轻地敲敲门，也不等里面有何反应，便缓缓地推开一扇门走了进去。丁江峰正在向坐在他对面的龙门坳镇党委书记甘家胜作指示，见到铁木钗进来，终止了他们的谈话，热情地说："铁主任，你来了。"然后向甘家胜说道："你回去吧。"

甘家胜快速地站起来，满脸堆笑喊道："铁主任。"向丁江峰打了声招呼："丁书记，我走啦。"说完，知趣地走了出去。

"丁书记，我来向你汇报工作来了。"铁木钗是第二次来丁江峰的办公室，第一次是从临江调来当之的那天，当时心情糟糕，没兴趣打量丁江峰的办公室。这一次来才详详细细地扫视着丁江峰的办公室，看起来比她在临江当县长的办公室大得多，大约有四十个平方米。进门的左边摆了一个板栗色的木质茶几，挨墙的两边放了两个长沙发，供开书记办公会议用。市里的局长们来摆谈工作，或是县里有名的企业界人士来拜访，远道而来不存在着上下级关系的同学、朋友都坐在这里。严格地讲起来，这里才是正经八百的会客场所。办公桌背后的一面墙上，右边是一壁气派的书橱，里面放了一柜子书，看上去很干净、很新鲜，还有一部分精装大部头的书。《社会常识全知道》、《人生哲理全知道》、《中国共产党历史》等书十分醒目，堂而皇之摆在那里。书籍是增长知识的重要载体，为官读书是提高学习能力的重要途径，也是检验一个领导干部思想水平高与低的试金石。左边是木材质文件柜，柜子从上到下有六格，喻义“六位高升”，每格分类装有中央、省、市、县及县部门的文件和相关资料。墙的正中挂着一幅草书“事不三思终有悔，人能百忍自无忧。”纸质不是显得陈旧，应该说挂上没得好久点，让人很是赏心悦目。看落款，知道是省里一位知名书法家写的。据说，他的墨宝十分难求。某景区请他写景区名，三个字索要润笔费三万元，平均每个字一万元。可想而知，丁江峰的字幅是十四个字，按此推算，要价值一十四万元。是别人行贿的，他不可能胆子大到挂在墙上，招人显眼，更多的是收藏，做得越隐蔽越好。当然，也不排除受贿，有时反其道而行之，出怪招，出绝招，越是危险的地方越最安全。从内容来看应是丁江峰亲自向书法家索写的，十多万的价丁江峰开支不起，有钱也舍不得，这条幅到底是怎么来的还是一个谜。铁木钗不懂得掩饰，不由在字幅上多停留了几秒钟。很气派的老板办公桌，桌上有条不紊地放了几个文件夹、笔筒、烟灰缸。

丁江峰分寸把握得当，坐在老板椅上屁股并没有动，保持着威严，只是身子向前倾了倾，微笑着招呼铁木钗坐下。铁木钗虽是四大班子主要领导，级别与丁江峰和市局的局长们都是正处级，接待的礼数就不同，市局的局长和县委书记不存在着隶属关系，项目资金还得有求于他们倾斜，丁江峰就得赶紧离开座位，走出来握手、寒暄、平等地坐在沙发上摆谈。铁木钗就不同了，县委领导人大，人大主任在县委书记面前是汇报工作，仍处于从属地位，只能坐在丁江峰的对面，这就是中国特色。

仲国富给铁木钗泡上一杯茶，看着蜷缩的茶叶，慢慢地舒展开来，铁木钗对仲国富说道：“小仲，给我来杯白水，我不喝茶。”

丁江峰心思敏锐，善于察言观色，充满欢喜的脸上写满了笑意，他似乎看出了铁木钗的心思。待铁木钗落座后，说道：“是不是对这幅字产生了疑问？”

“哪里，哪里，我觉得很好。”铁木钗连忙解释道。

“你是说字写得好或是内容好？”丁江峰问道。

“名家写名句，珠联璧合，相得益彰。”铁木钗抬头又把字幅看了一遍说，“你把‘事不三思终有悔，人能百忍自无忧。’作为你的座右铭，是你内心的真实反映，奥妙无穷。前一句意思是办事情、处理问题，如不反复思考，最终会有懊悔。‘三思’，语出《论语·公冶长》：‘季文子三思而后行。’也指《孔子家语·三恕》中的三思：‘孔子曰：君子有三思，不可不察也。少而不学，长无能也；老而不教，死莫之思也；有而不施，穷莫之救也。故君子少思其长则务学，老思其死则务教，有思其穷则务施。’后一句意思是在待人接物，处理人际关系时，如能百般忍耐，自然就没有烦恼忧愁。这里的‘忍’，指忍耐，克制，忍让。正如魏尚书格言所云：‘恭谨忍让，是居乡之良法。’‘忍’体现了人与人的一种宽容与谦让精神，是一种人格的弹性张力，反映一个人的胸怀和度量。一个人如果善于自我克制，‘忍人所不能忍，容人所不能容，处人所不能处’，他就能‘卒而临之而不惊，无故加之而不怒’，成为苏轼所称道的‘天下的大勇者’。你能把‘忍’功夫做到多大，你将来的事业就能成就多大。”英雄有了用武之地，铁木钗把她学的国学知识滔滔不绝地说了出来，剖析得深刻。

丁江峰全身明显震动了一下，听后傻了眼，讶然抬头看着她。心中暗道，在她纯净的眸子里，她似乎洞察出我的心思？似乎有所悟，却又抓不着。沉吟了一会儿说道：“铁主任不愧是学中文的，知识渊博，文采过人，古文功底深厚，说话的能力炉火纯青，分析得条条是道，令丁某赞佩不已。”

铁木钗心里一愣，想不到堂堂皇皇的县委书记却如此谦虚起来，是真诚的或是作秀？水深摸不透底。她微微一笑说道：“丁书记过谦了，你的知识更渊博，我说出来的只言片语在你面前只不过是班门弄斧。”

丁江峰盯了一眼铁木钗说道：“也有几位知心朋友都对这墨宝热情始终不减，生怕来历不明，毁了我的一生。给我写字的书法家是个怪人，他是不肯轻易给人墨宝的，怕不法之徒赚取暴利。”

“你这幅字是如何得来的？花多少钱？”铁木钗一直想解开这个久久缠绕在心中的谜团。

“一分钱都没花。”丁江峰沉思片刻之后说道，“事情是这样的，我儿子和书法家的儿子一同在北京师范大学读书，一个寝室住，关系相当铁。今年寒假期间，书法家的儿子邀请我儿子到他家玩了几天。书法家问起儿子的家庭情况，得知我来当之当县委书记，他大为兴奋，立即泼墨挥毫写了两幅字给我，另一幅字的内容是‘三思而后行’，儿子在省城找了一家专业最好的装裱店裱糊好，这幅挂在了办公室，那一幅挂在我家里。这两幅字的内涵丰富，具有欣赏和收藏价值，细细思之受益匪浅，领导干部要常怀律己之心，常思贪欲之害，常省自身之过，常修为政之德。”

“你还得两幅？”铁木钗惊讶地问道。

“传说归传说，书法家也是有人情味的。凡带有商业性质的、单位、企业、商人、老板向他索要书法作品，他是要收钱的。一般的干部职工他是免收的，这就是艺术家的胸怀。”

“哦，原来如此。”铁木钗为书法家的为人肃然起敬。

“一般大凡有才华的艺术家都有火热的激情、鲜明的个性、丰富的色彩、深邃的意境。他要知道你是政坛上的女中豪杰，也乐意会给你书写一幅的。”丁江峰笑了笑说。

“丁书记，笑话了，我是什么女中豪杰？人大主任算个什么官？看起来是官场中的三把手，权力不可小觑。其实，是日薄西山的职位。到了人大就是养老，政治生涯已走到顶峰。”铁木钗不快地说。

“话可不能这样说，县委书记也好、人大常委会主任也好，只是分工不同而已，不论职务高低，都是人民的公仆。应立党为公，执政为民，做到权为民所用、情为民所系、利为民所谋，为人民、为社会做出应有的贡献。牢记党的宗旨，心里装着人民，我们所做的一切，都是为人民服务。”

人大常委会主任思想有苗头，当县委书记的有责任开导。

“丁书记苦口婆心地关心我，我心领了，当人大主任知足了。这些日子总有些想法在心里，一直没有机会给丁书记汇报。”铁木钗眉头轻皱了一下。这些大道理谁都懂，当年，她也是给有情绪的科局长们这样说的。

“县委对人大常委会工作是高度重视的，已出台了《关于进一步加强人大工作的意见》。规定县人民政府必须保障人大及其常委会开展各项工作所需的各项经费，把人代会、常委会、乡镇人大主席团会议和代表培训、代表活动等经费列入年度财政预算，保证及时足额到位，专款专用，并逐年提高。人大代表依法参加代表活动，其所在单位、部门要在时间、经费等方面给予保障。”丁江峰说。

“县委对人大常委会工作高度重视是有目共睹的，但我个人认为，还有不尽人意的地方。也就是说，留有死角。”铁木钗借题发挥道。

“何以见得？”丁江峰眉头皱得紧紧的，似乎都拧着一个疙瘩了。他不明白，县委的文件对人大常委会方方面面的工作都说到的，照理说，不会存在死角。

“《意见》对人大常委会的干部培养没有作出具体规定。”铁木钗反正是有备而来，便直打直地说。

“不会吧？我记得好像有条款的。”丁江峰又眉毛一掀地说。

“《意见》对依法指导乡镇人大实行目标考核作出了具体规定。乡镇人大主席由党委书记兼任，也可以由其他合适人选担任；由党委书记兼任的，主持工作的人大副主席按正科级配备，乡镇人大主席团应配备做具体工作的工作人员即人大秘书，坚持邀请乡镇人大主席列席每次县人大常委会会议，加强对人大主席的业务培训。认真解决好乡镇人大办公用房及办公设备等实际困难。”《中共当之县委关于进一步加强人大工作的意见》是丁江峰到当之不久研究的，铁木钗那时还没来当之。她找来文件反复看过好几遍的，基本上背得下来了，才钻了一个空子。

“有这回事？怎么就忽略了这个问题？”丁江峰扪心自问。

“我看了文件后就产生了疑问。”铁木钗轻言细语地说。

“你谈谈看法，对人大的干部如何培养？”丁江峰一本正经地问道。

“人大专委会的主任和政协专委会的主任，部分都在乡镇担任过主要领导职务，在人大和政协待久了，就会产生惰性。水不流要臭，刀不磨要锈。也就是古人说的‘流水不腐，户枢不蠹’。建议轮岗到政府部门任职，人尽其才。”铁木钗爽快地说。

“这个问题……”丁江峰遇到了这么棘手的事情，他不敢乱表态。作为县委书记承诺的事就要认真兑现，一句话，必须充分认识承诺的分量，可不是小娃娃玩嘎嘎闹着玩的。“我还没来得及考虑。”

“匡主席也有这个意思。让他们到职能部门去，发挥他们的作用。”铁木钗快点把匡达明抬出来，增加说话的分量。

丁江峰半天没吭声，好一会，才说道：“铁主任，难啦。现在干部沉淀太多，职数有限，连部分乡镇党委书记进城都是个问题。”

“局长不能当，当个党组书记也可以。”铁木钗提议道。

“局里不设专职党组书记职数，由局长一肩挑。”丁江峰感到为难。

“当副局长也行。”铁木钗让步道。

“暂且不给予考虑。”

“人大政协各考虑一个也行。”铁木钗听着听着，脸上都有点异色出来。要是自己是县委书记，早就一锤定音了，还来低三下四受窝囊气。

“过后再说吧。”丁江峰留了个长把伞。

“还有件事情忘了给你汇报。”铁木钗似乎想起些什么。

“还有什么事？”丁江峰笑眯眯地问道。

“我想推荐欧阳明锋到教育局当局长。他懂教育，也懂行政管理。”铁木钗直截了当说道。

“是你亲戚吗？”丁江峰直问道。

“不是，他和我非亲非故，只是从工作考虑。”铁木钗表白道。

“现不谈这个问题。”丁江峰脸色瞬间警惕了起来，他也听到欧阳明锋要到教育局当局长的传言，看来不是空穴来风，总有一张看不见的关系网蓄势待发，平静的表面暗藏着波涛汹涌。如果是铁木钗的亲戚，还可考虑一下，要平衡方方面面的关系，顺手人情是要给的。非亲非故来推荐就大有文章了，“曲线跑官要官”是官场上的潜规则。部分干部为了达到升迁目的，上蹿下跳，加速“短跑”，千方百计地走“上级路线”、“主任路线”、“主席路线”、“县长路线”、“副书记路线”，达到“曲线跑官”，拉“关系”、走“后门”，处心积虑地谋取官职和权力。对于有话语权的人，极尽逢迎巴结之能事，在推荐时能够优先考虑自己，为自己争取提拔机会。使其为自己的提拔重用说情、打招呼。还有利用自己亲戚、朋友、同学等关系依附、联络上一级甚至更高层次的领导，充分利用“朝里有人好做官”的优势，一有机会就动用这些“资源”为自己打招呼、找门子、递条子。或者经常为领导家属、子女提供种种好处与方便，玩曲径通“优”谋己之私，图“曲线救官”谋取官位，可谓“神通广大”。

丁江峰最恨的是“曲线跑官要官”，不找他而找其他领导来说情，就是不信任县委书记，说得更严重一点，不把我丁江峰放在眼里。官位得了，是其他领导的功劳，只记其他领导的情，还得严防结党营私。一般来说，个把无关紧要的副职，县长、人大常委会主任、政协主席、县委副书记、甚至县委常委、副县长等打个招呼，还是落实得了的，县委书记不是机器人，是有血有肉有灵魂的人，心会痛泪会流。不是生活在月球上，而是生活在“别人”组成的社会中。不可避免地会受到社会上存在的一些腐朽思想文化和生活方式、市场经济的消极因素的冲击。其一言一行，一举一动，别人都会有所“感受”。县直机关党政一把手、乡镇党委书记、乡镇长必须由县委书记提名把关。教育局局长的职位非同小可，不是随便那个可以推荐的。丁江峰怀疑起铁木钗得了欧阳明锋什么好处。

铁木钗是清白的，丁江峰怀疑铁木钗得了欧阳明锋的票子，实在是大大冤枉了铁木钗，除了老县长温和成和匡达明和她谈起过此事，欧阳明锋从来没找过她，也没托人给她打招呼。

老县长提议，顺便说起。实事求是地讲，这些年成跑官要官只跑县委书记和组织部长，跑人大主任的是癞子生毛稀稀数。铁木钗自讨了个没趣，脸色顿时阴沉下来。今天来一件事都没落实，丁江峰根本不买她的账。此地不可久留，想找个借口离开，没得充分的理由，在这种阴阳不协调的氛围中突然走显得失去了自尊，巴不得这时有人打个电话来，趁此机会逃避这是非之地。

第十四章　纳入“盘子”

铁木钗正在无话可说，进退维谷的时候，组织部长玖长洪的出现给她解了围。

玖长洪手里拿着一卷材料走进候客室，屋里坐满了人。几个老烟哥嘴里叼着香烟，一股刺鼻的烟味扑面而来。一瞬间，见他进来，说着话的人不约而同地停止了谈论的话题，都朝着玖长洪打招呼，希望从玖长洪眼神里捕捉出一丝儿有关自己的信息来。玖长洪深藏不露，微笑着答应大家，你根本读不懂他。他随便问了问里面是谁，有人答复是“铁主任”，他没那么多顾虑，就推门走进了书记办公室。在当之这个地方，一般的县领导都对他敬畏三分，山不转水转，有个把亲朋好友要进步还得有求于他，何况于这些命运都基本掌握在自己手里的乡科级干部。进得书记办公室，并不像其他县领导主动给丁江峰打招呼，他悄无声息地站在铁木钗身旁，把手中的资料攥得紧紧的，生怕哪个抢走似的。从这个不起眼的细节来看，玖长洪好像有重大事情和丁江峰商量。当然，铁木钗他还是主动喊了，毕竟她官大他一级。

铁木钗见玖长洪进来，有了一个台阶下。她稳了稳神，像孙悟空七十二变很快恢复常态，脸上荡漾起灿烂笑容，刚才什么不愉快的事都没发生过。站起来笑着给丁江峰说："玖部长来向你汇报工作，那我走啦。"

组织部长来找县委书记肯定是汇报干部人事问题，在未提交县委常委会以前是保密的，最初阶段只有县委书记和组织部长知道。基本定型了，先和县长通过气，再交书记办公会议讨论。书记办公会议由县委书记主持，县长、专职副书记参加，纪委书记和组织部长列席，纪委书记主要是对拟任人选进行审查，有没有违法乱纪。对组织部提供的各部办委局的正副职人事变动进行酝酿，征求县长和专职副书记的意见，事实上不会有多大的调整，书记拍板的事谁也反对不了，程序要这么走。人大主任、政协主席上了常委会才知道人事方案。

晚上要召开县委常委会，研究二级班子换届事项，今天必须把"盘子"端出来，和玖长洪还有诸多事情要商量。丁江峰从内心来讲巴不得铁木钗快点离开，等一会儿再做个梦又提出某人到某局当局长的事来，搞得两个都尴尬。他回报了铁木钗一个笑意："好吧。"

等铁木钗走后，玖长洪才把手里的一大扎材料递给丁江峰，在丁江峰对面的沙发上缓缓地坐下来说道："这是各部办委局班子调配的方案，另一份是男年满53周岁、女年满50周岁的领导干部改非花名册。"

丁江峰翻着改非花名册，这些人大部分不认识，认识的也就是几个科局级主要领导。眼光移开花名册抬头问道"改非的领导干部有多少人？"

玖长洪略一思索说道："全县共计95人，其中男年满53周岁的有83人，女年满50周岁的有12人。包括党群系统、人大工委、政协工委及政府二级局、一些享受科局级级别的内设机构。"

丁江峰再次翻看花名册，问道："什么内设机构？"

玖长洪解释说道："主要是指没有独立法人资格的单位，但是又享受正副科级待遇。如县委办、政府办督查室主任、纪委相关科室的正副主任、县法院各庭的庭长、县检察院的政工科长、公安局下属的有关大队大队长等。”

丁江峰又问道:“这些部门的领导也是改非对象?”

玖长洪赶紧点了点头说道:“只要是副科级以上单位的实职领导,年龄卡下来的一律一刀切。这才体现出公平公正。”

丁江峰称赞道:“好,就这样。不管涉及谁,年龄卡下来他也无话可说,说情者也会望而却步。”

玖长洪说:“干部压力大,不这样消化再没其他的办法。”

丁江峰说:“要做好改非干部的思想工作,不是因为他们犯了错误而改非,是因为年龄大了才改非。组织人员写几篇评论员文章,在《当之报》和当之网站上发表,提高舆论引导能力营造良好舆论环境。”

“怎么个写法,请书记出个题目。”

“你这个组织部长没得一点政治敏锐性,先写两篇。第一篇是《领导干部要正确对待进退留转》,第二篇是《“改非”干部要摆正心态》,第三篇第四篇你自己想去。现实行常委负责制,凡事都由我这个书记包办了,还要你们这些常委干什么。”

“书记批评得对,等会儿我就安排,组建一个写作班子,策划选题。”

“我知道你们近段时间很忙,拿不准的去请天福州总编把脉,他的言论写得好,有深度,有思想,有灵魂,他把我们想要表达的意思我们没说出来让他在言论中说出来了,化无形为有形。”

“我下午和他沟通一下,就请他代笔写算了。”

“天福州的思路很清晰,写的言论文风朴实、不落旧套,形成了自己独特的语言风格,有一定的读者群,老干部最喜欢读他的文章。”

“我读过他的文章,写得不错。”

“能读他的文章是一种享受,不读他的文章是一种遗憾。工作再忙,每期的《当之报》我必读,每天的当之网我必看。”

玖长洪说:“改非干部除本人申请外,原则上就在本单位改。”

丁江峰摇了摇头说道:“这可不行,单位主要领导改非也要轮岗交流。他们在原单位有一张关系网,如果不挪动单位,新任的领导不好开展工作。”

“啊,是的,我还没考虑这个问题。”玖长洪说。

“我看这样,动作不要大,但要有所动作。局长、党组书记改非原则上异地交流,副职及享受科局级级别的内设机构负责人在原单位改非,这个方案重新做一下。”

“好。请书记审审各部办委局领导班子调配方案。”

丁江峰把改非干部花名册放在一边,拿起各部办委局领导班子调配方案翻起来,看得挺认真,时而眉头舒展开来,时而眉头拧成一个疙瘩。二级领导班子调配方案来不得半点马虎,谁到政府部门任职,谁到党群任职都要通盘考虑。在官员人事调整前,组织部门通常要通过一定的程序,拿出一个人事调整方案,称之为“端盘子”。组织部先把符合条件的人进行梳理,把人员名单交给县委书记,县委书记审核后,把这个“盘子”、“端”到书记办公会议,书记办公会议认可后,再“端”在常委会上去讨论。书记办公会通过的事情,常委会百分之百能通过。其实,在这个“端盘子”的过程中,自始至终都是县委书记在起核心作用。在“端盘子”之前,先由县委书记定调子,然后让组织部按照他划定的范围去找人,装进“盘子”里的人都是县委书记想要调整的对象。如果组织部端出的“盘子”县委书记不满意,则这个“盘子”就要重新调整,直到满意为止。书记直接提名之后,组织部门再走程序,端出“盘子”,一般不需要重新调整,它是完全按照书记的意旨办的。因为,无论谁当组织部长,谁也不敢不按照书记的意旨“端盘子”。而书记定出调子、划出范围后,如果组织部长没有吃透书记的意图,这个“盘子”很可能就要重端。有的是在“端盘子”前,通过定调子、划范围,让组织部门找自己的“意中人”;有的是直接指名道姓,把“意中人”纳入“盘子”中;有的则是通过打招呼、暗示等手段，让“意中人”进入“盘子”。一旦“盘子”敲定之后，由于是书记敲定的，在常委会上的讨论通过率几乎达百分之百。在外界看来，绝对是按规矩办的，无论选谁用谁，都是要走这个程序的。无论谁当县委书记，在选人用人上都是按照“规矩”办的，都要走这个“程序”。丁江峰使用初始提名权很讲究策略，想提拔王二麻子，不直接提出人名，只划一个框框让组织部长去猜去想去套，直到他满意为止，免得别人抓辫子，一旦某干部出了问题，有组织部长来承担，这就是丁江峰的高明之处。他婉转地说：“我看这个方案基本可以，但有不尽如人意的地方，还有待进一步完善。”

玖长洪立即取出随身携带的微型笔记本记起了笔记。

“根据工作和事业需要，从推进干部交流、促进新老交替、优化班子结构出发，干部调整主要掌握几条原则。”丁江峰不慌不忙地说，“一、县委、政府各部办委局、各人民团体在同一岗位上连续任职两届的不论正职副职一律轮岗交流；县人大常委会、县政协各专委会、部分单位内设机构不在此例。二、乡镇党委书记任职差个几个月快要满十年的暂时不动，在乡镇干满十年的书记可享受副县级待遇，让他们待遇解决以后再说。三、计划生育亮黄牌的乡镇党委书记乡镇长不能动。四、在基层干的年限较长、年龄偏大的乡镇党委书记可以考虑进城。五、人尽其才，有专业的尽量对口。比方说，教育局今年的基建任务重，各乡镇中学要修建学校，其局长可以从既懂教育又懂建设的现有科局长中产生。”

玖长洪边听丁江峰说边记笔记，脑海里飞速地搜索着丁江峰想要的教育局长人选，一时记不起，待回部里叫干部科查一查，对号入座得了。上届马书记调整干部是来直的，指名道姓说张三到A局当局长，李四到B局当局长，而丁江峰弯来弯去叫人摸不着头脑。最难搞不透的是买官，到底谁下了重注，想要什么帽子，不合书记的意又要推倒重来。丁江峰收不收钱他搞不清楚，有人曾给他送过，要买财政局长官位，他义正词严地谢绝了，并对送钱人给予严厉批评。不是他不想收钱，是收了钱怕办不成事，做了个样子给人看看。实在是财政局长他作不了主，连县长也表不了态，书记说了才算数。

“面对大批优秀干部，我们难分伯仲，难作取舍。干部求进的渴望和有限的职务岗位，构成一个矛盾：怎样选也难免遗疏。”丁江峰继续说道，“发改局长的位置很重要，一个县的项目落实关键在发改局。局长既要懂经济，又要懂管理，可从现有科局级干部中物色。”

领导行为是讲究艺术的行为，装也要装得像。

丁江峰像一个足球运动员把皮球踢过来，玖长洪只得硬着头皮接招。这又是一个难题，教育局长、发改局长的人选真得动番脑筋。书记讲大道理，不具体明示，就得像猜谜语那样去猜。发改局长已满五十四岁了，是这次改非的对象。要找一个“既要懂经济，又要懂管理”的人，还得回部里召开一个诸葛亮会，大家提建议，集思广益，不愁不合书记意。

“其他的科局要不要变动？”玖长洪谨小慎微地问道。

“你再思考一下，重新拿个调配方案来，组织上再作决定。”丁江峰最后和蔼地对他这样说。

玖长洪知道丁江峰的决定谁也改变不了。他懂得什么叫组织原则，什么叫绝对服从。

官场中人都明白，官员的命运一半掌握在领导手里，另一半还是掌握在领导手里。对官场中人来说，领导就是组织，领导行为实际上就是组织行为。领导说某人行，某人就行，至于丁江峰说的是否属于组织决定，没有人去怀疑。

第十五章　涉及保密

县行政中心是十层的电梯楼，八九十层楼都是会议室。按当初的设计，每层楼都有两个会议室，方便该层楼入住单位开会。图纸拿到马书记那里一审，推翻了原设计方案，把会议室集中在八九十层楼，说是各单位反映强烈，搬到行政中心的单位都不愿到八九层楼办公，坊间有说法七上八下九垮台。马书记哭笑不得，最后尊重民意，把八九十层楼搞成会议室。八九层楼属于公用会议室，每层有七个会议室喻义七上，属于县委的也属于政府的，哪个单位要用会议室，给物管说一声就可用。

十层楼有县委常委会议室、县委常委扩大会议室、政府常务会议室、视频会议室。县委常委会议室是个小圆桌会议室，设有座位十四个，按县委常委数和列席人数设计的。省委规定，当之县应设十一个县委常委，只能少不能多，开县委常委会时，人大常委会主任、政协主席必须列席，就占了十三个席位，县委办公室主任列席，占了一个，他主要是把关县委常委会议纪要，不列席不知其所以然。

一进会议室的这边摆了两张四人座的办公桌，供有议题的相关单位负责人列席坐，县委办公室两个机要秘书列席做会议记录也坐在这里，他们根据会议记录好起草县委常委会议纪要。

随着经济社会的发展，县委常委会议室显得太小了，满足不了开会的需求。清华大学、复旦大学、水利部长江水利委员会、省疾控中心来了四个到当之挂职的副县长，挂职期一年，而且都进入县委常委。这样一来，县委常委会议室圆桌容纳不了十八张椅子，在圆桌外加桌子椅子，也不像话，挂职的和正规的常委都享受平等待遇。让他们坐在圆桌外，显得不公平。现开常委会改在县委常委扩大会议室，这里不是圆桌，而是长方形桌，可坐三十六人，方形桌两头空隙处各摆了四张办公桌，供有议题的列席人员和工作人员坐。

大凡有领导参加的会议，必须摆有座签，即使是县委常委会也不例外。座签的摆放，是有严格规定的，主要按官职的大小，任职年限的长短摆放，久而久之，习惯成自然。县委常委会最重要最核心的领导是县委书记丁江峰，一定要摆在进门对面的桌子正中间，相伴左右的是县委副书记、县长彭华刚，县人大常委会主任铁木钗，县政协主席匡达明，县委副书记姜奎，县委常委、纪委书记麻炳林，县委常委、常务副县长华远胜，县委常委、组织部长玖长洪，县委常委、人武部长程克兴；进门的这面桌子上的座签分别为县委常委、宣传部长导鹏志，交叉任职的县委常委、副县长严代林，县委常委、统战部长水碧仙，县委常委、政法委书记柏林立，四个挂职副县长的县委常委。县委办主任古杰俊因不是常委，不能坐正位，屈坐在长桌的一端。

从座签上看，今晚的常委会是整整齐齐的，没人缺席，连在市里开政法工作会的柏林立散会吃了饭就赶回来了。县委书记决定开常委会以前，要古杰俊通知所有县委常委出席，人大常委会党组书记（其实就是主任）、政协党组书记（其实就是主席）固定列席。其他列席人员由县委办公室主任根据会议需要提出，报会议主持人确定，但仅列席相关议题，并对其有关议题进行汇报和答询，该议题汇报、讨论完毕即退席。古杰俊是不会亲自打电话的，会叫秘书科的秘书一个一个打电话通知，能否参加会议要有一个明确的答复，好摆放座签，出差在外一时赶不回来的，就不摆座签了。

铁木钗是来得最早的，七点三十分就进了会议室。女服务员已熟悉了解她的生活习惯，笑眯眯地给她倒了杯温开水。会议室里除了清华牟教授、复旦蒙教授两位挂职的副县长外，其他座签前空无一人，其余的就是县委办忙碌办会的秘书们。县委办的秘书很懂礼节，心中有“礼”，言行合“仪”，时时处处事事以礼律己，以礼待人。进会议室的县领导或是部门负责人，都热情地打招呼，主动地引你到自己座签前坐下。紧接着，匡达明、严代林、水碧仙、导鹏志陆续进来了。

不一会儿，丁江峰、彭华刚、姜奎不声不响地也走进了会议室，麻炳林和玖长洪屁颠屁颠地跟在后面，古杰俊给丁江峰提着包走在最后。铁木钗断定，刚才他们在开书记办公会议，对今晚要提交常委会讨论的重大事项，玖长洪参加可能是有关人事方面的事，进行磋商，统一思想，达成共识，免得在常委会上各吹各的号，各唱各的调，不理解书记的意图，要不他们不会整整齐齐地一起进来。他们轻车熟路各自找到那个属于自己的位置坐了下来。没有人站起来热情喊丁书记，也没有人抬起头主动喊彭县长，不像平时路头路尾碰到书记县长老远就打起招呼，生怕得罪书记县长。这好像是开常委会形成的惯例，不管是谁先来后来都是如此。常委会上常委人人平等，在票决时各自都拥有一票，如自己真的投了反对票，没过半数也形成不了决议，这种情况比较少见。待丁江峰落座后，古杰俊把包放在丁江峰前面的桌子上，找到自己的座位坐下。按道理说，给丁江峰提包这些生活细节应由他的秘书仲国富来做，古杰俊顾不了那么多，把书记捧好点政治前途可以上一个台阶。虽说县委书记只管科局级干部，副县级是市委的事情，关键的时候，县委书记在市委书记面前美言几句，那也会大功告成。

出席和列席的领导全部到齐了，办会秘书把县委常委会要研究讨论的议题和相关的材料发放到与会领导手中。

铁木钗接过议题一看，今晚研究议论的有三项：一是贯彻传达全市计划生育工作会议精神；二是传达全市信访和维稳工作会议精神；三是研究干部任职年龄问题。果不出所料，这三个议题都涉及保密，怪不得没提前收到议题。因为按程序，议题一般在开会前一天就要通知到每位常委的。

丁江峰主持会议，例行公事一般地作了个开场白，没有像召开大会那样响起热烈的掌声。会议很快进入主题，按议题顺序由分管领导汇报或提出。计划生育工作是基本国策，县委是水碧仙分管，列席单位有县人口和计划生育局、县计划生育协会。水碧仙传达了全市人口计生工作会议精神，并结合当之县的实际，提出贯彻落实意见，要求解决各乡镇九个方面的问题：

一是关于报实数据的问题。各乡镇一定要把报实数据作为重中之重的工作来抓，对五类数据和通过调查核实的出生进行认真比对，千万不能追求高指标。

二是关于资料核对的问题。必须对必备的台账资料进行认真核对并整理归档，确定专人保管，专人提供。

三是关于阵地建设和阳光计生的问题。必须保证有专门的孕检室，设备配备到位；阳光计生宣传栏要整齐、规范；宣传教育示范村建设必须加快进度，保证完成任务。

四是关于迎检培训的问题。在3月10日前必须对组指导员以上干部进行一次业务培训和迎检培训。

五是关于调查环境的问题。各乡镇必须把出生报实，把基础工作做实，把培训搞好，把底子摸清，把责任落实。

六是关于“三查四术”和社会抚养费专项清缴行动上的问题。各乡镇要再研究，再动员，再部署，出台操作性强的实施方案。

七是紧密结合全市流动人口一盘棋示范县创建工作，落实专人，制定实施方案，进行阶段性安排部署，在城区、主干道、人口密集区域，充分利用横幅、醒目广告牌、电视台、电子荧屏等媒介，加强对外宣传氛围的营造。

八是关于乡镇对村计生考核的问题。各乡镇要迅速修订责任书和出台考核实施细则，将违法生育控制作为考核的重要内容，树立“求真务实”的工作导向。

九是对6名工作不负责任的驻村人员进行处分。这6名工作人员因对计生工作认识不足、作风漂浮，在全县影响极坏。人口和计划生育局杨茂龙局长汇报了去年全县九至十二月四个月的计划生育督查情况。

第二个议题是研究全县信访维稳工作。

信访局局长司马罗辉列席。

在县委常委分工中，柏林立分管信访维稳工作。他传达了全市信访维稳工作会议精神。市委市政府通报了全市今年以来进京上访的情况，当之以癞皮狗耿立晓为首的越级进京上访达三次18人次，在全市最多，市委市政府提出严厉批评，柏林立在会上作了深刻的检讨。全国“两会”即将召开，信访维稳工作形势严峻，市委市政府提出不得有任何人在“两会”期间进京上访，一旦出现，将要追究相关人员的责任。接着，柏林立通报了全县重点信访人员的基本情况，包括年龄、住址、因何事上访，明确了县领导负责包案。定工作任务、定具体承办人、定办结时间和包事件调查、包事件处理、包思想疏导工作、包息诉罢访。

铁木钗感觉头胀，她负责“癞皮狗”耿立晓，接手一个烫手山芋。耿立晓是易反易复的一个人，当面给你拍胸脯说罢访，转过背名堂又出来了，拿他真没办法。现国家对信访人员十分宽容，有理无理都要礼让三分。为邻里鸡毛蒜皮的事，如两妯娌吵架，村委会治安员调解不服，乡司法所调解也不服，都要找出理由到县信访局上访，信访局的承办人员哭笑不得。自古说清官难断家务事，妯娌间吵架是家常便饭，就把材料转到镇里，要他们再作细致的思想工作。材料还在路途中，两妯娌又合好了。更为可气的是，去年癞皮狗的一个农村亲戚的儿子考上北京一所大学，正值秋收季节，考生的父母要挞谷子，走不开身，拿了两千块钱委托癞皮狗代他们送学生到北京。癞皮狗到北京给考生报到后，到毛主席纪念堂、故宫、王府井、恭亲王府、圆明园、八达岭长城、十三陵玩了个痛快。在北京几天的吃喝玩乐，两千块钱所剩无几了，回当之又要花钱，实在有点舍不得。突然灵光一闪，一个免费回当之的计谋在脑中形成。他打的来到国家信访局，加入全国的信访大军。上访的理由是他家的住宅是他曾祖父修建的，有百多年的历史了，属国家文物。开发商要拆他家的房子，他坚决反对，要求国家文物局出面干涉。当之信访局得知这一消息后，立即派人进京把癞皮狗接回来。有个年轻人在北京打工，听说癞皮狗的故事后，也想试一试，来节约一笔回家的路费。他到路边捡得一张硬纸壳，花了几块钱到商场买了一支廉价的毛笔和墨汁，就在大街上现写上“我要上访！”四个字，不到几分钟，国家信访局就知道了。当之信访局不问来龙去脉，当机立断把他接了回去。回家后他还到处炫耀：“我回家坐车没花销钱，是县政府派车接我回来的。”

第十六章　研究改“非”

柏林立汇报完毕后，丁江峰用眼角前后左右扫视一遍，问道：“你们还有什么意见？”

常委们分别作了表态性发言，其实都是些老生常谈的空话套话，并无多少新意。人们心知肚明，会前丁江峰是认可的，或许是反复酝酿过的，否则，是不会拿来上会的。提出不同意见是你的权利，采纳不采纳就另当别论。在官场上混的官员都很精灵，要看县委书记的脸色行事，随波逐流、见风使舵时刻跟着老大走，顺着杆子爬，即使有点想法也得憋住在心里头，不会提出任何异议表露在脸上，怎么敢“犯上直谏”？制度有，法规有，都是纸上谈兵。让县委书记满心欢喜才是硬道理，谁都想要和县委书记搞好关系。

丁江峰照例要作小结表态。他说：“原则同意县领导包案工作方案。在县委县政府的坚强领导和全县上下共同努力下，当前我县的信访维稳工作取得了一定的成绩。总体是好的，社会大局是平稳的。但面对新的形势，还有些亟待解决的问题，今年以来，赴省进京上访案件比往年有所增加，全县信访总量居高不下，尤其是近期以来群体上访和个别人缠访闹访的问题比较突出。全县信访维稳工作正面临着一系列挑战与考验。各乡镇、各部门要充分认识新形势下信访维稳工作的重要性、紧迫性，切实增强责任感和使命感。要站在讲政治、顾大局的高度，自觉把信访维稳工作纳入政法工作中来总体部署，切实认识到信访维稳工作对保证当前重点工作顺利进行和维护全县稳定发展大局的作用。强化措施，加强领导，积极化解矛盾纠纷，用更多具体的行动来践行承诺。各级信访机构工作人员一定要按照国家法律、法规、政策办事，为人民群众办事一定要公开、公平、公正，从源头上减少信访事件。一、由柏林立同志牵头，组织相关部门，对在信访维稳中工作不到位或工作不力造成不良影响的领导干部拟定处理意见，按程序报县委。二、由铁木钗同志进一步对'耿立晓越级进京信访案件'的调查取证和化解力度，努力做到案件了结。三、由华远胜同志和柏林立同志牵头，组织相关部门，迅速制订方案，采取有效措施，确保全国'两会'召开前不发生越级上访事件。"

第三个议题是研究干部任职年龄问题。

那信锋列席。

丁江峰非常严肃地说："县级换届已圆满结束，引人关注的二级班子领导调整迫在眉睫。科局级干部在年龄结构上要么上下一般粗，基本上是'木桶'形状；要么年龄扎堆，分布不均匀，年龄趋于老化的问题显现出来，部分年龄偏大的干部工作激情提前衰退。这些年，基层机构改革不断，职数精简，干部出口越来越少。领导职数毕竟有限，一些干部没有得到及时提拔，从而造成干部工作积极性不高，不能使他们安心工作，特别是本地成长的干部，感觉前途渺茫。年长的干部退不出，年轻的干部就上不来，干部能上能下的机制还不完善。加上干部交流渠道单一、出口不畅，进一步加重干部的积压和结构失衡。意味着有一部分干部要'改非'，如何'改非'，年龄段划在多少岁合适，下面，请长洪同志拿出具体方案，然后再提交大家讨论。"

铁木钗心里一惊，要砍年龄段？砍到多少？这好像不符合上级的政策精神。

在我国，一个人一旦成为“领导干部”，只要不犯严重错误，原则上就“一辈子都是领导干部”。在换届工作中，有一些因年龄、身体、职数、岗位需求等原因从领导岗位上退下来，改任非领导职务，简称“改非”干部，这是优化干部队伍结构，推进干部队伍年轻化、知识化的重要举措。

玖长洪拿着干部改非方案，非常谨慎地说道：“多年来的实践证明，年轻干部茁壮成长、执政队伍人才辈出，是各项事业兴旺发达、长盛不衰的根本保证。我们要用足用活‘改非’政策，为干部的合理调配腾出空间。在其他兄弟区县科局级干部任职年龄都施行了‘一刀切’。以年龄为主要依据，设定年龄杠杠。退居二线年龄规定，似乎各地并不一致：有正职副职一律50周岁退居二线的，有正职50周岁、副职48周岁退居二线的，有正职52周岁、副职50周岁退居二线的。根据我县的实际情况，男53周岁、女50周岁退居二线。至于周岁的计算，一般是年对年，月对月，日对日。时间以3月31日为分界线，3月31日前满53周岁的就‘改非’，4月1日以后满53周岁的还可继续任职。全县达到‘改非’年龄的干部共计95人，其中男年满53周岁的有83人，女年满50周岁的有12人。”

“核对准确了没有？我们要做到万无一失，不能弄错一个。”丁江峰插话说道。

“我们对此非常认真谨慎，不敢有丝毫的马虎和错误。”玖长洪自信地说。

“严防有的干部违法更改年龄，要严格依照相关法律法规办事。”丁江峰提醒道。

“请丁书记放心，我们一律以毕业时的原始档案年龄为准，凡以后更改的年龄一概不算。”

“不是算不算的问题，有伪造虚假材料更改年龄的，该查处的要坚决查处，该处理违法责任人的坚决处理责任人。不管是谁，决不姑息迁就，决不心慈手软。”丁江峰态度很强硬。

“欲望的闸门一旦打开，更改年龄的贪欲就会如同疯狂的猛兽一样一发而不可收，如同洪水一样一泻千里，污辱了我们干部的灵魂。我在网上看到一则消息，说是某领导把年龄改来改去，最后只大他儿子9岁了，组织上发觉了，撤了他的职，罢了他的官，受到了党纪政纪处分，赔了夫人又折兵，在当地成为笑柄。”匡达明讥讽地说道。

“为了各位领导心中有数，我把‘改非’的干部名单给大家念一下。”玖长洪拿起桌上干部“改非”干部花名册，某单位、张三、李四、王二麻子，出生年月日，现任职务，一个一个介绍了基本情况。

铁木钗心里感叹道：干部退居二线是中国特色，外国没有干部退居二线之说。中央对此并无文件明确规定，但在各地已普遍实行并成为惯例。县级换届年龄规定，通常是“七上八下”为限退居二线年龄。年满57周岁以下者可以留任一届，年满58周岁以上不到60周岁者才退居二线，不再任者60岁退休。再任者可干满这最后一任退休，届时将超过60岁退休。科局级干部退休年龄同县级领导干部退休年龄一样，都是60周岁。科局级怎么另行一套呢。

丁江峰清清喉咙说道：“玖长洪说得很清楚了，大家有什么意见，请发表。”稍微停顿了一下，侧过头看着彭华刚，“华刚同志，你先说说。”

按照党内的职务，彭华刚是第一副书记，在县委是排列第二，丁江峰不在家，可以委托他主持常委会议。他不发言，其他常委就不能说话，必须按排名的先后顺序，这是组织原则。吃了晚饭后，也就是常委会召开前，丁江峰召集他和姜奎召开了书记办公会议，麻炳林、玖长洪列席。就干部“改非”的年龄问题再次进行了磋商，征求了他俩的意见，大家统一思想，形成合力，坚定信心。书记不点将，他也要发言。发言肯定是服从大局，积极主动配合新班子的工作，支持丁江峰的：“领导干部‘改非’出发点是为了推进干部年轻化，为干事业的一线年轻干部创造脱颖而出的机会，我认为势在必行，坚决支持。利用换届的契机，有计划、有意识地培养选拔一批优秀年轻干部进各级领导班子，作为优化领导班子结构的一项重要举措。”彭华刚的发言言简意赅，他不想多说话，县委常委会是丁江峰唱主角，要讲政治，他不能长篇大论，喧宾夺主，想说也不能多说。如果县委书记要讲的县长讲了，丁江峰说什么哩。县长在政府常务会上是老大，他想说多久就说多久，想怎么说就怎么说，没人敢说二话。

姜奎在县委属于第三号人物，排名在县委书记，县长之后。党委系统人事制度改革后，基本上形成了“一正两副”的领导架构，即一名书记，两名副书记，其中一名专职副书记。相对于主持全面工作、名副其实“一把手”的书记，同时兼任着政府“一把手”的副书记，以及“一个萝卜一个坑”式分工负责的其他常委，专职副书记的责任界限则不是很明确，中央文件里只有一句话：“可协助书记处理日常事务，受书记委托负责其他工作。”由于其角色定位的不确定性，时常陷入尴尬的境地。他摆得正自己副职的角色位置，用权不越权，到位不越位，明确“有限权力”的意识。书记统揽全局，把握大政方针，对全县实行全局领导和管理，而专职副书记则是作为参谋和助手，对书记负责。对书记没有授权的，不能轻易越权。彭华刚说完后，不用丁江峰点名，也该落到他发言了：“干部到龄退居二线，改为非领导职务是现实问题，是大势所趋，也是干部队伍新陈代谢、促进事业发展的必要手段，对加强地方领导班子建设有很大的积极意义，我坚决支持。”

其他常委陆陆续续的三言两语发表了自己的意见，包括挂职常委在内应该说没有杂音，都表示坚决支持“五三五零部队”的改革方案。“五三五零部队”是后来坊间对改非干部的谑称。

按程序常委们说完了，就该列席的人大主任和政协主任发话了。丁江峰微笑着侧过头来，看着身边的铁木钗，轻声地说道：“铁主任，请你说一说。”

铁木钗眼中似乎有什么闪过，沉吟了一下，直言不讳地说道：“我对男53岁、女50岁改非有一点小小的看法。”

“铁主任，请说吧。”丁江峰心里就是一跳，不由惊愕地睁大眼睛，想不到半路杀出个程咬金。旋即脸上还是露出礼貌的笑容，耐心听着。

弄得常委们面面相觑，不知所措，都陷入了沉默当中，自然不想节外生枝。这种关键时候，料不到铁木钗此时会提出反对意见，在过去常委会上是不存在的。有几个常委忍不住抽着香烟，会议桌上的烟灰缸堆满了烟头。

铁木钗沉静地说道：“实际上，40、50岁的干部正好积累了丰富的工作经验，实践能力也很强。搞‘一刀切’并‘层层递减’，男年满53岁、女年满50岁不再担任乡科级领导职务，从政策上看，不符合当前的公务员法和干部政策法规，尤其是‘一刀切’的做法，既违背有关政策，又使干部资源浪费。使一些德才兼备、实绩突出、群众公认的优秀干部因年龄原因得不到使用，造成了人才的闲置和浪费，挫伤了干部的积极性，不利于干部队伍建设和党的事业发展。干部的任职不能单纯以年龄论英雄，否则的话，必然会带来负面影响，降低党选人用人的公信度。凭实绩用干部，从德能勤绩综合考虑，不称职的坚决拿下。能者上，庸者让，使大家心服口服。”

丁江峰悠闲地点上烟，从容不迫地说道：“我们县的现状是干部沉淀太多，年龄偏大的干部下不去，年轻干部就上不来。”

铁木钗脑海里迅速闪过干部名册中的资料，许多干部正是年富力强、社会阅历和工作经验丰富、综合知识水平提高和稳定的时候，强行从岗位上拉下来，不让干了，一旦改非，什么都赋予了一个完字和玩字，一下来就要闲置六七年，实在可惜，太浪费人力资源了。她淡然一笑说道：“然而改非后，不可否认有部分领导干部因存在较大的心理落差，容易产生失落、抵触等消极心理，未能及时调整心态、转换角色，对自身要求降低，进取心减退，对工作敷衍了事，来上班和不来上班觉得尴尬别扭。去上班嘛，又没有具体工作，单位的工作已安排有人做，像多余的人，到单位去，徒添麻烦。不去上班嘛，觉得也不妥，因为自己仍在单位拿工资，又没退休，倘要退休，还要熬十年八年。想提前退休嘛，待遇上又吃亏，划不来。想出去找点事做嘛，公务员法又不允许。处于百姓所说的‘一篮筷子一篮碗，左也难(篮)来右也难(篮)’的境况。浪费了一批人才，闲置了不少资源。我认为，对不同年龄层次的干部，都应合理使用。要注重发挥老干部的作用，不唯年龄取人，不搞‘一刀切’。应按照统筹把握的要求，在通盘考虑的基础上，逐步做到缺哪个年龄段的干部就重点补充哪个年龄段的干部，始终保持领导班子合理的年龄结构。注意保留一些有经验、有资历、比较沉稳的中老年干部搞好传帮带，实现领导干部新老交替，平稳过渡，防止领导干部队伍‘断层’现象。既要‘爱幼’也要‘尊老’。一些干部年纪稍‘老’，但也更老到、更老成、更老练，不仅是处理复杂问题的老手，还可以是年轻干部的老师。可以说，只有‘老’干部的问题解决好了，年轻干部的成长才有空间、才有氛围。”

常委们面无表情地听着，只是一个劲儿地望着丁江峰。

丁江峰觉得铁木钗说得也有道理，但现实又不允许他优柔寡断，干部压力大，用德能勤绩来衡量一个干部，是最公平不过的了，但是弹性很大，只适合于无后台无背景的干部，真正的根基深一点却是失灵的，省里要害部门的厅长、市里得罪不起的局长、县里盘根错节的老领导纷纷粉墨登场，电话打招呼的，发短信暗示的，登门说情的，叫你应接不暇。一不留意得罪了哪尊神自己还蒙在鼓里，该得的成百上千万的资金眼看到手却擦肩而过。唯有砍年龄，谁也无可奈何，好汉年龄上死。既然已经出手了，绝没有半路收手的道理。丁江峰又笑了笑说：“说实话，我也不想到年龄的干部下。”

铁木钗说："我想，能不能变通一下，把年龄大点的局长不改非，让他们担任党组书记。"

丁江峰说："这我考虑过，上级规定一般机关单位不设专职党组书记，都由局长书记一人担任，不好安排得。"

铁木钗仍是不死心地说道："可以向市委汇报，争取职数。"

丁江峰摇了摇头，无可奈何地说道："请示过，市委不同意。"

铁木钗无话可说，丁江峰不采纳她的意见，她不想再费口舌。以前，县处级干部55周岁就要改非领导职务，这次换届就不同了，干部任职实行的是"七上八下"政策。意思是57岁还可继续留任干满一届，58岁退居二线不再继续提名留任。其实科局级也可实行"七上八下"的政策，何必搞得死板板的。中共中央政治局常委也是"七上八下"，即常委年满六十八周岁退休，六十七岁及其以下则可连任。省、自治区、直辖市党委书记、省长任职规定：62岁可新（升）任，63岁可连任，64岁不留任，65岁必退任。换届年龄到职规定：省委书记、省长65岁，纪委书记63岁，其他常委60岁。她只好保持短暂的沉默。

丁江峰见铁木钗沉默不语，礼节性地问道，"铁主任还有说的吗？"

铁木钗皱了皱眉头，犹豫了一会儿，摆了摆手说道："没有了。"

丁江峰征求匡达明的意见，问道："匡主席，你还有什么说的？"

政协主席列席县委常委会，是一种政治待遇，中共中央的文件规定必须参加。在常委会上，政协主席实际上是个花瓶，摆设。只有建议权，没得表决权。当然，德高望重的另当别论。1986年，中共中央办公厅转发中共全国政协机关党组《关于全国地方政协工作座谈会情况的报告》的通知指出："对不是同级党委常委的地方政协的党员主席或党组书记，要请他们列席有关的常委会和其他重要会议。"习仲勋同志代表中共中央在这次座谈会的讲话中指出："党委在召开常委会议和其他重要会议时，要请主持政协工作的党员负责干部（主席或副主席）列席。"1995年1月13

日中共中央发出第13号通知，对这个问题作了进一步的明确规定，指出：“不是同级党委常委的地方政协的党员主席或党组书记，可请他们列席党委常委会议和其他有关重要会议。”2006年2月8日《中共中央关于加强人民政协工作的意见》再次强调了这一规定。

匡达明非常机敏，他既得罪不起丁江峰，也不想给铁木钗留下话柄。在此以前他也不知详情，要不的话，今天早上就和铁木钗讨论对策了。他自知自己的作用和地位，说话的含金量没得铁木钗大。说得好，丁江峰采纳意见在情理之中，说不到点子上，讲到黄河是滩水，比打个屁都还不如。丁江峰问他有什么意见，他笑了笑，左右逢源地说道：“丁书记从大局出发，高瞻远瞩，通盘考虑，让更多优秀干部有施展的广阔舞台、成长的宽松空间。用心良苦，没有丝毫的私心杂念。铁主任也是从我县的实际出发，提出的建议也合情合理。还是由常委会决定吧。”

铁木钗本来就心情不好，听匡达明如此一说，更加不自在。心里骂了句：“这个狡猾的狐狸。”

匡达明不鲜明的态度让丁江峰心里不快，他不表露在脸上，理直气壮地说道：“刚才各位常委都发言了，表示支持，看谁还有不同意见？”

常委们几乎异口同声地答道：“没意见。”

丁江峰简短地作了小结：“近年来，县委认真贯彻落实《领导干部选拔任用工作条例》，在弘扬良好的用人导向上下功夫，在创新干部选任评价机制上作文章，在提高选人用人公信度上抓落实，切实加大领导干部选任工作力度，逐步健全科学完善的干部选拔管理机制。经过大家充分的酝酿和讨论，在干部安排压力较大的情况下，认为‘改非’方案切实可行，决定对县直机关和乡镇男年满53周岁、女满50岁，进行‘改非’。凡超职数单位的班子，严格按照‘三定’方案，‘改非’后不再增加新的班子成员，对有领导职位空缺的单位坚持缺位补位的原则，尽量做到从优秀的后备干部中推荐产生新的班子成员，没有列入后备干部的一般不予提拔。”

第十七章　忧心如焚

现在做任何事情保密性都十分差，特别是领导干部，只要不涉及国家核心机密，或中央、省标有“绝密”、“机密”、“秘密”等字样的文件，一般情况下都无密可保。昨晚县委常委会研究的科局级干部砍年龄段的事项，次日一上班，也不知是谁走漏了风声，整个县机关都晓得了，比流感还传得快。谁都有个三朋四友，碰到一起有意无意就会把信息透露出去。张三知道后会给李四讲，李四又给好友王二麻子说，这样，一传十，十传百，连外地出差的干部通过电话也知道了。

铁木钗走进办公室不久，就接到两个面临改非干部的询问电话，语气里含有一种牢骚，证实是否属实。她握着手机，心里像打破了五味瓶，酸甜苦辣涩说不出是啥滋味儿，真为一部分年富力强即将卸任退居二线闲置而惋惜。面对信任你的干部感到左右为难，说没有那回事嘛，是睁着眼睛说瞎话，明明县委常委会是研究通过了，迟早是要行文的，纸包不住火，良心上过意不去，以后也就没有公信力了；说有这回吧，却违背了党的组织纪律，怕别人钻空子，官场险恶。不敢多说话，怕言多过失，就模棱两可地说道：“哦，哦，我知道了，以县委下的文件为准吧。”这样的话只能应对电话客，真正找上门来的，那就得认真对待了。

去年，县林业局局长莫大来被市委市政府授予“首批市管专家”荣誉称号，评为全国绿化委员会、人力资源社会保障部、国家林业局授予的“全国绿化先进个人”。在林业建设方面有很多研究成果，市里甚至在省里都是有影响的一个人物。和左前飞是一个乡的，两家经常串门儿走动。当然，与铁木钗也就比较随便。3月29日满53岁，与县里划的杠杠差3天。其实他太冤了，严格地讲起来3月29日是农历。农村讲的是农历，孩子出生年月日上户口时几乎是农历日期，没有出生证，凭父母报年龄，报哪天就是哪天，派出所懒得管你那些阴历阳历。如此推下来，按阴历也就是公历往后推算下来，农历3月29日合4月16日才准确。莫大来向组织部门反映了几次，组织部认死理，一律以档案材料为准。莫大来吃了哑巴亏，有冤无处申，想来想去就来找铁木钗想办法。

莫大来来到铁木钗的门前，他轻轻地敲了一下门，听到铁木钗说了一声“进来”，然后推门进来。铁木钗见是莫大来，向他招了手招说道：“坐吧。是哪阵风把你吹来了，我这里一般很少有科局长来的。”

“你太官僚了，你回来当人大主任后，到你办公室来看过你两次。”莫大来坐下，眨着眼睛装作很无辜的样子说道。

“抱歉，我想起来了，确有此事。”铁木钗像是揣摩透了莫大来的心思，笑笑说，“我知道你今天来的意思，为任职年龄问题，我说得对吗？”

“你说得千真万确，我觉得一刀切不太合情理嘛。我在网上查了查，中央并没有规定男53岁、女50岁不能再任职。”莫大来神色凝重，说起话来有点不满。

“大莫，在这多元化的世界上，不合理的事情多得很。这不是针对哪一人，而是一个整体。县委常委会研究了，要想翻案，难度比较大。”对莫大来来说，铁木钗就得坦诚相见，掏心窝子说话了。

“你就不能给丁书记提个建议，这样的做法不妥。”莫大来情绪有点激动。

“县委常委会上决定的事情，我一个不入常委的人大常委会主任，怎么可能改变常委会的决定呢？”铁木钗很有分寸地讲了县委常委会研究砍年龄段的事情，但是隐瞒了她反对砍年龄段和丁江峰的交锋。她不能在莫大来面前这么说，也不可以表露她的想法，说这些会造成一种错觉，好像县四大班子主要领导不团结。会上提出不同意见，在领导之间再正常不过的。

“如果我退下来了，整整要闲七年，这漫长的岁月怎么过哩。我研究的一个课题会就此而夭折。”莫大来愁眉苦脸地说。

莫大来是专家学者型领导，正在承担珙桐育苗技术课题。他想把珙桐栽种到当之来，把当之打造成珙桐旅游观光城。

“退下来也可继续搞研究吧，应该说不会影响的。”

“那可不一定，新任局长开明一点一切顺理成章，稍许动点歪心思，很多事情恐怕就不好说。”

“谁来林业局任局长我不知道，不过，一个合格成功的领导一是要尊重老同志老领导，二是要信任下属，三是要爱护人才。”

“我现是两手进染缸——左也难（蓝），右也难（蓝），拿着工资不上班哩，无所事事，对不起组织，对不起人民。别人要说我的闲话，珙桐课题也将放弃，我愧疚。上班哩招人显眼，新局长不敢大胆开展工作，认为我是个绊脚石，年龄到点退休还好想一点。”

“你说得也有道理，首先要摆正心态，领导干部‘改非’是自然规律，又不是你犯什么错误被免职。凡事想开点，不要自己折磨自己，只要你步入官场的殿堂，总有那么一天。”铁木钗怕莫大来走极端，知识分子一根筋，爱钻点牛角尖，一时想不通，生出事端来，做起了思想工作。

“这些道理我都懂，我留任下来不是想捞什么特权，主要是从工作考虑。”莫大来推心置腹地说。

“你当局长是最合适不过的，杠杠在这里摆起，谁也迈不过。”铁木钗发自内心地说。她希望莫大来继续当局长。莫大来的人品官品都没得谈的，为人谦和，做事认真。

“能不能从市管专家上做做文章，特殊人才特殊对待。”莫大来常常标榜自己有三副面孔，第一副面孔是政府官员，县林业局局长，这是组织上任命的，说得通俗一点，是县委“封”的，人大常委会例行公事投票表决，一行字决定命运的。虽说在单位要风得风要雨有雨，在县太爷们面前处处谨小慎微，低声下气，说话办事缺乏个性，官大一级压死人。第二副面孔是县政协委员，可参政议政，建言献策，开“两会”时讨论《政府工作报告》、《政协工作报告》会慷慨激昂说一通不痛不痒抨击社会不公的话，会掌握好火候，不会乱放炮的。第三副面孔是市管专家、林业专家，这不是政府官员由那一级党委政府“封”的，也不是先进个人劳动模范群众评选出来的，是凭自己的真才实学奋力拼搏得来的。要是在北大清华任教，说不定自己现在已是教授、博士了。在领导面前底气就足一点，胆子就大一点，说话声音响亮一点，感觉就自信一点。他私下里跟朋友们说，和领导接触更多的是以专家身份出现。

“难度还是有点大，所谓一刀切，不管你是谁，不管你在什么岗位上，不管你有权无权，不管你个人工作能力强弱，也不管你贡献大小。”铁木钗望了一眼莫大来，轻轻摇了摇头说，“都是一样的，任何人都没有特殊性。”

莫大来一边听着，一边不住地点着头，他觉得铁木钗说的最中肯，无可挑剔。不过，他完全没死心，沉吟片刻说道：“我去请市林业局谢隆卫局长出面给丁书记打个招呼。”

“没用的。”铁木钗嘟着嘴，无奈地摇着头说，“谢局长和丁书记是平级的，分量欠了一点。就算丁书记和谢局长是铁杆，丁书记也不敢开这个口子。”

“我去找何市长。”莫大来说的何市长是市政府分管林业的副市长何砂智。莫大来搞的珙桐育苗技术课题，何砂智是知晓的，在多次林业工作会议上，对莫大来他都要表扬一番的。

“还是不行。现在是党管干部，就算是找到张才华市长他也不敢独断专横来否认当之县委常委会研究的事项。”多年的官场生涯，铁木钗深谙其中的规则，她非常明白，官位决定一切，官位大的可决定官位小作出的决策正确与否。“目前，只有一个人可以扭转乾坤。”

听到铁木钗的话后，不由得一股强烈的期待在莫大来心中燃起，他仿佛看到了希望之光，瞪着大眼睛迫切地问道：“谁？”

铁木钗说的话吊着莫大来的胃口：“只要这个人发句话，县委将会重新洗牌。”

莫大来被铁木钗的神情弄得一愣，他片刻后才试探性地问道：“你是说……”

不等莫大来把话说完，铁木钗果断地说道：“市委书记伍天权。”

莫大来像个泄气的皮球一下焉巴巴的，苦笑着叹息道：“嗯，我认识伍书记，在电视上经常看到他，伍书记他却不认识我，怎能请得动他？请得动他我就不会在当之当林业局长了，起码也要捞个副处干干。”

“说得也是。”铁木钗附和着说。

莫大来灵光一闪，轻声说道：“铁主任，你到市里开会经常见到伍书记，你去给他说说嘛。”

铁木钗苦笑一下，不隐瞒自己的观点，实话实说道：“如果我说话起得到作用的话，我就不会回当之来当大大常委会主任喽。”

“说得也是。”莫大来学着铁木钗的口气说。

“还可找另外一个人，或许有一线希望。”铁木钗望了一眼莫大来说道。

“谁？”莫大来睁大眼睛，惊喜地问道。

“省林业厅赵傣波厅长，他出面以省林业厅的名誉保你，我想丁江峰书记应会买账的。每年省林业厅给我们县的项目款也是好几个千万，丁江峰不给赵厅长的面子，难道不怕赵厅长多心。”铁木钗不经意间抛出一个点子，充满信心地说道。

“我也没多大的把握。赵厅长肯不肯出面，很难说。”莫大来用一种犹豫着的眼神看着铁木钗，忧心如焚地说。

“你不是常说赵厅长对你如何如何的好吗？既然他平常关心你，作为一个有良知的官员，关键的时刻关心下属应该关心到底。你还是去争取一下吧，争取了至少还有百分之五十的希望，不争取，就什么希望也没有。俗话说，机不可失，时不再来。你应该去省城，应该马上去找赵厅长。要抢抓机遇，大胆的试一试。”铁木钗给莫大来鼓劲说。她真的希望赵傣波出面为莫大来摆平，这样的干部不再任职太可惜了，千军易得，一将难求。再说，莫大来一保留下来，意味着其他面临改非的干部也搭顺风车。

莫大来沉吟半晌才说：“我给赵厅长打个电话，请他给丁书记打个电话说一声。”

“错矣。”铁木钗摇摇头，严肃地说道，“电话上说不清楚，而且也不礼貌。天高皇帝远，丁书记可以以种种理由搪塞。赵厅长当面对他说，我想丁书记不好推辞。”

莫大来挠挠脑袋瓜，瞅瞅铁木钗，颇感无奈地说道：“一个在省城，一个在当之，千里之遥，又如何面对面地说哩？”

铁木钗轻松一笑，佯嗔说道：“大来呀大来，你真是聪明一世，糊涂一时。脑袋瓜子是个榆木疙瘩不开窍，这么点小事情，非要我给你点明不可。动动脑筋，想一想，或许有头绪。”

“我实在想不出招数，请铁主任指点迷津。”莫大来脸色微红，莫名地望着铁木钗，老实地答道。心里一急，脑袋里就只有一片空白。

铁木钗轻轻地叹了口气说道：“你把赵厅长请到当之来调研，和丁书记当面锣,对面鼓地不就敲定了嘛。”

莫大来茅塞顿开,只要赵厅长到当之来,自己继续任林业局局长应是小菜一碟。总算又有了一丝转机的希望,心里不由一阵狂喜,感到整个人精神了不少,充满活力一般,不住地点头,激动地说道:“铁主任不愧是领导,站得高,看得远,想得宽,是我们学习的楷模。”

铁木钗努力地不失威严地说道:“莫大来,你莫要耍贫嘴了,事不宜迟,赶快行动,免得夜长梦多。”

莫大来才感觉到事态的严重性,这时的脑袋瓜子转得特别的快,他立即掏出手机,给省林业厅办公室主任何天培挂了个电话,问赵厅长在没在。

何天培和莫大来的关系还比较可以,每年到省林业厅去拜年,何天培也少不了一份礼物。平时到省城不论是公事或是私事,只要到办公室去打个照面,何天培就会安排生活。接到莫大来的电话,何天培热情地问道:“莫局长,你到省城啦?”

莫大来说:“我在当之,我想来省城有工作向赵厅汇报。”

何天培说:“你来吧,我给赵厅说一声。”

莫大来连忙说:“我马上出发。”

何天培说:“好,我到办公室等你。”

第十八章　暗度陈仓

莫大来是个雷厉风行的人，说走就走，他告辞了铁木钗，迫不及待地叫来了驾驶员，到街上吃了碗粉当中餐。在原生态菜庄买了三十盒梵净山野生薇菜，何天培和赵厅长最喜欢吃的，每次去省林业厅，莫大来就要捎上几十盒薇菜。这薇菜采集联合国“人与生物圈自然保留地网”的原生态区——贵州梵净山的自然野生植物为原料，切除老化不可食部分，留下细嫩部分，采用传统腌渍方法及现代食品加工技术精制而成，营养丰富，色鲜味美，清脆可口，久食不厌，又可入药。被视为“山珍”之绿色食品，享有“野菜珍品”、“山菜之王”之美誉。干菜开水浸烫、漂洗、去土腥味后，可炒、可煸、凉拌、做汤、加肉炒食等。经常食用大有益处。成为佐餐、休闲、旅游之营养佳品。后备厢里装不完，剩余部分放进车内的后座，装得满满的一车。

当之距省城180多公里，出县城就是高速公路，直通省城。如果不出现堵车之类意外的话，正常情况下，一个多小时就到了。今天确实很顺利，到省林业厅只花了两个小时零十分钟，主要是进城车流量大，提不起速，如按高速路上的速度，则测速地段每小时一百一十码，没测速的地段每小时一百四十码的速度，只需一个多点小时。

驾驶员一般都到车里等候休息，不会随莫大来到领导处走动的，这也是官场的游戏规则，知道领导的秘密越少越好。薇菜放在车上，大包小包提起去，别人看到影响不好。往往是把事情办妥后，再交由何天培安排。厅长几盒、副厅长几盒、处长几盒都由何天培去送，当然，给当事人说明这是当之林业局莫大来局长送的。年年如此，从而莫大来给这些厅领导处领导留下了深刻的印象。到一些处室要点小钱是不成问题的，大的项目也向当之倾斜。

莫大来轻车熟路，风尘仆仆地走进省林业厅办公室，见到何天培，他亲切地喊道："何主任。让你久等了。"

正在埋头修改文件的何天培，抬起头放下笔与手中的文件，赶紧离开椅子兴冲冲地走了过来，忙迎了过去，友好地握着莫大来的手问候道："哪里哪里，莫局长，一路辛苦了。"松开手后，取出一个一次性纸杯子，给莫大来泡了杯茶，并招呼莫大来坐下。

莫大来接过茶杯，缓缓地坐下，象征性地呷了口，把茶杯放在茶几上，说了几句客套话："何主任，又来骚扰你了，真不好意思。"

何天培呵呵一笑说道："天下林业是一家，一家人不说两家话。你找赵厅有什么事？"

莫大来把县里换届砍年龄段，自己年龄超几天面临改非的事儿，像竹筒倒豆子似的全都给说出来了。

何天培听后心中愤愤不平，很想帮助这个不幸的局长："你们县简直乱弹琴，是昏搞，不执行党的干部政策。我要以林业厅党组的名义，向你们县委组织部打个电话，或发个传真，把你保下来。"

莫大来感激地望了何天培一眼，摇摇头说道："何主任，不妥，不妥，你的心意我领了。"

何天培是个愿为朋友两肋插刀，路见不平一声吼的古道热肠之人，他觉得当之的做法不公平，就直打直地说道：“有什么妥不妥的，你把你们组织部长的电话告诉我，我和他通过电话，让他把年龄放宽点，或变通执行。不要搞得死板板的。”

莫大来不好给何天培泼冷水直言拒绝，向他挑明县委已经作出研究。露出了一丝苦笑，婉转地说道：“何主任，是不是先向赵厅汇报一下，看他有什么良策。”

“好，我们到他办公室去，听赵厅吩咐。”何天培想了想，怕自己一时冲动误了大事，顿时冷静下来。

赵傣波是一步一步脚印从基层走到市厅级领导岗位上的，他当过国有林场护林员、乡林业站站长、县林业局局长、副县长、县长、县委书记、市委副书记、市长才到省林业厅厅长位子上的，他了解县市的酸甜苦辣，干部职工到省城来一趟十分不容易，特别是县里的，见厅长一面比登天还难，一般来的都是和处长打交道。他面对下属却没有一点“官”架子，也不打官腔，说话实在，春风和气，给人不少微笑，对县里来的格外有一种感情，在林业系统威信相当高。不像有的身居要职，高高在上，动不动就爱摆点谱，不把基层当回事，对下属爱理不理的，少了人情味，使人不敢亲近。他常常说：“当官有什么了不起，做官只是一阵子，做人却是一辈子，官前官后都是民。你在台上，人家围着你转，巴结你，那是看在你的官位上，手中有权。你退下来了，无职无权，走在哪里还有人张罗你，记住你，尊敬你，才真正体现出你过去的为官为人之成功。如果没人挨你的边，视而不见，听而不闻，那么你从前为官为人就彻底失败了，这是人生最大的悲哀。”赵傣波在厅局级领导干部中，还算是廉洁的，重大项目从不插手，公平公正阳光下操作，老板们千方百计送去金钱送去美女，想拉拢腐蚀赵傣波，要他暗箱操作。赵傣波脑子是清醒的，手莫伸，手伸要被捉。受贿是要进班房的，何必拿自己的人生做赌注，他一律谢绝老板们的宴请、娱乐，那些老板干瞪眼。

当官一定要守住“底线”，坚持“高线”，不越“红线”。要用党员干部的标准要求自己、用党的纪律和规矩约束自己、用“内心的法律”管住自己，在任何时候、任何情况下，都不放纵、不越轨、不逾矩，始终保持共产党人的革命气节和政治本色。不该办的事情坚决不能办，不该拿的东西坚决不能拿，不该去的地方坚决不能去，那将永立于官场不败。

见莫大来走进来，赵傣波从老板椅上站起，隔着办公桌伸出手和莫大来握手。口里连声喊道：“大来，快坐下。小何，给大来泡杯茶。”

莫大来听赵傣波亲切地叫他“大来”，心里顿觉与他亲近了许多。感激地说道：“不用啦，才到何主任办公室喝哩。”

厅长礼贤下士接待县里的局长实属罕见。

何天培会心一笑说道：“莫局长，莫要错失良机啊。你刚才喝的是你送给我们的当之产的绿茶，你经常喝起的。赵厅的茶是珍品中的珍品，贵州松桃产的极品梵净白茶，五千块钱一斤，市场上很难买到。”

赵傣波微笑着说道：“这是我在贵州工作的同学到省城出差给我带来的，白茶是我国的特产，汤色黄绿清澈，滋味清淡回甘，鲜醇爽口，饮后令人回味无穷，你喝后就知道了。”

何天培立即接过话茬说道：“一般的情况下赵厅待客只用一般的茶，只有领导或珍贵的客人才拿出最美味、最地道的白茶招待。”

莫大来原本和他们都比较熟悉，无心理障碍，说起话来也无拘无束，连珠炮地说出几个成语：“我真是三生有幸、受宠若惊、没齿难忘、刻骨铭心……”

何天培挨着莫大来坐下来，瞥了莫大来一眼说：“好啦，好啦，莫要款你的酸菜文啦。言归正传，把你的来意给赵厅汇报一下。”

赵傣波“哦”了一声：“又要来跑项目啦？”

何天培诡诈地一笑说：“不是，县里马上要换届了，我说不清楚，莫局长，你自己给赵厅说吧。”

莫大来把当之县二级班子调整砍年龄段，自己超两天就被改非说了个大概。

赵傣波眼里闪过一丝讶然，疑惑地问道：“有这等事？你们当之县林业局各项工作都走在全省前例。仅凭这一点，对你就可网开一面，还可继续留任。”

何天培着急地说道：“赵厅，你得想个办法。”

赵傣波皱着眉头，沉思了片刻说道：“想个什么办法？这是地方党委的事情，如果我去插手，就会变成我干扰了地方的换届工作。”

何天培说：“我认为不是干扰地方换届，而是从大局、从爱惜人才出发。如果你能把大来留任下来，你为咱们林业系统办了一件天大的好事。”

赵傣波笑笑说：“小何，你莫要激将我，要是省里直管什么都好办，因为他是属于地方党委管，不好办得，搞不好弄巧成拙。”

何天培提议道：“我认为小菜一碟，以林业厅党组的名义给当之县委发一个函，建议莫大来继续留任局长，人才难得嘛。”

赵傣波望了一眼莫大来说：“以党委的名义我觉得不妥，授人以把柄。要不，以我私人的身份给你们丁书记打个电话，给你说说情，你看如何？”

莫大来见省厅的领导为他如此操心，心里很受感动。听赵厅长说要给丁书记打电话，可能达不到理想的效果。赶紧说道：“赵厅，丁书记有个特点，电话里提到敏感的话题，他是回避的，尤其是陌生电话更是谨小慎微。他说，现在电话诈骗太多了，假冒上级官员，骗官、骗色、骗财，防不胜防，五花八门，无奇不有。万一你的电话他没存得有，事情就糟了，我又不能拿我的电话打。”

赵傣波想想也是，丁江峰他一直没接触过，贸然给他打电话，万一一口回绝就被动了。要是他误认为是莫大来叫人冒充省林业厅领导打电话，对莫大来大大的不利，后果是相当的严重。众人拾柴火焰高，办法总比困难多，人生就是一个面对困难并解决困难的过程。他用征询的口气说道：“传真不能发，电话不能打，还有第三套最佳方案吗？”

“我想应该是有的。”莫大来想起铁木钗主任提议邀请赵厅长到当之走一趟，充满信心地说道。

赵傣波闪烁着一双炯炯有神的眼睛，很感兴趣地说道：“说出来听听。”

莫大来真挚地说道：“赵厅长可借到当之去调研之机，和丁书记当面谈谈。”

何天培推波助澜地说道：“我认为这是声东击西、出奇制胜的最佳谋略，既得体又不失面子，一举两得。”

赵傣波问道：“你们丁书记这几天在县里吗？”

莫大来肯定地说：“在县里，明天早上十点他要主持召开全县信访维稳工作会。”

“嗯，是好办法。咱们来个‘明修栈道，暗度陈仓’。”赵傣波脸上挂着微笑，很爽快地一锤定音，坚决地说道：“好，就这么定。除此以外，别无选择。小何，时间不等人，宜速战速决，调研随行人员你算一个，造林绿化管理处贾世轩处长、发展规划产业处查明处长，研究室李剑宏主任，好好地总结一下当之的经验。轻车简从，开个商务车去，其他的就不再派车了。你分别把去调研的人员、职务、性别写清楚，人家好安排接待。调研的内容一是当之楠竹基地建设；二是油茶基地建设；三是时间就定在后天，上午8点钟从省城出发，中午12点到武江吃午饭，下午两点就到当之调研。马上把调研方案传给武江市林业局和当之县人民政府。”

莫大来却出人意料地说道：“赵厅，是不是明天早上再发传真？”

赵傣波带着疑惑的眼神不解地问道：“为什么？”

莫大来小心谨慎地解释道：“如果现在传真下去，政府办会马上召开紧急会议研究接待方案，他们要通知我参加，我不在场，恐怕不好。”

赵傣波热肠古道地说道:“没关系的,委托一个副局长参加不就行了吗?”

莫大来虔诚地说道:“县里明文规定,厅长下县调研是科局级一把手工程。做到三个必须:一是接待方案会调研汇报会必须参加;二是领导调研必须陪同;三是领导就餐必须到位。接待方案会我不参加不妥。县领导问起莫大来为何不来参加会,参会的副局长也会云里雾里,一不小心就会露出马脚。我是悄悄到省厅来的,没有跟任何人说起。当然,纸是包不住火的,我回去后会找个托词,说是来省厅跑项目。”

何天培在旁边接过话把说道:“赵厅,我看大来说得也有道理,明天早上发传真下去还来得及。去的人少,不是那么复杂。”

莫大来说:“今天我得赶回去,加班加点把相关的汇报材料准备好。”

赵傣波用缓慢的语调说道:“大来说得也有几分道理,不能因小失大。小何,就这么定,把传真草拟好,明天早上一上班就发过去。”

莫大来试探地说道:“赵厅,我还有个小小的请求。”

赵傣波诧异地问道:“一切按既定方针办,你还有请求啊?”

莫大来大着胆子说道:“我想请赵厅带点项目资金去,给我们丁书记一个见面礼。”

赵傣波“哈哈”一笑,开着玩笑说:“好你个莫大来,人心不足蛇吞象,我给你去跑官要官不算,还要我这个厅长去给你们县委书记‘贿赂’,传出去且不是天大的笑话?”

何天培“嘻嘻”一笑说:“大来呀,你真是聪明一世,糊涂一时。赵厅让贾处长、查处长一同前往,你就知道是哪回事了。”

莫大来猛拍脑门,回过神来略显尴尬地说道:“嘿嘿,瞧我这铁铸的脑袋不开窍,怎么就没想到赵厅的良苦用心呢?”

赵傣波宽宏大量地说道:“大来,不要放在心上,有时人遇事一急,就会考虑得不周全,往往失去了判断力,这个现象经常出现,我也跳不出这个怪圈。所谓当局者迷，旁观者清就是这个道理。你看，给丁书记多少见面礼才比较合适？”

莫大来没想过这个问题，但又不能当面表明他的态度，赵厅长到底给多少钱，他心里没谱，说少了怕达不到目的，说多了又觉得你这个人贪心。不像平时申报项目，丁是丁，卯是卯，算得有鼻子有眼睛。他挠挠头，不过只是一瞬间，已经回过神来，语气捉摸不定地说道：“今年，我们县还要计划扩大楠竹和油茶栽培面积，省厅历来对我县支持力度很大，赵厅说给多少就是多少，我感激不尽。”

赵傣波的眼光别有深意地瞄了瞄莫大来，慷慨地说道：“给你们一百万发展楠竹和油茶，可以吗？”

莫大来受宠若惊，在那一刹那间，幸福、激动的感觉如潮水一般在心里涌动着，他高兴地说道：“可以，不过，再增加过二十万，成为月月红，我想更好点。”

何天培瞥了莫大来一眼，嗔怪地说道：“大来呀，这你就不对了，赵厅给你们一百万真够意思了，其他县恐怕没这个待遇。你要知足啊，不要得寸进尺。”

赵傣波笑笑说道：“‘得寸进尺’有什么不好，说明他敢于创新突破，不受陈旧的条框束缚。一个人若只是满足于一得之功，一孔之见，小有成就即沾沾自喜，自我陶醉，不知人外有人，天外有天，而不作百尺竿头更进一步的打算，他就会停滞不前，逐渐被后来人所超越，那是无论如何都成不了大气候的，永无成功的希望。只有永远不满足于现状，对事业有一种‘贪得无厌’的追求精神，才能在成功的攀登中不断上升，最终走向辉煌。所有世界上有所成就的人，都是‘得寸进尺’的。大发明家爱迪生，在一生中有一千多项发明创造，为人类做出了杰出的贡献。如果他不‘得寸进尺’，也许就不会有这么多新事物的诞生。我们应当发扬‘得寸进尺’的精神，不满现状，不断超越自我，才能使自己战无不胜。”

何天培想不到自己的一句话，引发赵傣波的一通大道理。耸耸肩，有些尴尬地说道："赵厅的话如醍醐灌顶，让我茅塞顿开。莫大来'得寸进尺''贪得无厌'，是不满足于已经取得的成绩，永远向更高的目标努力，多要二十万不为过。"

莫大来心里悄悄地乐，从赵厅长的说话中已经判断出，一百二十万是坛子里捉乌龟——十拿九稳。他不敢多言，再怕生出事端，黄了。

赵傣波说："莫大来敢向我多要二十万，可见他平时工作是有闯劲的。如果到我面前唯唯诺诺，屁就不敢放一个，敢说他是不会创新的，工作不会有起色，拿钱给他就用不出个名堂来，我还不放心。大来的性格我就喜欢。"

莫大来不能再沉默了，再沉默就显得虚伪了。他掩饰住内心的喜悦，笑眯眯地拍着马屁说道："赵厅把何主任的一句引用的成语上升到理论高度，一席精辟的论述令我耳目一新，受益匪浅，听君一席话，胜读十年书。赵厅不仅理论功底相当的深厚，而且实践经验极其丰富，真是我们学习的楷模。大来何能何德承蒙赵厅厚爱，以后一定虚心向你学习。"这时，他反客为主，为何天培求起情来，"刚才何主任是讲玩笑话，赵厅不要把他当真，他平时都关心我，希望我多得点钱，我们平时开玩笑开惯了，有时他是正话反说。"

何天培不惊不变，神情一直镇静自若，瞧了莫大来一眼，坦然地说道："是玩笑话，我巴不得厅长再多给他三十万。"

莫大来努力保持着恭敬的态度，拳拳盛意地说道："这就是赵厅说话的艺术，幽默风趣，很有感染力。"

赵傣波高兴地摇了摇手，语气更加和蔼地说道："拍马屁要看对象，我赵傣波不吃你们那一套。时间不早了，小何去把生活安排一下，不要叫大来饿着肚子回去。"

莫大来推辞说道："饭就莫吃了，我得早点赶回去准备汇报材料。"

赵傣波的脸上总是露出那种善解人意的笑容，无不关爱地说道：“人是铁，饭是钢，一餐不吃饿得慌。在回去的路上也要吃，不可能空着肚子回去。你忍得住，驾驶员不一定承受得了，安全第一。吃饭不影响工作，吃饭工作两不误。”

何天培站起来，又开着玩笑说道：“大来，你不讲政治，赵厅的一腔热情付之东流，他的话你当成耳旁风？不要高兴得太早了，当心一百二十万打水漂漂。走，吃了饭好赶路。”

赵傣波假怒道：“喂，小何，你什么意思。吹牛可以不打草稿，但开玩笑是要‘上税’的。噢，大来不吃饭一百二十万就黄了，我是‘以饭谋私’啊。”

莫大来诚心正意地说道：“何主任，你就是给我一万个豹子胆，也不敢不听赵厅的话。既然盛情难却，恭敬不如从命，一切听从赵厅安排。”

何天培拍着何大来的肩说道：“大来，你终于成熟了。”

莫大来不好意思地擦擦手，憨厚地笑着，感激地说道：“全靠赵厅和何主任的栽培。”

出得赵傣波的办公室，莫大来见事情已经办妥，人也一下精神了起来。何天培好像想起了什么，车转头向走在后面的莫大来说道：“大来，我看这样，我把传真拟好，等赵厅长签发，我先把武江市的传过去，让他们有个心理准备。当之的明天早上八点钟再发。”

莫大来一瓣心香地说道：“晚上把当之的也发过去，明天早上一上班机要局好通知政府办去拿传真，政府办的联系主任就会向分管县长汇报，然后要召开会议研究接待事项。时间不能拖得太久，搞得县里措手不及。”

何天培赞同地说道：“就按你说的办。”

第十九章　重要细节

何天培知道莫大来急着回当之,就在省林业厅附近找了一家餐馆,随便炒了几个菜。莫大来不喝酒,大伙儿直接进攻“饭(梵)净山”,三下五除二就解决了温饱问题。

在餐馆卫生间,莫大来心花怒放,压低嗓音悄悄给铁木钗打了个电话:“铁主任,一切都在计划中,赵厅长后天来当之。”

铁木钗在电话那端也喜不自胜地说道:“大来,沉住气,目标一定能够实现。”

莫大来横眉吐气地说道:“铁主任,请放心。”

吃完晚餐后已是下午六点半,莫大来与何天培亲热地握了握手,笑呵呵地说道:“后天见。”

何天培虽说没喝酒,但仍满面红光,称心快意地说道:“你忙我也不留你了,一路平安。”

莫大来上车坐在副驾驶的位子上,将车门关上后,摇下车窗玻璃,伸出手来,向何天培挥了挥手道别,充满情谊地说道:“谢谢你了,何主任。后天见。”

何天培也挥手致意:“不用谢,一路上小心。”

小车慢慢向前滑去,缓缓地驶出省林业厅大院。趁在市内车速缓慢,莫大来掏出手机给局办公室主任路隆虎打了电话,大意说了赵厅长要来当之调研的内容及时间,要相关股室加班整材料,晚上九点钟召开紧急会议,副局长、各股室负责人参加。

莫大来回到办公室已是晚上八点半,他先和三个副局长开了个碰头会,简单地通报了赵厅长要来当之调研的情况。他说他到省厅去跑项目来,赵厅长答应给我们适当地解决部分经费。至于是多少,莫大来留下一个悬念,没有明说。说出来敞气,到时就没得新鲜感和神秘感了。要让赵厅长当着书记县长的面亲口说出来,才具有轰动效应。他去搬赵厅长来跑官,只字未提,这是天字号的秘密,打死他也不会说,驾驶员不知内情,其他的干部职工更不用说了,这个秘密在当之只有铁木钗主任和他自己知道,这个秘密他将永远埋藏在心底。局长到省林业厅去跑项目,谁也没有理由怀疑,都信以为真,因为以前莫大来每个月都要跑两趟省城。他把每个副局长的职责明确下来,张绍福副局长负责汇报材料的把关,龙江团副局长带着楠产办的工作人员到岩口乡楠竹基地建设点上蹲点,许长久副局长带着油茶办工作人员到半坡乡油茶基地建设点上蹲点。都必须负责营造好各自点上的氛围,打扫好参观点的卫生,悬挂大幅标语,组织人员上工,人员越多越好,拿出气势来。三个副局长拍起胸脯表示没有意见,下去后各负其责。他自己亲自草拟接待方案,他说这是“兵马未动,粮草先行”、“不打无准备之仗”。

按县里的规定,省委、市委领导来当之调研的汇报材料和接待方案由县委办具体负责,省政府、市政府领导来当之调研的汇报材料和接待方案由县政府办撰写,省厅的厅长来当之调研,首先由对口部门制定接待方案,拿出汇报材料的初稿,然后交给分管县长秘书加工润色,如果由分管县长汇报,则由分管县长把关,如果要县长汇报,县长的秘书再次修改,县长审定后即打印。接待方案有所不同，起草好后，交由县里接待筹备会拍板，相关部门的负责人要参加，根据工作需要作适当的增补。莫大来对接待方案的套路再熟悉不过了，在他的任上，赵傣波到当之来了一次，还几次参与过省长和分管副省长、市长和分管副市长的接待工作。

九点钟的紧急会议准时召开，他把局长碰头会研究的事项给参会人员说了一遍，并要求局里也要拿出一个接待方案，把任务细化到每个人。会议开得很短，因为会议准备工作做得到位，没人提出异议。

晚上各科室都加班。分管副局长又立即召集各自分管的工作组成员开会，讨论具体的接待工作，职责落实到每个人的头上，每个环节做到万无一失。官场上的人都明白：接待就是生产力是官场潜规则，即俗语所谓“舍不得孩子套不住狼”。把上级接待好了，就能把各种关系处理好，拨款、上项目什么都好办。

次日清晨，莫大来早早地来到办公室，把接待方案重新看了一遍，琢磨着把遗漏的地方再补上。他自己会打电脑，调出文档，按照改的地方在电脑上再改一遍，直到满意为止。然后打印两份出来，放在公文包里，只等县政府办的通知。果不然，上班不到三十分钟，分管林业的副县长严凤声的秘书龙速佳给他打来了电话，要他迅速到严县长办公室来，研究省林业厅赵傣波厅长明天要到当之来调研的有关事项。不一会儿，市林业局也发来了赵傣波来当之调研的传真。副市长何砂智陪同，局长谢隆卫及其相关人员一同随行。莫大来叫来驾驶员，快速地赶到严凤声的办公室。

正如莫大来所说的那样，县委机要局八点接到省林业厅的传真，立即通知了县政府办联系严凤声的副主任蒋盛茂。蒋盛茂得到传真不敢怠慢，找出文件处理签，从笔筒里取出一支中性笔来，写了写，写不出墨水，他又换了一支，试了试，书写流利，感觉不错。在“文件处理”一栏里，“唰唰唰”写上：“请严凤声副县长阅示，建议十点钟召开筹备会。”下面署上“蒋盛茂”，落上日期。电话联系严凤声，简明扼要地向严凤声作了汇报。

严凤声说他在办公室，蒋盛茂拿着传真风风火火地来到严凤声的办公室。严凤声看了传真后，来到县长彭华刚的办公室，准备向彭华刚作个汇报。彭华刚的秘书告诉他，彭县长到市里开会去了，要晚上才得回来。

严凤声想了想，县长不在，就直接找书记汇报。拿着传真来到丁江峰办公室。

丁江峰浏览一遍传真后说："省里的我们知道了，市里的是如何安排，哪些领导来？"

严凤声一时语塞，忙低下头，这个重要细节却忽略了，心里发虚，"咯噔"一下几乎窒息。结巴地说道："这个……这个……我还不太清楚。"

丁江峰睨了严凤声一眼，用带有责怪的语气说道："事情还没弄清楚，你就来向我汇报，行事未免太马虎了嘛。一定要搞清楚市里是哪些人来，做到知己知彼，方能百战百胜。"

严凤声心跳加快，忐忑不安，挨了书记的批评，实在不是滋味。尴尬地笑笑说道："虚心接受书记的批评，我马上联系，坚决落实书记的指示。"说毕，忙打了个电话询问龙速佳，"市里有消息吗？哪些领导来陪同？"

龙速佳在电话那端说道："市林业局给县林业局发来了传真，莫局长的接待方案已草拟好，等你回来向你汇报呢。"

严凤声仿佛抓到了一根救命稻草似的，忙不迭地说道："快叫他到丁书记办公室来，把市林业局的传真和接待方案一起拿过来。"

莫大来来到严凤声的办公室，严凤声刚好出去，他就在严凤声办公室里等。龙速佳接到严凤声的电话，就把严凤声的话转告给莫大来。不到两分钟时间，莫大来就到了丁江峰的办公室。严凤声的办公室和丁江峰的办公室都在四楼。

进得丁江峰的办公室，莫大来跟丁江峰和严凤声分别打了招呼，主动把市林业局的传真递给丁江峰。忙解释说道："上班时刚收到的。"

此时，严凤声接到龙速佳的电话："严县长，刚接到市政府办公室发来的传真，副市长何砂智要陪同赵傣波来当之调研。”

严凤声眉开眼笑地说道：“快送到丁书记办公室来。”

丁江峰看着市政府办和市林业局分别发来的传真，内容基本相同，只是传真件的函头不同。市政府的传真是从市委机要局发过来的，市林业局的传真是内部传真机发过来的。看完两份传真后顺手递给严凤声，思量一番，意味深长地说道：“副市长何砂智和市林业局局长谢隆卫也要一起陪同来，必须深刻认识到赵厅长调研的重要性。我和彭华刚县长都参加陪同，以示县委县政府的高度重视。接待工作要认认真真做好，尽快把接待方案和接待指南拿出来。”

莫大来赶紧把准备好的接待方案拿出来大大方方地送给丁江峰和严凤声，一脸的真诚说道：“我已准备好了，没思考成熟，请丁书记和严县长批评指正。”

在领导面前装出一副谦卑的样子，那是官场上的入门基础课。

对于莫大来的表现，丁江峰心中一惊，即刻要改非了，对工作还在尽职尽责，精神难能可贵啊。不由诧异地问道：“这么快你就准备好了？”

莫大来淡淡地笑笑，回答道：“是我一家之言，可能有疏漏，还得进一步完善。我简单地汇报一下。”不由自主地向丁江峰投去询问的目光。

丁江峰向着莫大来也投去鼓励的目光，点了点头说：“好，你先说说，一项一项地落实。”

莫大来摊开接待方案的材料，清清嗓子，条理分明地说道：“首先，成立接待省林业厅赵傣波厅长调研组一行领导小组。组长丁书记、常务副组长彭县长、副组长严县长，县委办主任古杰俊、政府办主任桑海波、政府办联系严县长的副主任蒋盛茂、县委宣传部副部长天福州、县委办副主任，县信访局局长文志军、县林业局局长莫大来、县接待办主任田春兰、县文体广电新闻出版旅游局局长冯茂林、县卫生药监局局长庞靖、县供电局局长李环玉、县城市管理行政执法局局长汪品川、县公安局副局长郭训龙、县人民医院院长金科、县公安交警大队大队长范云贵。领导小组成员就这么些，看要不要增加。”

丁江峰很民主，要严凤声先发过言：“凤声，你看呢？你是分管县长，最有发言权。”

严凤声补充道：“把参观点的岩口乡党委书记韩国光和半坡乡党委书记齐奉山增到领导小组来，其他的我没意见。”

丁江峰说：“我同意把国光和奉山同志作为领导小组成员。我建议组长由凤声同志担任，我和华刚就不再任职了，省里部门领导来由分管领导担任最合适。副组长由杰俊、海波、大来担任，其余的我完全同意。”

严凤声嘱咐莫大来道：“丁书记讲的要记录好。”

莫大来说：“我全记下来了。”

丁江峰说：“大来，继续说。”

莫大来说：“领导小组下设十个工作组。一是综合协调组，组长古杰俊主任，成员有县委办、县林业局等部门人员若干名。职责负责赵厅长调研的协调工作。二是资料组，组长蒋盛茂，副组长张绍福，成员县政府办、县林业局人员若干名，职责负责准备调研汇报材料及参观考察方案。三是会场布置组，组长桑海波主任，成员县政府办人员若干名，职责负责汇报会场联系和布置工作。四是现场参观组，组长莫大来，副组长龙江团、许长久，成员县林业局人员若干名，职责负责做好参观点上的有关工作。五是宣传报道组，组长天福州，副组长冯茂林，成员《当之报》、当之电视台、当之网站人员若干名，职责负责制定宣传报道方案，做好宣传报道工作。六是安全保卫及交通保畅组，组长郭训龙副局长，副组长范云贵大队长，成员县公安局、县交警大队等部门人员若干名。职责负责调研期间的交通保畅和安全工作。七是环境整治组，组长汪品川，负责做好环境整治工作。八是后勤接待组，组长田春兰，成员接待办人员若干名，职责负责制定迎宾方案和食宿方案；负责联系和准备接待物品；负责做好后勤保障其他方面的工作。九是信访维稳组，组长文志军，职责负责做好全县信访维稳工作。十是医疗卫生组，组长庞靖，副组长金科，县医院、县卫监所等部门人员若干名，职责负责做好医疗卫生方面的工作。”

丁江峰笑着打趣道：“麻雀虽小，肝胆俱全，组织机构蛮健全的嘛。哈哈哈，大来，你成了接待省林业厅赵傣波厅长领导小组‘组织部部长’了，把相关的大大小小官员全都任命了，考虑得周到，难怪赵厅长赏识你。”

莫大来脸上谦恭地笑着说道：“我做得不够，还望丁书记和严县长多多批评。”

严凤声翻了翻接待方案，眉头微蹙，瞧着莫大来说道：“医疗卫生组副组长再加个卫监所所长贺长良，他们要负责食品卫生监督。”

丁江峰表示赞同：“好，加上去。再把韩国光和齐奉山加到现场参观组去，任副组长，多一个副组长无所谓，反正没有违反选拔任用干部的组织原则。”

严凤声对莫大来说：“大来，去把方案修改好重新输一份出来给丁书记。”

莫大来站起来说道：“我U盘带在身上的，请仲国富秘书帮个忙。”说完，拿着修改的方案走了出去。

望着莫大来出去的背影，丁江峰感慨地暗自思忖：“大来啊大来，你工作作风高效务实，办事雷厉风行，精益求精。传真才接到手，你就把接待方案做好了，而且做得非常好。可惜岁月不饶人啊，你当不了几天的局长啦，还在拼命地工作，图的是什么？”

严凤声突然想到一个关键问题，向丁江峰问道：“丁书记，是你汇报或是彭县长？”

丁江峰盯着严凤声的脸，用慢悠悠的口气说道：“由彭县长主持会议，你具体汇报，我最后总结发言。”

严凤声慎重地说道：“汇报材料你要审一下吗？”

丁江峰不高兴地说道:“这么点小事情还需要我县委书记亲自把关?我相信你的能力和水平。”

严凤声态度诚恳地说道:“根据丁书记的指示,我一定汇报好。”

莫大来手里拿着一叠修改好才打印出来的接待方案,递给丁江峰和严凤声,又在原来的位子上坐下。

丁江峰习惯性地随意翻了翻接待方案,就放到了桌子上。抬起手看了看手表,说道:“时间不早了,赶快开个协调会吧,把正副组长都喊来,方案人手一份,听听他们还有什么补充意见。要求今天下午五点钟以前各小组把自己的方案交到你那儿,任何人任何一个环节都绝不能有半点差错,责任到单位,捆绑到个人。”

严凤声说:“这我就去安排,十点钟在行政中心八楼第二会议室开会。大来,你们的汇报材料准备好了吗?”

莫大来说:“准备好了,张绍福正在修改,开会时他就送过来。”

严凤声说:“明天丁书记和彭县长、大来你们去接一下赵厅长,我到参观点上转一转,还没完善的叫他们进一步完善,再回到县城督促汇报会场布置情况。今天我看看材料。”

丁江峰点头同意:“行,就这么定。”

第二十章　“跑官要官”

初春的中午，晴朗朗的天空总是飘着几朵薄薄的白云，不时吹拂着柔和春风。这是调研的大好天气。

丁江峰和彭华刚等人已早早地来到当之与武江市所在地的大同区交界处恭候迎接。在交界处接送，这是官场上人人明白，人人心照不宣的潜规则。看似小事情，内里藏着极大的玄机。中央三令五申轻车简从，减少陪同，简化接待，不要地方负责人到机场、车站、码头及辖区交界处迎送，但总是令行不止。说穿了就是官本位思想在作怪，无非是想仿效古代官员的下访和出巡来显示自己的威仪，喜欢享受迎来送往、列队相迎的待遇，讲讲排场，显显威风，往往规格低了还不高兴，下级岂敢随随便便？在某些层面上可以说是下级的精神贿赂。特别像省财政厅、交通厅、水利厅、发改委、扶贫办等一些有权有钱有势的要害部门更是不能怠慢，县委书记、县长非得亲自出面接待不可。想一想，仅是水利厅在当之一年的项目经费就达三个亿，平时几十万的开个口子忽略不计，精打不可细算，这么多厅局，每个部门稍为倾斜一点，就是一笔大数字。莫说是厅长，就是一个手握钱权的小小处长下县来，也会惊动县委书记和县长，把处长整得服服帖帖的，一时高兴，表过态三五十万是小菜一碟。当然，不是所有的省厅局长下县来县委书记县长都作陪，像有职无权无钱的清水衙门如省文联主席、省作协主席、团省委书记之类的，大多由分管党群的县委副书记出面接待，不要有其他想法，这算是最高规格了，他们也心满意足。省作协主席都不大适合在官场上“行走”，他们追求的是身边多有几个作者和好的作品，才不管你县委书记县长接不接见，这就是文人的气质和骨气。

莫大来走到一旁用手机联系何天培何时起程，何天培说他们正在吃早饭，很快要吃好了。莫大来说吃好了打他电话，何天培答复说好，一定。

恰在这时，一辆开住武江方向的乳白色丰田越野车停了下来，莫大来还没反应过来，铁木钗优雅地从副驾驶上走了下来，她笑着与丁江峰和彭华刚打招呼：“丁书记、彭县长，又有哪位领导大驾光临了？”

铁木钗知道，一般是重要的领导和嘉宾来，书记县长才率领相关负责人在与大同交界处迎接。见到莫大来，心里顿时明白，是省林业厅赵傣波厅长来当之。如果是省委书记、省长抑或是市委书记、市长来，除特殊规定外，她和匡达明都要参与接待的，省领导副职、市领导副职就不一定了。

丁江峰笑呵呵地答道：“省林业厅赵傣波厅长，他们还在武江吃饭。”

彭华刚问道：“铁主任，你要到武江去？”

铁木钗说：“哦，市人大常委会下午两点半要召开主任座谈会。”

丁江峰说：“离开会的时间还有一个半小时，早早地去做哪样？”

铁木钗毫无掩饰地说道：“我想去逛逛街，买几套春季穿的衣服。”

彭华刚冲铁木钗微微一笑说道：“你们女同志一出门就是喜欢买穿的，化妆品呀什么呢。寒冷天腿上套黑丝袜儿薄薄的穿得单，外面套个中长大衣，你看臭美不臭美。我们男的里三层外三层，身上还冷得打糠糠儿颤。”

铁木钗把自己上下打亮了一番说：“腿上套黑丝袜儿那是姑娘们的

事，我今天穿的可是职业装，和奇装异服挨不上边。”

丁江峰像一位哲学家一样，说出富有哲理性的经典名句：“爱美之心，人皆有之，特别是女的。现在的年轻女性总是想穿得性感一点，冬天盼春天快来，春天盼夏天快来，有时不惜受感冒的风险，还没有进入夏天的时候，短裙和短裤满天飞了。”

“女为悦己者容嘛。”彭华刚接过话茬说。

“是吗？女人爱美这是理所当然的，你们男人是一样的，没有人会不在意自己的穿着打扮的。”铁木钗的目光像雷达一样在彭华刚的身上扫了一遍，莞尔一笑说，“你彭县长打着领带西装革履的，不是也刻意在追求美吗？”

看上去三人之间气氛非常和谐，可实际怎么回事，各自心里都清楚，这就是官场的虚伪了。

正当他们你来我往“斗嘴”斗得热火朝天的时候，莫大来走过来给铁木钗打了招呼，然后对丁江峰说：“丁书记，何主任打来电话，说他们已经出发了。”

铁木钗忽闪着一双明亮有神的眼睛看着丁江峰说道：“时间不早，我也要走了。”说完拉开车门，自然地坐上了副驾驶的位置，片刻工夫，丰田越野车一溜烟开走了。

大同城里到与当之交界处的距离不过三十来里来路程，不堵车十几分钟就到了。当之的车子停在公路旁，闪着应急灯。丁江峰一行面朝着武江方向，站在车子旁等候。

不一会儿，一辆黑色轿车打着右边灯，靠往路边缓缓地停了下来，紧跟其后的是一辆挂着省城牌照的商务车。看到赵厅长坐商务车而没坐专车，谢隆卫也不好意思带车了，就和赵傣波一起坐商务车。何砂智自己带了车，他的秘书苏富天坐在副驾驶的后面，迅速地下车，拉开副驾驶的车门，何砂智慢慢地走下车。握着快步走过来的丁江峰手亲切地喊说：“江峰。”然后一一地与彭华刚、莫大来握手。

赵傣波也从商务车上走下来，何砂智介绍道：“这是省林业厅赵傣波厅长。这是当之县委书记丁江峰、县长彭华刚、县林业局局长莫大来。”

丁江峰握着赵傣波的手，喜形于色地说道：“欢迎赵厅长光临。”

“莫大来经常在我面前提到你。说你是一位好书记。”赵傣波先声夺人，一见面就给丁江峰戴了一顶高帽子。

“赵厅长，我做得还不够，请你多多指教。”丁江峰戴着赵傣波送过来的高帽子很受用，得到大他两级的厅官高度赞扬，不由热血沸腾，真的难得啊。

何砂智问道：“江峰，行程怎么安排？”

丁江峰努力掩饰住内心的兴奋，朝莫大来说道：“大来，把接待指南发给各位领导。”

赵傣波仔细翻阅了一番接待指南，看完以后，他沉思了一会，说道：“我们直接到点上看。”

彭华刚说：“那我们先到岩口乡楠竹基地，然后再到半坡乡油茶基地。”

岩口乡楠竹造林基地是整合中央林业财政科技推广示范资金、市级植被恢复费、世界银行资金等几个项目资金建成的，造林面积10 000余亩，该片楠竹造林基地面积集中连片，林区公路一直延伸至楠竹基地尽头，是全县目前面积最大，生产交通条件最好的基地林。

赵傣波饶有兴致地边走边看，时而驻足问了一些关键性问题，丁江峰熟练地答得出来。时而停下脚步，向村民们和蔼地打着招呼，温和地询问着相关情况。见到一个头发花白的老大爷也在平整土地时，热情地和老大爷握手，与他亲切攀谈起来，并祝老人家健康快乐。在观看半坡乡油茶基地的时候，赵傣波有意识地和丁江峰走在一边，不露声色地询问了莫大来的情况。

丁江峰想到莫大来在赵傣波面前称赞自己，对莫大来另眼相看，便也投桃报李地说道："他是一个好干部，一个难得的人才。"

他们谈着谈着，就扯到县里换届事情上来。

赵傣波好像随便问道："县里换届没有？"

丁江峰实事求是地说道："正在进行中，十天之内干部要考察完。"

其实，调研是虚晃一枪，真正到当之来的目的是为莫大来"跑官"。赵傣波没有拐弯抹角，直奔主题地问道："莫大来还能继续留任吗？"

丁江峰心里便"咯噔"一下，十分叹惜地说道："可惜大来超龄了，不能再任职了。"

"超多长时间？"赵傣波轻描淡写地问道。

"他离县里划的杠杠只超三天。"

"只超三天？"赵傣波明知故问，在此以前，莫大来是给他说过的。

"县里规定，今年3月31日前年男满53周岁、女满50周岁的科局长一律改非。大来3月29日刚好满53周岁。"丁江峰实打实地说。

"能不能变通一下？"赵傣波想了想提出一个合理化的建议。

"变通？"丁江峰诧异地看了看赵傣波，"如何变通呢？"

"嗯，想想办法，应该是没问题的。比如说把改非的时间往后推一点。"赵傣波点破道。

"你是知道的，官场的游戏规则大家都得共同遵守。县委常委会定的，我个人不能随心所欲更改，否则，就违背了组织纪律。"丁江峰感到很为难，赵傣波出面说情了，是绝对不能得罪赵傣波，这个面子无论如何都要给。县委常委研究了，个人也不能随意推翻。一边是省林业厅厅长，一边是县委常委会，那边的分量都重。要是有个两全其美的办法来解决就好了。莫大来继续当局长当然好，他省市的人脉资源丰富，据了解，这几年林业项目资金得了不少。县委书记是县委班子的"领头雁"和"主心骨"，是县域经济社会发展的"领路人"，担负着强县、富民、保平安的重大职责。在我国干部队伍中，有2 800多个县(市、区)委书记，他们不到全国处级以上领导干部总数的1%，但却处于党的组织结构和国家政权结构承上启下的关键位置。说县委书记的权力大，其实他们心里也许有很多说不出来的苦衷。丁江峰有时戏称自己是“三陪”书记：整天陪着上级领导检查工作、陪着汇报工作、陪着喝酒吃饭。说自己是“工作中的强者、家庭中的弱者”。说实话，县委书记的精力和能力是有限的，很多事情还得依靠科局长们，起码各局的局长和主管的省厅厅长副厅长混个脸熟，要个项目资金容易些。县委书记不可能个个都认识，即使认识也不可能经常打交道。棋盘上车有车路，马有马道，才能构成一部完整的局，官场上也如此。各科局做出的成绩也是县委县政府做出的成绩，县委县政府的成绩其实就是县委书记和县长的成绩。

赵傣波也知道丁江峰的难处，道理是人讲的，办法是人想的，凡事在于事在人为，不能逼得太急，要留有回旋的余地，毕竟自己不是他的直接领导。先丢个石头试试水深，试探性地说道：“莫大来的确是个难得的人才，改非了是浪费人才。我看这样，我们以省林业厅党组的名义来个公函，向县委建议莫大来继任局长。”

“赵厅长，你提议的这个办法好。”丁江峰权衡了利弊，顺水推舟。

“我明天回去马上就办。”赵傣波脸上露出了满意和微笑，转身向一直跟在他后面的何天培说，“莫大来留任局长的事丁书记已同意了，你明天回去后，赶快草拟一份公函，以林业厅党组的名义向当之县委建议。理由是林业专家，人才难得。”

“感谢丁书记。”何天培向丁江峰表示谢意。

“要感谢得感谢赵厅长。”丁江峰想了片刻说，“此事重大，我得和彭县长通通气，让他提前知道，免得研究时有杂音，搞得我们措手不及。先在书记办公会上统一思想，县委常委会由组织部长提出来，彭县长附和，我最后拍板。做要做得天衣无缝，一切符合程序，不能留下任何把柄。说句心里话，干部调整复杂，来自方方面面的压力大。”

“这我知道，你考虑得十分周到。”赵傣波点点头说。

在调研途中，丁江峰找了一个机会，给彭华刚说明了情况。彭华刚聪明，书记认了的他绝对不会反对，满口答应。保密工作一直做得好，直到上书记办公会议以前，他没向任何人透露过。到了他这个职务，说话办事要特别谨慎，知道的人越少，保密性就越高。稍有不慎，就会以讹传讹，一旦传到书记的耳朵里，失去公信力的是自己。当之县唯有两个人知道，书记不可能搬起石头来砸自己的脚，白痴都晓得是县长说出去的。常委会不同，人多嘴杂，张三不说李四就要透露，不是涉及党和国家的重大机密，谁也不会深究下去的。

何天培悄悄地把赵厅长“跑官”成功的信息告诉莫大来，莫大来满脸的兴奋，按捺住怦怦乱跳的心，努力让自己平静下来，给铁木钗发了一条短信：“铁主任，大功告成，如愿以偿。”

铁木钗正在参加一个会议，短信提醒调为振动的。看了莫大来发来的内容，心里那个高兴劲就甭提了，脸上灿若桃花。立即给莫大来回了短信：“首先表示祝贺，但不要被胜利冲昏头脑。要沉住气，万里长征才走完第一步。”

莫大来看了铁木钗的短信，摸不着头脑，懵头懵脑的，又发了一个短信给铁木钗：“全国都解放了，我们胜利了，万里长征已成为历史。”

铁木钗很快发了一条短信过来，局外人看起来像哑谜：“有时计划没得变化快。”

莫大来细细品味短信，悟出了其中的真谛。

说是调研，不过是到处走走看看，随便问问。每个参观点走马观花、浮光掠影地看了二十来分钟，要说看出什么名堂、听出什么道道，还差一点儿火候，原本赵傣波下来是醉翁之意不在酒。包括在路途中三个小时全部搞定，打马回县城听取汇报。

会议室里早已坐满了人，大多数是县林业局中层以上干部。赵傣波在丁江峰和彭华刚的陪同下，笑容可掬地走进会议室，全场顿时响起热烈的掌声，这浓郁的氛围赵傣波是意料不到的，在其他地方还没享受到这个待遇。赵傣波边走边报以长时间鼓掌，在服务员的引领下，他走到红色纸上书有“赵傣波”的座签前座下。

掌声慢慢地停下来，按照会议议程彭华刚主持会议，他喜不自胜地说道：“同志们，省林业厅赵傣波厅长十分关心支持当之的林业发展，今天，在何砂智副市长的陪同下，百忙之中抽出时间不辞辛劳莅临我县调研并检查指导工作，我们感到非常高兴。对省林业厅长期以来对当之的关怀表示感谢，让我们再次以热烈的掌声欢迎赵厅长一行的到来。”

热烈的掌声再次响起在会议室里。

汇报材料严风声是花了心血的，内容翔实、条理清晰，简明扼要、重点突出，落脚点主要是楠竹基地建设和油茶基地建设，同时还把植树造林扯了进去。他说楠竹基地建设和油茶基地建设已列为县政府实事项目，纳入了绩效考核内容。我们要全面深化对新形势下林业工作的再认识，从规划、机制、体制等方面深入思考山区经济发展新的增长点，把生态优势和经济优势结合起来，实现林业经济全面发展。

严风声汇报结束，丁江峰就请赵傣波讲话。

赵傣波拉过座式麦克风，按下座墩上的控制开关，调整好话筒的位置，怡然自得地说道：“近年来，当之县委、县政府团结带领全县人民，各项工作在攻坚克难中强力推进，经济快速发展、民生持续改善、社会和谐稳定。始终坚持以科学发展观为指导，将林业工作放在突出位置，林业产业加快发展，森林防火能力得到提高，特别是楠竹基地建设和油茶基地建设方面取得可喜成绩，生态文明建设成效明显。”

赵傣波强调说，“当之是一个林业大县，要抓住发展的历史机遇，充分调动农民发展楠竹、油茶产业的积极性，促进农民增收致富，让生态与经济互赢发展。一是要多渠道整合资金，加大投入力度，加强基地的抚育管理工作，缩短生产周期，加快楠竹成林、油茶见效；二是针对今冬拟新造的楠竹林基地，搞好楠竹种苗的筹备和调运工作，严把苗木质量关，力争今冬全面完成基地造林任务；三是严格技术标准进行科技示范栽培，提高科技含量，把楠竹林基地和油茶基地建设成高标高产高效的科技示范基地，辐射带动全县楠竹产业快速发展。”

赵傣波停顿了一会儿，赞赏的目光迅速地扫视了一遍会议室里面的全部人，全场变得安静无比，而后又以温和的语气说道，“我这次到当之来，是丁江峰同志到当之任县委书记第一次来，两手空空，很抱歉。不过，经莫大来同志的请求，我们给丁书记和彭县长带来了一份小小的见面礼，一百二十万元，继续发展楠竹和油茶建设。”

那一刻，全场不约而同地响起了雷鸣般的掌声。这掌声不仅仅是出于礼貌，更饱含了全体参会者对赵傣波及其省林业厅的敬意和衷心的感谢。

丁江峰不由心潮起伏，感慨万千。天上掉下来一个大馅饼，给了赵傣波一个顺手人情，换来一百二十万票子，值得。

赵傣波语气放缓地说道：“莫大来你们会同县发改局赶快编制项目，做好项目申报。具体和发展规划产业处查明处长对接。”

汇报会没有安排何砂智发言，因为他是陪同，主角是赵傣波，他十分理解，讲了话就显得喧宾夺主。

丁江峰就像打了胜仗凯旋的将军，神采奕奕，满面红光。都说人逢喜事精神爽，这说起话来都好像带着阳光灿烂的味道：“今天，赵厅长及各位领导莅临当之，倾听了我们的想法，了解当之林业发展现状，为当之林业事业发展指明了方向。这必将进一步增强我们加快林业发展的决心和信心，必将为当之林业发展注入新的活力，为当之经济社会发展带来新的动力。我们真诚希望赵厅长能够通过这次考察活动，进一步认识当之，了解当之。希望短暂的当之之行能给你们留下深刻的印象，让我们结下更加深厚的友谊，我们热切期盼你们常来当之，关注和关心当之社会经济发展。赵厅长的重要讲话对我县当前和今后林业工作的顺利开展，都具有很强的指导性、针对性和操作性。会后，我们一定要认真学习，深刻领会赵厅长的重要讲话精神，把赵厅长的重要讲话精神贯彻落实到林业工作中去。不断推动林业工作再上新的台阶。下面，结合我县的实际情况，我讲三点贯彻落实意见……”

县委书记的讲话稿事先由秘书起草准备好，参会人员爱听不爱听，主持会议的领导都要一字一句地照本宣科念完。写好会议主持词，对于保证会议的顺利进行，提高会议的效率和质量，具有不可忽视的作用。

第二十一章　原则同意

仲国富当秘书是称职的，已养成了整理办公桌的习惯。他是个有心人，早早地来到办公室，为方便丁江峰阅读，把收到的文件按中央、省、市、县、县部门及急件用不同颜色的文件夹整整齐齐地摆放在办公桌该放的位置上，吸引眼球，让人读起来便有一种宽松、舒适的感觉。如急件用红色文件夹，中央的用黄色文件夹、省里的用绿色文件夹，一看一目了然，不花费时间就能知道哪些是急件需要先处理，哪些是例行公事的阅文可以缓后一点。

丁江峰进得办公室来，没得人跟进来汇报工作的话，他就会习惯性地拿起红色文件夹里的文件看起来，每份文件扫上几眼，按照文件的内容，简单地在处理签上写上几句批示，按照各自职责权限分发给相关的领导、有关乡镇和部门处理，县委督查室负责督查结果。突然，一封关于县交通局局长上官禄霆生活作风问题的举报信立即引起他高度重视，他丝毫不敢怠慢，迅速仔细阅读内容。举报信上说上官禄霆与他们单位的副局长董俪英非法同居，董俪英是有夫之妇，详细叙述了两人的情史，在社会上造成了极大的影响云云。丁江峰胸中不由得怒火中烧，他最恨的是领导干部的生活作风问题。一个不小心不仅把好端端的工作岗位搞掉了，而且还背了个臭名声，全家人跟着倒霉。那些有生活作风问题者不配当党员、不配当领导干部。纵观近年来的干部腐败案，发现许多干部走向堕落，是从生活作风腐化开始的。大量事实证明，生活作风出问题，往往是犯罪的前兆。在我们的道德伦理观中，领导干部更应当是引领社会风尚的道德楷模。如果在这方面失信、失范、失态、失仪于众，他也就失去了作为领导干部的资格，失去了他身上应有的“先锋”与“先进”表征。上官禄霆也是他的亲近的人之一，换届之时不能出现任何差错，必须要找他本人来说说清楚。“丁当，”丁江峰按响了通往候客室的门铃，仲国富听到响声，马上起身推开丁江峰的办公室，不用开口，面色严峻的丁江峰就说道：“你叫交通局上官禄霆马上到我办公室来一下。”

上官禄霆很快来了，走进丁江峰的办公室，敏锐地感觉到气氛有些不大对劲儿。见丁江峰一脸严厉地坐在老板椅上，不能不紧张起来，吓得中气不足，声音低低地喊道：“丁书记。”

丁江峰严厉的眼睛盯着上官禄霆的脸看了足足有十秒钟之久，似在察看他的脸色，有太多的问题想问他。然后沉下脸来说道：“上官禄霆，你来了？”

上官禄霆擦了擦手，为了取得丁江峰的好感，赶忙佯装着笑脸说道：“我来了，找我有事吗？”

丁江峰的语气很冷，冷得让上官禄霆颤抖了一下：“不仅有事，而且是大事。”

上官禄霆战战兢兢地问道：“什么事？”

丁江峰桌子上一拍，怒不可遏，声音提到高八度，以至于在外面的仲国富都吓了一大跳：“你做的好事，好得你声名狼藉，好得我替你汗颜。”

仲国富犹豫着要不要敲门进办公室给丁江峰加点水，让他压压火，怒则伤肝。

上官禄霆被丁江峰劈头盖脸地骂得狗血淋头，弄得一脸茫然，莫明其妙地睁大眼睛，不敢吭声。

丁江峰狠狠地瞪了上官禄霆一眼："我希望你在生活作风上要检点点，不要搞得满城风雨，自以为是。我问你，你和董俪英是什么关系？"

上官禄霆连忙解释说道："我们、我们是夫妻关系。"

丁江峰余怒未消，生气地说道："哼哼，你们是夫妻关系？有人举报你们非法同居，搞婚外恋，在社会上造成了不良影响。你要知道，公务员搞婚外恋的后果是什么，是开除公职，你懂吗？"他本来想把"不良"讲成"恶劣"，但是在用词上把握了度。

上官禄霆底气不足地说道："我们真的是夫妻关系。我爱人五年前就病逝了，董俪英已离婚四年了。"

丁江峰责问道："是因为你是第三者插足离的婚吗？"

上官禄霆使劲地摇摇头说道："不是的，是因为她的前夫是个包工头，手里有钱了不安分守己起来，在外面找了个'小三'，还生有一子，董俪英忍无可忍，就和他离婚了。"

丁江峰强压住心头的怒火，努力让自己镇静下来，问道："你们扯结婚证了吗？"

上官禄霆迟疑一下说道："还没有。"

丁江峰一脸不屑地说道："你们没扯结婚证，怎能说是夫妻呢？把同居认同是结婚，法盲，纯粹是法盲，《公务员法》和《婚姻法》是绝对不允许的，枉自是领导干部。你回去认认真真地把《公务员法》和《婚姻法》学习一下，理解其中的内涵。"

上官禄霆唯唯诺诺地说道："是，我一定好好学习。"

丁江峰沉思了一会儿，给上官禄霆出了一道选择题："你是要局长的，还是要美人，你自己选择，鱼与熊掌不可兼得。干部生活作风是一个干部生活态度、思想品质、道德修养、价值观念以及与群众的关系等综合素质的外在表现，从而映射出干部的世界观、人生观和价值观。一个干部就是一面旗帜，旗帜是否鲜艳，重在作风表现。生活作风有问题的干部要坚决拿下！”

上官禄霆脸竟然一下子红了，努力稳了稳情绪，迫使自己冷静下来，深情而坚毅地说道：“丁书记，说实话，我既要官位，又要董俪英，鱼和熊掌我都想得到。”

丁江峰语气不阴不阳地说道：“黄鼠狼想吃天鹅肉想得美滋滋的，你既想官位，又爱美人，那是不可能的，天底下有这等美事？”

上官禄霆着急地说道：“我们已确立了恋爱关系，与生活作风问题是两码事。”

丁江峰说：“爱情与婚姻是两码事，你是局长，不是普通干部职工，个个都盯着你的一言一行，一举一动，谁都想来交通局当局长。有人曾放言要花十万不惜血本来买交通局长这个位子，说实话，就算是花一百万块钱也不可能给他，买官卖官属于犯罪行为，应该严厉查处。起这样的念头的干部必将腐败，我们坚决不用。”

上官禄霆乖乖地说道：“这我懂。”

丁江峰说：“现在网上官员的不雅视频曝光太多，一不小心就要陷入‘艳照门’，网上一经发酵，引来众多网友围观，因此被免职的不在少数。纸是包不住火的，到时谁也救不了谁。我们要珍惜自己的政治生命，珍惜来之不易的名誉。时时检点自己的言行，纯洁自己的心灵，用自己的道德品行去维护，让你的名誉之树长青。不能有任何把柄在别人手里握起，鱼和熊掌你都想得到，我成全你。”

上官禄霆眼睛一亮地说道：“谢谢丁书记善解人意，谢谢你诚挚的叮嘱。我一定牢牢记住你的谆谆教诲。”

丁江峰冷眼看着上官禄霆，说道：“谢什么谢，不要高兴得太早。你以为你的局长位子就稳了，那可不一定。”

上官禄霆身上像被泼了一盆冷水，从头凉到脚，他感到丁江峰捉摸不透，今天怎么啦，横竖不对劲，过去可不是这样。他浑身不自在，感到自己的地位岌岌可危，看来丁江峰对自己产生了信任危机，他不由得诚惶诚恐地看着丁江峰，留下悬念待自己慢慢揭开谜底。

丁江峰面无表情地说道："你也不要着急，还有解救办法，解铃还须系铃人。"

身处绝境之中的上官禄霆仿佛在黑暗之中看到一丝曙光，赶紧说道："请书记明示。"

丁江峰为了缓和一下气氛，从办公桌上的烟盒里取出一支中华烟丢给上官禄霆，单刀直入地说道："干部考察已全面结束，等会儿我要听取组织部的汇报，最近几天就要召开县委常委会研究干部。限你在三天之内把你和董俪英的结婚证原件拿到我这里来，否则，一切免谈。有困难吗？"

董俪英的年龄小上官禄霆四岁，刚好与县里改非的年龄擦肩而过，还可继续任职，提拔难度大。她早就提出要和上官禄霆扯结婚证，上官禄霆迟迟不肯表态，个中缘由万一是两人的性格合不来，好随时分手，就像传说中的试婚，扯了结婚证就麻烦了。通过这几年的磨合，董俪英是理想的妻子人选，两人正式组成一个家庭水到渠成，扯结婚证是顺理成章的事，给董俪英说肯定一拍即合。见丁江峰发问，上官禄霆脸上挂满了虔诚的恭敬之色，没有显出一丝的虚伪。接过烟点着了，吸了一口真挚地说道："没困难，明天就可以拿给你。"

丁江峰也吸了一口烟，满意地点点头："没困难就好，还有一个关键问题尚待解决。"

上官禄霆心里又是一紧，焦急地问道："还有什么问道？"

丁江峰的情绪完全雨过天晴了，和风细雨地说道："《公务员法》第六十八条规定：公务员之间有夫妻关系、直系血亲关系、三代以内旁系血亲关系以及近姻亲关系的，不得在同一机关担任双方直接隶属于同一领导人员的职务或者有直接上下级领导关系的职务，也不得在其中一方担任领导职务的机关从事组织、人事、纪检、监察、审计和财务工作。从公务员法的理解上讲，应当是夫妻双方不能在同一个行政机关里任职。你和董俪英就在同一个单位任职，是不符合《公务员法》规定的，你继续留任交通局长，把董俪英交流到水利局任副局长，你看如何?”

上官禄霆一听，压在心里的一块石头才算落了地，从严重的政治危机中解脱出来，暗暗地松了一口气，瞥了一眼丁江峰，笑容可掬地说道：“一切听从丁书记的安排。”

丁江峰下了逐客令：“速战速决，宜早不宜迟，凡事要抢点先机。你快去办理，玖部长还在外面等着汇报工作。”

上官禄霆心领神会，起身告辞。

全县组织了十八个干部考察组，利用五天时间，对县直部门进行了干部考察，各考干组连夜加班加点撰写出在职的和“双推”出来拟提拔的干部考察材料，前天考干组向玖长洪汇报了整整一天考察对象的德、能、勤、绩、廉等方面进行民主测评和个别谈话考察情况。昨天组织部干部科根据考干组提供的考察材料又进行了归类整理，晚上召开部长办公会议研究干部人事任免事项，这是一道重要的程序，不上部长办公会议就不能提交书记办公会议，哪怕是走走过场。对拟提拔使用干部，由组织部通过部长办公会议，结合考察组掌握情况，进行档案个人核查，确保材料真实准确。同时，根据考察组评定意见，用简洁语言陈述个人优缺点，对本人形成客观公正的评价，最后再由组织部对拟提拔人选提出任用建议。干监科科长全程列席，干部科科长和办公室主任负责记录并形成《部长办公会议纪要》送发及存档。

玖长洪从门外走进来，顺手把门带上，眼睛直视着正在办公桌前的丁江峰。走过去一屁股坐在丁江峰对面的沙发上，把一大沓材料递到丁江峰面前，“这是干部调配方案，请你审阅一下，看还有什么样修改意见。”

丁江峰把材料放在面前，没有即刻翻看，他随口问道："莫大来没有动吧。"

玖长洪毕恭毕敬地说："根据你的指示，他继续任林业局局长。"

"不是我的指示，人家是个人才，省林业厅要保他。我们只能尊重省林业厅的意见。"

"我知道，我知道。"

"教育局局长是谁？"

"粮食局局长岳江坪轮岗过来。"

"嗯，很好。发改局局长呢？"

"建设局局长吴保贵，我认为他最合适。"

"水利局呢？"

"农业局局长俅胜保，他在农业局任职已十年了，我认为他该交流了。"

"应该交流。从你汇报这几人的情况来看，安排得比较恰当。让我详细看看。"丁江峰说罢，埋头看了起来。

玖长洪是花费了一番心思的，他研究了和丁江峰走得近的人，包括上一次丁江峰的暗示，他把所有的干部摸了一遍，名单排了四五次，排好了又自我否认，推翻了又重来，直到形成现在这个材料。

丁江峰看得很仔细，对一些细节时不时提出了一些疑问，用笔划来划去，玖长洪像一位小学生那样，一丝不苟地答题。整个材料看完后，丁江峰谈出了自己的看法，对个别局长和部分副职职位进行了组织调整。作为领导想要在官场上立得住脚，施展政治抱负，干部中树立起自己的威信，就要学会鸡蛋里面挑骨头。下属工作再做得完美无瑕，你除表扬奖励外，还得加一句："不过仍然存在着不足。"挖空心思找出无关大局的毛病来，随你怎么说都挫伤不了他们的积极性。下属听起来觉得在理，心服口服，从而敬佩你。丁江峰就深知这一高深莫测的官场理论，有理无理，迂回曲折说你一通无理，等你胆战心惊不知所措时，他才说你有理。

一味地迁就下属，顺从别人，领导一点个性都没有，就等于仕途上自掘了坟墓，绝非危言耸听。

丁江峰把修改过的材料还给玖长洪，考虑了一下说："原则同意这个方案。"

幸好摸透了丁江峰的心思，玖长洪绷紧的神经得到了彻底的放松，接过材料，顿感心情舒畅，步履轻快地走出办公室。

第二十二章　高度集中

正当丁江峰找上官禄霆谈话时，铁木钗也到了自己的办公室，她的办公桌上不像丁江峰的办公桌有众多的文件和信访材料。即使文件夹里有几份文件也是各科局级都能看到无密可保的县委县政府文件。不像丁江峰进了办公室就正襟危坐迫不及待地批阅文件，接待来访，她坐下后第一个动作就是关注《当之报》，看看有没有自己调研和出席会议的消息，更多的是欣赏天福州撰写的署名评论员文章，每篇千字左右，去除了那些言之无物的空话、放之四海而皆准的套话、言过其实的假话。善于在评论中运用群众既听得懂、又喜欢听的语言进行阐述。篇幅短小，文字精练，篇篇细读，获益匪浅，耐人寻味，悟出很多道理，有画龙点睛的功夫。像《领导干部要正确对待进退留转》、《干部关键在“干”》等署名文章，生动、活泼、泼辣，具有鲜明的个性、独立性的思考，提出具有创新性的见解。文风赏心悦目，清新自然，可读性强，正确引导社会舆论。

今天报纸的一版又登载了天福州写的小言论《“改非”干部要摆正心态》，她把这篇文章从头到尾认认真真地看了一遍，看完后感触很大：

俗话说“铁打的衙门，流水的官”，领导干部因年龄、身体等原因从领导岗位上退下来，改任非领导职务，俗称“改非干部”，这是促进干部队伍新老交替和领导班子新陈代谢的需要，也是党的事业薪火相传的需要。“退”是一种自然规律，也是对领导干部的关爱，是不以人的意志为转移的，没有退就没有进，更多的年轻干部就无法脱颖而出。

《吕氏春秋·尽数》云：“流水不腐，户枢不蠹，动也。”干部队伍是一个特殊的群体，让年龄较大的领导干部“改非”，出发点是为干事业的年轻干部成长提供平台。做官先做人，正人先正己。“改非”干部要摆正心态，该退则退，不要有怨言，保持住操守，正确对待职务变动，坦然接受组织安排，要有一点进退从容、得失如一的胸襟和气度，始终保持对事业高度负责的精神、对工作热情饱满的劲头，一如既往站好最后一班岗。从政策的角度、组织的角度、群众的角度进行换位思考，因年龄原因改任非领导职务，还是在职干部，不是闲散人员，更不是“退休”人员。只是职务转变，岗位调整，不是革职罢官。仅仅意味着工作职责发生了变化，并不意味着人生价值“归零”，少些计较、多些豁达，及时调整心态，及时转换角色，学会淡泊名利，以宁静之心陶冶情操，得一官不荣，失一官不辱。以平常之心看待职务，以奉献之心对待改非。克服“官本位”不良倾向，摒弃“上荣下辱”陈腐观念，破除“官贵民贱”、“领导职务终身制”的等级观念。树立正确的权力观、地位观、利益观。不要“胡思乱想”，放纵自我，自损形象。面对改非，就会心态平和，在人生万象中找到自己。不因位“退”而牢骚满腹，不因失“权”而唉声叹气。真正做到宠辱不惊、退得开心、退得愉快、退得心宁、退得无愧、退得健康、退得气和。退出领导岗位是历史发展的必然，多数同志都能愉快接受，甘作铺路石，让位于人，助他人进步。

部分领导干部“改非”后存在着失落感，更觉低人一等，脸上无光，情绪不稳定。过去“治人”，现在“治于人”，由“官”变“民”、由“上层”变“下层”、由“实”到“虚”，由过去的“忙碌”变成现在的“空闲”，心理失去平衡，感到身价暴跌。对自身要求逐渐降低，进取心逐渐减退，视“改非”如“离退”，当起了“甩手掌柜”，长期处于“赋闲”状态。有点思想情绪应当属于情理之中，无可厚非，也是可以理解的。但是，我们要敢于面对现实，年龄不饶人是人生不可抗拒的客观事实。

虽然职务上“退”了，但做人的精神境界、道德品质不能退。学会退而思进，做到善始善终，离位不离岗，“改非”不改责，发挥好余热，主动“传、帮、带”，找到价值感、成就感和归属感。真正做到“为官”与“做人”相辅相成，让人生理想与党的事业相得益彰，努力为事业发展作出新贡献，并为年轻干部做出好榜样，走出一条改非之后天地宽的“星光大道”，这才是一名合格的领导干部应有的退而不“丢”的高贵品质和人生境界。

应该说，天福州的文章就像劝世文，教人如何为人、当官、做事，一篇一篇娓娓道来，总觉得说的那么恰如其分，说到心坎上。看完了天福州的文章，二版三版随意翻翻，感兴趣的消息浏览一下，其他的瞧瞧标题也就一晃而过。看完后，随手把报纸放在一边，才拿起文件夹里的文件翻阅。翻着翻着，里面有一份上官禄霆与副局长董俪英生活腐化问题的匿名举报信，说上官禄霆与副局长董俪英长期非法同居，不是夫妻，胜似“夫妻”。搞婚外情，严重违反了共产党员廉洁自律的党纪规定。铁木钗心里明白，上官禄霆和丁江峰的关系比较好，平时也风言风语传他有作风问题，民不告，官不究，也就没放在心上，现在有人告了，有人告就有人管。虽是匿名，内容有根有据的，不会是空穴来风。一般举报人的心里生出很多矛盾，举报吧有风险，不举报吧是渎职，特别是实名举报之风险令人望而生畏。在控告、申诉、检举材料中，不得不匿名。在这种情况下，有些想揭发问题的人出于思想上的顾虑，害怕打击报复，而不敢署真实姓名，是可以理解的。对有检举、揭发内容的匿名信，一般应同署名信一样对待，根据实事求是的原则，只要检举、控告有根有据，就要认真查处，不能因匿名而置之不理，更不能追查写匿名信的人。从逻辑上推理，这封举报信不仅仅送自己，县委、政府、政协、纪委都有可能送的。上官禄霆啊上官禄霆，你聪明一世，糊涂一时，局长当得不耐烦了是不是，搞什么婚外情，包养“情妇”不是养小狗，那是要花大价钱的，你微薄的工资只能养家糊口，包养“情妇”资金链断就要打歪主意，贪污受贿走上邪路。

铁木钗和匡达明在行政中心一楼等电梯时不期而遇，他俩接到通知今天上午要召开县委常委会，要他俩列席。他俩事先没得到会议议题，意味着常委会非同寻常，内容可能只有一个那就是研究干部人事，严格地说也是决定当之今后五年走向的常委会。进得电梯来，奇巧的是没有第三人在场，说起话来两人也方便。匡达明微笑着看着铁木钗问道：“今天是不是研究干部？”

铁木钗笑着点了点头：“可能是吧，按惯例，常委会的议题提前两天发给我们，今天我们手里任何材料都没有，由此推断，八九不离十。”

电梯里安有摄像头，怕话说声大了监控到，匡达明神神秘秘地轻声说道：“我接到举报信，上官禄霆和副局长董俪英有婚外情，你收到没有？”

铁木钗也压低嗓音说，就像地下党在接头：“我也收到了，看来事态挺严重的，若上官禄霆还继续任职，你就提出质疑。”

匡达明推辞道：“你提出来好一点。”

铁木钗鼓劲道：“不要怕，你提上官禄霆的问题，还有一个重量级人物由我来说。”

“谁？”

“吴保贵。”

“哦。”

“想必你也收到过吴保贵的举报信，数额不小，如情况属实，够判他个十年八年的。我们一定要顶住，不能让任何一名干部‘带病’上岗。”

“收到了，吴保贵是丁江峰的铁杆，不一定搬得动他。”

“搬不动我自有锦囊妙计。必须拿下他。”

对铁木钗来说，这是一场只能胜利不能失败的较量。

两人说话间不知不觉电梯已升到十楼，停顿片刻，电梯门缓缓地自动打开，两人一前一后走了出来，匡达明整理了一下自己的西装，快步走进县委常委扩大会议室。铁木钗的肚子不舒服，跑到卫生间方便去了。

会议室里烟雾缭绕，有好几个常委都在闷着头抽烟，气氛显得有些压抑，一股呛人的烟味儿在空气中弥漫。离开会还有十来分钟，铁木钗走进常委会小会议室后，除了丁江峰和彭华刚外，其他常委都已经到了，或许常委们已经知道今天的常委会是研究干部人事，非同寻常，所以，坐在各自位置上的常委，神情极其凝重。不像以往开会前敞开胸怀，说说段子，活跃气氛。空降的挂职的常委怀着事不关己，高高挂起的心态，谁任职谁免职无所谓。本地常委可就不同了，他们要在当地混下去，就得有自己的人脉，十分关心的是自己有哪些亲朋好友，同学老乡提拔，坊间虽有传闻，但随时都有变数，都不太保险。官场上的人都心知肚明，小事开大会，大事开小会，真正的大事不开会。该知道的，要装着不知道，不该知道的，更要学会装聋作哑。自作聪明的人往往要吃大亏。

铁木钗落座不久，丁江峰和彭华刚悄无声息地走进了会议室。不知他俩是研究工作还是碰巧走在一起，反正是一前一后进的会议室。丁江峰走在前面，彭华刚讲政治，跟在后面微微与丁江峰错开一个肩的距离。大概是没出远门吧，丁江峰没拿公文包，只带来一个保温杯。他俩一坐下，会议室的气场就升高了许多，抽烟的全部主动地熄灭。丁江峰在他的位置上坐了下来，环视了会议室内的常委们一眼，语气严肃地说道：“今日参加会议的常委应到十五人，实到十五人，符合有关组织规定，下面我们开会。请工作人员把材料发到各位领导手中。”

县委常委会有一种庄严肃穆的感觉。这是一个县的最高权力领导机关，行使党的最高权力机关的职能，决定的是当之未来的发展道路和全县90万各族人民的切身利益。这要是在一些小国家里，也就是一个响当当的内阁会议了。

说工作人员其实就是列席县委常委会的那信锋，他把人事调配方案、干部任免审批表及提拔任用人选的相关材料分发到常委和列席人员手中。

丁江峰拿起他审定过的材料，一脸的笑意，一脸的轻松地说道：“资料都发到大家手里了，先看看，酝酿酝酿。”

常委们认真地翻阅起来，此次干部调整涉及人员较以往要多，绝大部分干部调整到了更加重要的岗位。丁江峰、彭华刚、姜奎、麻炳林、玖长洪在书记办公会议上专题研究统一了思想，决定科局长们的命运，谁何去何从早已熟记于心。不过，戏还得演，也要装模作样拿起材料翻看，以示高度重视。其他的常委出于工作职责和好奇，一项不漏地过目，包括出生年月日、简历、学历、考察报告的评语、拟任职务等。有认识的、也有陌生的238名干部的调整，极少数知根知底，绝大多数不了解，包括丁江峰在内，像一些股长提拔副局长，全凭考干组的一面之词，笔上生花。丁江峰管不了那么多，相信组织部把关，只要把各科局正职牢牢掌控就行，副职太多，一时顾及不过来。全县七百多名副科级以上领导干部，要想全部认识完，那是不可能的，也不现实。在任期内连一些副乡镇长、副局长一次交道没打过的县委书记大有人在。

看看常委们把资料摆放好，一个一个抬起了头，丁江峰发话了：“大家都谈谈吧，有什么意见都可以提出来。”

常委会研究干部基本上是高度集中，常常是书记定调子、常委举举手。县委书记说谁行谁就行，说用谁就用谁，说怎么干就怎么干，常委们干瞪眼。再说在书记办公会议上，书记、县长、副书记、纪委书记、组织部长讨论来讨论去的，已占去了五票。即使有不同意见也不敢随意提出来，胳膊扭不过大腿。稍有不慎，书记给你一双小鞋穿，吃不完兜着走，何必自寻烦恼。而且有些事情县委书记完全出于个人目的，把自已放到优先、特殊的位置，常委们只得默许。

县委书记和县长是一个县的党政主要领导，位置都很重要，权重、责任也重。对县长来说，最重要的保持与县委班子的绝对统一。你可以有许多想法，但只能埋藏在你的心里，等书记决策后，你只有冲锋陷阵的责任，没有任何借口，哪怕看似合理的借口。维护好一把手的权威，保证县委、政府的团结统一，是作为县长的首要责任，彭华刚深知这一点。书记办公会议上他是同意过的，不可能产生杂音。首先作了表态发言："同志们，我认为县委在换届期间，对这238名干部的调配是认真负责的，也是实事求是的，我同意这个方案。"

姜奎发表意见："我表示完全赞同。"

接着姜奎的话音，华远胜找出莫大来的干部任免审批表说："按照县委出台的文件规定，4月1日前男的年满53周岁，女的年满50周岁一律改任非领导职务，莫大来3月29日就满53周岁了，为什么他还可以任职？他任了，是不是有负面效应，在干部思想中引起混乱。"

丁江峰端起保温杯不紧不慢地喝了一口茶水，对莫大来提出异议是意料之中，他望了一眼玖长洪说："远胜同志提得好，你们不提出来，我也会给你们一个交代。长洪同志，你说说。"

玖长洪敛容屏气地解释道："莫大来同志超龄三天，这是事实，莫大来同志档案年龄是古历即我们所说的阴历，同志们请注意，农村用的是古历，而不是城市里用的公历即我们所说的阳历，按此推算，莫大来的出生时间应在4月16日。”

铁木钗故意装着不知道内情，为后面的发言作铺垫：“其他的改非干部知道了内幕，都要求核对年龄怎么办？”

丁江峰转过头来，对坐在身旁的彭华刚说道：“华刚同志，你说说。”

彭华刚淡淡一笑说道：“年龄倒不是主要的，更重要的是省林业厅党组发来了公函，要求莫大来继续留任。”

匡达明正经八百地说道：“其他干部找到他们的省厅，这干部调配方案且不推倒重来？”

丁江峰眼里闪过一丝自信之色，郑重其事地说道：“不论省里哪个厅局，现在发个传真来保某个改非干部，我都认账，不拘年龄用人才。不论哪个局长主任连续两届荣获市管专家我们也认数，除了莫大来，没有嘛。”

地球人都知道，这几乎微乎其微。

铁木钗的肚子“咕咕”地叫，这是肠蠕动增强产生的肠鸣声，昨晚不知吃着什么不洁的食物，搞拉了肚子。她强忍住想解大便的痛苦，怕夜长梦多，发言赞成：“既然如此，同意莫大来继续任林业局长。”

丁江峰例行公事地问道：“其他同志还有意见吗？”

铁木钗在说话的时候，有意无意地冲着匡达明笑了笑，那意思是在说：看你的了。

匡达明心领神会，铺开材料不紧不慢地说道：“我接到举报，说上官禄霆和副局长董俪英有婚外情，长期非法同居在一起，影响不好。上官禄霆不能再任职了，建议县纪委严肃处理。”

丁江峰不以为然地看了看匡达明，慢悠悠地说道：“上官禄霆和副局长董俪英的绯闻，我也接到过举报，事实真相如何，麻炳林同志说说。”

麻炳林抬起头说：“上官禄霆和副局长董俪英同居的事情，我们接到举报后进行了调查，上官禄霆的妻子早已去世五年了，董俪英因丈夫在外包有‘小三’已离婚四年了。他们已扯有结婚证，是合法夫妻。”随即，从公文包里取出一个红色塑料封面的本本，封面上部印有“中华人民共和国”金色七个字，中间是国徽，下部是“结婚证”三个字。翻开内页，结婚证书里贴有上官禄霆和董俪英彩色照片，“若同志们有疑问，可以拿去看看。”

纪委书记说到这个份上，谁还表示怀疑是脑子进水了。纪委不可能睁着眼睛说瞎话，拿组织原则开玩笑，拿纪委的形象和信誉开玩笑，这样的后果，他们可承担不起。

丁江峰庄严肃穆地说道：“请长洪同志说说组织部的意见。”

玖长洪面带笑容说道：“根据《公务员法》规定，夫妻双方不能在同一个行政机关里任职。上官禄霆和董俪英就在同一个单位任职，是不符合《公务员法》规定的。介于此，把董俪英轮岗到水利局任副局长。”

说得有根有据，合法合理，实事求是，常委们认为，“婚外情”之说根本就是无稽之谈。匡达明这炮没放响，只好举手投降：“情况说清楚就行了。”

丁江峰的眼中明显带有一种神秘的味道，再次环视了一下会议室，又继续说道：“看谁对这些干部还有什么意见？”

“我还有！”铁木钗语出惊人，放出一枚大炮，猛炮。“吴保贵这个人，的确能干，但是，我接到过关于吴保贵的举报信，他在建设污水处理厂可能有重大经济问题。有人就向我反映过他经常打大牌，打麻将一百钱炮还算是小的，一晚上输赢上万块，就要花去两三个月的工资。他钱从何来？我本人建议对他的任职要郑重。”

铁木钗一口气把自己的意见吐了出来，她的发言就像是在滚开的油锅里撒了一把盐，一下子炸开了，众位常委神色愕然，全都吃了一惊。

会场的空气显得很沉闷。

丁江峰面部表情僵得有些挂不住，万万没有想到铁木钗会放这一炮，他心里也纳闷。在莫大来和上官禄霆的问题上，他玩了手太极拳，由玖长洪和麻炳林说出自己想要说的话。再让麻炳林接招，恐怕弄巧成拙。抬眼环视了一下会场，观察与会者的表情，不慌不忙地说道："铁主任，说话要有依据，不要主观臆断。常委会议召开前，所有拟任用干部名单都交县纪委常委会审定，没有违法、违纪等问题才上县委常委会议研究。你说是吗？炳林同志。"

麻炳林机械地答道："是。"

铁木钗喝了口水，借机平静了一下心情。她反正豁出去了，顾不了那么多，从容不迫地说道："为杜绝干部'带病上岗'，组织、纪检部门要明察秋毫，不能'失明'啊。我认为应该对吴保贵进行调查，这也是对一个干部负责。"

丁江峰清清嗓子，好像十分民主似的："那好，既然铁主任提了出来，就请大家畅所欲言发表意见。"

常委们面面相觑，没谁肯谈什么意见，吴保贵的为人太差，只是看到丁江峰的面子上，谁也不愿意去捅破这层纸。一个个都在埋头看着面前的文件，从他们的脸上看不出任何的表情来。

硬是事不凑巧，关键时刻，铁木钗的肚子就是不争气，里急后重感非常严重，便意急迫，肛门重坠，再忍下去就要屙到裤裆里出大丑了，她从手袋里取出一叠卫生纸，急匆匆走出会议室，跑进卫生间，手慌脚乱地脱下裤子，还没完全进入蹲的姿态，水样的大便像决堤的洪水一样从肛门里射了出来。屙出水样便后还有大便意，但一直屙不出来。大便好像到了肛门，有重滞欲下不下之感，肛直肠及髓尾部坠胀，简直是苦恼之极。蹲了六七分钟，实在屙不出来，再待下去也没意义。

就在铁木钗开门走进会议室的当儿，丁江峰就在作总结了。铁木钗打死也没有意料到，就在她解手这短短的几分钟时间内，所有的干部任职常委们票决通过了。

铁木钗走进会议室，脸色十分难看，一声不哼地坐下，此时此刻，她无回天之力了。

丁江峰的总结完了，常委会也开完了。冷不丁丁江峰皮笑肉不笑地问铁木钗道："铁主任，你到哪儿去了哩，我们一直等你来。大伙都没意见，全都票决了，你看你还有什么意见？"

铁木钗听着丁江峰的话有点儿刺耳，明显有戏谑的意思。不冷不热地说道："刚才拉肚子到卫生间去了一趟，既然常委会通过了，我无话可说，因为我是列席，没有表决权。"

丁江峰十分关心："你要保重身体。"

第二十三章　要不要脸

癞皮狗耿立晓果然是个难缠的主儿，他对信访的流程了如指掌，相关的国家法律、行政法规和政策规定，二马虎的人是忽悠不到他的。他口若悬河，滔滔不绝，随时都有钻你字眼的可能。据说他还有另一个绝招，身上悄悄地藏有录音机，把你和他的对话全程录下，哪句话儿说错了，你就倒了他的大霉，抓住你辫子就没完没了，天天来找你的茬。或者拿着录音机，到上一级部门告你的状。接待他时说话得多个心眼儿，不要让他抓辫子。他来找铁木钗已有四五次了，铁木钗晓之以理，动之以情，嘴皮说起泡泡癞皮狗硬是不听，天底下似乎只有他一人最有道理。遇到这样不透油盐的主儿，铁木钗也感到头痛。县委明确领导负责包信访案，铁木钗就负责癞皮狗，实行"三定"、"四包"：定工作任务、定具体承办人、定办结时间；包事件调查、包事件处理、包思想疏导工作、包息诉罢访。铁木钗在苦苦地思索着，在全国"两会"期间，如何让癞皮狗静下心来，不要离开当之到北京去上访。想着想着，突然脑中灵光一闪，一个妙计在自己的脑中形成。能否将癞皮狗镇住，成败在此一举了。她拨通了赵直中的手机："你到我办公室来一下。"

一般情况下铁木钗很少直接喊他，有事也是叫办公室主任王广实通知他。平时送送文件、报纸到铁木钗的办公室，没有多话可说，送完就走。赵直中接到铁木钗的电话，一瞬间有种受宠若惊的感觉。他放下手中的活儿，一溜烟小跑到铁木钗的办公室，略微气喘吁吁地问道："铁主任，找我有事？"

铁木钗微笑着说道："来，坐下，你听我说。"

赵直中规规矩矩地坐下，虔敬地望着铁木钗，等待着下文。

赵直中丈二和尚摸不着头脑，铁主任今天怎么啦？一个大大的疑问摆在他心里。赵直中不敢多言，作为一个秘书最重要的一点一定要把自己的领导视为值得尊敬的"自己人"。"自己人"是什么意思？就是永远站在领导这一边，凡事以领导的想法为主导。试着了解领导的立场，并从领导的角度看事情，更重要的是支持他。

赵直中花一二十分钟时间，按照铁木钗的意思把"举报信"写好，看了一遍觉得可以，就交差给铁木钗，铁木钗看了，有几处修改了一下。赵直中又回到自己的办公室修改，打印了一份交给铁木钗，铁木钗微笑着点点头，把"举报信"放进办公桌抽屉里。说曹操曹操到，事隔半个小时，癞皮狗就来找铁木钗了。他不像干部职工有礼貌地先轻声敲门，得到允许后才能进入。他才不受那些清规戒律的约束，鲁莽地推门进来，不管三七二十一，直撞铁木钗办公室，神色怪怪的，嘴里直嚷嚷道："铁主任，我要向你反映个情况。"

"老耿，坐下，有话慢慢说。"铁木钗热情地说道。当领导的千万不能喊"癞皮狗"，喊"癞皮狗"是要惹出麻烦来的，他会抓住辫子大做文章，搞得你不亦乐乎。就像自来水公司新来的抄表员把他的名字写错了一样，成天找你的茬子，和他说话必须谨小慎微。喊他诨名"癞皮狗"是坊间的事，坊间他是老虎啃黄桶，无可奈何。

"我家那个地方搞开发，房子被拆了，我坚决不同意。我家房子是文物，曾祖父那一辈人修建的，有一百多年的历史了，按国家的法律规定，是文物就不允许拆，要加以保护，你们人大是立法的，关注民声是当前的重要任务，你们要为我作主啊。”

“搞城市建设是造福子孙后代提升城市品位的好事，是社会发展的必然趋势，即使我们这一代不建设，我们的下一代、下下一代也会建设，我们每一个领导干部、每一个市民都应该顾全大局，大力支持才是，不要做出有损于子孙后代的事。”

“我们坚决支持县委县政府搞城市建设，但是，我家房子属于文物，即使要拆，也要经过文物部门批准，价钱起码要翻十倍。”

“我问你，你家房子是你自愿签字达成协议的或是政府强拆的。”

“不是政府强拆的，是我住院期间我老婆签的，我没得签，就不算数。”

“男女平等，你老婆签的也是一样。你不要搞男尊女卑哦。目前县城各项目开发片区房屋征收补偿总体原则是：统一规划、集中安置，拆一还一、结构陈新不补差。”

“我们家是我作主，其他人说话是准不到数的，母鸡烧不了纸，敬不得菩萨。”

“那不一定，没得鸡鸭子也可烧得纸。”

“你骗人，我绝对不信。”

“我给你讲个故事，有个老木匠经常帮别人建房子，每次建房子都需要一只公鸡上梁，这家人家穷得拿稻草绳子做裤腰带，莫说一只公鸡，连只母鸡的一根毛都没看到，与他相依为命的是一只老白鸭，他平时就靠这老白鸭下蛋卖了钱来买油盐吃。主家可怜兮兮地对老木匠师傅说：‘师傅啊，我家没得公鸡。’老木匠开导说：‘公鸡没得母鸡也可以。’主家说：‘母鸡也没有。’老木匠看着走路摇摇摆摆的老白鸭说：‘母鸡没得鸭子也可以。’拿公鸡上梁的福事是这样说的：‘伏以，此鸡，此鸡，不是非凡鸡，头戴红冠子，身披五色衣，别人拿来无用处，弟子拿来撵煞的，撵得天煞归天，撵得地煞归地，撵得凶煞恶煞年煞月煞日煞时煞各归各位，无奉太上老君，急急如律令。’在举行上梁仪式的那天，老木匠拿着鸭子讲起了福事。他把前几句词改了：‘伏以，此鸭，此鸭，不是非凡鸭，不是主人做得丑，也不是师傅做得夹，别人拿来无用处，弟子拿来也可以撵煞，撵得天煞归天，撵地煞归地，撵得凶煞恶煞年煞月煞日煞时煞各归方位，无奉太上老君，急急如律令。’房子建好后，老木匠就把鸭子拿起走了。”

“这个老木匠也太贪心了，”癞皮狗很轻蔑地说道，“拿走了鸭子，以后主家的生活怎么办？”

“就拿你来说吧，你家的木房子就是木房子，你口口声声说是文物，哪一级文物权威单位给你鉴定了？”铁木钗板了一下面孔说道，“国家文物局、省文物局、市文物局或是县文物局？你就和老木匠一样，唯利是图，贪得无厌。”

“我是有根有据的，报纸上说，清朝以前的建筑物都属于文物。”

“什么是文物？按词典上的解释是：‘遗存在社会上或埋藏在地下的人类文化遗物。包括具有历史、艺术、科学价值的文化遗址、墓葬、建筑和碑刻；各时代珍贵的艺术品、工艺美术品以及生活用品；重要的文献资料以及具有史料价值的手稿、古旧图书；反映各时代社会制度、社会生产、社会生活的代表性实物。’由此可以推断，你家的房子是文物，是你的一厢情愿。”铁木钗见癞皮狗要赖，给他解释了什么是文物。

“我不管你们那些，起码要拆一还四我才干。”癞皮狗开出了筹码。

“你要抢人啊你，吃饭吃米，讲话讲理，人心不足蛇吞象。”

“你不为我作主，全国‘两会’期间我还到北京上访去。”癞皮狗威胁道。

“上北京，你以为你是全国人大代表政协委员。我告诉你耿立晓，只要你走出当之县城，就有人把你捉回来，你信不信。”铁木钗严厉地说道。

“我相信。我的合法权利得不到保障，我就要上访。”癞皮狗要横地说。

自从以癞皮狗耿立晓为首的越级进京上访达三次18人次，在全市最多，影响极不好，市委市政府提出严厉批评。全市通报后，当之县委县政府采取了严密的防控措施，借用了一些非常手段。全国“两会”就要召开，昨天上午，县里召开了社会治安综合治理动员大会，晚上，声势浩大的当之社会治安综合治理集中统一行动由此拉开了帷幕，在出县城和出县境各出口公路设立武装卡点，路中间立了一张提示牌“武装缉查”。公安人员身穿防弹背心、荷枪实弹，带着伸缩警棍、催泪瓦斯、强光电筒，对过往的车子进行武装检查，重点是中巴车、的士车和私驾车。武装缉查就等于一次全方位的大行动，既抓重点，也不放过小虾米。

“你好！请靠边，请接受武装检查。”执勤警察行礼后，拦住一辆辆可疑车辆盘问。检查出违法违禁的物品都会带走。民警对车辆进行检查时，卡点配备的两名武警并不参与查车，而是与车上人员和民警之间有个特殊的站位负责戒备，当民警检查时，他们的手紧紧握住警棍。防止车内人用车门撞击，或从车内冲出来袭击检查人员。

执勤的警察还接受了一项秘密任务，强制拦截上访人员。事先将重点上访人员的照片交给执勤警察，熟记上访人员的相貌特征，检查时要每人拿出身份证接受检查，如是上访人员，会找出种种理由将其带走。其他人的身份证在身份识别仪上一扫，被检查人员的身份信息立即出现在电子屏幕上。普通居民的身份证扫过后，上面显示“正常”，如果有犯罪记录的身份证，屏幕将立即显示犯罪信息。

上访人员带到公安局后，公安人员并不提及上访事情。笑眯眯地会对他们说：“我们有些事想请你证实一下。”什么事呢？也没什么事，县领导交代的就是这么办。提一些无关紧要的事，某小区发生盗窃案，有人举报你知情，是真的吗？当然，打死他他也不会说他知情。你们街道某两口子吵架，为什么你不去劝解？盘问来盘问去，为了证实他的清白，他会给公安人员说："真的，我是清白的，不信，你们去问我们居委会。"

公安人员确实请来了居委会的领导，居委会的领导也会逼真地和公安演双簧："公安同志，我们的某某同志一贯遵纪守法，我敢说是一个安分守己的市民，我向你担保，人我领回来，他绝对没的问题，有事找我。"

上访的人员回家后，经过这番打击，再也不敢轻举妄动，生怕公安再找麻烦，跳到黄河洗不清。

还有一种对付上访人员的绝招是人跟人，明确那几位干部，二十四小时跟踪上访人员，有情况及时上报，采取紧急措施控制。老虎也有打盹的时候，一不小心上访人员就会溜走，防不胜防。魔高一尺，道高一丈，监控上访人员的电话，了解行踪。人还没到北京，半路上就被拦截回来了。

上访人员的智商不可低估，和官员们玩起了迷藏，他们在路边小店购买了不用身份证登记的手机"黑卡"，换了手机卡，叫你一时跟踪不了他。

公安不是吃干饭，眼里揉不得半点沙子的，换手机卡跟踪不到你，就监控你家庭座机、亲属的手机号码，只要一通话，就会露出蛛丝马迹。一到北京，驻京办的同志不费吹灰之力找到上访人员。

这些鲜为人知的防止上访人员的秘密铁木钗是知道的，癞皮狗绝对不晓得，在当之只有几位高层人物和信访局、公安局部分人员掌握。吃一堑，长一智总结出来的经验。

如此纠缠下去，不会有什么结果的。铁木钗当机立断终止和癞皮狗打嘴巴仗，突然想起了什么，从抽屉盒里取出一页打印的纸，厉声说道："癞……"气得差点失去理智说成"癞皮狗"，急忙改口道，"我耐不得你做的'好事'。"

"我怎么啦？"癞皮狗翻着白眼说。

铁木钗把那页纸丢在癞皮狗面前，脸瞬间黑了一半，歇斯底里地吼道："有人举报你嫖娼，你那么大把年纪了，还要不要脸？"

癞皮狗顷刻间吓得脸色发白，冷汗直流，惊惶失措地问道："我……我嫖哪个?”

铁木钗讥讽说道:“当之第一大‘美女’缺嘴巴呀。”

癞皮狗的头脑“轰”的一声,像受到重物的锤击,惊讶得张大了嘴巴。伤风败俗名声重要啊,嫖缺嘴巴的事传出去在社会上永远抬不起头,子女面前为不起人。急忙争辩道:“铁主任,根本没得这回事,我……我那里看得起缺嘴巴,是有人诬陷我的。”

铁木钗坐直身子,深深地叹了一口气,怒声说道:“看不出,堂堂皇皇的耿立晓竟敢做出如此伤风败俗、违法乱纪的事来,我替你害臊。”

癞皮狗拿着“举报信”从头到尾看了一遍,据理力争地说道:“冤枉,我真的没得这事。”

“你口口声声说冤枉,谁冤枉了你,”铁木钗便阴沉了脸说道,“为啥不去冤枉张三、李四、王二麻子?自己做了亏心事,还要狡辩。”

“我不晓得和哪个结下了冤仇,无中生有来整我。铁主任,你要明察啊。”

“老耿啊,”铁木钗又恢复了原先的语气,“我也没办法啊,要明辨是非,只有把你交到公安局,他们会弄清楚的。”

“使不得,铁主任,”癞皮狗双手摇晃道,“千万不要弄到公安去,搞得满城风雨,我还有什么脸面见人。”

见目的达到,该到收网的时候了,铁木钗顺水推舟说道:“谁叫我这个人心肠软呢,你说的要求我满足你,公安就不送了。不过,我的话你也得听。”

癞皮狗使劲地点了一下头说道:“全凭铁主任作主,你说什么我都答应。”

铁木钗往桌子上豪气地一拍,指着举报信说道:“好,痛快,从现在起,你就要罢访,再也不要到北京去了,我就把你嫖娼的事大事化小,小事化了,你办得到吗?”

有“把柄”在人家手里，这次是再也翻不起浪，个中利害关系癞皮狗清清楚楚，只能规规矩矩，老老实实地答道：“办得到。”

铁木钗乘胜追击：“你马上给我写个罢访书。”

癞皮狗拿起笔和纸张，再次写下了罢访书。

铁木钗读罢罢访书，满意地说道：“大丈夫一言既出，驷马难追，不要学那易翻易复的小人。从今以后，不要再生出上访的事端来，否则的话，这举报信就会落在公安手里。”

癞皮狗拍着胸脯说道：“铁主任，你放心，我耿立晓再也不上访了，要不要我写封血书？”

铁木钗摆着手说道：“没必要，我相信你，老耿。《论语》里讲：‘言必行，行必果。’诚信比金子都重要，人无诚信不立，家无诚信不和，国无诚信不强，社会无诚信不稳。在中华民族五千年的灿烂文化中，‘诚信’二字占有极重要的位置。诚信不仅是发家致富之道，也是构建和谐之宝。”

听了铁木钗的话，癞皮狗的触动很大：“你说的话我句句记在心里，我觉得我上访有点过分，有时是骑虎难下，我认识到我的不对。”

铁木钗的脸上这才有了喜色，满意地点了点头说道：“人难能可贵的精神是看到自己的缺点，可怕的是碰到南墙不回头——死心眼。这样，老耿，你是我的好兄长，今晚我请你吃饭。”

“请我吃饭？”癞皮狗诧异看着铁木钗，耳朵不会听错吧？在她的眼神里，有着格外的真诚。县领导请吃饭做梦都没想到有这个待遇，过去处处遇白眼，成为一个不受欢迎的人。

“对，我们就去新农村吃点农家乐。”

癞皮狗的眼睛湿润了。

3月5日，全国“两会”开幕的那天，癞皮狗给铁木钗发来了短信：“铁主任，给你汇报一下，我在镇政府下象棋。”

铁木钗看着手机屏幕上的短信，她舒心地笑了：“哦，好极了，总算是功夫不负有心人呐。”随即快速地编辑了一条短信回复癞皮狗，“老耿，祝你棋开得胜。”不要误认为铁木钗写了错别字，把成语“旗开得胜”写成“棋开得胜”。“旗开得胜”的意思是“刚一打开旗帜进入战斗，就取得了胜利。比喻事情刚一开始，就取得好成绩”。“棋开得胜”通常用于象棋盒子上面，意指“打开棋后，就能取得胜利”，这是商家利用成语改的。现在的很多广告都是改成语或者俗语的。比如：“飞发走丝”就是一个发廊的名字。

第二十四章　敢于说“不”

在换届期间，许多干部为自己的去留担心，关注的是自己仕途的去向。当之县委对干部人事制度进行了大胆改革，《当之报》用了三个整版登载了《当之县县管干部任前公示通告》，公示了县管干部新晋考察提拔和现任的拟任职务，以达到更加广泛地接受群众监督的效果。如莫大来，除介绍基本情况外，最后一句是：“上届任县林业局局长，本届拟任县林业局局长。”吴保贵是：“上届任县建设局局长，本届拟任县发改局局长。”县电视台在不同时段不停地滚动播出，同时当之网站也挂出。干部任免，何去何从，一目了然。

干部任前公示通告的前面是一段序言：“当之县委常委会研究决定，下列238名同志拟任职。为了加强对干部选拔工作的监督，提高识别和任用干部的准确程度，对拟任职人选进行任前公示。征求党员、群众和各单位的意见。有关事项通告如下。”中间部分是被公示人的姓名、性别、出生年月、籍贯、出生地、参加工作时间、入党时间、学历、拟任职务等基本情况。最后来一段文字：“在公示期限内，个人和单位均可通过来信、来电、来访等形式，向县委组织部反映公示对象在德、能、勤、绩、廉等方面的情况和问题。以个人名义反映的提倡签署或自报本人真实姓名；以单位名义反映的应加盖单位印章。我们将严格遵守工作纪律，履行保密义务。反映公示对象的情况和问题，要坚持实事求是的原则，客观公正，不得借机诽谤和诬告。”下面是公示时间、受理单位、联系电话、传真电话、电子信箱等。

七天的公示期很快结束，在公示期内，组织部门未接到任何个人和单位反映拟任职人情况和问题。没有真凭实据，一般是不会有人反映什么的。既然没有人反映，意味着这批干部没的问题，既然没的问题，新一届县人民政府对拟任命的政府组成人员用县政府党组的红头文件提请县人大常委会任命。同时附有拟任人员的基本情况、简历、工作实绩和主要表现、提名理由及其他需要说明的书面材料等。

铁木钗拿着她的水杯从她办公室出来，把门反锁后，乘电梯直奔六楼主任会议室，她要主持召开主任办公会议，副主任敏锐达、徐夏强、熊春玲、许卫华、孙跃贵、贺年庄参加会议，县人大常委会各工作委员会、办公室和研究室的主任副主任列席会议，讨论研究一些相关事业。县委常委、组织部长玖长洪到会指导。铁木钗走进会议室，其他副主任和列席人员都到齐了。

玖长洪还未到会。

大家该说就说，该笑就笑，并没受铁木钗到来的影响。办公室早已把议题发放到每一位主任面前。铁木钗径直走到自己的座位上慢慢坐下，她从包里取出手机调成振动模式，搁在桌子上。人大的会议室不像县委县政府会议室有物业派出专人服务，添茶倒水，一直由人大办公室的人负责。赵直中习惯性地过来拿起铁木钗的水杯，走到饮水机前按下开关，先放一半热水，再放一半冷水，返回轻轻地放在桌上。铁木钗端起桌上的水杯，取下杯盖，下意识地喝了一口，然后便紧紧地用双手攥着杯子，等着玖长洪的到来。

离开会时间还有两分钟，玖长洪走进了会场，紧挨着铁木钗坐下。

铁木钗侧过头征求了玖长洪的意见："玖部长，我们开会吧。"

玖长洪朝铁木钗微笑地点点头说："嗯。好。"

铁木钗语速不紧不慢地说道："同志们，今天我们举行县十五届人大常委会第一次主任会议，县委常委、组织部长玖长洪在百忙之中前来参加我们的会议，让我们用热烈的掌声对他的到来表示最热烈的欢迎。"

顿时，会议室里响起了雷鸣般的热烈的掌声。参会的人员更是聚精会神地聆听着，生怕漏掉一句话。

铁木钗待掌声停息后，继续说道："会议的议题共有三项：一是确定召开县十五届人大常委会第一次会议时间；二是讨论研究县十五届人大常委会第一次会议建议议题，一共有六个建议议题：1. 审议《当之县人大常委会2007年工作要点》；2. 审议《当之县人大常委会关于加强自身建设的决定》；3. 审议《当之县人大常委会2007年议题计划》；4. 审议《当之县人大常委会2007年度个性目标考核细则》；5. 在颁发任命书大会上的领导讲话稿；6. 审议人事任免；三是讨论县十五届人大常委会领导分工问题。各个议题资料已发到各位主任手中，请你们认真酝酿，各自发表意见。"

人大常委会主任办公会议属于开放型会议，并不像县委常委会上那样严肃郑重，主任们的思想活跃，想说什么就说什么，各抒已见，无所顾忌。

会议讨论和确定县十五届人大常委会第一次会议的建议议题和会议日程，决定于2007年3月19日举行县十五届人大常委会第一次会议。对《当之县人大常委会2007年工作要点》、《当之县人大常委会关于加强自身建设的决定》、《当之县人大常委会2007年议题计划》、《当之县人大常委会2007年度个性目标考核细则》和颁发任命书大会上领导讲话稿，各自提出了部分建设性的修改意见，基本通过。

铁木钗声音清脆地说道："下面，我们讨论一下县十五届人大常委会领导分工问题：铁木钗主任主持县人大常委会全面工作。敏锐达副主任主持县人大常委会日常工作，分管办公室、人事代表工作委员会，联系县政府办、发改局、审计局、统计局、财政局、交通运输局、工贸局、住建局、物价局、粮食局、招商局、供销联社、盐业局、国税局、地税局、工商局、技术监督局、环保局、农行、信用联社、邮政储蓄银行、人保公司、寿险公司、石油公司、公路段、征稽所。徐夏强副主任分管农业和农村工作委员会，联系县农业局、水利局、畜牧局、林业局、扶贫办、民政局、国土局、电力局、烟草局、气象局。熊春玲副主任分管法制工作委员会、主管规范性文件备案审查工作，联系县法院、检察院、公安局、司法局、监察局、安监局、交警大队、消防队。许卫华副主任分管教科文卫工作委员会，联系县教育局、科技局、文体广电旅游局、计生局、计生协会、卫生局、药监局、合医局、县医院、新华书店、档案局、县志办、广播电视台。孙跃贵分管政策研究室，主管人大宣传工作，联系人社局、民宗局、编办、邮政局、电信局、移动公司、联通公司、网络公司。贺年庄分管人大机关党建办、效能办、老干部服务中心工作，主管人大信访工作，联系信访局、矛盾调解中心、总工会、共青团、妇联、文联、科协、残联。大家有什么意见，请发表。"

副主任纷纷表态："没有意见。"

铁木钗一脸笑意地说道："好，没有意见，鼓掌通过。"

审议人事任免建议议题是最核心的议题。

铁木钗继续说道："这次我县二级班子调整变动，是县委根据当之工作大局的需要，着眼于加强我县领导班子建设作出的一项重要决策，充分体现了县委的高度重视。我们要以高度的政治责任感落实好县委的决定精神，从工作大局出发，统一思想，团结一致，在县委领导下，全力支持县政府的工作，确保实现组织意图，为推进当之县经济社会又好又快发展添砖加瓦。请玖部长对新一届县人民政府拟任的政府组成人员做作相关人事任免议案的说明。”

玖长洪面前也摆了一份人事任免议案的说明，他的开场白是这样说的：“各位主任，我受丁江峰书记的委托，对秦新智等同志任职进行一个说明……请给予审议。”

听完玖长洪的说明后，敏锐达双手交叉放在桌子上，面无表情地说道：“人大常委会有权谨慎决定政府组成人员的任命，但也有义务监督政府组成人员的任命，确保政府组成人员的任命合法，合乎民意。为了对县委负责，对人大常委会负责，对政府组成人员本人负责，对每一个政府组成人员，大家都要认真审议。确实不称职的，人大常委会理应适时动用人事上的否决权。”

徐夏强遥相呼应道：“有些官员在任命前就表现得不怎么样，任命后更是不得了。当然，限于信息不对称等原因，人大常委会对拟任命的官员并不都十分了解，比如说，上官禄霆和董俪英生活作风问题，县委应有个说法，像这样的干部，坚决不能提起任命，要保持党的纯洁性。”

熊春玲是唯一的女副主任，她有些愤慨地说道：“俗话说，兔子不吃窝边草，像这样的干部连身边的副职都不放过，可见他的人品和官德。”

许卫华端起茶杯呷了口茶水，放下茶杯时，手指轻轻在桌面上点了一下，慢条斯理地说道：“做人要讲人品，做官要讲官德。作为领导干部，一定要清心寡欲，淡泊名利，以天下为己任，视富贵如浮云。我们选拔干部讲德才兼备，德在先，才再好，德不好，迟早要出纰漏。”

孙跃贵背靠在椅子，淡淡地说道：“天要下雨，娘要嫁人。看当今的社会，官员包二奶、养小蜜已经习以为常，成为公开的秘密，见怪不怪了。只要董俪英的老公不找上官禄霆的麻烦，我觉得无所谓。纪委对这件事情就不懒不管，县委常委会也通过了，我们还有什么说的。在一些西方人士看来，因生活作风被免，未免太矫情。”

熊春玲将弯弯的眉毛一挑，冲孙跃贵说道：“你这种说法是完全不负责的，生活作风问题也是腐败问题。我敢断言，像贪污受贿可以追查出作风问题一样，生活作风问题也可以追查出经济问题。要不然，官员们包二奶、蓄小蜜的钱是哪里来的？全世界人民都明白，用自己的工资是养不了情人的。”

敏锐达很快接过话茬说道：“在一些落马的领导干部中，很多有生活作风问题。生活作风绝对不是什么小事，而是大得很的大事。在中国，生活作风有问题本就不为道德所容。备受公众关注的领导干部陷身于此，更是为人民群众所痛恨。因为官员腐败了，作风出问题了，低级趣味也来了。”

孙跃贵沉下脸申辩道：“我是说既然他有生活作风问题，在县委常委会上，那些常委们为什么没人提出异议。难道就没职工反映？干部考察组是干什么呢？”

贺年庄感到太阳穴有点胀痛，两手的大拇指按住太阳穴轻轻揉了揉说道：“有顺口溜不是说嘛：‘酒杯一端，政策放宽；筷子一举，可以可以；酒足饭停，不行也行；你我酒醉，不行也对。’这就为什么会出现短命书记、短命市长，上任三五个月就被‘双规’之类的官场奇闻。”

徐夏强平心静气地说道：“呵呵，跃贵说得言之有理，考察组不可靠啊。”

大家你一言我一语地谈论着，公说公有理，婆说婆有理，各自都有看法。熊春玲觉得这样无序地闲扯下去，不会有结果，最主要的是看主要领导的意思。她和铁木钗面对面地坐着，盯着铁木钗看了一会儿说道：“我们都发表了意见，看你铁主任的。”

铁木钗相当民主，深知党的民主作风，是我们党实现正确领导，推进党的事业的重要保证，也是我们党的优良传统。在讨论中不想过早地抖出“包袱”，让大伙儿畅所欲言地说说自己对提起任命干部的看法，很诚心地多听听意见，每个人的发言她都认真听，或许从中悟出什么。如果把答案说了出来，就听不到真话了，变成一家之言了。大家想说的已说了，她知道在这时候要沉着，该是收口袋说话的时候了，铁木钗喝了一口水，把水杯放下，说道："同志们都说了很好的意见和建议，对于上官禄霆和董俪英的事情，上次在县委常委会我也提出过质疑，和大家的想法是一样的，生活作风不检点，甚至品质低下、道德沦丧的干部坚决不能用。但是，上官禄霆和董俪英他俩的事情是合法的，他们是扯了结婚证的，已向县委作了说明，现找不出半点理由说他们是生活作风问题。按照夫妻不能在同一个单位任职的原则，县委对董俪英作了组织调整，调到水利局任副局长。玖部长，你说是吗？"

玖长洪证实了铁木钗的说法："请同志们放心，铁主任说的是实话。"

贺年庄想了想说道："既然人家是合法夫妻，不存在着生活作风问题，莫要狗咬耗子，多管闲事。我没什么意见。"

徐夏强痛快地说道："既然如此，过。"

铁木钗满意地点点说道："对其他干部还有什么看法，可以继续审议。"

敏锐达加重了语气，正言厉色地说道："其他的我提不出什么意见，但是对吴保贵的任职我们要慎重。我觉得他的人品不行，官品也不行。唯上不唯下，唯官不唯民。俨然一方诸侯，为所欲为。"

熊春玲冷冷地说道："人品，是做人做事的立身之本；官品，是领导者为官的立身之魂。一个品行不端的人，仕途上也许能够上升到一定层面，但最终经不起时间的考验。丧失正确的理想信念，必然导致思想变质，腐化堕落。"

徐夏强用抒情的语气说道："凡是人品不好的人，总会程度不同地做出一些违反道德、违犯法纪的事，最终不仅毁了自己，更危害了他人和社会，令人们唾弃。"

孙跃贵脸上阴阴地说道："你们大谈特谈人品啊官品啊，他到底哪里不行？”

贺年庄眼睛中似乎透着些许的怒气，愤慨地说道：“他把我们这些县领导哪个放在眼里？这就是人品不行。有人举报他在污水处理工程建设中收受贿赂，而且上六位数。”

孙跃贵说道：“要有证据啊，口说无凭。”

徐夏强说道：“宁可信其有，不可信其无。没见说张三李四王二麻子局长有经济问题，人家单单举报他。”

贺年庄说道：“我简单地总结他有三大特点：一是目中无人；二是骄横跋扈；三是利欲熏心。碰到我就是‘老贺老贺’的喊，或喊贺人大，气就气死你。”

徐夏强说道：“这还不算，他喊匡达明主席喊‘匡大脑壳’。我们的铁主任是个女同志他不敢放肆，否则的话，可能他要喊‘铁大脑壳’。”

敏锐达说道：“据我掌握的情况，他在污水处理工程建设中收受贿赂达六七十万。”

孙跃贵惊奇地问道：“有这么多钱？够判他个十年八年的了。我们要把好任命关，决不能让他‘带病’上岗。要不，我们就失职了。有句俗话说得好：人大不要怕别人把你不当回事，关键是人大自己要把自己当回事。”

徐夏强果断地说：“没得什么说的，直接把他趴下。”

参会人员达成共识，一致建议不给予任命。

玖长洪脸色很难看，他恐怕做梦也没想到会出现这样一个局面。作为一个组织部长，特别要维护好县委的威信，带头维护好人事安排方面的组织意图。他很想去辩解，但他完成了使命，因为是人大主任们在审议，说好说坏是人家的权利，自己真的不好插嘴。今天人大对人事的议论，要尽快向丁书记汇报。

敏锐达谨慎地说：“我们要讲政治，顾全大局，有关法律程序还得要走。一是让他参加法律知识考试，二是仍然要提交人大常委会，让常委们定夺，这样才合法。”

铁木钗感慨，向敏锐达投去赞许的目光，她说：“对吴保贵的任命在县委常委会我就提出过反对意见，他们趁我上厕所之机，就票决通过了。锐达同志说得对，程序一定得走。上次座谈会上各位常委都谈出了看法，还是提交十五届一次常委会审议，一切交给委员来决定他的命运吧。”

这话是说给玖长洪听的。实际上，玖长洪是受丁江峰的委托，代表县委来征求意见的，他要立即把今天会议讨论的内容原原本本地汇报给丁江峰，这是组织原则。

县人大常委会主任会议开得很扎实，直到中午十二点过五分才结束，铁木钗见时间不早了，要请玖长洪吃饭，玖长洪找了个理由推辞了，丁江峰还在办公室里等待他的消息。他和铁木钗亲热地握了握手，面带微笑，再与其他的副主任挥挥手，打个招呼，就急匆匆地走出会场。

来到丁江峰的办公室，候客室里冷清清的没有等待汇报工作的人，仲国富在电脑上修改文件。见玖长洪进来，招呼道：“玖部长，领导在里面。”

玖长洪轻轻有节奏地敲了敲门，然后推门进去。在丁江峰的对面坐了下来。

丁江峰抬起头，淡淡地问道：“审议情况如何？”

玖长洪皱着眉头说：“其他没得什么情况，主要是对吴保贵意见大。”他把县人大常委会主任会议审议的情况简明扼要地说了一番。

丁江峰沉思一会儿，像想起什么事，发出感慨道：“这吴保贵到底怎么啦，口碑那么差。我也听到过很多关于他的风言风语。长洪，说说你的看法。”

玖长洪说：“虽说主任们议论纷纷，有看法，我想他们会顾全大局。”

丁江峰说：“你是组织部长，你应该懂得，谨慎决定政府组成人员的任命，本身就是人大常委会的权力。相关法律规定，县级以上的地方各级人民代表大会常务委员会有权‘根据省长、自治区主席、市长、州长、县长、区长的提名，决定本级人民政府秘书长、厅长、局长、委员会主任、科长的任免，报上一级人民政府备案’。你说他们违法？那就大错特错了。”

玖长洪挨了丁江峰的批评，心里很是难受，红着脸建议说道：“你再和铁主任沟通一下。”

丁江峰看着玖长洪的眼睛说道：“没必要了，铁木钗的脾气你又不是不晓得。再说，吴保贵干不干净，我们都在黑处，只有他自己清楚。到了这一步，我也无话可说，一切交给人大常委委员来决定他的命运吧。”

法律知识考试是县人大常委会主任会议召开第二天进行的。

铁木钗在考前动员时说：“实行被任命人员任前法律知识考试，既是县人大常委会一项重要制度，也是人事任免的一项重要工作程序。通过考试，进一步促进被任命人员带头学法、知法、守法、用法，提升法制观念；进一步推进依法行政，提高依法决策和管理的能力；进一步增强被任命人员接受人大及其常委会监督的自觉性，更好地为人民服务。要想做一名称职的领导干部，就要养成对法律知识坚持不懈的学习，每一位被其任命的公务人员都应在上任之前就牢固树立‘人大意识’，从而自觉接受人大监督，要在工作中做到克己奉公，秉公执法。请大家注意，对于考试不合格者，坚决不予提请任命。”

考试是公平公正下进行的，防止某些不当回事的干部说三道四，聘请了市司法局的法律专家出题改卷。虽是开卷考试，但并没削弱降低考试门槛，监考还是比较严的，由县人大常委会法制工委、人事选举代表工委和县司法局抽出人员共同监考。考试结束后，监考人员把试卷考试人的名字密封，送到一个秘密的地点改卷。改卷时谁也不知道是谁的卷子。严格要求、严肃评分，考试的成绩加盖上市司法局的公章，一式若干份分别送给县人大常委会正副主任，县人大常委会法制工委、县委组织部。考试的分数统计出来，吴保贵考得60.20分。当他知道结果时，浑身吓得出了一身冷汗：玄啦。

第二十五章　人大划圈

初春的下午是个好天气，柔柔的阳光透过玻璃窗照射进来，把温暖洒到办公室里，晒在身上暖洋洋的，天福州感觉温馨在身上蔓延，他全神贯注地在审阅报纸清样，这是最后一道关口，特别是第一版，绝对马虎不得。每一个错别字、每一个病句、每一个可疑的数字、每一段的漏字，都逃不过他的火眼金睛。一旦审校完毕，修改后签发就送印刷厂。天福州脸上露出了欣喜的微笑，这一期除改了一个标点符号外，其余的没得错的。他从笔盒里抽出一支中性笔，郑重地在报纸清样左上角写下："已审，请按校红修改后送印刷厂。"然后交给合版编辑。

天福州上班时如果不开会，一般的情况下很少走出办公室，不是把采访的稿子写好，就是审校《当之报》，实在手头没事干，就上网。上网主要看新闻，关注国内外大事。不会看电视、也不会看电影QQ聊天的，县效能办督查到了要扣绩效工资的。

闪电军轻轻地敲了下虚掩着的门，径直走进天福州的办公室，手里拿着一份文件，递给天福州说："这是县人大常委会的文件，要举行人大常委会，要我们派记者采访。"

县人大常委会工作的特点是严格按照法定程序办事，连开个常委会都要正儿八经下个通知。

天福州看完通知，当机立断地拿起笔在文件上写下一行字："请罗丹凤同志届时参会采访。"签完后把文件退回闪电军说道："就让罗丹凤去采访。"

闪电军接过文件说道："刚才县委办打来电话，下午四点请你参加全市项目观摩现场会调度会，丁书记要听取各个组开展情况的汇报。"

天福州抬起头问道："哪个会议室？"

闪电军略一思考说道："801会议室。"

天福州取过手机看看时间，离开会还差一刻钟，拿起笔记本，和闪电军一道走出了办公室，顺手把门把往上一抬，门自动锁上了。

县委常委会议室、县委常委扩大会议室、县人大常委会扩大会议室都是圆桌会议室，人大常委会会议室却不是圆桌会议室，专门设有主席台。主席台的背景相当简单，墙正中央悬挂着一枚鲜艳庄严的国徽，其他地方没有装饰，上方横挂一幅会标："当之县第十五届人大常委会第一次会议。"

会场的位置摆放也很独特，主席台上放有座签，铁木钗走到自家的座签前，缓缓坐下。在铁木钗的两旁按排名顺序，分别坐着六位副主任。主席台下顺着又摆了一排座位，左边是彭华刚，右边是邢开明、朱昆仑，中间是发言席，他们面朝会场。彭华刚参加会议的身份是县长而不是县委副书记，只能坐在主席台下一排。会议室前三排是人大常委会委员，四排以后是列席人员和记者席。不论是委员或是列席人员，桌位上都摆放有座签，哪个座位是谁的一目了然，一点也不能马虎，不能想怎么坐就怎么坐，不能随便瞎坐。

铁木钗看看开会的人全部到齐了，清了清嗓子说道："各位委员，同志们，经主任会议研究，今天召开县十五届人大常委会第一次会议。本次会议，应到县十五届人大常委会组成人员21名，因事因病请假零人，实到21人，符合法定人数，可以举行会议。列席会议的有：县人民政府县长彭华刚，县人民法院院长邢开明，县人民检察院检察长朱昆仑以及县人大常委会有关同志，让我们用热烈的掌声表示欢迎。”

会议室里响起一片掌声。

“首先，举行预备会议，通过本次常委会议议程。经主任会议研究，提请本次常委会议的建议议程有五项：1. 审议《县人大常委会2007年工作要点》；2. 审议《当之县人大常委会关于加强自身建设的决定》；3. 审议《当之县人大常委会2007年议题计划》；4. 审议《当之县人大常委会2007年度个性目标考核细则》；5. 审议人事任免。对以上建议议程，请大家审议。有意见的请发表。如果没有意见，正式举行会议，下面逐项进行。第一项：通过《县人大常委会2007年工作要点》（草案），请敏锐达副主任宣读。”

事实上谁都提不出意见，即使有意见也不会在这个场合提，大家都保持沉默。

敏锐达宣读完后，铁木钗就按主持词上写的说下去：“对以上《要点》草案请审议，有意见请发表。”十来秒钟会场静悄悄的，铁木钗台上台下看一遍后说道：“如果没有意见，进行举手表决：同意的请举手；不同意的请举手，没有；弃权的请举手，没有，一致通过。”

按顺序对《当之县人大常委会关于加强自身建设的决定》（草案）；《当之县人大常委会2007年议题计划》（草案）；《当之县人大常委会2007年度个性目标考核细则》（草案）的表决依样画葫芦，铁木钗说了一通：“有意见请发表。如果没有意见，进行举手表决：同意的请举手；不同意的请举手，没有；弃权的请举手，没有，一致通过。”

这四个议题表决十分简单。

“各位委员，同志们，前四个议题圆满完成了表决，”铁木钗深情地望了一眼台下，“下面，进行第五个议题的审议。除县长彭华刚同志留下外，其他列席的同志请退场。”

人事任免权是宪法和法律赋予地方人大及其常委会的一项重要职权，是党管干部原则的延伸和继续。由法定的提案人向人大常委会提出任免职议案，再由人大常委会组成人员审议表决。当之县人大常委会不断提高法治意识，人事任免是规范严谨的。对于任命的人员，采取无记名投票的方式进行表决，当场宣布计票结果，以人大常委会全体组成人员的过半数通过方能当选，对赞成票低于半数者不予任命。

“各位委员，根据当之县人民政府县长彭华刚的提请，拟对秦新智等同志任职的议案进行审议。首先，从常委会组成人员中推选两名监票人，从工作人员中推选一名计票人。我提议，监票人由闫九州、张洪英同志担任，计票人由赵直中同志担任。下面举手表决，同意闫九州、张洪英同志担任监票人，赵直中同志担任计票人的请举手，不同意的请举手，没有，弃权的请举手，没有，好，一致通过。下面，请当之县人民政府县长彭华刚介绍拟任人员的情况。”

彭华刚走到发言席，宣读了《关于提请审议秦新智等同志职务任职的议案》后，就离开了会场，他不能在场，在场怕影响投票。紧接着，那信锋到发言席作了人事任职说明，和组织部干部任前公示通告的内容差不多，增加了优缺点、民主推荐和民主测评，便于与会委员客观准确地掌握干部的德能勤绩廉，真正做到“见其人，知其德，闻其绩”。其实，拟任人员的审议材料提前已发给人大常委会组成人员，保证他们有充裕的审议时间。

铁木钗待那信锋介绍完后，用人大常委会专用术语继续说道：“各位委员，请对当之县人民政府县长彭华刚的《关于提请对秦新智等同志任职的议案》进行审议。大家畅所欲言，阐述观点，发表意见，充分酝酿。”

人事是一个异常敏感的话题，也是很神秘的。谁都不愿意吐露心声，成为矛盾的焦点，就算有杀父之仇，也会把仇恨深深地埋藏在心底。一般的情况下，都会充分考虑党委的意图，当然，也有个把人通不过的，全国各地屡见不鲜。

见没人发言，铁木钗打破会议室的寂静，说道："如果没有意见，下面我们就进行投票表决。监票人、计票人清点到会常委会组成人员数。"

按照法定程序，会上再次清点了参会人数。闫九州、张洪英、赵直中三人各自清点了一遍，三个人都数得21人。

张洪英把清点人数的结果写在纸上，交给铁木钗。铁木钗看了一眼报告道："应到委员21人，因病因事请假零人，实到21人，符合法定人数，可以投票表决。请工作人员把票发给大家，注意不要填错，在'拟任职务'后面'赞成'一栏里你同意就画'○'，'不赞成'一栏里你不同意就画'×'。弃权的什么都不画。投票顺序由监票人先投，然后是主席台的人员，最后是委员。"

红色投票箱是锁着的，工作人员把钥匙交给闫九州，当众把锁打开，张洪英拉开投票箱的门，并把箱口朝下，证明里面没有其他任何东西，再把门合上，放回原地。

会议工作人员认真地把选票清点一遍，确认21张无误后，发放给委员，并作好发出表决票的记录。表决票实际只印21张，不会多出一张出来的，但是程序还得走。发出多少张，就要收回多少张，只能少，不能多，程序上很严谨。票多出来全部票都作废，意味着表决失败，就要推倒重来，另行印制选票。麻烦可就大了，这要算一次政治责任。

委员们拿到选票后，拿起笔认真填写着，画"○"或画"×"。谁也不知道谁填写的选票内容是什么，无记名投票也不会记录谁投的票。谁画"○"谁画"×"，心里早就有数，珍重自己的职务和责任。

铁木钗把票填好后，翻个面儿放在桌子上，谁也看不清里面填写的内容。她抬起头问道："票都填写好了吗？没有填写好的委员请举手。没人举手，都填写好了，投票正式开始。”

闫九州、张洪英的脸上丝毫看不出有什么表情，看起来很平静，拿着表决票走向投票箱，投下了自己神圣而又庄严的一票。投完票后，两人分别站在投票箱旁边，监督投票。

铁木钗及六位副主任手持表决票，依次走向红色投票箱，投下庄严而神圣的一票，又回到主席台上坐下，等待结果。

委员们按照个人意愿填写好表决票后，拿着表决票有序地径直走向投票箱，将填好的表决票投进投票箱，庄严地投下了自己心仪的一票。各自感受着别样心情，一张小小的表决票包含了太多感慨。

投票结束后，就要当场计票。闫九州、张洪英和赵直中共同启封开箱，清点表决票。清点结果若等于或少于所发表决票数，则为有效，多于所发表决票数，则为无效。清点表决票统计结果刚好21张，有效。表决票数量少，统计起来很方便，采取优选法，把画“○”的满票拿出来，再分别计算出每个提请任命画“×”的反对票，这种计票方法快节约时间。

统计结果很快出来了，赵直中在一张事先印有提请任命的统计表上填上统计结果，闫九州、张洪英经核对无误后，各自签上了自己的大名，报会议主持人铁木钗。

铁木钗神态自若地用淡然的目光迅速地扫视了一遍主席台下的与会者，语调平缓而庄严地宣布任职统计结果：“各位委员，发出表决票21张，收回21张，有效。现在我宣布县政府组成人员提请县人大常委会任命表决结果。秦新智任县政府办公室主任赞成票21票，反对票零票，弃权票零票；莫大来任县林业局局长赞成票21票，反对票零票，弃权票零票；上官禄霆任县交通局局长赞成票18票，反对票1票，弃权票2票；……吴保贵任县发改局局长赞成票4票，反对票15票，弃权票2票。宣读完毕。”

县长彭华刚提请的人事任免，结果秦新智等人顺利通过常委会的表决，唯有吴保贵赞成票未过半数，提请任命被否决，也就意味着吴保贵不能当发改局局长。

这得票多少，也能看出是对这批主任局长们的打分和期许。

这是一种极大的进步，这是一种极大的透明，这是一种极好的前景。

顿时，台上台下响起雷鸣般的掌声，掌声里有祝福、也有高兴，有惊奇，也有疑惑。

铁木钗沉着冷静，波澜不惊，更是无形于色。

从其他委员的脸上丝毫看不出什么。

等掌声停下来后，会场立时就变得安静了下来，铁木钗接着总结说道："各位委员，同志们，我们今天这次会议是十五届人大一次会后召开的第一次常委会会议，标志着新一届县人大常委会履行宪法和法律赋予职责的新的里程碑。经过大家的共同努力，本次会议圆满完成了各项预定议程，会议开得很成功。常委会全体组成人员时刻牢记神圣使命，依法履行神圣职责，恪尽职守，勤勉工作，不负县委的重托，不负全县人民的期望。刚才，会议审议和通过了《当之县人大常委会2007年工作要点》、《当之县人大常委会关于加强自身建设的决定》、《当之县人大常委会2007年议题计划》和《当之县人大常委会2007年度个性目标考核细则》。这次常委会会议依法做出了重要的人事任命决定，县人大常委会工作部门和县政府组成部门的负责人绝大数以全票或高票通过，这是全县政治生活中的一件大事，必将对全县经济社会发展产生重要影响。在此，我代表县人大常委会向他们表示热烈的祝贺。请敏锐达副主任通知在外候会的县政府组成部门的负责人进会议室开会，给他们颁发任命证书，请工作人员把座签摆放好。"

第二十六章　大错特错

敏锐达拿着刚刚通过的名单，走出会议室，乘电梯下到一楼，向在那里等候的政府组成部门负责人宣布名单："请下列同志到七楼会议室参加会议，秦新智、莫大来、上官禄霆、平强光、俅胜保……"

被念到名字的主任局长们脸上顿时大放异彩，像一个打了胜仗凯旋的将军，按捺不住怦怦跳动的心，咧着大大的笑容，精神抖擞地朝电梯口走去。陆续赶到会议室，各自找到自己的座签坐下来，个个表情严峻地盯着主席台。

一直未听到自己名字的吴保贵，一瞬间惊讶得张大了嘴，他的后背冒出了冷汗，脑袋里出现了瞬间的空白。非常郁闷地看着秦新智他们兴高采烈地走进了电梯，他呆如木鸡地站在原地，百思不得其解，人家都得到了顺利任命，就自己卡在这里了，"这是为什么呢?" 他无奈地苦笑着摇了摇头。

县长的提请任命被人大常委会否决，在当之县是有史以来第一次，说明人大常委会充分行使了作为最高权力机关的职责，也说明人大对民众关心的干部任命监督的力度正在加大。真正体现了人大对政府工作的监督，是对宪法和法律的尊重，也是对人民赋予其权力的尊重。

颁发任命书会议由敏锐达主持。他看到会议室秩序井然，会心地笑了。打开麦克风的开关，声音洪亮地说道："同志们，根据有关法律规定和县人民政府县长彭华刚的提请，今天下午县十五届人大常委会第一次会议经过讨论投票表决，依法任命了32名政府工作部门主要负责人。现我们隆重召开颁发任命书的大会，这是县人大常委会依法履行职责、强化对国家机关工作人员任免监督的一个重要形式。这样做的目的是通过颁发任命书这样一种形式，进一步激励和促进被任命人员增强责任意识和法律意识，鼓励和支持他们对自身从严要求、尽职尽责，更好地履职，在推动全县经济社会跨越式发展上做出积极的努力，做出应有的贡献。下面有四项议程：一是宣读县人大常委会任命决定；二是向被任命人员颁发任命书；三是被任命人员向国徽宣誓；四是县人大常委会党组书记、主任铁木钗同志讲话。下面我们进行会议的各项议程：首先进行第一项议程，请县人大常委会党组成员、副主任孙跃贵同志宣读当之县人大常委会任命决定。"

任命决定名单已放在孙跃贵面前，他当即宣读道：

"当之县人大常委会决定任命名单

（2007年3月19日县十五届人大常委会第一次会议通过）

决定任命：

秦新智为当之县人民政府办公室主任；

莫大来为当之县林业局局长；

上官禄霆为当之县交通局局长；

岳江坪为当之县教育局局长；

俅胜保为当之县水利局局长；

罗大坤为当之县扶贫开发领导小组办公室主任

……

……

当之县人民代表大会常务委员会

2007年3月19日

宣读完毕。”

敏锐达接着宣读道：“下面进行第二项议程，为被任命人员颁发任命书。念到名字的同志请到主席台前来接受任命书。接受任命书后站在一旁不要走。我们用热烈的掌声欢迎铁木钗主任为被任命人员颁发任命书，首先请新任县政府办公室主任秦新智同志上台接受任命书。”

随着一阵掌声，秦新智从自己的位置上站起来，神采奕奕地走向主席台，恭敬地从铁木钗手中接过大红的任命书。

铁木钗伸出右手，紧紧握着秦新智的手说：“祝贺。”

秦新智的脸上已是一片阳光灿烂的笑容：“谢谢领导。”

敏锐达又念道：“请新任县林业局局长莫大来同志上台接受任命书。”

莫大来脸上的神态焕发有神，沐浴着委员们期待的眼神，沐浴着领导们鼓励的目光，激动地走向主席台，向全场深鞠躬表示感谢，然后慢慢转身向主席台又深深地鞠了一躬，才接过铁木钗递来的任命书。

铁木钗把任命书递给莫大来后，连忙伸出手来，亲切地握着莫大来的手，轻轻地笑着说道：“大来，好好干。”

莫大来读懂了铁木钗的眼神，信心十足地说道：“铁主任，请你放心。”

敏锐达一个一个地念被任命人员的名字，一个一个地走向主席台，神情庄重，依次从铁木钗手中接过任命书，一个一个精神饱满，笑逐颜开。向被任命人员颁发了任命书的议程完成后，进行了第三项议程，新一届当之县政府组成人员在国徽见证下宣誓就职。

32位新一届县政府组成人员集体走上主席台，面向庄严的国徽，举起右手，庄严地发出了自己的铮铮就职誓言：“本人就任当之县人民政府组成部门领导职务，我将严格遵守宪法和法律，坚持依法行政；认真贯彻落实科学发展观，恪尽职守，执政为民；求真务实，勤奋工作；秉公办事，清正廉洁；自觉接受县人大及其常委会和全县人民的监督，全心全意为人民服务，做人民满意的公务员，为实现当之跨越式发展而努力奋斗！”

宣誓仪式结束后，铁木钗作了讲话。

“各位委员，今天，县人大常委会紧接着召开这次会议，主要任务就是向被任命的同志颁发任命书，并通过这样一种方式，提高大家的人大意识、法律意识和公仆意识。颁发的任命书，不仅仅是你们履职的法律凭证，更是组织和人民交付给你们的沉甸甸的担子。其中蕴含着县委、县人大、县政府、县政协对你们的信任，凝聚着全县各族人民的厚望和重托，意味着你们各自所在部门的工作，又进入了一个新的起点新的阶段。在此，我谨代表县人大常委会，向获得任命的32名同志表示热烈的祝贺！”铁木钗在会上语重心长地指出，“被任命人员要勤奋学习，公正廉洁，克己奉公，勤勉敬业，一心为民，切实担当起责任，慎重用好权力，务必从严要求。自觉接受党的监督、人大监督和人民群众的监督，出色地完成党和人民委托的重任，做一名人民信赖的好公仆。希望受任命的每位同志不辜负党和人民的期望，大家一定会满怀信心地适应调整和重新任命的岗位，也相信一定会满怀信心地为推动当之经济社会发展而不断适应新形势，努力解决新问题，积极创造新经验，开创工作新局面，恪尽职守，努力工作，以新的精神风貌、新的思想理念、新的工作干劲，争创新的工作业绩。县人大常委会始终坚持在县委的领导下，按照‘围绕中心、服务大局、突出重点、讲求实效、促进发展’的工作要求，紧紧围绕全县工作大局和关系改革发展稳定的重大问题以及人民群众切身利益、社会普遍关注的热点难点问题，认真履行宪法和法律赋予的各项职权，与时俱进，开拓创新，锐意进取，扎实工作，使人大各项工作取得了新的成效，有力地发挥地方国家权力机关的重要作用，为推进全县民主法治进程，促进物质文明、政治文明、精神文明与和谐社会建设作出了积极的贡献。”

全部议程完成后，敏锐达总结说：“同志们，在大家的共同努力下，今天大会的各项议程已全部进行完毕。会议开得很好，也很圆满、很成功，会风反映作风，一个好的会风必将对我们做好工作起到很好的带动作用。……下面，我讲几点意见……今天的会议到此结束，散会。”

会上，县人大常委会还向被任命人员赠送了宪法、地方组织法和监督法单行本。

铁木钗笑眯眯地从主席台上走下来，就像将军检阅士兵那样，主动上前逐一和新任政府组成人员亲切握手，她一直面带和蔼的微笑，握到那个人，就亲切地喊着那个人的名字。

主任局长们面带微笑，眼睛始终看着铁木钗。握着铁木钗的手，亲热地喊道：“铁主任。”

这握手的礼节是有讲究的，和领导握手最好不要主动上去握，如果他们没伸手，你应该等待。领导伸出手来你再跟他握，不要太使劲，如果领导是女的，握到手指就好了。不要双手握，尤其对方是异性，除非对方双手跟你握。若是对方非常积极主动地先伸出手来，你一定要去回握，否则让对方感到窘迫，也显得你不懂礼仪。握手时，要与对方目光接触，面带笑容，目光接触显示你对别人的重视和兴趣，也表现了自信和坦然，同时还可以观察对方的表情。当你伸出手时，手掌和拇指应该有一个角度，一旦你的手与别人的手握在一起，你的四指与拇指都应该全部与对方的手握在一起。握手要有一定的力度，它表示了你坚定、有力的性格和热切的态度。没有力度的手就是“死鱼”式的手。但又不要握得太紧，好像要把对方的骨头捏碎。握手时间约为5秒，若少于5秒显得仓促，如果握得太久显得过于热情，尤其是男人握着女人的手，握得太久，会引起对方的防范之心。如果你的手容易出汗，千万要在握手前把汗擦干。

黯然坐在沙发上的吴保贵垂头丧气，情绪十分的低落，一直闷着没吱声，这回算是栽到家了，以后的日子怎么混得下去？仲国富给他倒的茶凉了也没啜一口，见到丁江峰，不像以前那样张狂了，鼻子一酸，差点眼泪掉下来。胆怯地喊了声：“丁书记。”

吴保贵的落选，一切都在丁江峰的意料之中，属于再正常不过的事，不觉得大惊小怪。

丁江峰狠狠地看了一眼吴保贵，吴保贵背后的汗毛瞬间就立了起来，第一次遭受到丁江峰冷漠的待遇，一时接受不了。

吴保贵脸上挂着僵硬的笑容，有点尴尬说道：“丁书记，我现怎么办？”

丁江峰心很烦，横他一眼说道：“凉拌（办）。”

吴保贵一听急了，沮丧着脸天真地说道：“发改局局长当不了，我还可以继续当我的建设局局长。”

就在此时手机响起了，丁江峰顺手拿起办公桌上的手机就接听，是麻炳林打来的：“丁书记，听说吴保贵人大没通过？”

丁江峰不露声色地说：“情况属实。”

麻炳林不满地说道：“那以后县委的公信力何在？我看人大是唯恐天下不乱。”

丁江峰心平气和地说道：“炳林同志，没有你说的那么严重。人大依法行使职权，他们并没有错。”

麻炳林在电话那头只“哦”了一声，就挂断了电话。

丁江峰把电话放回办公桌，听了吴保贵的话，不由火冒三丈，劈头盖脸地吼道：“你是弱智啊，把干部任用当成儿戏。你想到哪个局当局长，菜园门啊，想去就去。只要是到政府部门任正职，人大常委会照样通不过。”

吴保贵有些不明白地问道：“为什么呢？”

“你问我，我问谁？”丁江峰没好气地回答道。

“我没得哪个地方得罪铁木钗，他们这样整我，我想不通。”吴保贵不理解地望着丁江峰说。

“出了问题不要在别人身上找原因，要更多地在自己身上找缺点。当局者迷，旁观者清，你自我感觉良好，你知不知道县长提请任命你当发改局局长人大未获通过的原因？”

吴保贵怔了一下，摇摇头说道：“我不知道。”

丁江峰严肃认真地批评道：“你的为人处事太差，不尊重人，一点儿也不低调。总是仗着我这棵大树好乘凉，目空一切，谁也不放在眼里。殊不知再大的树桠覆盖的地方都有限，超出这个范围，太阳照样火辣辣的晒你。我虽是县委书记，在老百姓的心眼里却是最大的官，在中国官阶中还处于基层，权力也有限。县委通过了你的任命，人大不划圈圈也是枉然，这就是中国特色，这也是一种正常的现象。地方组织法规定：‘县级以上地方各级人民代表大会常务委会员决定本级人民政府秘书长、厅长、局长、主任、科长的任免。’2000年2月21日，广东省九届人大常委会举行第十六次会议，审议、表决机构改革后的省政府组成人员的任免。你晓得不晓得，表决的结果是，在提请任命的省政府组成人员中，省国土资源厅厅长和省对外贸易经济合作厅厅长人选，因没得到过半数‘赞成’票而未获通过。广东省人大常委会主任朱森林面对记者采访时说：人大常委会依法行使对国家工作人员的任免权，对政府组成人员的任免进行表决，‘不能获得半数赞成的就不能通过，这完全是正常的。’《人民日报》专门发了消息。你好生反省反省，总结经验教训。”

吴保贵大感不平，心中一股怨气，铁木钗若继续在当之当人大主任，我吴保贵将永无出头之日，咱来个破罐子破摔，好汉怕“光棍”，“光棍”怕“净棍”，“净棍”怕“烂棍”。人不求人一般大，粗声大气地说道：“这个铁木钗太可恶了，我要找她评理去。”

丁江峰猛然怒喝道：“你脑子进水了是不是，还嫌添乱不够，铁木钗怎么啦？她是一个好领导，深明大义的人。人大是在行使权力，任何人没掺杂一丝儿私情。你要多加强学习，在修身养德上下功夫。品德是做人之本，正心为先，修身为要。要耐得住寂寞，守得住清贫，顶得住诱惑，管得住小节。什么事都由着自己的性子来，那你就大错特错了。”

吴保贵好像大彻大悟，脑袋像鸡啄米似地点着头说：“多谢丁书记指点迷津，我一定铭记在心。”

丁江峰说道：“你在建设污水处理厂的事情，在社会上反应很大。上次我给你说了，手莫伸，伸手要被捉，夜路走多了也会碰到鬼。”

其实吴保贵心里却是虚飘飘的，表面上显得理直气壮地说：“书记，你不要听信他们的谣传，哪有这回事。有人诬陷我，我是清白的。钟老板几次送钱，都被我退回去了。我敢用党性担保，吴某人历来行得稳，坐得正，身正不怕影子斜，夜半敲门心不惊。”

丁江峰沉吟了一下说：“一个干部的清正廉洁不需要豪言壮语，我再提醒你一次，如果收了人家的钱，不管收多收少，赶紧退还人家，或把钱打到县纪委的廉政账号上去。亡羊补牢，为时不晚。不要执迷不悟，不要存任何侥幸心理。到时谁也救不了你，是灯蛾扑火自取灭亡。”

吴保贵硬着头皮说：“丁书记，你一千个放心，一万个放心，我真的没拿人家的钱。”

丁江峰觉得吴保贵口口声声说“放心”，越是觉得不“放心”。从那闪闪烁烁的眼神中看到他好像有事瞒着，背后必然隐藏着一些更深层次的问题，那就是吴保贵的确有重大经济犯罪嫌疑，一意孤行是一个非常危险的人物。

吴保贵觉得再待下去也没得意思，起身告辞了。

丁江峰望着走出办公室去的吴保贵背影，无奈地摇了摇头，这个吴保贵迟早要出问题。他深深地反思了到当之来和吴保贵的接触，开始认为吴保贵有能力，也有魄力。随着时间的推移，慢慢地狐狸露出了尾巴。且不说受贿有没有腐败问题，单单从人品来讲就值得质疑。当时出于同学的情谊，抹不下情面，有时也迁就了吴保贵的虚荣，谁知道他拉虎皮作大旗。过分的迁就等于纵容，对错误行为不加制止而任其发展，害了一个干部的成长。作为县委书记，面临的情况是多方面的，面临的矛盾是复杂多变的，必须坚持冷静观察，沉着应对，不能被情所累。办公室里没其他人了，微闭着眼，立刻四肢伸展，重重地靠在老板椅上长长地出了一口气，顿感浑身舒适了很多，劳累大为减少。这时，手机很不适宜地响了起来，他极不情愿地直起身，慢慢地拿起手机瞟了一眼屏幕上的号码，是俅胜保打来的。丁江峰已明白俅胜保打来电话的用意，迟疑了一下，缓缓问道："喂，胜保啊，有什么事？"

俅胜保在电话中好像很愤愤不平地说道："丁书记，到底是什么意思？"

丁江峰明知故问道："什么什么意思？"

俅胜保为吴保贵鸣不平："县委研究的干部，人大公然与县委作对，这铁木钗眼里还有你丁书记吗？"

俅胜保不看场合掺和了进来，丁江峰很生气，说起话来根本不给情面："你瞎掺和什么啊，你以为你是谁啊，人事问题关你什么事？你那么着急。不要在那里胡说八道，不要上纲上线，人大也是在严格依法办事。"

俅胜保没听出丁江峰话中的火药味，还在絮絮叨叨地说："我就是不服，吴保贵他为什么不能当发改局局长。"

丁江峰眼睛一瞪，更是火冒三丈，在电话里训斥道："你在那里吼什么吼，给我放规矩点，乱放炮是要付出代价的。别以为人大任命你了，你就可以高枕无忧了，当心他们随时'洗'你的'帽子'。你为官不为，照样把你的官帽摘下。"

"洗帽子"是人大对政府组成部门各位局长进行述职测评。通过这种形式，使人大可以加大监督力度。对测评不过关的，将向县委提出免职建议。这一招也是有杀伤力的，"不满意"超过三分之二，县委也会考虑组织处理的。

俅胜保硬是不服气地说："以前就没出现过这种情况，他们人大不讲政治，不顾全大局……”

丁江峰顿时把脸一沉，不想让这样无休止的纠缠再继续下去了，说话稍有不慎，就会被别人所利用，用鄙视的眼神望着天花板，刻薄地说道："你给我闭上你的臭嘴，不要再来添乱，更不要来挑拨领导之间的关系。如果你不想当局长的话，你也可以写辞职报告。”

丁书记今天怎么啦？发起火爆子脾气来叫人无地自容。俫胜保呆呆地再也无话可说，就知趣地把电话挂了。

第二十七章　贪官落马

铁木钗从会场里出来看看时间还早，叫上王广实，回到自己办公室。她向王广实面授机宜："你赶快起草一份向县委汇报吴保贵没有通过任命的说明，下午我要去向丁书记汇报。篇幅不要长，言简意赅，说明清楚就行。"

王广实心领神会，略一思索，把要写的内容打了个腹稿，简明扼要地说了出来。

铁木钗十分满意，只对个别地方稍稍作了补充，嘱咐道："抓紧时间写出来。写好后，先请敏锐达主任看看。"

王广实充满信心地说道："我马上去写，下午上班之前交给你。中午我就喊个盒饭，不和委员们一起去吃了。"这样重要的材料，他要亲自执笔，其他的人把握不住分寸，修改花费的时间大，与其说花大量精力修改，不如自己一手下来得快。时效性不强的简报文件可以让其他人动动笔倒可以。

铁木钗礼贤下士地说道："辛苦你了，广实。"

王广实冲着铁木钗笑了笑说道："没事的，铁主任。"说罢，起身告辞。

放在桌上的手机振动起来，铁木钗拿来一看，是匡达明打来的，她便拿着手机接听说：“喂。匡主席，你在哪里啊？”

匡达明说：“我在市里开会，刚才接到消息，吴保贵的发改局局长你们真的没有任命？”

铁木钗说：“他得赞成票4票，离过半还差一截哩。”

匡达明打趣地说道：“好啊，铁主任，十五届人大常委会第一次会议开得圆满成功，我谨代表我个人向你们表示热烈的祝贺。”

铁木钗也用着调笑的语气说道：“祝什么贺，我们人大捅出大娄子了。哪像你们政协，天不得罪，地不得罪，好好先生从不得罪人。美其名曰：政治协商。”

匡达明开心地说道：“这充分说明你们人大常委会委员政治素质高，明辨是非能力强，敢把根深蒂固的吴保贵拉下马，需要有胆识和魄力啊。哪像我们政协是个空架子，参政议政，无非是把一帮人组织起来听我讲讲话，过过嘴瘾。有人戏说政协就是两味药，甘草和白芍。”

这里“甘草”的“草”与“白芍”的“芍”是谐音，“草”为“吵”，“芍”为“说”，“甘草”就是“干吵”，“白芍”就是“白说”。暗喻政协委员没有多大权力，政协委员提案是“干吵”，政协委员发言是“白说”。

铁木钗听后毫不示弱地说道：“你不要把自己看低了，人民政协的职能是政治协商、民主监督、参政议政，是重要的爱国统一战线组织，是多党合作和政治协商的重要机构。你看，政协多么重要啊。”

匡达明漠然一笑道：“人民政协不是国家机关，更不是权力机关，它不能行使国家职能，不行使国家权力，只是一种人民民主形式和协商机构组织。呵呵，不说了，不说了，我的肚子在吵架了。”

铁木钗也笑着说：“我的肚子也在闹革命了。”说完，把手机从震动状态恢复到之前的来电响铃正常状态，万一有人打来电话听不到误大事。随后把手机放进手袋里，她把窗子关上，拉上窗帘，提起手袋正准备下班，还没走出办公室，放在手袋里的手机突然又铃声大作起来。掏出来一看，竟然是莫大来打来的。“喂，大来。”

莫大来在电话里兴奋地说：“铁主任，我太高兴了。”

铁木钗发出清脆的笑，乐不可支地说道：“你从任职的‘死亡’线上挣扎过来，这是不幸中的万幸，你当然高兴，还可大贺特贺。”

莫大来喜不自禁地说道：“我不是那个意思，我的意思是吴保贵未能任命，大快人心。这才值得大贺特贺。”

铁木钗开玩笑地说：“你莫要落井下石，幸灾乐祸，我还不晓得如何向丁书记交差呢。”

莫大来信心百倍地说道：“困难吓不倒铁主任，凭你的胆识和智慧完全可以向丁书记有个交代的。”

铁木钗会意地笑了，随即又不无警示地说道：“你莫大来什么时候学得花皮料嘴了？莫要再说了，当心隔墙有耳，惹火烧身。”

莫大来笑着低声说道：“好好好，我不说了，不说了，一切听从铁主任的。”

铁木钗看看时间，中午十二点半了，已经过了中午下班时间。由于事物的不确定性，时间也就由不得自己来支配了，生物钟常被打乱，休息也就不佳。许多人即使没得病，也是处于“亚健康”状态，时下许多领导干部普遍存在心理压力，积劳成疾，英年早逝，令人沉痛和惋惜。她陪委员们到餐馆吃了饭后，没有回家休息，时间也不允许她回家。回到办公室，自己一个人安安静静地坐在椅子上小睡一会儿，来缓解工作的紧张，大概半小时从朦胧中醒来，快到下午上班时间了。王广实把几经修改的报告拿给她审，她从头到至尾看了一遍，取出笔直接在文件处理签上写下：“同意印发，铁木钗”七个字。

王广实很快把文件印制好，拿一份交给铁木钗。铁木钗叫王广实给仲国富打电话，问丁江峰在不在办公室，她不想真接打丁江峰的电话，怕丁江峰在气头上，给她吃个闭门羹，就是再大的领导有时也会有耍小孩脾气的时候。仲国富说丁江峰在办公室，好像没有其他人。

铁木钗来到丁江峰的办公室，丁江峰正在看文件。她把报告取出来放在丁江峰的面前，凝神静气地说道："丁书记，我向你汇报一下关于吴保贵未能任命的情况。"

丁江峰脸色温温和和的，见到铁木钗到来，很是热情地招呼铁木钗坐下，似乎没发生什么事情，真真出乎铁木钗的意料。说实话，丁江峰意识到自己走错了一步棋。常言讲，走错一步棋，满盘都是输，开错一代亲，延坏九代人。这就是在常委会上研究干部时，铁木钗对吴保贵提出异议时，不应该趁铁木钗上卫生间之际强行通过。就算铁木钗反对，也应说服她，和她沟通。求得铁木钗的理解和支持，尊重铁木钗的意见，然后才能提请人大表决。

长期以来，很多地方却形成了弱势人大的现象，人事任命、财政决策、法律规章由政府部门包办，地方的人大不但没有发挥有效的监督作用，人大反而成了陪衬，甚至变成了"花瓶"，只见有人举手赞成，鲜见有人站起反对。难怪有人戏谑说，当人大代表最容易，只需举举手只要张张口。丁江峰翻阅着报告，尽量以更平和的语气说道："报告上写得有了，就不用说了。吴保贵是自取其咎，怨不得别人。"

铁木钗感觉得出来，丁江峰说的话是发自内心的。虽如此，她还是按自己的逻辑思维说了出来："县人大常委会组成人员认为，吴保贵的提请任命未获通过有这样几个原因。一是吴保贵有人举报他有重大的经济犯罪嫌疑，在未调查清楚以前，我们要慎重，不允许干部'带病上岗'；二是吴保贵不熟悉发改工作，加上工作作风漂浮，发改局是个形象部门，稍有不慎，就会影响当之的跨越发展；三是在吴保贵身上还存在一些'只唯上不唯下'的奢华不实之风。"

吴保贵有没有经济问题，丁江峰心里也是悬吊吊的没把握。话不能说死，表面上也要做个样子，他慢条斯理地说道：“你们一直认为他有经济问题，一定要有真凭实据，不可捕风捉影，对一个干部要负责。至于他不熟悉发改工作，完全可以学嘛，只有学而知之，哪有会而知之。”

铁木钗襟怀坦白地说道：“从我们掌握的情况来看，吴保贵有经济问题八九不离十。纪检监察部门未核实之前，我们暂缓任命是明智的选择。等纪检监察部门得出结论没有问题后，我们再给予任命。既是对组织负责，也是对吴保贵同志负责。”

丁江峰心里充满着矛盾，叫纪检监察部门去核实，万一查出问题怎么办？不让纪检监察部门去查，难以说服铁木钗，人大这一关难通过。他无奈地笑笑说：“我问过吴保贵多次，他说他是清白的，没得经济问题。”

“当事人不可能说自己有经济问题。”铁木钗觉察到丁江峰陷入了“情潭”，这个“情”不是“婚外情”的“情”，也不是“爱情”的“情”，而是“情谊”的“情”，“友情”的“情”。每个人都有七情六欲，官员也不例外。她深深地看了丁江峰一眼说道：“丁书记，吴保贵已经陷入泥潭，越陷越深，难以自拔。”

吴保贵是否有经济问题他丁江峰也不能打包票，如果吴保贵真有经济问题，硬坚持说他没有，万一哪一天纪检监察部门查出他涉嫌受贿，自己落得个包庇的罪名，我丁江峰一身清白将毁于一旦。作为同学校友，也做到了仁至义尽，作为县委书记也尽最大的努力了。“唉——！”一声叹息，道出丁江峰内心的万般无奈。

然而就在这时，铁木钗忽然听到手袋里的手机响了起来。她掏出手机看了眼，不由一愣，原来是吴保贵打来的，心里突然升起了丝丝不悦，本不想接，犹豫片刻，想到自己是县领导，领导要大人大量，胸怀宽广，不要小鼻子小眼睛。胸怀是一个领导干部成就事业的重要条件。古代的宰相之所以雄才大略、经天纬地，很重要的一点就是“宰相肚里能撑船”，有宽广的胸怀。有大胸怀的人才能有大气魄，才能成就大事业。有宽广的胸怀，才能够容得下事，容得下言，容得下人。再说，不能在丁江峰面前表现出丝毫的失态，否则传出去将会被人看不起。她的手机里存有吴保贵的电话号码，嘴上却明知故问道："喂，哪个？"

"铁主任，我是吴保贵，你在办公室吗？"电话那头传来了吴保贵低沉的声音。

"我不在办公室。"铁木钗不冷不热地回答道。

"我想给你汇报一下思想工作。"吴保贵提出要求说。

"我现在不得空。"铁木钗微微皱起眉头，直接婉转地拒绝了。

"给我个机会嘛。"吴保贵几乎哀求了。

"我真的不得空。"铁木钗不想见他。

"晚上我请你吃饭，在当之国际大酒店。铁主任一定要赏光噢。"吴保贵似乎见不着铁木钗，不到黄河心不死，是想设下一个饭局请铁木钗来赴宴，再在饭桌上沟通沟通，为以后当局长铺平道路。

黄鼠狼给鸡拜年准没安什么好心，铁木钗像蛐蛐吃萤火虫——心里明白得很，这饭局是鸿门宴，当然不能去。脸色不愉，赶紧搪塞道："啊，谢谢吴局长的好意，晚上我有个应酬，不得来。"

"这……啊，改天吧。"吴保贵心里不是个滋味地说道，他知趣地挂断了电话。

铁木钗恰到好处地笑了笑说："丁书记，我汇报完了，有点事，我先走了。"

丁江峰很平静地说道："你走吧，若有什么事情，我会和你商量。"

铁木钗坦然地站起来，提着手袋，一步一步地径自走出了办公室。望着铁木钗的背影，丁江峰却有点儿发怔了。他张张嘴，似乎还想说点什么。铁木钗前脚走出门，朱昆仑后脚就火急火燎地迈进了办公室。还没坐下就急不可待说道："丁书记，我有紧急情况向你汇报。"

丁江峰身体往前一倾，抬着右手往前一指，招呼道："坐下，慢慢说。"

朱昆仑坐下，皱紧眉头瞧了丁江峰一眼，支支吾吾地说道："吴保贵他、他出事了。"

丁江峰伸长脖子，眼中流露出渴望知道下文的目光，神态严峻地问道："出什么事？"

朱昆仑鼓足勇气说道："吴保贵在污水处理厂建设上受贿75万元。牛老板先后五次给他的。"

丁江峰急急地说道："赶快叫他把钱退还给牛老板。"

朱昆仑苦闷地摇摇头叹息着说道："来不及了，牛老板他被抓了。"

丁江峰垮起个脸责问道："你为什么不早点来说？"

朱昆仑很委屈地说道："这是市检察院办的案子，我刚才晓得。牛老板在江山县承建的污水处理厂出了质量问题，有人实名举报，牛老板被市检察院带走了，把吴保贵扯出来了。"

丁江峰又问道："还有没有补救措施？"

朱昆仑欠了欠身子，一脸惋惜地说道："没有了，市检察院说今天必须带走人，已经来了两个检察官在县检察院等候，而且是异地关押审讯，我们根本插不上手。"

丁江峰靠在椅子上，双手自然放在大腿上面，眼睛看着天花板，这真是应验了铁木钗的话。他面无表情地说道："你们按法律规定办吧。"

第二十八章　尽找麻烦

市招商局副局长国宝厚被市委派到当之县当扶贫工作队队长，任当之县委常委，挂职当之县副县长。他到当之县的第三天参加了全县招商引资工作会。招商引资是推动发展的重要途径，是推进工业新型化、农业现代化、市域城镇化、城乡生态化建设，实现转型跨越发展的重大举措，是一项具有深远影响并引领全局的重要工作，是转型跨越发展的重要抓手。会议的规模很大，在家的县四大班子领导、全县36个乡镇党委书记乡镇长、分管招商引资的副乡镇长、乡镇招商引资办主任、县直部门的党组书记和局长参加，县委办通知，一律不准代会缺会，有特殊情况不得参会的，必须给丁江峰书记请假。

招商引资工作会是当之县委召开的一个重要会议，坐在主席台上的领导仍然是县委常委、人大主任、政协主席，唯一感到特别的是左边最挨边的位子上多了一副陌生面孔。会议由丁江峰主持，他捧起茶杯，啜一口茶，扫视一眼主席台下黑压压的人群，基本没有缺会的，换届后领导干部精神面貌焕然一新，工作作风有效改善，会风进一步明显好转了，心里感到十分欣慰，语气平和地说道："同志们，"丁江峰的话一出口，本有些喧闹的会场，立即安静了下来。“在未开会以前，我向大家先介绍一位新任的领导，他是县委常委，副县长国宝厚同志，是来我县挂职的市招商局副局长，到当之来是专门负责招商引资的，让我们用热烈的掌声欢迎国宝厚同志到我们县来任职。”

会场上响起经久不息的掌声。

铁木钗坐在主席台，脸上带着笑意，跟着热烈地鼓起掌来。

天福州也跟着大家鼓起掌来，他明显感觉到今天的会风比以往任何一次全县性工作会会议好。首先主席台上的变化就足以证明：主席台上就座的县领导人数由往年的30多个精简到县委常委和人大常委会主任和政协主席。县人大常委会副主任、县政府副县长、县政协副主席、法检两长都和会议代表一起坐在主席台下，简单朴素的会场直观地展示了新的会风。从会议议程看出，会议开得紧凑。县领导讲话只安排彭华刚县长一人讲，篇幅短了，内容更实了。

不像过去那样，书记滔滔不绝说了一大通，县长洋洋洒洒讲了一大串，分管副县长还要喋喋不休地没完没了。领导们说的内容千篇一律，大同小异，泛泛而谈，枯燥乏味，你说上几点要提高认识，统一思想，我强调几点要明确目标，强化措施，他补充几点要加强领导、严格责任。白白地耽搁了时间，实在不受欢迎，有的甚至令人生厌。

天福州坐在会场右侧的第四排，右侧是党群系列的，报社属于党群系列，天福州是以报社总编的身份参加会议，志品权代表宣传部参会，和县纪委、县委政法委、县委组织部的副书记副部长坐的是第二排，第三排坐的是县委统战部、工会、共青团、妇联，第四排是直属机关工委、老干局、文联、当之报社，第五排之后是科协、残联、计生协会、老年大学，县人大常委会各专委会主任、县政协各专委会主任等。

丁江峰微笑着等掌声停息后，接着说道：“今天会议的议程有三项：一是由县长彭华刚同志作报告，总结2006年招商引资工作，安排部署

2007年工作。二是表彰2006年度招商引资工作优秀单位和服务招商引资工作先进单位。三是姜奎同志宣读《县委关于2007年全县招商引资目标任务的通知》。四是华远胜与各乡镇和县直各部门签订2007年招商引资工作目标责任书。”

领导政务活动及会议新闻，历来是各级党报日常报道的重头戏。散会后，其他参会者优哉游哉地回到了温暖的家，罗丹凤却往办公室跑，顾不上喝口茶水，便敲打着键盘飞快地写起稿子来，编辑部还在等着这篇稿子，明天要见报，而且是头版头条。其他的版面全部排好，而且三审三校已完毕，《全县招商引资工作会召开》一上，就可从QQ上传到印刷厂了。

当记者的很辛苦，时间观念很强，让别人等待或等待别人都是一种浪费时间的现象。迅速、及时地报道新闻是新闻记者在报道新闻中必须坚持的基本要求。对那些时间性很强的新闻，要抢时间，争速度，最大限度地缩减新闻事实的发生与报道出去这两者之间的时间距离，这是新闻记者的责任，是新闻存活及构成新闻价值的重要条件，新闻“喜新厌旧”，是“易碎品”，报道慢了，就成了旧闻，相应就要“贬值”。

许多人对写新闻报道高深莫测，其实写会议消息只要小学文化程度就可以写，不到半小时，罗丹凤就写好了，她的准备工作做得扎实，事先从县委办和政府办把丁江峰的主持词和彭华刚的讲话稿的电子文档弄到手，在会场里准确无误地核实出席会议的领导，按照会议的议程，写时得心应手。

天福州一直待在办公室，等三校清样出来后，他仔仔细细地再审校一遍，特别是头版头条新闻，人名不能错，职务不能错，排位不能错。《全县招商引资工作会召开》的消息罗丹凤是这样写的：“3月22日，我县召开全县招商引资工作会议。会议回顾了2006年全县招商引资工作，分析了当前招商引资工作形势。会议要求全县各级各部门要真正走出去，招大商、引巨资。县委书记丁江峰，县委副书记、县长彭华刚，县人大常委会主任铁木钗，县政协主席匡达明，县委副书记姜奎，县委常委、常务副县长华远胜……县委常委、副县长国宝厚……县人大、县政府、县政协在家的领导出席会议。会议由丁江峰主持，彭华刚作招商引资工作报告。会议要求，全县上下必须树立长期作战思想，增强开放的自觉自信，进一步振奋精神、提升状态，再接再厉，突出工作重点，主攻关键环节，迅速掀起新一轮招商引资热潮，为转型跨越发展注入新的动力、提供强大支撑。……”

会议消息是所有新闻稿件中最容易写的一种。其格式固定，文章不长，不用更多采访，大量采用领导讲话，大段摘抄文件等会议材料，加上领导出席，是很难写出新意的。如在会议新闻中经常可以看到“指出、强调、总结、着重指出”之类的政治话语，还有诸如八股式的“隆重召开，胜利闭幕，关键的大会，胜利的大会”等。以至于有的学者把这些称为“报道的模式化、礼仪化”。有新闻专家提出跳出会议写新闻，那不过是理论上的说法，实际操作起来很难。天福州深有感触，他曾从领导职务改革入手，除县委书记、县长、人大常委会主任、政协主席、县委副书记标出职务外，其他的全部冠以“县领导某某某、某某某、某某某出席会议”。读者满意了，领导们不干了，一个个到报社来“兴师问罪”：“你们什么时候把我的职务免了？”

“你们不讲政治，要很好地反思一下。”

不要小看这职务，学问大着哩，虚职实职都是领导身份的象征。

天福州哭笑不得。他心有不甘地“得罪”读者，也不愿让领导不高兴。“得罪”读者遭骂名，不高兴也是算了，领导不高兴日子就难混下去。

有时越是怕鬼，鬼越是找上门来。天福州做梦也预料不到，不久之后《当之报》上有关国宝厚的新闻会给他惹来了大麻烦。

在县十五届人大常委会第二次会议上，其他的议题审议并表决通过后，剩下的一个议题是审议和通过人事任命，关于国宝厚的任职。虽是挂职，程序还得走。铁木钗环视了一下主席台下的委员说道：“各位委员，请对当之县人民政府县长常务副县长华远胜的《关于提请对国宝厚同志职务任职的议案》进行审议。请大家畅所欲言,发表意见。”

上级下派公务员到基层担任有关领导职务,或者各省、市、自治区之间相互派公务员到对方任职,任职期满后基本就回到原单位,这种现象人们称为“挂职”。国宝厚挂职不占当之副县长的职数,只要通过法律程序成为副县长,就是名副其实的副县长,与其他非挂职副县长无任何区别,享受副县长分工的权利。

对一个来挂职的副县长有什么意见?挂职期一年,挂职期满职务自然免除。你说没得意见,偏偏有人跳出来有意见。首先发难的是徐夏强,他眉头凝得紧紧的,好像借了他的白米还了他的糠壳,脸上露出一丝冷笑:“人家《当之报》就已经任命了,还要我们在这里划什么圈。”

冷灰里爆出热栗子,那信锋、闫九州、张洪英、温丞明莫名其妙,面面相觑,想从徐夏强脸上找出答案。

许卫华带着怨气地说道:“这个天福州根本不把我们人大放在眼里,他认为他名气大,本事大,随心所欲,目无法规。”

熊春玲慢悠悠地说道:“最近我看《当之报》,有关国宝厚的报道全是假新闻。我们什么时候任命他当副县长啦?睁起眼睛说瞎话。”

那信锋觉得氛围有点儿不对,原本是任命国宝厚为副县长的议案,却变成了声讨批判天福州的议题,这是一个导向,要站出来说句话,不能再纠缠天福州了。国宝厚的任命出了问题,市委要追究责任的。

闫九州、张洪英、温丞明听出一点眉目,认为这些人大副主任们是小题大做,报纸上国宝厚出现个副县长的职务,也不必大惊小怪。隐隐约约记得在几次会议上,丁书记都是这样介绍的。消息源如果不是领导们那儿来,送天福州一百个豹子胆他也不敢乱来。

孙跃贵持不同意见:“我们先不要去研究天福州如何如何,不要把会议的主题搞错,是要对国宝厚进行任命。”

敏锐达认为孙跃贵说得有道理，赶紧附和道："孙主任说得好，要体现市委的意图，对国宝厚进行任命。"

徐夏强脸上似乎有着不服之气，找出依据说道："报纸上白纸黑字写得清清楚楚，不是我冤枉他们的。就拿3月23日《当之报》头版头条《全县招商引资工作会议》消息来说，就出现了'县委常委、副县长国宝厚'字样。还有几篇消息，我记不清日期，都出现'县委常委、副县长国宝厚'。"

孙跃贵又态度明确地说道："这只能说是常识问题，不是重大的原则问题，对国宝厚的任命可以表决通过。"

见时机成熟，那信锋说话了："我个人认为，对国宝厚同志的任命有什么意见没，如没有，我们就表决，如有就应该提出来。不要和新闻报道混为一谈，冲淡主题。"

闫九州、张洪英、温丞明好像商量好了似的，异口同声地说："没有意见。"

徐夏强坦然地说道："对国宝厚同志我没什么意见。"

铁木钗心里也很郁闷，这个天福州尽给她找麻烦。上次为排位天福州狡辩占了上风，看你这次怎么解释？对国宝厚的任命绝对不能出差错，如有个一差二误，那她的政治生涯已到头了。连个挂职的副县长就通不过，你这个人大常委会主任是如何当的？再不加以引导，真的怕影响国宝厚的任命。为了稳定大家的情绪，她带着浓厚的感情色彩说道："各位委员，刚才大家提出了很好的意见，国宝厚同志到我们县来挂职，是来帮助我们脱贫致富发展经济的。他是一个好同志，我们表示热烈的欢迎。《当之报》的失误，我们不能容忍，散会后要天福州给我们一个说法，并建议县委给他一个处分。不能因为一篇错误的报道来影响我们的任命，这是两码事。"

敏锐达由衷地说道："铁主任讲得有道理，我们的议题是任命国宝厚，不是来讨论《当之报》的失误和天福州的过错，主题要搞清楚。至于天福州的事情，铁主任会找天福州的。"

那信锋遥相呼应地说道:“我赞同铁主任和敏主任的意见,先把国宝厚任命了,再去找天福州论理。”

许卫华为自己刚才的冲动有些不好意思,立即表态道:“我同意任命国宝厚为当之县副县长。”

熊春玲好像恍然大悟一般,深深吸了一口气说道:“对国宝厚没什么意见。”

铁木钗切入正题:“如没什么意见,下面我们就投票表决。请监票人、计票人清点到会常委会组成人员数。”

监票人、计票人沿袭县十五届人大常委会第一次会议的人员,监票人仍然由闫九州、张洪英同志担任,计票人由赵直中同志担任。闫九州、张洪英、赵直中重新清点核实一遍委员人员,把结果报告给铁木钗。

铁木钗说:“各位委员,应到委员21人,因病因事请假2人,实到委员19人,符合法定人数,可以投票表决。请工作人员把票发放给大家。注意不要填错,在‘拟任职务’后面‘赞成’一栏里你同意就画‘○’,‘不赞成’一栏里你不同意就画‘×’。弃权的什么都不画。投票顺序由监票人先投,然后是主席台的人员,最后是委员。”

国宝厚的任命没有悬念,通过审议表决,全票当选为当之县人民政府副县长。

看到投票结果,铁木钗心里悬着的一块石头总算落了地,她感到轻松多了,因为任命成功。挂职的副县长差一票就是一种失职。

“国宝厚同志满票当选为当之县人民政府副县长,充分体现了县人大常委会全体组成人员的支持和信任。国宝厚同志有着丰富的工作经验和先进的思路、理念,希望并相信在今后的工作中,能够充分施展才能,发挥才智,为当之县域经济发展做出积极贡献。”铁木钗强调说,“国宝厚同志挂职时间为一年,挂职期满后,所挂任职务自然免除。”

第二十九章　据理力争

今天难得一个好天色，午后的阳光便显得娇媚可爱，这也是入春以来最温暖的一天了。

天福州蓄满了满心的欢喜，让沉闷的心情变得愉快了。他走到自己的办公室门口的时候，发现门前搁着一大堆报刊，还没到上班时间，邮递员早早地送报纸来了。弯下腰从地上把报刊拿起，夹在左手腋下窝。右手从裤袢上取下钥匙，哗啦啦挑出一把插进锁孔里，顺时针旋转一圈，门就打开了。走进办公室，把报刊放在办公桌上，端起水杯到饮水机前倒了满满一杯冷水，直到快溢出来了才关掉开关，然后咕咚咕咚的一口喝了干净，接着站在那里重重地呼出口气。在家出门上班前要喝一杯冷水，上班第一件事也是喝一杯冷水，这似乎已成了习惯。把空水杯又放回桌上，而后坐了下来，从报纸堆里翻出《武江日报》，这家报纸一版发了他一篇小言论，早上已从《武江日报》网络版中读到了。他取出红笔在文章的标题下写上报纸的名称、发表的年月日，几版，再用剪刀把这篇文章剪下，贴在一本专门收集他在全国各家报刊上发表文章的剪报本上，以便日后查阅。其实省报和人民日报在网上已粗略浏览了一遍，大概的内容都知道了，再看一遍没有新鲜感了，有几份文摘报还可以翻阅。

“福州”一个亲切的声音突然从门外飘进来。一般的人平时都是喊“天部”、“天总”或“天部长”、“天总编”，能够直呼其名而且只喊名不喊姓的人为数不多，在记忆中老婆是“福州”长“福州”短的，极少数县领导偶然这样喊过，同学们在一起也是喊全称“天福州”。

天福州从报纸上移过目光，忽地抬头看过来，有些不敢相信，县委副书记姜奎出现在门口。不由得心中一喜，受宠若惊地喊道：“姜书记，快请进。”立马站起来，大步流星地走过去，脸上绽出一丝灿烂的笑容，亲热地握着姜奎的双手。

“你又在写大作了？”姜奎随天福州进了办公室，语气极其温和地问道。

“我在看报纸充电。”待姜奎坐下后，天福州沏了一杯茶放在茶几上，“姜书记，请喝茶。”放好茶杯后，顺便在姜奎的旁边找了个空位子坐了下来。

“你的署名小言论写得不错嘛，形式灵活，有哲理性。像劝世文，又是励志文。每期的《当之报》我都要看，最有看点是你写的小言论，每篇都要剪下来收藏，我快要成为你的粉丝了。”姜奎发自内心地说道。

“姜书记，过奖了。那些涂鸦之作，登不了大雅之堂，像那菜市场的豆腐不值一提。”天福州悟透了官场，在领导面前一定要表现得谦虚一点，委婉一点，千万不敢逞能。即便取得一些成绩也不要沾沾自喜，得意忘形，小心驶得万年船。听到赞美声，就盲目骄傲、自鸣得意，其结果是可悲的。

“你太谦虚了，谦虚过度等于骄傲。”姜奎喝了一口茶说道，“小言论是报纸引导舆论、吸引读者的重要手段，小中见大，微言大义。引起读者思考，给人以启迪就很了不起了。”

“当报纸编辑，一要会编新闻，二要会写言论，这两个方面缺一不可。

不会写言论的编辑，不能视为合格的编辑。如果说新闻是瓜的话，那么，言论就是瓜儿连着的那根藤。在掌握正确的世界观和方法论的前提下，用一双‘慧眼’去看这个大千世界，让日常生活中发生的各种事情触动自己的写作灵感。要做到有感而发，必须多看、多读、多思。当然最重要的还是要勤写、多练。‘无病呻吟’式的言论不会有人爱读。”天福州很高兴地说道，心里的兴奋在脸上洋溢出来。

“天福州就是天福州，天福州就是不一样。说起写小言论来理论一套一套的，新闻与言论，就像一首歌里所唱的那样：‘瓜儿连着藤，藤儿连着瓜’，两者不可分离，是不是？”姜奎微笑着打趣说。

“姜书记的理论水平也很高嘛，我可不能在你的面前班门弄斧，还要请姜书记多提宝贝意见。”天福州很恭敬地说道。

姜奎赶忙收敛起脸上的笑意，认真严肃地说道：“意见倒没有，意思有一个。”

听到姜奎这么说，天福州不由得吃惊地瞪大眼睛，不解地问道：“什么意思？”

“就是这么个意思，你把人大铁木钗主任得罪了。”姜奎郑重其辞地说。

“我一向谨小慎微，得罪铁主任从何谈起，上次为领导排位已经向她说明了，我们已握手言欢，她又来算旧账？”天福州看着姜奎，见他说得郑重其事，丝毫不像是在开玩笑，便有点不安。

“不是旧账是新账，最近一段时间，你们在报道国宝厚的新闻中，称他是县委常委、副县长，有这么回事吗？”姜奎平静地问道。

“是有这回事情。”天福州诚挚地说。

“这就是了，铁主任给我说，他们人大都还没开常委会任命，你们却在报纸上先任命了。那天人大开常委会，委员们意见很大，差一点任命不成了。委员们说，《当之报》就任命了，还要我们来任命什么？后来铁主任做了一些工作，才把事情平息下去，顺利地任命了国宝厚的职务。”

“有这等严重？人大常委会的委员就是这等肚量？”原来是这么回事，天福州不屑地说。

“不仅是严重，而且是相当严重，铁主任给我建议，要县委给你和罗丹凤一个处分。”姜奎说。

“欲加之罪，何患无辞，这是她铁木钗公报私仇。”天福州说到这儿，激动了起来，顿时变了话语，不称“铁主任”而直称其名“铁木钗”，可见他愤怒之极，“人大的就爱较劲儿，一天无所事事。要处分首先从她铁木钗处分起，真是小题大做。”

“话可不能这么说，我们要从自身找原因，不能一味地总是去抱怨，责怪别人。”姜奎沉吟了一下说道，“人大是做了很多工作的，为当之的社会经济发展作出了贡献。你抽过时间，去给铁主任赔个礼，道个歉，把情况说个明白。”

“我没有错，我凭什么要向她去赔礼道歉？她走她的阳光道，我过我的独木桥，她当她的县领导，我当我的副部长总编。天边隔地边，云南隔四川，我们井水不犯河水。”天福州有股牛脾气。

“她是人大常委会主任，又当过县长，我都惹不起她。你去和她说说就掉了几斤肉啦？还经常写文章说什么《领导干部要放低身段》、《生气不如争气》、《常怀包容之心》啦教育别人。落在你的身上变成了说话的巨人，行动的矮子，就像脑后挂镜子，只照别人，不照自己。”姜奎愠恼地说。

“对国宝厚的报道我们没有错。在人大常委会未任命之前，我们的报纸包括电视台和网站，在职务上称国宝厚为‘县委常委、副县长’，这是丁江峰书记在大会小会都是这样介绍的，县委书记讲的话我们不信，去信谁的？”天福州据理力争地说，“丁书记在介绍时，铁主任并没有加以补充说明，那么她是默认的。既然她默认了，出了问题，她应该也要负一定责任。”

听了天福州的解释，姜奎点点头，心里稍稍松了口气。接过天福州的话说：“我知道你们是冤的，而且冤得出奇，丁书记在会上都是这样介绍的，我也在场，谁也不会站出来说丁书记你讲错了，国宝厚同志人大常委会还没任命呢。你是搞新闻的，应该比我懂。有些话说得写不得，写得登不得。比如说，你们平时口头上习惯于喊我喊‘姜书记’，某一天我参加某个会议，主持会议的人说：‘下面，请姜书记讲话。’真正的要在报纸登出来，‘姜书记’出席某某会议就会出重大的政治问题。一个道理，明明主持会议的人说错了，我不可能当场指出你说错了，我是县委副书记，不是书记，如此一来，将成为天大的政治笑话。所以，丁书记在会上说可以，但具体见报就要具体分析。明白我的意思吗？”

姜奎副书记不愧是县委领导，说的话思想高深，而且浑厚。高瞻远瞩，看问题看得远看得透彻。把个不轻易服输的天福州说得心服口服。天福州不好意思地拍了一下自己的脑门，嘿嘿的低头干笑两声说道：“姜书记，我明白了。”

“嗯，明白就好，我怕你犟起来九头牛就拉不回来。有必要去和铁主任沟通一下，她不给我说，我装着什么事情都没发生，她给我说了，我就得给你说，你就得听我的。”姜奎缓缓地拿起茶杯，轻轻地抿了一口清香润口的茶水，润润喉咙，清清爽子，平易近人地说道。

“请姜书记放心，我一定找个时间去向铁主任汇报思想工作。”天福州站起来端起姜奎的茶杯，又给茶杯里添了一点水。

“越快越好，宜早不宜迟。这事儿说大也大，说小也小。真要被别有用心的人夸大其词，就会导致责任追究。”姜奎担心地说。

“姜书记啊，你有所不知，新闻从业人员已经成为高危行业人员。记者往往需要面临复杂多变的采访环境，并承受巨大的心理压力。什么无冕之王，说得好听，那是骗人的。”天福州摇摇头叹息着说，“目前新闻记者位居世界十大危险行业的第三名，仅次于矿工和警察。记者面临三个高危：一是健康的高危，英年早逝的大有人在，我曾经看过一个统计数据说记者平均年龄仅为45岁左右。经常加班加点的工作，记者这样机动性很强的职业，基本没有规律工作的时间，说不定就要连续工作48个小时，不停地奔波让一些记者苦不堪言。二是政治的高危，某一位领导名字写错，领导顺序排错，或揭露社会丑恶，轻则受党纪政纪处分，重则跨省追捕记者，网上通缉记者。我经常给我们的记者说，好在丁书记、彭县长、姜书记包容，否则，十个天福州也不够处分。三是战争抢险的高危。据世界记者保护组织统计，记者因工作殉职、意外死亡、严重人身伤害、被绑架、被骚扰等情况时有发生。每年有100名左右的记者因公殉职。”

“我十分理解你们，行政中心每天晚上加班最多的是你们，其次是县委办和政府办的秘书。不过，你们也要注意休息，保重身体啊。”姜奎一脸关切，深有同感地说道。

“姜书记，我要给你提个意见。”天福州装出一副不好意思，鼓足勇气的样子摸了摸后脑勺才说出来似的。

“有什么意见，可以提嘛，”姜奎故意顿了顿，给天福州留出了思考的时间，才接着说道，“领导也不是完人，有很多不足的地方，有错误需要批评和监督。”

“你也要注意身体啊，五加二、白加黑、雨加晴没日没夜地工作，扎实的工作作风是有目共睹，有口皆碑的。金杯银杯不如老百姓的口碑，金奖银奖不如老百姓的夸奖。谁心里装着老百姓，老百姓就把他的功绩刻在碑上，永远记在心里。为群众办好事、办实事，老百姓是永远不会忘记的。”天福州发自肺腑地说。

“好的口碑，真的是胜过任何的奖杯。人家丁书记和彭县长比我还辛苦，他俩连双休日节假日都没回家，深入基层为民排忧解难办实事。沉下身子听取民声，放下架子问计于民。比起书记县长来，我逊色多了。”姜奎说完，站起来准备要走。

“等等，姜书记，”天福州赶紧挽留，神秘兮兮地说道，“还有一个科目。”

姜奎愣怔了一下，重新坐下，笑着问道：“搞得神秘兮兮的，还有什么科目？”

“你到我们报社来调研，高度重视新闻工作，我们要拍张照片拿到报上发表。再简单地向你汇报一下工作，我们报社准备派记者下乡开展‘记者乡村行’活动。”天福州非常有礼貌地笑了笑，揭开了谜底。他朝对门的办公室大声喊道，“罗丹凤，拿相机过来。”

“算了吧，我不是专程来调研。”姜奎自谦地说道，“你们开展‘记者乡村行’活动很好，记者就要接地气，多报道基层，多报道一线。”

“谢谢姜书记的鼓励。我们一定把‘记者乡村行’活动搞好，不辜负领导的期望。”天福州酝酿了一下情绪，话锋一转，直抒己见地说道：“新闻照片不只是具有新闻的价值，同时还具有历史资料和证据资料的价值，因为多年以后如果需要说明当时的情况，照片的证明比文字的解说更具有说服力，更能让人相信其真实性。”

罗丹凤脸上洋溢着春风般的微笑，手里端着相机兴冲冲地走进来，口里甜甜地喊道：“姜书记。”

姜奎向罗丹凤微微点头招呼道：“丹凤。”

天福州从报夹上取下一张《当之报》拿在手里，挨着姜奎坐下。两人全神贯注地看着报纸，天福州不时指指点点，姜奎表情自然，不像是故作，完全进入了角色。

罗丹凤“咔嚓”、“咔嚓”按下快门，从不同角度抓拍。搞新闻工作的人都有经验，拍摄新闻照片要多拍，一张不行，另一张还可以。拍摄领导最伤脑筋，稍不留意就要出现低着头，闭着眼，形象不佳，会出现导向性偏差，政治影响极其不好，属于严重失职，上升到政治事故。新闻图片和风景图片不一样，领导单人照必须在图片的正中间。有新闻图片专家总结出拍摄领导讲话的经验：（1）主题鲜明，取景内尽量无其他人；（2）面容清晰、表情柔和、正面镜头；（3）姿势优雅、能体现睿智一面最好；（4）不能选择表情不善、动作大开大合等照片。其中表情过于亲切也不能选，会有嬉皮笑脸与严肃会场违和之感。不要蹲着向上仰拍，不要斜拍，不要后拍；要正面拍，要近距离拍，要尽可能减少主要人物如领导、嘉宾或主讲人背后的杂物背景。胆子要大：拍摄时要大胆走到讲话者对面进行拍摄，正向面对讲话者，直到拍摄出满意照片为止。

天福州放下报纸，从罗丹凤手里接过相机不停地翻看，开心地说道："姜书记，你看，这几张不错。"随即把相机递到姜奎眼前。

姜奎伸过头，天福州一张一张地翻给他看。姜奎放下了县委副书记的架子，剥开平时官场上戴着的面具壳子，喜形于色地说道："这两张好，给我洗一张。丹凤，看不出你照相的技术蛮高超的嘛。"

得到县委副书记的赞扬，罗丹凤激动地搓着手，羞涩地笑道："姜书记过奖了，我还做得不够，请姜书记多多批评。"

"你们要多向天部长学习，他的新闻工作经验丰富。"姜奎站起来，微笑着说，"心我也谈了，调研也搞了，一打秋风二拜年，我要走了。"

天福州也跟着站起来，跟在姜奎身后，一直目送他从走廊出口的拐角处消失。返回办公室后，他拿起手机马上就给铁木钗打电话，耳机里传来一个冰冷的毫无感情色彩的女声提示："对不起，您所拨打的号码已关机。"他又不死心地再次重拨，还是提示关机的。他缓缓地放下电话，心里在揣测，为什么要关机？就算没电了领导们都会有备用电池，或随身携带充电器。唯一能够解释通的是在开会，从常理来讲这种可能性也小，开会领导们不是调成振动就是调成静音，一般的电话懒接得，直接捏掉，给对方的信息是"正在通话中"。了解行道的人就晓得领导在开会，不便拨打电话。是重要的非接不可的，领导会悄悄走出会场，再给对方打过去。

第三十章　下乡蹲点

天福州给铁木钗打电话的时候，铁木钗正在下乡的路上，她的手机确实是关机的，而且是有意关机的，她不想让纷繁的社会万象干扰影响她的工作。从政多年来的经验证明，深入基层调查研究，必须真正深入到乡镇农村、深入村组农户、走入田间地头，和群众拉家常，悉心倾听群众真实意见。不走马观花，不搞形式主义，带头解决实际问题，从领导干部做起，特别是县领导。做到与群众心连心，从而达到听真话、察实情、解民意的目的。她最反感的是下基层一大批人陪同形式主义的做法，走马观花，浮光掠影，蜻蜓点水，流于形式，只做表面文章。习惯早打招呼，让地方和基层早做准备，车马未行，调子先定。带着事先拟订的框框调调，捕风捉影。开座谈会要求基层干部和群众顺竿爬，反对不同意见。即便去了，也是行色匆匆，做个样子，像一片浮萍漂浮在水面，随波逐流。坐在车上转一转，隔着玻璃看一看，往往给群众留下高高在上、难以接近的不好印象。把调研变成作秀的平台，打几句官腔，摆几个造型，握几下手，还是那句老话，追求报纸上有名，电视中有影，广播里有声，营造政绩，包装形象。有的打着调研的幌子，下基层搞吃喝玩乐一条龙免费游，风景名胜之地必是这些领导“调研”经常光顾之处。或钓鱼，或观赏，陶醉尽兴之余，拍拍基层干部肩膀，说几句鼓励的话，然后钻进小车，带着当地进贡的土特产等“调研成果”，绝尘而去。“下基层”变成“吓基层”、“乱基层”。

铁木钗经过几天的深思熟虑，决定下乡去蹲几天，正宗地和群众同吃同住同劳动。成天待在办公室里也不成体统，看到的材料变了味水分含量高，可信度不大，听到的大都是阿谀奉承之声，得不到真实的情况，这是很危险的。唯有亲自沉下身子到农村去调研，这样才能听到群众真实的声音，了解很多真实的东西。她把王广实叫来办公室，将自己的想法告诉了他。

王广实不由哦了一声，疑惑不解地说道：“铁主任，下去走一圈，找几个人坐一坐，谈一谈就行了，何必去住几天哩。”

铁木钗想了想，然后很郑重地对王广实说道：“干部下乡一直是我党密切联系群众的法宝。现在经济高速发展，交通、通讯更加便捷，但干部与群众却疏远了。事实上，从中央到地方，重塑干群‘鱼水情’已成当务之急。如今，农村依旧是‘一个广阔的天地’，可以‘大有作为’，‘让农民尽快富起来’成为经济实现包容性增长的关键。我不下去住几天，得不到老百姓的真实情况。时下一些领导干部就犯了一个致命的官僚主义不良风气错误，喜欢把深入基层调研，简单地等同于去开座谈会，于是在座谈会上，就会有人编了一套领导爱听的话，搬出一套领导爱看的数据。问清楚有关问题，就打道回府。可想而知，这样的调查研究有其名，无其实，甚至影响正确决策。”

“咱们县里还没有哪个领导开这个先例，”王广实说到这里，微微顿了顿，然后接着说道，“这样做会不会引来非议，别人说你出风头作秀。”

“转变工作作风，说起来容易行起来难。隔岸观火光吆喝，卷起袖子不带头、作风转变成作秀等，一度是人们最担心出现的问题。”铁木钗脸色凝重地说道，“我们要突破墨守成规的思想，树立开拓创新的意识。摒除凭经验办事、按传统模式办事的惯性思维，走出惯性思维的‘峡谷’、冲破陈旧观念的‘大山’，做到眼界宽、思路宽、胸襟宽。做敢于第一个吃螃蟹的人，我们走我们的路，让他人随意去说吧。”

王广实仍然固执己见地说道：“乡下的条件差，晚上蚊子多，我担心你身体吃不消。”

铁木钗抬起头笑着说：“你和我都来自农村，是在与蚊蝇‘殊死搏斗’中长大的，不要忘本啊。走到百姓中去，与百姓不分彼此，与百姓同吃同住同劳动，沉下心去观察、体会农民‘面朝黄土背朝天’、‘日出而作日落而息’的生产、生活现状，真正成为百姓的贴心人。河南内乡县县衙的三堂前，悬挂着康熙十九年由内乡知县高以永撰写的对联，‘吃百姓之饭，穿百姓之衣，莫道百姓可欺，自己也是百姓；得一官不荣，失一官不辱，勿说一官无用，地方全靠一官’。这副对联读来令人感慨万千，只为对得起苍天，对得起百姓，写出了我们的心声。”

王广实还是不死心，好心好意地提议道：“那我们去一天，晚上回来，情况也许会了解得差不多的。”

铁木钗轻轻摇摇头说道：“不行啊。不仅仅是了解情况，还要给老百姓理出发展思路，帮他们脱贫致富，这就是我下去蹲点的最终目的。”

听着铁木钗这一席话，王广实愣头想了想，顿时摆出一副恍然大悟的表情，点了点头道：“我明白了，铁主任，转变工作作风从领导干部做起。不入虎穴，焉得虎子。梨子是酸还是甜，要亲口尝一尝才知道。”

“你知道基层老百姓是怎样评价我们少数干部的工作作风吗？”铁木钗诙谐地说道，“我在基层听到这样一串顺口溜：‘联系工作电话线，布置工作传真线，检查工作公路线’；一些地方干部当面一套、背后一套，说一套、做一套，‘是是是，好好好，坚决不整改；对对对，做做做，坚决不执行。’在日常工作中，每一名领导干部，心里要装着人民群众，少一点官气，多一点朴实；少一点造作，多一点真情。努力做到问政于民知得失、问需于民知冷暖、问计于民知虚实。转变工作作风，领导干部要率先垂范。省委书记、省人大常委会主任林柏森曾经说过，下去调研时，不要暴露官员的身份，这样才能了解到更多真实的东西。只有直接到田间地头进行调研，跟一些普通群众直接交流，尽管有的群众说的话可能不好听，但毕竟都是群众真实的声音。”

铁木钗心意已定，王广实无话可说，领导站得高，望得远，作为下属执行领导的安排是一种工作态度。服从是下属的天职，没有好的执行力，一切都无从谈起。一个优秀的下属，一定是具有绝对服从的意识，积极服从，主动服从的。对于单位的整体利益，不允许下属我行我素、抗令不遵。王广实问道："到哪个村？"

"到哪个村我心里没数。"铁木钗自谦地说道，"你问问县委组织部党建办，看看哪些村村支两委有女干部，把她们的电话号码一起要来。"

因工作要经常联系，县直各部门的电话号码王广实手机里基本上都存有，他三下五除二就快速地查找到了党建办的电话，毫不犹豫地拨打了过去，几秒钟的时间，听筒里传来一个温柔美妙的女声，听得出是本地口音，音符有些清雅："你好，我是县委党建办吴铃。"

王广实简明扼要地向对方说明了他的意图："我是县人大办公室王广实，请你给我查一查我们县村支两委有哪些女干部。"

吴铃那温柔美妙的女声再次响起："你稍等，不要挂电话，我马上帮你查。"

组织部的干部办事果断干练，雷厉风行，工作中能办的事马上就办。给人一种可信、可靠、可亲、可敬的良好形象。不一会儿，吴铃就告诉了结果："全县556个村只有大湾乡苗王城村的村委会主任是女的，还有5个村的计划生育专干由妇女担任，其他的好像没有了。"

王广实把得来的信息简短地向铁木钗作了汇报，征询她的意见。铁木钗会意地点点说："就选苗王城村吧。"

王广实就对吴铃说:“请你把苗王城村村委会主任的名字和她的电话号码告诉我。”

吴铃一口气就说出来:“她叫龙满姝,电话号码是135……”

王广实拿笔记下了龙满姝的电话号码,客气地说道:“谢谢你了,吴铃。”

吴铃也客套地说道:“王主任,不用谢。”

铁木钗把已经想好的下乡计划向王广实和盘托出:“我下乡去一是不要任何人陪同,二是不让乡里的领导知道,三是吃住在农户家,四是不让外界干扰,我要关闭我的手机。来过真正的与农民同吃同住同劳动,这将会对作风转变以及密切干群关系起到非常积极的作用。过去下一次乡,陪同的人员多,成本高还听不到真实的声音。”

王广实还有一事不明:“你把手机关起,万一有什么重要事情如何和你联系?”

不要小看官员的手机开不开机是大有学问的,随时打得通,证明这个官员一切正常,晚上打不通认为你是关机睡觉,上午关机可能你在开会,散会后中午肯定要开机的,如果一天两天四十八小时都处于关机状态,事情就很微妙了,手机坏了,聪明的官员很快购买新的手机。一旦在经济上作风上有风言风语,手机几天打不通,就会认为可能被纪委“双规”了。引来种种猜测,一时间会闹得满城风雨。

铁木钗早作了准备,从包里拿出一部小巧玲珑银灰色的手机放在桌子上,胸有成竹地说道:“不打无准备之仗,我预备了一个地下绿色通道。这是我才买的电信手机,有紧急事就打这个号码,除了你和马放鸣知道外,其他的人都不知道,包括左前飞我也不告诉他,免得人多嘴杂,一不小心走漏了风声,将打乱我的整个战略部署。我们保持单线联系。”

“我们好像是在搞地下活动,神神秘秘的。”王广实开怀地笑了笑说。

“反正你要为我保守秘密,不能‘出卖’我啊。你把这个电话号码记下。”铁木钗说出了自己的电信手机号码。

王广实立即从口袋掏出手机，输入铁木钗的电话号码，念了一遍核对准确无误后，写上“铁木钗电信”的名字保存起，顺水推舟地给铁木钗拔了过来，铁木钗的手机随即响起，她知道是王广实打来的，看就没看就按下结束键，把王广实的号码存到手机上。这时，王广实又接着问道：“你什么时候动身，我好去准备一下。”

“也不需要准备什么。笔、笔记本，牙膏牙刷洗脸帕我都备好了。”铁木钗说完，想了想补充道：“去给村里买两斤茶叶，一千个一次性杯子，十条贵州产的磨砂烟。”

买茶叶可以理解，村里开会，村民们到村里办事得茶喝。买烟就不可理喻了，不可能见人就发烟，虽说这磨砂烟大众化，价钱不贵，批发价好像是一百块条，零售价十二块钱包。抽烟是个无底洞，特别是那些老烟哥烟瘾上来的时候，一支接一支地抽，有多少都抽得完。王广实用一种异样的目光盯着铁木钗，想从铁木钗的眼神里找到答案：“茶叶我办公室都还有，这烟拿去……”

“我知道你心里有很大的疑问，一个女同志不抽烟却要买烟去，又不是中高档烟，与身份不相吻合。”铁木钗一眼看穿王广实的心思，“见人发烟我们发不起，但在开群众会时每人发一支烟，可以拉近和群众的距离。这种廉价烟最适中，几块钱包的烟拿不出手，贵了的烟群众认为我们显得奢侈，有可能适得其反。”

“是不是还要买点水果去。”王广实忽然想起来说道。

“可以，买二十斤水果，再打二十斤散装苞谷烧酒，空手到人家去也不好意思。”铁木钗表示同意。

“要不要再买点糯米酒？”王广实再次问道。办公室主任是领导的参谋助手，具备“三种能力”，即：增强自己的敏锐观察能力；综合分析能力；精明的办事能力。每件事都要周密地考虑到，不留遗憾。体察领导意图，做到献策不决策，围绕着领导转，不能只是行动转而思想不转，因为，要正确、系统领会和体察领导意图并按领导的意图办事，还必须有独立思考、广度联想、扩展领导意图的超前意识，但切忌不能将自己的意图、看法强加于领导，更不能代替领导发号施令。

“不用啦，糯米酒度数低，老百姓喝赶不上口。苞谷烧一口下去嗓子火辣辣的，全身经脉尽通，喝起来才过瘾。”直面现实，铁木钗说得有根有据。

“我叫赵直中去办理。”王广实给赵直中打去电话，交代了要办的事情。

“我今天下午就走，晚上开个群众代表座谈会，听听群众的呼声，有什么好的意见和建议。明天早上走访慰问贫困群众，下午到村子里转一转，到坡上走一走，再到田里看一看，掌握第一手资料，做到心中有数，为调研提供强有力的佐证。晚上召开村支两委干部会，听一听他们的发展思路，商量下步的发展事宜。后天就和群众劳动一天，大后天上午你叫马放鸣来接我。”

“要不要我陪同你一起调研？”王广实请求道。

“你和我去下乡调研就失去意义了。”铁木钗拒绝了王广实的请求。

“我去把东西装好起，还有什么事情需要办的，你打电话给我。”说完，王广实便起身离开铁木钗。

第三十一章 现场办公

县城到大湾乡是二级油路，四十分钟就可到达，二级油路从苗王城村边擦肩而过。越野车从县城向苗王城村进发，飞快地向前方奔驰着。铁木钗轻轻摇下一丝儿车窗，风很柔和，太阳很暖暖的，清新的空气从车门玻璃缝里涌入，让人充分感受到返回自然的乐趣。春风把公路两旁的山都换上了绿装，绿油油像海水荡漾，路边开满了各种各样的野花，煞是好看。田野里老百姓正在忙着犁田插秧，颇有几分田园牧歌的氛围。车窗外美丽的景色飞速倒退，一晃而过。此时的公路，车流量比较大，大车、小车、货车、摩托车塞满了公路。特别是那些前四后八的重车，像蜗牛慢腾腾的。马放鸣想加快速度也加不起，稍不小心就会追尾，领导的安全要紧，宁慢三分，不抢一秒。对自己的负责，对他人的负责，对家人的负责，这就是一个合格驾驶员起码的职业道德。交通惨剧往往是驾驶者贪图一时之快造成的，也许只是一个小小的违规行为，但酿成的后果却不堪设想。根据世界卫生组织统计，交通事故是人类死亡的第五大原因。车祸猛于虎。

铁木钗的“秘密”行动，差点“泄密”、“暴露”了身份。

半个小时后，车子快要进入大湾乡地界，对面驶来一辆中华轿车鸣着号减速瞬间而过，马放鸣没在意，下意识性地按一声喇叭打个招呼。按喇叭是大有学问的，喇叭是汽车的嗓子，提醒别人注意、超车、甚至还可以相互打招呼。“嘀”的一声，表示一种礼仪，是一种打招呼的语言，声音低柔短暂，让人听了心情舒畅。遇到窄路会车，大家相互礼貌让行，临近时就会用喇叭相互打招呼致谢。“嘀嘀”这种语言多是汽车想超车，这时各车辆都应把握好尺度，礼让三分。“嘀！嘀嘀！”声，或是连续的“嘀嘀！”声，用这种鸣笛，是因行人车辆较多，请行人、自行车注意或让路。在上下坡的会车时，如果有一辆车鸣长音，“嘀——”，意思是：“赶快请让一让，我刹不住啦！”在后面狂按汽笛的大多是在催促你了，能让就赶快让吧！

不一会儿，马放鸣的身边突然响起了一阵手机震动的嗡鸣声。他左手握着方向盘，右手急忙拿起手机一看，是大湾乡人大主席雷胜富打来的。按理说，开车打电话是绝对不允许的。因为人在接听电话时，面对突发情况，很难作出正确的反应，容易出现追尾、剐蹭、闯红灯等情况。平时大家都习惯性地一只手拿着手机打电话、一只手开车。领导也不介意，铁木钗对马放鸣开车的技术还是比较放心的，边开车边打电话也习以为常，当然，高速路上她是不允许的。马放鸣忙接了电话，“喂”了一声，耳朵边就听到雷胜富急促的声音：“马司，我看到你们车子了。”现在的人都喜欢简称，马司傅简称“马司”，好像简称就是尊重人，这大概是受官场上称呼的影响吧。

“是吗？雷主席，我好像没看见你们的车。”马放鸣说的是实话，县里除了县四大班子领导的车和玩得好的局长驾驶员的车牌号记得住外，其他的很难记住。乡镇的车牌号根本没印象。

“我坐的是中华车，刚才措的车。我打铁主任的电话她是关机的，铁主任在车上吗？你们是不是到大湾去？”雷胜富在电话里沉声问道。

“哦，不是。”马放鸣记住了铁木钗的嘱咐，不能让乡里知道她来下乡住村，否则会惊动不少人。爽朗地一笑说，“她在开会吧，我来大湾办点私事。”

“你等我，我马上倒回来。”雷胜富在电话里很有礼貌地说道。

马放鸣等对方一住口，他马上接口说道：“不用啦，我到我亲戚家，一会儿就走。你是到县城去吧？等我回来再联系。”

“是到县城去办点事。你客气，那我就走啦。”雷胜富快人快语地说道。

“好，你忙你的。”马放鸣挂断电话，刻意地看了一眼铁木钗，说：“好险啊。”

越野车顺利驶进大湾乡境内，离苗王城村不远了。透过后车窗没有发现其他车跟随，这场巧遇没有影响他们的行程。

“放鸣，你表现得不错。”铁木钗对马放鸣的反应感到非常满意，“记住，在这几天内不要向任何人提起我。有什么事随时和王主任联系。”

“铁主任，请你放心，我一定守口如瓶，就算是老婆拼死拼活要闹离婚我也把话烂在心里头不说。”马放鸣表决心说道。

“等我蹲点结束后，你再来接我。”铁木钗抿嘴浅笑道。她突然想起有网友将《常回家看看》的歌词改成《常下乡看看》的歌词，改得很好，情不自禁地哼了起来：

抽点空闲，挤点时间，
走出机关常下乡看看；
带上法律，带上真情，
轻车简从常下乡看看。
百姓积压了一些心愿，
农民肩负了很多负担，
将国家的政策向农民说说，

发展的路子跟百姓谈谈。
常下乡看看,下乡看看,
哪怕来乡间农户走走转一转,
百姓不求干部下乡做多大贡献呀,
只希望当干部把百姓常挂心间。
……
……

“铁主任,苗王城村快到了。”马放鸣望着前面竖着的一块路牌,上书“苗王城村”四字,并有进村的箭头符号。前面不远处有个小卖部,看起来生意还算兴隆。

“找个人问一问,龙村长家住哪里。”铁木钗向前倾了倾说。作为人大常委会主任,从人大的角度来讲,从法律的角度来说,都不应该把村主任叫成村长。但约定俗成,也没有哪个去细细追究。

“直接打她电话方便点。”马放鸣他把头扭向了铁木钗,缓缓地减慢车速,打了转向灯,把车停靠在公路旁。

“也好。”铁木钗翻出龙满妹的电话对马放鸣说,“你记一下。”

马放鸣边念边在手机上输入号码,听到电话接通的声音后,就把手机递给铁木钗说:“通了,你和她讲吧。”

铁木钗用最亲切的话语,对着话筒说:“您好啊,请问是龙村长吗?我是铁木钗。”

龙满妹做梦都没想到堂堂皇皇的县人大常委会主任会给她打电话,脑子一时没转弯过来,在她的生活圈子内,没有哪个姓铁的,就迟疑了一下问道:“铁木钗,哪个铁木钗啊?”

“县人大铁木钗啊。你忘记啦,你还投我票当人大常委会主任哩。”铁木钗显得十分尴尬,心里很不是滋味。现如今,交通和通讯这么便捷,飞机、火车、汽车、轮船、电话、传真、互联网络……时空已不再是距离，却感觉距离群众越来越远了。龙满姝记不起自己，这不能怪龙满姝，最根本的还是我少有深入基层，脱离了群众。有的领导干部也经常到基层搞调研，那也不过是在乡镇政府办公室坐一坐，走走形式，喝喝茶水，抽抽香烟，听听汇报，屁股没坐热就走，被揶揄为“报纸上有新闻、电视上有形象、电台里有声音、现实中没身影”。毛泽东同志曾经说过：“只有不合格的干部，没有不合格的群众。”有位哲人也说过一句话：“叶离开枝头是腐烂的开始，干部脱离群众是腐化的开端。”朋友之间久不联络，就会变得陌生，感情就会冲淡。干部走出机关，到群众中去、到一线去应形成常态，真的和群众一起“盘起腿来”聊聊家长里短，体味一下群众的冷暖，听听群众诉诉“怨气”，摸清群众想什么，盼什么，赞成什么，反对什么，再进一步急群众之所急，想群众之所想，为群众办一些脚踏实地的好事、实事。形成“问题在一线解决，责任在一线落实，发展在一线体现，干部在一线成长”的良好作风。领导进村头，群众就不发愁。进百家门、知百家情、解百家忧、帮百家富。

“啊，铁主任，对不起，怪我记性不好。想不到你给我打电话，有什么事吗?”龙满姝沉吟了片刻，一脸的恍然大悟。在她的人生记忆中，给她打电话最大的官就是乡党委书记和乡长。不要说县人大主任，就是一个副县长也没得哪个记住她。

“我到你们村来啦，你现在哪里?”铁木钗似乎不爱说废话，就开门见山说道。

“我在新河堤边的小卖部买盐巴，你们在哪里?”龙满姝似乎很激动地问道，

“我们的车就在马路边上停起，好，你等我，我把车开过来。”铁木钗说道。

马放鸣停车的地方离龙满姝说的小卖部不过百把米距离，只是具体

情况不熟悉。一两分的时间就到了小卖部，龙满姝已到此恭候。铁木钗打开车门走下车，龙满姝一眼就认出来了，赶紧握住铁木钗的手说：“铁主任，欢迎你。”

龙满姝虽是县人大代表，没在一个代表团，铁木钗印象不深，几百名代表不可能个个认得全。千人认一个公众人物容易，很难想象最短的时间，一个公众人物记得住百个陌生人，并在以后再见面时就熟悉。铁木钗和蔼近人地说道：“龙村长，麻烦你来了。”

“哪里话，你们县领导平时接都接不来。”龙满姝口里说着，心里有太多的疑问但又说不出口：“铁主任到我们村来干什么？怎么不见乡领导陪同？”

“你家住哪里？我要到你家去。”铁木钗笑着轻声道。

“我家住下面寨子。”龙满姝松开手，右手朝公路下的方向指道。远远地看去，依山傍水的村落木房砖瓦房错落有致，房前屋后绿荫婆娑，别有情趣，被大自然的色彩打扮得青青翠翠，真像童话书中一幅独具风格的插图。苗王城村的人大都是吴姓，据《吴氏家谱》记载，是从贵州省松桃苗族自治县苗王城迁徙而来。去年，几位老人还到松桃苗王城认祖来。松桃的苗王城原来叫新寨，为了旅游的需要，现就改叫了苗王城。他们回来后，也想把黄泥村打造成旅游村，就向有关部门提出申请，把黄泥村改成苗王城村，民政部门还真的当成一回事，同意改黄泥村为苗王城村。

这里叫苗王城大坝，是当之县九个万亩大坝之一，整个大坝水汪汪的，其乐融融的男男女女农民，一个个卷着裤腿弓着腰，站在刚能淹没小腿肚的水田里。农民们拿起抛入水田的小捆秧苗，解开，放入左手开始插秧，右手迅速地插着秧。春天里农村已呈现出一派繁忙的景象。二级路从坝中间穿过，也就是说把大坝一分为二。视野极为开阔。公路上坝是田坝村，公路下坝是苗王城村。田坝村的坝子中有一条干枯的河流途经新河堤徐徐地向右拐了一个弯，流过苗王城村的坝子上已是坝边了。

“车子开得到你家吗?”铁木钗问道。车子里有烟、酒、水果,若兴师动众地在这里搬下车,群众看到会影响不好。她的到来周围的群众并没有围观,经常有领导干部找龙村长,也就不足为奇。

“这里到我家还有一公里路程,沿着这河堤下去,但是直接到不了家,下面还有一条小河隔着,只能开到小河边。”龙满姝一脸的无奈,小河上没桥一直是她的一块心病,阻碍了苗王城村的发展。要是有桥,车子直接开到她家门口,减少很多麻烦。苗王城村的村民一直企盼着:“群众想要富,先修河堤路,经济基础牢,最好先架桥。”

“你上车,”铁木钗总是那么客气对龙满姝说,“那我们就到小河边下车。”

让龙满姝实在是有点受宠若惊,作为一个村干部,严格地讲,一个地地道道的农民,能够坐上县人大主任的车子,简直不敢想象。在此以前,莫说是县领导的车子,就是乡党委书记乡长的车都没得坐过。她轻轻拉开右侧车后门,喜滋滋地坐进车里,再轻轻地把车门拉上,生怕力气大了损坏车子。

“龙村长,你的车门没关好。”马放鸣启动了车子,但没有立刻动车,双手放在方向盘的上端,盯着方向盘前面的仪表盘,头也不抬地说道。

龙满姝不好意思,把车门推开,稍为用点劲,又重新把车门关上。她端端正正地坐好,注视着前方。突然想起了什么,摸出手机输入号码准备给人打电话,铁木钗发觉了,车转头赶紧说道:“不要给乡里的领导打电话。”

河堤的宽度没得说的,跑东风车都没的问题,路面坑坑洼洼的,越野车一颠一颠地慢慢向前走,就像轮胎上鼓了个大包似的,要是轿车底盘矮根本进不来。

“我是给我们村的吴支书打电话。”龙满姝大大方方地说。

铁木钗说道:“给村支书打电话可以。我这次到你们村来,我不想惊动乡领导。也不需要乡干部来陪同。我打算在这里住几天，我吃住都在你家，看看村里的发展情况，听听村民群众有什么要求和期盼，给你们添麻烦了，你不介意吗？”

“热烈欢迎，只是我们家条件差一点，怕你吃住不惯。”龙满姝矜持地说道。

“我也是农村出来的乡里妹子，其中的酸甜苦辣我们都体会过。”铁木钗诚恳地说道。“你把你们村的情况简单地说说。”

“我们村有2 642人，683户，20个村民组。田面积5 604亩，土11 000亩。田里的作物以水稻、油菜为主，土里的作物以苞谷、红苕为主。”龙满姝脑海里蹦出的这一串数字，不假思索地脱口而出。

“从现在开始，我就是苗王城村的一分子，即第2643个村民。”

“铁主任，你能成为苗王城村的村民是苗王城村的荣幸，给全体村民增添了光彩。”

“既然是苗王城村的村民，就不要喊什么‘主任’啦。我虚长你几岁，就喊我喊姐。”

“这不好吧。”

“有什么不好，你还不认我这个姐？”

“认、认，铁姐。”龙满姝亲热地喊了一声。

“这还差不多，你这个妹我也认定了。”铁木钗满怀高兴地说。

说话间，车子很快到了小河边，马放鸣降挡减速，车子缓缓地停下来，然后拉起手刹，再关上车门，走下车来，站在早先一步下车的铁木钗身旁。横在铁木钗眼前的是一条从村庄前缓缓地流过清澈的小河，弯弯的小河似一条玉带从上域缓缓飘来，和从田坝村下来的河流在这里交汇，一起飘向下域。这两条河怪稀奇的，田坝村流下来的河水在田坝村境内就渗进沙里消失得无影无踪，到苗王城就成为干涸的河，只有遇到下大雨，河里才有山洪水倾泻而下，雨停后很快又没有水了。小河里却常年有水，到中域下域是必经之地，河对岸是一片沙滩。河里放着七八个石墩，要进村或出寨，来来往往的人过河的大人小孩，都是一步一步地从石墩上慢慢跳过。一个个石墩，就成了村人过河的"路"。甚至有人不慎摔进水里，弄湿了鞋子衣服，五六月份酷热的季节倒无所谓，寒冬腊月可就吃苦头了。虽说水不深，过河也要特别小心。一旦遇到涨水，水漫过了石墩，过河就成了大问题，苦了上学的学生。直到洪水消退了，石墩露出水面，完完整整的，家长才目送孩子们踩着被冲毁的石墩过河。村小在河的这边，往往学校要推迟上课。

"村民们为过河发愁，一直盼望修桥。"龙满姝看着河里的石墩说。

铁木钗沉默了两秒钟后说道："是该修座桥了，进出村子才方便。"

"村里好多年轻人想买摩托车，因开不进家里，就打消了这个念头。"龙满姝不无惋惜地说"修桥大概需要多少资金？你们核算过了吗？"铁木钗微皱起眉头问道。

"初步预算了一下，除了村民投工投劳外，架桥和回填沙滩需要五万来块钱。"龙满姝思忖片刻说道。

"五万块钱说多也不多，说少也不少。对国家来说是九牛一毛，对村民来说就是一笔大数字。按理说修桥补路是交通部门的事，交通部门办事太烦琐，一个芝麻大点的工程要什么论证啊、立项啊，猴年马月才得项目。我看这样，我马上给县扶贫主任打个电话，叫他们从扶贫经费渠道考虑解决。"铁木钗立说立行，现场办起公来，不像有的领导干部最简单的一件事搞得神神秘秘的，打着十足的官腔，要什么"研究研究"，当时一腔热情，说得群众兴奋不已，过后把什么都抛到九霄云外去了。

走马观花，科学决策就是一句空话，官僚主义害死人，铁木钗对此深恶痛绝。有这样的官僚、有这样的干部体制，社会经济如何能够发展？她取出常用的那部移动手机，不想用地下绿色通道的电信手机，快速按下开关键，打开手机，等屏幕恢复正常后，翻出县扶贫主任罗大坤的手机号码，迅速拨过去，耳机里“嘟嘟嘟”不停地响着，电话接通了，不一会儿，清清楚楚地传来罗大坤“喂，铁主任”恭敬的声音。

“大坤，我在大湾乡苗王城村调研，这里有一条小河需要架座桥，你给我想个办法，调节一点资金。”铁木钗说话也不拐弯抹角，直截了当地直奔主题。

“要多少资金？”

“初步预算要五万块钱。应该没问题吗？”

“没问题，铁主任。叫他们以村委会的名义写个报告，乡政府盖个章，你再签个字，就行了。”

“还要我签字？”

“你不签字，要钱的报告一多，万一遗漏了怎么办？你要怪罪我。我看到你签字的报告，要优先考虑。”

“好，就这样。”铁木钗说完挂断电话，又把电话关掉。罗大坤说得有道理，许多报告可能许多领导都签有字，僧多粥少，就要看领导的签字了，领导签字不一定就得，关键的领导签字就得。哪些算关键领导？县委书记、县长、人大主任、常务副县长、纪委书记、组织部长、分管县长。政协主席为啥不算？这很微妙，就看你和罗大坤的感情了。说得不好听点，能够决定罗大坤命运的领导就是关键的领导。她脸上不由闪过一丝喜悦，转身对龙满姝说，“桥的事情已落实了，抓紧写个报告，我回去好带走。”

“麻烦你了，铁姐。”龙满姝满心欢喜。

“不是一家人，不进一家门。是一家人就不说两家话，我已是苗王城村的村民了，应该做的。”铁木钗说。

吴革宪赶到了，龙满姝向铁木钗介绍道：“这是我们村支书吴革宪，”又向吴革宪介绍铁木钗，“这是县人大常委会铁主任。”简单地向吴革宪说明了铁木钗来苗王城的目的。

铁木钗主动伸出右手，礼貌地紧紧握着吴革宪的手说：“你好，我叫铁木钗，专程来苗王城村当村民。”

吴革宪的脸上露出一抹欣喜的微笑，他发现他的手心冒出微微汗水，自他当村支书以来，没得哪个县领导到苗王城村打落个脚板印。今天县人大主任亲自到苗王城村来，而且还要住两天，怎不令他激动？急急忙忙地缩回手，努力控制着自己的情绪，声音有些颤抖地说道：“上次县里开经济工作会，我见过你，你坐在主席台上。”

“怪我眼拙，人多，没把你认出。”铁木钗柔和地检讨着说。

吴革宪见铁木钗说起话来和声细语，挺客气的，丝毫没有盛气凌人的官架子，看来她还是贴近老百姓的。扬了扬眉，打心眼里瞧得起铁木钗。感激地说道：“没得事的，一回生，两回熟，以后常来常往的时间很多。”

“放鸣，你把东西取出来。”铁木钗吩咐马放鸣道。

马放鸣已打开了车子的后备厢，麻利地将各种物品取出放在地上。

“这是给村里买的，一点心意。”铁木钗含笑道。

“让你破费了，铁姐。”龙满姝感到了一丝丝开心。

“放鸣，你回去吧，我回来时再打你电话。”为了与村民贴得更近，铁木钗把马放鸣打发回去了，语气里带着几分坚定。不要落入群众议论的领导干部下乡是“坐着轮子转，隔着玻璃看”的说法。

“马司傅，吃了夜饭再走。”吴革宪和龙满姝挽留道。

“谢谢，我回去还有事情。”马放鸣发动起车子，“滴滴”鸣了两声喇叭，熟练地转动方向盘，慢慢地开始倒车。时而将方向盘向右转动，时而将方向盘向左转动。调转车头后，给吴革宪和龙满姝打了声招呼，便呼呼隆隆地沿着河堤上，驶上了那条宽阔平坦的二级路。

村子里不时传来狗叫声，或许是陌生人进寨子。几家烟囱袅袅地升起一缕缕炊烟，袅袅地升上天空。

第三十二章　“秘密”进村

铁木钗“秘密”进村了。

酒壶沉甸甸的，吴革宪说他力气大，争着提酒。龙满姝“抢”过烟和一次性杯子拿着，落在铁木钗的手里就是茶叶了。

河面上，每间隔一大步，就放着一块石墩，跨一大步才能站上去的石墩。七八块石墩，连接成一条通向对岸的小路。铁木钗跟在龙满姝的后面，谨小慎微地踩着石墩过河，走一步停一步，再走一步再停一步。一不小心有落水的可能，好在她穿的是一双市面上卖的普通布鞋，若是穿高跟鞋说不定就要出洋相。

龙满姝家是一栋三层楼的砖房，房屋外墙的瓷砖是白色的。是两口子打工挣来的钱修建的，男人还在外面打工。正房的右侧建了两间平房，是作厨房用的。宽敞的水泥院坝有百把个平方，干净而整洁，院坝的外侧用水泥砖砌了两米高的围墙。

龙满姝把铁木钗引进城里人喊客厅的堂屋，放下手里的东西，热情地搬过凳子，甜甜地喊道：“铁姐，坐。家里乱糟糟的，不好意思。”说完，一阵风地跑出了堂屋。

铁木钗坐下，用眼睛余光扫了一下一楼开着门的居室，也很宽大，家具家电全有。处处洋溢着富裕、和谐的清新气息，看来她家的日子过得很滋润。

龙满姝一脸微笑地从门口端着塑料盆走进来，带进一股清爽的香皂味儿，热诚地喊道："铁姐，洗个脸。我们乡下条件有限，没得澡堂，洗不成澡。"

"我自己来。"铁木钗赶紧起身接过脸盆，她不可能官僚到堂屋里就洗脸，无论如何都要动动身子。进屋时发现堂屋外放着个木制的脸盆架，可能是龙满姝的陪嫁品。脸盆里放着崭新的白毛巾，清澈的水照出她美丽的脸庞。不冷不热的温水，洗脸帕上抹一丝香皂，洗起来清清爽爽的，脸上的汗渍灰尘很容易就干净了。本来铁木钗是不用香皂的，香皂有潜在的坏处，破坏油脂的平衡，脸上会更快出油，一时换来的清爽很可能就不见了。但是，入乡随俗，自然不能扫了龙满姝的兴，不能谢绝她的一片深情厚谊。洗完了脸后，她立即端起脸盆到院坝边把洗脸水倒进阴沟里。又把脸盆放回脸盆架上，用右手轻轻地梳理了有点蓬乱的头发，深呼吸了几下，径直朝厨房走去。进得厨房门就对忙得不可开交的龙满姝说道："满姝，我来洗菜。"

厨房里有新鲜的生态时令蔬菜，还有热水泡起的干豇豆、干猫猫豆，这些都是农家远离农药化肥激素等有害物质绿色食品，吃得放心，舒心，保证人们的健康。

龙满姝正在利索地淘米下锅，歉意地说道："铁姐，你去休息，我自己来做。没得什么菜，现在上街去砍肉，来不及了。不像城里，想买什么都有，乡里头就是这个样子，将就吃点。"

"随便点好，你们平时吃什么，我就吃什么，菜园子里有什么菜就炒什么菜，不搞特殊化。要不，就显得格外了。"铁木钗扯上一件围腰围系在腰上，卷起衣袖，拿起辣椒、嫩南瓜、卷心菜放在水龙头下洗起来。

围腰相当于城里人的“工作服”。大都是当地农村妇女在做家务农活事时，就要围围腰。主要是用来挡灰护衣用，遇到有什么东西需要清理时，一撩围腰，“呼呼”地掸几下，灰尘便随风而去。外出做事累了，歇息时，围腰一解就可垫坐。等到需要装东西时，解下围腰又可当口袋。待干完活，回家再将围腰一解，衣服一点也不会脏。

主菜新鲜肉没得，腊肉香肠是有的。按照农村的习俗，腊肉香肠只有珍贵的客人来才能摆上桌，品味那别致的风味，以表达主人的热情。一般的情况下主人是不会自行煮起吃的。龙满姝把猪腊肉骨头和香肠在锅里洗净，再放进电高压锅里煮。腊肉骨头是猪肋子骨，咸淡适口、熏香浓郁、味道鲜美。龙满姝压紧高压锅盖后，接通电源，忙着刷洗锅子准备炒菜，这时铁木钗刚好切完菜，每样都用盘子装好。用商量的口气对龙满姝说：“满姝，我来炒菜。”

“你是怕我炒得不好吃是不是？我先做一顿饭给你吃，如果你不满意，明天你亲自下厨。”

“不是那个意思，你回来还没去照看你的小孩哩。”

“小孩被他爷爷奶奶带到他姑姑家去了，他姑姑家住在大湾街上。现我是一个自由人，无孩一身轻。我们乡下条件有限，还在烧柴火，虽说有烟囱，把烧柴火的烟子送上了天。但炒菜的油烟要满屋钻，有时呛得喘不过气来，不像城里安有换气扇。”

“你不怕油烟熏我还怕油烟熏？在家里我也是普通的家庭主妇，经常煮饭炒菜。儿子读大学不在身边，两人世界的生活充满温馨，没请专职的保姆来做家务。明天你把他们三老少接回来，我想看看两位老人和孩子。考虑问题要周全些，不要给别人留下什么话把儿，说领导来了，你就把老人孩子支走了，传出去影响不好。”

“他们昨天就去的，与你来没得关系。吃了夜饭我给他姑姑打电话，叫她明天早上送他们过来。”

铁木钗侧头睨视一眼锅里，会有两斤多白生生的大米，一个个小问号从心中冒出来，涌上了她的心头："你煮这么多米的饭干吗，我们三个人哪吃得完。"

龙满姝笑了一下，不慌不忙地说道："还有几个人要来吃饭。"

铁木钗盯着龙满姝，表情严肃地说道："我不是来做客的，搞得兴师动众做哪样。"

龙满姝又淡淡地一笑，眨了眨眼睛，很坦然地说道："没得外人，就是会计、计生专干、调解委员他们三个。你来了也要和他们见见面沟通沟通，反正是在我家里，地地道道的农家，又不是用公款在饭馆大吃大喝，怕纪委问责。我们也只吃这一餐，代表苗王城村两千多村民为你接风洗尘。明天他们各自回家吃饭，互不干涉内政。"

铁木钗想了想龙满姝说得有一定道理，孙悟空神通广大，也不得不拜当方土地神，毫无意义的道貌岸然什么的，绝对不是她的本质。千万不要给群众留下一个孤傲，不近人情的印象，是个活生生的人。她也有着火热的情感，炽热的追求。与人民群众打成一片，风雨同舟才是硬道理，村干部也是群众。很快就表情释然地说道："好吧，我们一起共进晚餐。"

龙满姝炒菜是一个行家里手，从菜的色调和香味上可以看得出来。每样菜七成熟时立刻出锅，整个过程没盖锅盖，一律用的菜油，猪油吃多了对人体健康有危害。猪油中的饱和脂肪酸太多，对心脑等健康不利。特别是老年人、肥胖和心脑血管病患者、外感诸病、大便滑泻者都不宜食用。菜全炒好了，只等一个清炖老南瓜汤。南瓜含有淀粉、蛋白质、胡萝卜素、维生素B和维生素C、钙、磷等成分。

高压锅"嘟嘟"地吼叫着，气孔里不停地冒出热气，满屋充满腊肉香肠飘香味。龙满姝凭直觉，腊内骨头和香肠已经炖好了，炖好了是不能立即打开锅盖的，她把电源拔掉，让高压锅快速冷却，要等到高压锅内没有压力时才能打开锅盖。

煮老南瓜汤也快，焖在锅里几分钟时间就煮烂了，龙满姝找来白糖放进锅里拌匀，慢慢地盛进汤钵里。这放白糖的老南瓜汤，吃起来味道可口，甜而不腻，增强食欲。

铁木钗见高压锅气孔里不冒气了，停止了吼叫，断定高压锅已冷却。为了安全起见，拿掉限压阀，把锅内的空气释放出来。她不费劲地打开盖子，一股香气扑鼻而来，刚才透露出的味道和现在散发出的味道相比更为浓郁一些。锅里的水还在不甘心地翻滚，接触冷空气一下子低下头来就偃旗息鼓，完全没有了刚才的那种气焰。铁木钗找来筷子分别夹起放在盘子里，腊肉骨头不用切，香肠斜切成薄片，不放任何佐料。

厨房里间是餐厅，龙满姝摆放好桌子，桌子是农村常见的正方形木桌，黑油漆的桌面铺上白色的薄桌布，四角正好接触地面。别看是农家女子，见过大世面，还是挺讲究的。桌布上放置着一摞一次性杯子，碗筷，还有四包纸巾。她走到厨房门边，朝外大声喊道："吴支书，吃饭啦。他们到没，没到打电话催一下，人家铁主任难得等。"

铁木钗跟在龙满姝的身后，小声说道："不要紧，慢慢等。"

吴革宪从堂屋跑出来答道："他们要来啦，还有一两分钟就到。"

"到啦。"从屋后的路上传来一个浑厚的声音，断定得出，他是会计吴群发。

声到人到，眨眼工夫，他们三个就现身在院坝，和吴革宪一起朝厨房走来。

龙满姝见铁木钗快速走出厨房门，赶紧走上去相互介绍："这是人大铁主任，这是会计吴群发、这是计生专干吴顺清、这是调解委员吴福光。"

铁木钗热情地分别与吴群发、吴顺清、吴福光一一握手问候："你们好。"

吴群发、吴顺清、吴福光笑嘻嘻地说道："铁主任你好。"

众人说了一番必要的寒暄语客套话之后，也随即离开了此处走进厨房。这些男人很自觉，每个人从灶上都端了一样菜上桌。在农村，亲人聚会吃饭，人们总是让最年长、辈分最大的人坐上八位，人没到齐，也不会动筷子。这样一种礼节，显示着农民对传统文化中“礼”的崇尚。因为祖辈、父辈的代代相传，因为家家户户的耳濡目染，就是没有学问、不识字的人也自然知道的礼数。大家请铁木钗坐上八位，铁木钗不肯，推辞道：“按理说，是在满姝家，满姝你该坐上八位。”

吴群发说：“铁主任，你是县领导，你理所当然坐上八位。”

铁木钗说：“不要搞错了，我现在的身份是苗王城村的村民。”

谁也不肯坐上八位，吴革宪寻思了一下，打圆场说道：“大伙儿都不谦让了，我个人认为，铁主任坐上八位是天经地义的，为什么呢？姑且不谈职务，就凭年龄铁主任比我们在坐的任何人都大。按我们农村的风俗，只有年长的才能坐上八位。”

话说到这个份上，铁木钗不好推让得了，也觉得自个儿若再推让倒是显得很是虚伪了。畅快地说道：“既然如此，恭敬不如从命，我就不客气了。”

吴革宪提起桌上的酒壶，先往铁木钗的杯子里斟酒：“铁主任，借花献佛。”

铁木钗豪爽地说：“我今天一定要喝酒，不过少倒点。”

吴革宪给铁木钗倒了小半杯。

吴群发、吴顺清、吴福光各自倒了满满的一杯。往龙满姝的杯子倒酒时，龙满姝把酒杯拿在手里说：“你们不是不晓得，我喝不得酒。”

吴革宪不依不饶地说道：“铁主任都要喝，你不能搞特殊。”

龙满姝无可奈何，把杯子放在桌上说：“你要怜花惜玉，倒一点表示个意思，陪铁姐喝一口。”

吴革宪也把自己眼前的酒杯倒满，放下酒壶，站起来首先举起了酒杯，和铁木钗碰了一下杯，笑着朗声说道：“铁主任，欢迎你到苗王城村来，”随后提议道，“我们干杯。”

喝完杯中酒是不可能的，一仰脖子起码喝去小半杯。农村老一辈人的风俗，喝酒用的是碗，一口气喝个碗底朝天。用碗喝酒时的豪放、剽悍、惬意，是任何语言和文字不能表达的。酒尽兴后，倒点菜汤在碗里滚一圈，然后把带酒味的汤喝下，将就酒碗又盛饭吃。新时代的新型农民紧跟时代步伐，慢慢地和外面的世界接轨，改用酒杯了。

龙满姝的心情十分舒畅，拣了一片香肠放在碗里，脆生生地说道：“铁姐，你自家拣菜。没得什么菜，饭要吃个饱。”

“满桌子的菜喽。”铁木钗从小就知道，无论是在家吃饭或是到酒店宴请客人，哪怕是满桌的山珍海味，嘴里还是得说上一句：“没得什么菜，饭要吃个饱。”她毫不犹豫拣了一根腊肉骨头，轻轻地咬了一口，哟，味道十分鲜美，两三口就把它消灭了。相比之下，在一些公务活动场合，吃饭喝酒成了浪费时间和金钱的负担。

酒过三巡后，众人各自为政，菜也吃过五味了。谁也不给谁劝酒了，喝得多少喝多少，都不是外人。喝酒是一个气氛，几个好友聚坐一起，几个小菜，简单而温馨。一壶酒，谁喝谁斟，量力而行。吴革宪又呷了一口酒，徐徐地说道：“铁姐，”他改口了，因为几次他喊“铁主任”，就被铁木钗纠正，要他喊：“铁姐。”他看到龙满姝顺顺畅畅地喊：“铁姐”，也无所顾虑了。“县委全县经济工作会精神，回来后我们及时召开村支两委扩大会议传达了。现我详细给你汇报一下……”

龙满姝并没有醉，沾了酒就容易上脸，不管量多少都是这样，一般她是不喝酒的。酒后红扑扑的脸蛋上镶嵌着一双会说话的眼睛，更是迷人。饭还在她嘴里咀嚼来不及吞下，立即激动地包口包嘴说道：“吴支书，吃饭莫谈公事。抽个时间，我们再专题给铁姐汇报。”

吴革宪愣了一下，兴奋的眼眨了几下，声音微微打战地说道：“好。我完全赞同。”

铁木钗正好吃完饭，放下筷子和碗说道：“今晚开个群众院坝会，也就是我们常说的座谈会，我想面对面地听听群众的意见和建议。了解他们的所喜、所盼、所忧、所怨。党员、村民组长、群众，年长的、年少的、男女不限。地点就在满姝家院坝上，时间定在八点半。”

“我们分头去通知，”吴革宪连忙说道，“龙村长就不安排任务，你负责陪好铁姐。”

“我又不是外人，不要陪。”铁木钗说道：“院坝会是搭建党和人民的桥梁，我们就不妨尽最大努力，将这座桥梁修得更长更宽，更具有特色。”

铁木钗感觉到，进村第一顿饭吃得真香。

第三十三章　院坝会议

天色渐渐地暗了下来，只见那弯弯的月亮悄悄地挂在树梢上，像一张精致小巧的弓，星星在旁边兴奋地眨着眼睛。

听说县领导要和大家座谈，刚吃好晚饭的村民们丢下碗筷，兴致勃勃地拿着手电筒走出家门，深一脚浅一脚，陆陆续续地来到龙满姝家，围着整洁的院坝坐了一大圈，挤得满满当当。看见县里来的美女大干部，个个都用好奇的眼神盯着铁木钗。一位老大爷悄声对身旁的老大娘说："我还是头一回看到县领导哩。"

老大娘张着没牙的嘴巴说："长得蛮漂亮嘛。"

两位老人坐在离铁木钗不远的地方，对话已传入铁木钗的耳朵，突然，她心里就像打翻五味瓶一样，酸甜苦辣涩什么味道都有，各种感触交织在一起：我们党一直强调走群众路线、和老百姓打成一片，想群众所想、急群众所急。现在交通通讯这么发达，农民群众和我们仍如此陌生，这种距离感让我感到汗颜。领导干部要带头到基层与群众同吃同住同劳动，和群众坐在一条板凳上，心往一处想，拧成一股绳，一心一意为群众办实事办好事，真正密切干部群众血肉联系。

龙满姝特意换了一个瓦数高的灯泡，照亮了满满一院坝子人。灯火通明，笑声阵阵，虽然劳累一天但大家兴致很高。小板凳上坐着的老人居多，还有妇女和年轻人带着小孩，黑压压围着院坝坐了一大圈。看着这个场面，铁木钗有点激动，群众还是信任我哩。有人说现在到农村去有两难：一是开群众会很难，二是想听到真话很难。原因何在，正如省委书记林柏森说的那样："这不是群众和一般党员的问题，根子还在领导干部。你给群众说空的，群众就给你来虚的。领导干部放下架子、俯下身子、抛开面子，与群众坐在一条板凳上拉家常、问冷暖，和群众一起流汗，以心换心，不信听不到真话。"

吴革宪主持会议，他快速地扫视了一眼人群，看人来得差不多了，神色激昂地站起身来，就大着嗓门拉开了话题，大声说道："大家不要讲话啦，"说到这里吴革宪顿了顿，很快喧闹的院坝里寂静了下来，然后接着说道："今晚上我们开个座谈会，县人大常委会铁主任亲自参加，请大家来就是要听听你们的心里话，你们想说什么话都可以说出来。下面，让我们用热烈的掌声欢迎铁主任讲话。"

院坝里响起长时间热烈的掌声。

铁木钗也站起来，等掌声停下来后，深深地向乡亲们鞠了一躬，这鞠躬让乡亲们深为感动。深情地说道："各位父老乡亲，我和你们一样，也算是苗王城村的一村民啦。今天来到这里，就是想和大家拉拉家常。既然是'拉家常'，我就不讲面子话、客套话，不用绕弯子，不讲晦涩难懂的话。直接来听大家的意见，看看你们有什么要求，了解大家在想些什么，有什么问题和困难尽管提出来。大家要讲心里话，要你们掏出心窝子的话。有话只管说，说错了也不打紧。"

吴群发拿着烟挨个儿发，口里不停地说道："这是铁主任买来的烟。"

吴顺清提着酒壶，吴福光拿着一次性杯子，一个一个地倒酒。吴顺清边倒酒边说："这酒是铁主任打来的，大家尽情地喝，不够我又去倒。"

烟抽了，酒喝了，人们就是不肯开口发言，有的低头不语，有的独自闷头抽烟。冷场了，这可急坏了吴革宪。他阴沉着脸，双手插着腰冷冷地说道："看你们平时说起话来像麻雀子打破蛋唧唧喳喳的。真要你们说，一个个变成哑巴了。你们枉费了铁主任的一片心意。"

铁木钗脸上露出信任的微笑，敞开心扉说道："乡亲们肯定有话要说，但是又不想说。为什么呢？怕我来是做做样子，走走过场。不说白不说，说了也白说，干脆就不说。我恳请你们白说也要说，但愿不白说，找出严重制约我们村经济社会的发展的疾症。我知道，下基层'形式'一次、'官僚'一次，群众的心就被伤一次。这次我个人来，就是来和大家认亲戚的。我把你们当亲人，你们不要把我当外人。你们有什么困难，我能解决的，我尽力解决，我解决不了的，带回去找有关领导和部门解决。"

没等铁木钗说完，院坝上不约而同地再次响起一片热烈的掌声。掌声中有肯定，更充满期待。很快的，铁木钗融入了这个群体，缩短了与群众的距离。

铁木钗的一番推心置腹的话，说得龙满姝的眼泪早已溢满眼眶，再也按捺不住激动的心情了，她最有发言权，铁木钗来就是为群众干实事的，不能再沉默，必须把话挑明，让群众看得见，摸得着，才能赢得群众信服："我来讲几句，铁主任确实不是外人，她还没进村，就为我们解决了大问题。什么大问题？可能有的人晓得了，有的人还不知道，祖祖辈辈梦寐以求的小河上的桥，铁主任已经把经费落实了，我们即将结束踩石礅过河的历史。所以，大家有什么困难提出来，有什么问题摆出来，铁主任心里才有数，才好向上级反映。"龙满姝说得在座的群众无不动容，心悦诚服。

"烂朽朽"几次想发言，话到嘴边儿又生生地被别人没做声的氛围堵了回去。在支书和村长面前可随便说，有县领导在场说话就得掂量掂量，口无遮掩是行不通的，到哪都会有人讨厌。铁木钗赤诚待人的话触动了他的心灵，心情微微舒缓了一些。沉默几秒后，鼓足勇气带了个头："我来说几句，我的诨名叫‘烂朽朽’，真实姓名叫吴本文。要说问题嘛，完全没得那是假话，现在我们村里可以说是‘五多三缺’，老人多、娃儿多、空房多、狗多、草多，缺劳力、缺技术、缺钱。从今晚参加会议的人员就可看出，大部分都是空巢老人，他们没劳力活路没得人做。春耕大忙季节，好在村里组织了个义务助耕队，帮助老人妇女栽秧，才解决了他们的后顾之忧。”

铁木钗肯定地点了点头，让她信心十足会听到很多真话的。手里拿着笔和笔记本，不停地记录着“烂朽朽”的发言。她鼓励说道：“吴本文说得好，请大家继续说。”

受“烂朽朽”的感染，吴天佑激动地说：“我叫吴天佑，这些话藏在我心里好久了，不吐不快。现在有的当官的下来，浩浩荡荡一大路，指手画脚一通不说，还要提前安排几个‘懂事’会说的当‘群众演员’，这啷个听得到真话嘛！”

听到此，铁木钗十分尴尬，有种芒刺在背的感觉，没想到群众对官僚主义、形式主义如此深恶痛绝。

吴顺发接过话题：“我叫吴顺发。现在大家饭是吃得起了，但是说小康嘛，还差得远，把路边的房子一齐刷白，写几副标语，就是新农村了？这完全就是只要‘面子’不要‘里子’的事情嘛！”

吴国华唯恐落后，抢过话茬大着嗓门说道：“我叫吴国华。我反映的问题是，后山的架箭水库长年失修，蓄不了水，算是个病险库吧。老天爷要是没良心晴个十天半月，坝上的水田就会干得裂口。水库里没得水，万亩大坝灌溉不了，成为聋子的耳朵，是个摆设。”

大家很快打破了拘谨，踊跃发言。座谈会气氛越来越轻松，村民们也七嘴八舌说开了。大家讲得头头是道，场面一度很是热烈。有人主张发展特色产业，有人说种核桃收入高，有人盘算着种中药材收入立竿见影，有人提议栽生态茶有市场，有人觉得还是种传统的农作物苞谷稻谷最保险，有的想发展养殖，有的想开办农家乐。

“到了晚上农村没什么娱乐，只能打麻将看电视，希望村上建一个老年活动室，让我们老有所养的同时老有所乐。”龙敏怀把自己一直想说的话说了出来。

“村里不通宽带，家里电脑买了三年也用不上。”龙前明是村里的老师，他跟铁木钗道出了心里话。

“想学城里的老人跳跳广场舞，但是没人教，也没音响。”退休老师谭玉琴快人快语。

“在提高物质生活水平的同时，也要注重提高精神生活水平。”铁木钗插话道，“怎样更好地丰富农民的业余文化生活，值得认真研究。”

看着这个场面，也许是一时激动，55岁的村民吴永龙把“家丑”也一块儿抖了出来。他长长地叹了一口气说：“妻子多年瘫痪在床，自己也体弱多病，每月的药费都要花上上千元。虽说有农保报销，但是我们自家还承担一部分。独崽明清在外打工挣的钱都全花在了我们两人治病上了，说起来惭愧，他34岁了还是校场坝的旗杆——光棍一条。”

会场里出现短暂的沉默。

三十而立仍打单身，铁木钗内心一阵不安。我们的工作与群众的愿望还有差距，金杯银杯不如老百姓的口碑，千好万好不如老百姓过得好。

吴群发有话要说出来，憋在心里就会觉得很难受，明知道不该说可是他还是忍不住说了出来，他向铁木钗“诉苦”道：“县里拨款10万元建村委会办公场所，村里配匹花了不少钱，欠了一些工程款。装修、购买办公用的桌椅，又欠下一些债务。村里没有造血功能，希望得到上级部门的支持。”

吴革宪随即制止吴群发提醒他不要“瞎说”。

铁木钗当场感叹：“吴群发不是瞎说，是真说。农民要脱贫致富，村级组织也要‘减负’。不过，村里再穷，可不要拖欠农民工的工资啊。”

龙满妹在旁边补充道：“真人面前不说假话，确实欠有农民工的工资。

真是对不起,老虎无奈啃黄桶。”

铁木钗宏图大略,信心勃勃地说道:“大家最大的愿望,就是希望住上舒适的房子,孩子能读书,生病可以到医院去看,手里有点钱。只要我们做到‘五子登科’,即动脑子、找路子、增票子、育孩子、建班子,我们的目标就能够实现。动脑子,就是要开动脑筋想办法改变村庄的面貌。村里要根据村里的气候、资源、区位等特点,开动脑筋想办法出主意。找路子,就是要找准这个地方发展的路子,走一条什么路,抓什么产业?增票子,就是要拓展致富路,根据不同情况搞种植业、养殖业、农家乐,想办法增收,让群众的袋子鼓起来。育孩子,就是要大力办教育。人与人差距的根本在教育,一定要让孩子读书,接受良好的教育。建班子,一个地方的发展,关键在班子,一定要有一个敢于致富、带头发展的班子。”说得振奋人心,催人奋进。

吴永龙禁不住说道:“铁主任讲得太好了,讲到了我们的心坎上!”

大家最关心的是修桥:“小河上没有桥,我们修房子都是靠马驮运水泥沙子,村里的水果蔬菜也运不出去,看到的银子都化成了水。”大家说来说去,最难的是缺少启动资金,各家基本没什么积蓄。

已是深夜了,看看大家也谈得差不多了,没有什么补充的,吴革宪就宣布散会。

“……谢谢各位乡亲的建议,大家的问题我都详细地记录到笔记本上,我会第一时间与有关部门联系,尽快协调解决,绝不含糊。”会议结束时,村民仍不愿离去。铁木钗再次从椅子上站起来,向村民们表示感谢。村民们意犹未尽地才渐渐散去。

龙满姝安排铁木钗睡在二楼一个带洗手间的房间,住宿条件不亚于城里的小旅馆。铁木钗临睡之前,翻开笔记本,初步统计了一下,今晚上共收集到群众提的问题、民情建议共计42条,归纳为14大类。

第三十四章　走访群众

东边的天际稍稍泛出一点鱼肚白，天色渐渐亮起来。太阳从东边刚露出一个头，龙满姝就起床了，她把屋里屋外的卫生打扫得干干净净，整理得整整齐齐。到厨房生火，煮了碗香喷喷的油煎蛋面，用的是土鸡蛋和农村擀的面条。端进铁木钗的房间。铁木钗正好洗漱完毕，从洗手间出来，看到龙满姝端面进来，急忙说道："怎么能麻烦你呢，你看我又官僚了一次。"

龙满姝唇角微微翘起挑了挑眉，笑着说："看你说的，你到我家来，就是我家客，是我应当做的。下次我到你家去，你做给我吃，是不是我就官僚？"

铁木钗端起面条吃上一口，便啧啧称赞道："嗯，好味道。你的嘞？你不能忍嘴待客啊。"

龙满姝赶紧对铁木钗说道："我的面煮好了，我马上去吃，我不会让我的嘴提意见的。" 说完，转个背就走了。

早餐作为每天的第一餐，对膳食营养的摄入、保持健康状况、提高工作和学习效率至关重要。早餐吃好，午餐吃饱，晚餐吃少。在吃早餐之前，因为已经有十余个小时没有进餐，胃肠道是空腹状态，血糖水平较低，整个机体状态处于低潮。一顿搭配良好的早餐，不但可以填饱肚子，提高血糖水平，还能快速改善机体整个状态。

农村是不兴吃早餐的，都起得比较早，天刚亮就出门做农活去了。今天铁木钗早饭吃得比较早，不像工作单位，八点半上班要睡到八点钟，中午十二钟下班，非得吃早餐不可。龙满姝没有养成吃早餐的习惯，口里说她的面煮好了，其实她没有煮。

吃早餐没有悬念，铁木钗很快就吃好。她以为龙满姝像她一样吃油煎蛋面，也就没在意。要是龙满姝没吃的话，说上天摔下地她会坚决不吃的。

走访几户困难户后，龙满姝带着铁木钗来到吴永龙家，他家是一栋农村常见的五柱四爪的老式木房子，街阳上睡着一条守着家门的黑狗，见有人来，抬起头警惕地睁开眼睛，打量一下龙满姝，又若无其人的闭着眼睡去了。要是遇到不认识的生人，它会不太友好，迅速地爬起来冲着来人，张嘴“汪汪汪”地狂叫，似乎是在质问来人：“你们来干什么？”也给主人传递信号，有陌生人来了，要注意，那是因为它忠于职守。如遇到穿戴不整洁的人它会扑上来撕咬的。走进吴永龙的家，铁木钗跨进门就对瘫在床上的吴永龙妻子说：“嫂子，病好点了吗？”

龙满姝向吴永龙的妻子说道：“这是我们县人大的铁主任，她是专门来看你的。”

吴永龙的妻子想从床上爬起来，试了几次，硬是爬不起来。张着嘴喉咙里发出微弱的声音，不明就里地问道：“主任？哪样主任？”

龙满姝不知该如何解释，一个没见个世面的村妇，根本上不知道人大主任、政协主席之类的职务，怎样说形象才让她明白呢。县长是公众人物，提起县长应该说老百姓都知道的，就用县长打比喻吧：“她相当于县长，和县长一样大的官。”

吴永龙的妻子抿了抿失去了血色的嘴唇，有气无力地说道：“啊，是县长来啦，你们请坐。”

龙满姝也不纠正她对铁木钗的称呼，只要知道个大概意思就行了。她和蔼可亲地问道："你的病好点了吗？"

吴永龙的妻子微微地皱着眉头，无精打采地说道："好点啦。明清昨天才寄钱来买药。"

铁木钗一直未见吴永龙的妻子称呼龙满姝，指着龙满姝故意问吴永龙的妻子："你认识她吗？"

吴永龙的妻子看了一眼龙满姝说道："她是我们村的村长，经常到我家来，我家的狗都不咬她。"

铁木钗微微点了点头，非常满意地笑了笑说道："看来龙村长还是经常到你家来，我们来的时候你家的狗确实没叫。"说完，一屁股坐在了床沿边上，拉着吴永龙妻子的手，问了问她的病情，还认真查看了她的社保卡、合作医疗证等。

龙满姝她们前脚进屋，吴永龙后脚就从地里回来了，他做梦都没有想到铁木钗会来到他家。这种意外让吴永龙有点不知所措，眼中精光一闪，有些激动地搓着手说："铁主任，我们农村条件差，看不成个样子。你看，你看这屋里臭烘烘的，不好意思，走，到外面去坐。"

铁木钗姣美的脸上露出一抹真诚的笑意，向吴永龙说道："没事的，到屋里是一样，你去忙些哪样来？"

"我到田里去看看水来。"

"秧栽完了吗？"

"栽完了，是村里组织助耕队帮我家栽的。"

"栽完就好。"铁木钗从包里取出一个信封递给吴永龙，信封里是一千元钱，"这是我们人大的一点心意，拿去买点化肥农药。你要好好照顾嫂子，让她早日康复，祝你明清早日成家。同时把庄稼管理好，争取今年有个好收成。"

"多谢铁主任。"吴永龙颤抖着双手缓缓接过信封，落下了百感丛生的泪珠。

临走时，铁木钗还留下了详细的联系方式。再次握住吴永龙的妻子的手说：“我们现在是亲戚了，以后有什么困难直接找我，我们多走动、多联系，共同找到致富的门路。你一定要挺住，哪怕脚有丁点儿知觉，就要下床活动，生命在于运动。”

吴永龙的妻子睁着无神的眼睛，双目含泪，声音哽咽地说道：“感谢你啦，大好人……”再也说不下去了。

“你放心养病，以后我还会来看你的。”铁木钗的眼睛也湿润了。

吴永龙想挽留铁木钗在家吃饭，却得到了礼貌的回绝——因为，她还要走下一家。

从吴永龙家出来，龙满姝领着铁木钗来到吴国华的院子里，两层的小楼装修精致，很是气派。铁木钗在堂屋里坐下，与吴国华和他的妻子牛桂英拉起了家常。

铁木钗直言不讳地问道：“你办沙石厂，一年有多少收入？”

吴国华毫不隐瞒地说道：“一年能纯挣个二十来万块钱。”

“能解决多少人就业？”

“十来个吧。”

“他们每月收入多少？”

“有三千块钱左右，包吃，比外出打工划得来。”谈到在他沙石厂打工村民的月收入，吴国华喜形于色。

“家门口也能打工赚钱，是划算。”吴国华说的是实在话，铁木钗很欣慰，“不过，一人富不算富，带领全村村民富了才算富，发挥能人效应。我们应在调整农村产业结构，解决农民衣食住行生老病死等方面下功夫，让村民腰包鼓起来、住房靓起来，早日建成一个生产发展、生活富裕、乡风文明、村容整洁、管理民主的美丽新农村。”

“老百姓要致富的愿望强烈，我也希望全村人都走向脱贫致富的道路，关键的问题是要找准一个切入点。小打小闹是不行的，要麻子打哈欠全盘动员。像我的沙石厂就有局限性，解决不了多少人就业。如何来盘活5 000多亩田，一万多亩土地是个大课题。”

“你觉得发展什么最合适？”铁木钗微微直起身，饶有兴趣地问道。

“我认为大力发展生态农业、乡村旅游最合适。”吴国华深刻分析道。“具体情况具体分析，对未来的发展要有个风险评估。因地制宜，不能跟风。假如上万亩的土地我们种上了中药材，市场一旦处于饱和状态，农户将会血本无归，大家的致富梦就碎了。种百合虽说是短平快的项目，市场竞争也激烈，主要用于制药。据我所知，销售渠道不是那么顺畅，只能在省内制药厂占有一席之地，很难开发和占领省外市场。种植茶倒是一条走上致富路的好门路，茶叶产业是一个高效、环保、可持续发展的朝阳产业和富民产业，茶叶具有较大的市场潜力，是集经济效益、社会效益和生态效益于一身的全球性商品。常言说：‘政府穷，百姓富，一袋茶叶赛干部。’我们来算算经济收入账：清明前后，1斤刚从树上采摘下来的鲜茶叶，市面价80元到90元一斤，茶农一家子每天卖30斤茶青，就有2 000多元，单产茶园每亩收入平均4 000元，茶区的中等人家每户收入都在4万元到6万元之间，也就是说清明前后茶农一天的收入就是一般国家干部一个月的收入。茶叶分高、中、低三种产品，高端产品创品牌，抢市场，以小叶种手工茶为主，价格定位在600—1 200元/公斤，消费对象为中高收入群众，销售市场为礼品茶和高级茶室、茶吧；中端产品上规模、要效益，以大叶种绿茶、红茶和小叶种夏、秋茶为主，价格定位在60—160元/公斤，消费对象为工薪阶层，销售市场以城市家庭酒店为主；低端产品服务大众。以机采茶为主，价格定位在15—30元/公斤，消费对象为农村、牧区或作为茶叶深加工原料。绿色孕育希望，生态成就未来。”吴国华充满信心地说。

吴国华渊博的发展茶产业知识和独到的见解，将茶叶市场前景分析得淋漓尽致，令铁木钗刮目相看，感到很高兴。这些话平时在办公室里是听不到的，群众中藏龙卧虎，有识之士不乏其人。铁木钗有些诧异地问道："你是开沙石厂的，怎么对茶叶有那么深的研究？"

"我曾在贵州省松桃梵净山红兵生态茶业有限公司跟师傅学做过制茶工，对种茶和制茶学到了一些技术。"吴国华解释道。

"收入可观吗？"

"每月五六千块吧。"

"这么高的薪酬，你为什么又回来了呢。"

"工资再高，始终是给别人当打工仔。我回来创业，不仅自家的收入比打工高，还可解决几个劳动力就业。正如你所说的，一人富不算富，众人富才是真的富。要想真正实现大家富，我建议种茶最为理想。"

"等我们吃早饭后，去田间地头走一圈再说。"铁木钗不置可否，婉转地说道，"你以自己的实际行动为民解忧，用智慧和汗水创业富民，有一种纯洁高尚的精神境界。思想境界的高度，决定一个人的成功大小。"

"铁主任，你拔高我了。我是一个普通的农民，只有朴素的想法，那有什么思想境界。"吴国华一脸的羞涩。

"你家秧子栽完了吗？"铁木钗转移了话题。

"还没有，要等没劳力的群众栽完了，才栽我们的。"吴国华很自然地说道，"明天下午村助耕队安排到我家栽，上午到龙村长家。"

铁木钗和吴国华谈兴正浓，龙满姝根本就没有插话的余地，只有倾听的份儿。读不完的书，杀不完的猪，讲不完的话，天下没有不散的筵席。她看看时间已十点来钟，该是要解决温饱问题的时候了。又有点不好意思打断他们的谈话，但还是鼓起勇气，淡淡地一笑说道："铁主任，时候不早了，我们回去做饭吃吧。"

牛桂英愣了愣说道："村长难得回去煮，就在我家吃。"

"在你家吃好不好？"龙满姝提出了质疑。

"到哪家吃都一样，吴国华又不是外人。"铁木钗爽快地说道。她和吴国华谈得十分投机,还有更多的话需要探讨。

“我去洗菜。”龙满姝主动请缨。

“你家屋里有灰面吗?”铁木钗问道。

“有,才买两天。”牛桂英肯定地答道。

“我来煮一顿面片给你们吃。”铁木钗提议道。

“好,要些什么佐料?”牛桂英听说过,自己不会做也没有吃过,感到很新鲜,她想学到这门手艺。

“姜、葱、蒜、番茄、辣椒。还要洋芋,有五花肉更好。”铁木钗说出了做面片的菜谱。

“除了没得五花肉以外,其他的都有。”牛桂英说。

“你们把菜洗好,洋芋刮好。其他的我来做,”铁木钗边说边走进厨房,洗干净手,系上围裙。把灰面倒进面盆里,加点水,开始和面。稀了就加面粉,水少了就再加水。水、面的比例,要求准确,一般是一斤面三两水,打成面穗。这揉面是个功夫活,要使劲揉,翻来覆去地揉,直到揉匀、揉软、揉光。如果揉面功夫不到,削时容易粘刀、断条,不到15分钟,将面粉和成团块状,面就揉好了。在盆底撒点干面粉,这样面团就不黏了,然后用湿布蒙住。等锅子烧热,放进去蒂切成块的番茄爆炒,番茄不断翻炒后加入去皮的洋芋片再炒,一直炒到洋芋片半成熟,加入水烧开。左手托住揉好的面团,灵活的右手拿菜刀,均匀的用力,将面团嚓、嚓、嚓,一刀赶一刀,一叶连一叶,在空中划出一道弧形白线,恰似流星赶月,一片一片削出的面叶儿落入汤锅,汤滚面翻,又像银鱼戏水。煮熟后加入姜、葱、蒜。不一会,捞进碗里着点油辣椒,几碗热腾腾、香喷喷的片面上了桌。

一旁观战的牛桂英,笑呵呵地说:“没想到铁主任会做面片的手艺,今天真是开了眼界。”

大伙儿围着小桌边吃边聊。面片入口外滑内筋,软而不粘,越嚼越香。

第三十五章　身份暴露

苗王城村形状大致是一个长条形，所有的土地几乎都集中在村子的背后。铁木钗邀请吴国华一起同行，出得后寨门沿着一条破烂不堪的乡村路，爬上城后的山坡，穿过一片苍翠碧绿的树林，呈现在眼前的是宽广得似乎漫无边际的土地。

龙满姝指着一片片开阔的土地说："我们村一万多亩的土地基本上集中在这里。每年唱的是传统的四季歌，年复一年不是栽红苕，就是种苞谷。外出打工的土地留守老人没得精力做，大多荒芜了。"

吴国华沉思一会儿缓声说道："听说20世纪五六十年代国家要到这里修飞机场。"

龙满姝借用网络语言调侃道："修飞机场只是个传说。"

铁木钗举目一看，相当有一部撂荒地长满杂草，就是龙满姝说的外出打工的土地，白白地浪费了土地资源，好好的耕地荒芜着实在太可惜。80、90后不会也不愿种庄稼，粮食安全问题怎么保证？领导们常常挂在嘴边的是万亩大坝，重视的是万亩大坝，却很少提及甚至遗忘了万亩土地，因为万亩大坝都在公路旁，上级领导来参观也很方便，最容易出吹糠见米的政绩。全县有多少个万亩土地，这些土地的利用状况如何？有关部门应该有个说法。如果不是今天亲自上坡来，哪能了解到实情。从地理位置和区位优势来看，种茶是最好不过的了。她于是有些欣喜说道："打造万亩观光生态茶园，集旅游生产观光于一身，有得天独厚的优势，在当之是个奇迹。"

"将采茶制茶与旅游观光结合，万亩茶园具体划分为茶园观景区、互动采摘区、茶园制作体验区、茶亭品鉴区，展示中心区、休闲游玩区。项目建成后，不但可以让游客亲身体验采茶、加工茶叶的乐趣，丰富游客的休闲娱乐生活，还可打响当之生态旅游的品牌，为我们村的农民带来更多的经济效益，达到农业增效，农民增收的目的。以供游客体验别样的生态趣味。"吴国华像一个博学多才的茶叶专家，谈出了自己对建设生态茶园的看法。

"说得好。"铁木钗喜出望外，大加赞扬。

"把所有的茶农成立茶叶专业合作社，拧成一股绳，统一生产、收购、管理、销售和牌子来经营。有了统一标准，技术人员指导种植和工艺，发展绿色产品，收摘后统一在合作社茶厂交费加工，再由合作社定向销给茶叶公司，高产高质，省时省工。把外出打工的土地流转出来。"吴国华高瞻远瞩，又像一个好的鼓动家，说得头头是道。

铁木钗听得是心悦诚服，当即跟吴国华商量："你的资金雄厚，你来流转土地。茶苗县里是免费送的，前期国家还有资金投入。满姝，你看如何？"

"吴国华属于我们村自主创业致富的成功人士，是不二人选，他有资金、有技术、有头脑、有想法、有人脉，一定能破解难题。"龙满姝十分支持。

铁木钗寄予厚望地说道："吴国华，你是挑起致富大梁的最佳人选，看你有没有决心和信心，你敢不敢立军令状？"

话说到这份儿上，吴国华只好接招，无比坚定地回答道："好，铁主任，一切听你的。"

"从现在开始搞好宣传发动，扎实做好群众的思想工作，争取群众支持，调动好农民群众栽茶的热情。今年已错过了栽茶季节，我回去后你们马上就要着手明年栽茶计划的衔接和落实。"对苗王城村未来的茶业发展，铁木钗信心百倍。

晚上，铁木钗又和龙满姝的邻居在龙满姝家院坝上摆起了龙门阵，不讲章法，也不讲规矩，不拘一格，随心所欲，想什么说什么。老大爷家里长邻里短的，老太婆柴米油盐的，年轻人把电视上看来的新闻作为谈资，时不时爆发出一阵欢快爽朗的笑声。院坝会散后，又开了一个村支两委会。来苗王城村的收获还真不小，在夜深人静的时候，她取出笔记本，把自己的一天来所见所闻所思所感写进了《民情日记》。

按照村里的统筹安排，村助耕队今天早上给龙满姝家栽秧。常言说："人多好种田，人少好过年。"分工配合，一环扣一环，相互鼓劲，干起活来也轻松一点。缺少秧苗的还得调剂秧苗。

铁木钗早早地起床，要求和助耕队一起去栽秧。龙满姝坚决不同意，要她在家里好好待着，写点《民情日记》什么的。田里蚂蟥特别多，一不小心就要染上粪毒，粪毒痒得要命，没有特效药可医治，领导的身体当紧。

铁木钗挑了挑眉，似是下定了决心，意味深长地说："我也是农民的女儿，在农村时这些活路我熟得很。领导干部是人，人民群众也是人。他们不怕蚂蟥粪毒，我还怕？当领导的应该把群众的事当成自己的事情认真去对待，不能脱离群众。"

"就依你，有言在先，累了就上田休息，不要强撑。"龙满姝拗不过铁木钗，索性就答应下来。她婆妈今早上回来了，负责在家煮饭，她也是村助耕队的成员之一，助耕队有十多个人，由村干部，共产党员、村民自愿者组成。只管吃饭，不开工钱，条件宽余的每人发五块钱一包的廉价烟。

铁木钗一脸欢快的笑:“这还差不多。”

龙满姝家的田全在二级公路边,万亩大坝大部分的田都栽满了秧,再过一两天还没插上秧的田里都会栽上秧苗。如整个大坝实现满插满栽,老百姓称为“封坝”。待铁木钗赶到田边时,田里已摔满了秧子。她挽起裤脚,卷起衣袖,二话不说从公路上下到水田里,解开了一把系好的秧苗,左手捏着,弯下腰,低着头有条不紊栽了起来。像绣花儿一样把秧苗疏密有致的镶嵌在一汪汪水域里面,每栽插完几行之后,就后退腾出栽插的位置。注意避开脚窝,减少浮秧,避免返工。所以,在栽插秧苗的时候,行走路线必须是直线。栽秧要的不是力气,而是技巧和速度。行距和窝距要适中,不能太宽,太宽了会减少栽插的数量影响产量;不能太密,太密了会导致生长空间狭小,养分吸收不均衡,最后也会导致秋收的产量。此时的水田里,秧苗就是最美丽的主角。一行一行的秧苗组成了一首首清新田园诗歌的五线谱,那种舒心的感觉油然而生。这时,田野里传来一阵阵欢快的歌声,苗王城村的农民劳动时,都喜欢唱山歌。扯秧苗有扯秧歌,运秧苗有运秧苗歌,栽秧有栽秧歌,薅秧有薅秧歌,在山上砍柴有砍柴歌,什么歌都有,有节奏强烈的劳动号子、优美抒情的山歌、流利畅达的小调、特色鲜明的风俗歌,丰富多彩,有固定的曲调和相对固定的歌词。印证了那句俗语说的“在什么山头唱什么歌”,这些生动有趣的劳作栽秧山歌还融入了爱情的元素,让朴素的劳动充满了柔情蜜意,动听悦耳。人们一边劳作,一边歌唱,那些口口相传的栽插秧苗的歌谣充满着泥土气息,也洋溢着劳作的快乐,同时也流淌着对未来的憧憬和丰收的展望:

大田栽秧行对行,三路青来两路黄。
秧子黄来欠秧水,小妹黄来欠小郎。

吴福光听得心里痒痒的,直起腰,对龙满姝说道:“龙村长,你来一首。”

"吴福光,你先唱。"龙满姝说。

吴革宪鼓励道:"龙村长,你先回敬一首。"

龙满姝虽称不上歌后,也能唱个几十首应付。她的歌声很甜美:

大田栽秧行对行,一对秧鸡来歇凉。
秧鸡要找秧鸡伴,唱歌要找唱歌郎。

龙满姝的歌声刚停,吴福光情不自禁地唱了起来:

大田大坝好栽秧,山沟野箐好找郎。
你要招郎来找我,人又聪明各在行。

你有来言,我有答语。一个中年妇女接嘴唱道:

大田栽秧排对排,一对秧鸡下山来。
秧鸡抬头望秧子,小妹抬头望哥来。

吴福光唱道:

大田大坝好栽秧,大江大海好漂洋。
有心漂洋漂过海,有心玩花进花场。

中年妇女接着唱道:

大田栽秧排对排,情哥才学名在外。
唱得哥心合妹意,唱到天亮不分开。

此时的田野，是山歌的海洋。悦耳动听的山歌声此起彼伏，回旋振荡，热情奔放，那场景简直是妙不可言：

大田栽秧水汪汪，哥妹栽秧行对行。
行行栽在心坎上，秧苗青青情意长。

大田栽秧秧把多，栽了一窝又一窝。
又要田中栽秧子，又要抬头望情哥。

大田栽秧秧连秧，郎唱山歌妹插秧。
郎若愿把妹来帮，下田搭我栽两行。

大田栽秧秧把稀，丢掉秧把撵秧鸡。
撵着秧鸡来下蛋，撵着小妹来做妻。

栽插秧苗，是春天乡村里最美妙的风景线，辛勤的劳作就在歌声笑声中变得轻松而愉悦。铁木钗听得心旷神怡，高兴得忘了腰疼，过田园生活，无烦无恼，无忧无怨。她几次想跃跃欲试唱一首，最终打消了这个念头。不是说她是县领导唱唱山歌有失身份，实在是肚里没货，搜肠刮肚也难找出一首。从小耳闻目睹大人们唱过山歌，那时的家风比较严，老一辈是不允姑娘家唱山歌的，要结婚以后才能学唱，也就不敢越过雷霆半步。

人算不天如算，铁木钗的身份终于“暴露”了。

源于《当之报·记者乡村行》栏目记者主笔之一罗丹凤，她今天要到塘坳镇采访生态移民和小城镇建设，塘坳镇与武江市的所在地大同区接壤，素有“当之门户”之称。到塘坳镇要路过大湾乡，为了采访的方便，她用多年积蓄的稿费买了一辆白色的私驾车。车行进到苗王城大坝，突然，一阵优美的山歌声吸引了她，激起了她强烈的情绪和责任感。她放慢了速度，摇下车窗的玻璃认真聆听，越听越感兴趣。越有兴趣越觉得有新闻价值。她干脆停下车，取出录音笔，把动人的山歌录下来，写新闻时用得着。举起照相机对着栽秧的人群准备照相，调焦距时大吃一惊，看到一个熟悉的人影映入镜头，心里咯噔一下，摇了摇头："不大可能"。她的直觉告诉她，或许是相像的人。不管怎样，先拍几张再说，"咔嚓咔嚓"用连拍拍了五六张。相机里放大仔细端详，硬像是她。如果是她，从新闻的价值来说，这是一条好新闻，或许能引起轰动。是她，怎么来栽秧，不是她，怎么又相像？如何能证实是她，罗丹凤眉头一皱，一个大胆的设想在脑子里形成。她冲着田里试探性地喊了一声："铁主任。"

铁木钗突然听到有人喊她，下意识地直起腰，抬头朝公路上望去，一个美丽的女孩在朝着她不停地按动快门。

真的是她！罗丹凤激动，好一阵才平静下来，勉强压抑住内心的兴奋，惊喜地喊道："铁主任，真的是你！"

铁木钗认识罗丹凤，心里暗叫了一声："不好，我被县报记者发现了。"表面上平淡无奇地说道，"罗记者，你下乡采访啊。"

罗丹凤百思不得其解，县领导下乡调研在田边地角指点一番就算深入基层了，铁木钗怎么会来田里栽秧哩？有太多的问题想问一问铁木钗。她立马下车，绕到还没栽秧的田那边，却见她脱下鞋袜，撩起白裙走下水田，径直走到铁木钗身旁，款款地问道："铁主任，我想问你一个问题，你怎么想到来栽秧呢？"

铁木钗被问得一怔，笑了笑，回应道："这没什么，劳动光荣，劳动伟大。干部参加劳动也是我们党的优良传统，在新形势下提倡和重视劳动，既是从历史经验中发掘治理法宝，也是立足现实挑战继续丰富和发展执政经验。"

罗丹凤紧追不放："据我所知，真真实实悄悄地和群众同劳动的领导干部为数不多。有的领导虽说下乡劳动，要把报社的、电视台的、网站的记者喊起去，握一握锄把照张照片抢过镜头，装模作样做做秀，群众最反感。可是你，悄无声息地下乡来，与老百姓同吃同住同劳动。”

铁木钗真诚地说道：“省委书记林柏森同志曾经说过，下乡去调研时，不要暴露官员的身份。只有悄无声息地下乡来，才能了解老百姓的疾苦，掌握第一手资料。”

“啊，我明白了，你领会了林书记讲话的精神实质，用实际行动落实林书记的讲话精神，这就是你的思想境界。”罗丹凤感叹道。

铁木钗谦敬地说道：“林书记站得高，看得远，他的讲话精神我学得还不够。”

罗丹凤敬佩地说道：“你太谦虚了，铁主任。这次对你有什么收获？”

铁木钗感慨地说道：“收获很多，最主要的是听到了群众的真话。我下村来没有事先打招呼、不要任何人陪同、不带新闻记者。没有摄像机镜头对着，没有‘现管’的大小干部挡着，和老百姓在一起，他们才敢讲真话、讲实话、掏心里话。如果说摄像机的镜头举起来，闪光灯一闪，陪同的领导干部一大堆，群众说话就有了顾虑，想说都不敢说，自然流露的东西就少了，哪里还能听得到群众的真话、心里话？”

龙满姝见有记者采访铁木钗，叫大伙休息一会儿。她在接受罗丹凤采访时坦言：“我就是一个农民，没想到能与县人大常委会主任朝夕相处，更没想到人家能这样对我，确实很感动。”把铁木钗进村入户的事给罗丹凤说了。

吴革宪接受罗丹凤采访时高度评价铁木钗：“铁主任一竿子插到底，到苗王城开展驻村住户调研，直接下到基层了解第一手情况，她摆脱了报喜不报忧式汇报的缠绕，听到了农民最朴实的心声，看到了村里原生态的问题。对我们来说是巨大的鼓舞和鞭策，对全村工作产生了巨大的推动力。我觉得，铁主任下乡，可以说是：‘干部带头干，群众学中干；示范树榜样，一起奔小康。’这正是县领导求真务实，积极转变干部作风的真实写照。”

此时，铁木钗的绿色通道电话响了，是王广实打来的。铁木钗知道肯定有重要事情，否则王广实是不轻易打她电话的。王广实告诉她，接到县委办通知，今天下午三点钟，县委在行政中心十楼县委常委扩大会议室召开县委常委扩大会，将听取第一季度工业、农业、城建、文产、招商、财税、维稳等组的汇报，要她一定参加。

龙满姝要罗丹凤到她家去吃早饭，罗丹凤推辞不过，再说还可再进一步的采访，就答应了下来。

吃过早饭，助耕队马不停蹄地帮吴国华家栽秧去了。铁木钗收拾好东西，给了五百块钱给龙满姝，龙满姝执意不肯接，铁木钗说：“我是给两个老人和孩子的，没给他们买什么来。”这样一说，龙满姝不好拒绝了。

原本王广实安排马放鸣来接铁木钗，得知罗丹凤塘坳镇不去了，铁木钗就坐罗丹凤的车。罗丹凤要回县城把铁木钗的稿子及时写出来，再说还要采访王广实主任。新闻姓新，新闻就像陈世美喜新厌旧，讲究的是一个时效性。今天是一条很好的新闻，明天可能就是一文不值的旧闻了。

临走前，龙满姝笑着说：“铁姐，改天你要记得来看一看这些秧苗哦。”

“没问题，下次来就帮你收稻谷。”铁木钗和龙满姝约定。

第三十六章　发酵升级

罗丹凤死磨硬缠，通过王广实的旁敲侧击，硬是把铁木钗写的《民情日记》弄到了手，她连同自己写的长篇通讯《人大主任下乡的“秘密”》分别上传到当之网、天涯社区和当之吧·百度贴吧上，图片吸引眼球，文章写得很生动，感人至深，紧接着铁木钗根据走访调研的结果，写成了调研报告《当前农村经济发展的瓶颈及其对策——以苗王城村为例》提交给县委县政府，罗丹凤又把这篇调研报告挂在网上。在网络民意的推动下，一步步发酵升级，一石击起千层浪，各大网站很快转载，引起有关部门的高度关注，被网友称为“插秧姐”。

《中国人大报》头版头条发表了长篇通讯《一个县人大主任下乡的“秘密”》和铁木钗写的《民情日记》及调研报告，并加了编者按。省人大常委会办公厅把铁木钗的调研报告、《民情日记》和罗丹凤写的通讯打印成册，发到每一个委员手里，同时透露给了《人民日报》的记者。《人民日报》驻黔中省记者站派出记者专程到当之作进一步的采访，发了一篇通讯《同吃同住同劳动玩真格的》和全部《民情日记》。引起省委书记、省人大常委会主任林柏森的高度重视，他认真仔细地阅读了一遍，《民情日记》、调研报告和通讯中几次提到他的讲话，心里不由得暗暗地高兴着，一个县人大常委会主任的举措引起强烈反响，是为数不多的。“这不是群众和一般党员的问题，根子还在领导干部。你给群众说空的，群众就给你来虚的。领导干部放下架子、俯下身子、抛开面子，与群众坐在一条板凳上拉家常、问冷暖，和群众一起流汗，以心换心，不信听不到真话。”、“下去调研时，不要暴露官员的身份，可以跟人讲自己是报社的记者，这样能了解到更多真实的东西。”这些话是他在省委召开全省推进党建工作创新工程会议上讲的，会议开到县一级，各县的县委书记、组织部长参加。肯定地说，铁木钗是不具备条件见到他的讲话材料的，只有省报在会议消息中提到，不经常看报的或不留心的人根本记不住，可见她是一个有政治头脑的人。一个领导一定要讲政治，如果不讲政治，那他的政治生命不会好到哪里去。这里所说的政治，包括政治方向、政治立场、政治观点、政治纪律、政治鉴别力、政治敏锐性。在政治问题上，一定要头脑清醒。林柏森曾记得党的十六大和黔中省委第八次党代会召开后不久，他到一个县的乡镇调研，当即对这个乡的党委书记蒙其富说，我建议县委把你的职免了，你还感到很冤。

陪同的市委书记莫名其妙，乡党委书记招惹省委书记什么啦？说出如此之话。

县委书记诚惶诚恐，他最了解蒙其富，蒙其富敢于创新、敢于担当，来这个乡任书记后，各项经济指标名列全县前茅，曾想向市委建议作为副县级干部培养哩，现无缘无故把蒙其富的职撤了，于情于理都讲不走。

听到省委书记的话，蒙其富便是大惊失色，搞不明白自己有何过错。一不贪污，二不受贿，三不嫖娼，四不欺压百姓，一生清清白白，两袖清风。

林柏森见大家紧张兮兮的，呵呵一笑，解开了谜底：“你们想一想，作为一个乡党委书记，党的十六大和第八次省党代会召开没有营造一种浓厚的宣传氛围，标语没见一幅，这就是不讲政治的表现，不讲政治就不称职，不称职就要免职。”

县委书记赶紧出面打圆场：“林书记，蒙其富到市委党校中青班培训，昨天下午才回来。十六大和第八次省党代会召开的时候，他们都组织乡里干部职工收看开幕式，写了标语，只是下雨淋湿后脱落了。”

“我知道，不过，应在公路两旁显著位置制作广告宣传牌，时间长一点，宣传的面要广一点。”林柏森说。他说过的话很多，又有几个记在心上。他以此为契机，分别召开了省委常委会和省人大常委会主任会议专题讨论转变作风问题。他思考再三，决定近期到当之走一趟。

丁江峰读了后，很受感动，在《民情日记》和通讯上作了批示，全县各级领导干部要切实转变工作作风，真正地深入农村，了解民情，倾听群众呼声。县委办把《民情日记》、调研报告和通讯打印出来发给县里、乡里的干部学习。

6月20日，林柏森要到当之来调研的消息是省委办公厅直接给武江市委办公室发的传真，武江市委办公室又及时把传真转发到当之县委办公室。丁江峰颤抖地拿着传真，省委书记来当之调研的重要性不言而喻，一是对当之应该说是对他丁江峰工作的充分肯定，二是多接触一次省委书记，就多一份省委书记对自己的了解，多一份了解，就多一份提拔的可能。再说随同人员也是一些名副其实的省厅级实权高官：省委常委、组织部长田茂盛，省委常委、省委秘书长冯佳顺，省委副秘书长、政研室主任徐建国，省发改委主任戴昌伟，省水利厅厅长毛联政，省扶贫办主任尚元辉，省农业厅厅长石朝龙，省建设厅厅长黄梦清。

秦明丰也明白一个道理，省委书记到哪个地方调研，哪个地方就会得到发展的机遇。他委派市委常委、市委秘书长项兵到当之召开专题接待会议。会议由丁江峰主持，铁木钗也参加会议。

会议有三个议题：一是县委成立接待领导小组，丁江峰任组长，彭华刚、铁木钗、匡达明任常务副组长，姜奎、麻炳林、华远胜、玖长洪、导鹏志、严代林、水碧仙、柏林立、程克兴、魏前光、国宝厚任副组长。相关部门的负责人为成员。领导小组下设十个工作组，综合协调组、文字资料组、会场布置组、现场参观组、宣传报道组、安全保卫及交通保畅组、环境整治组、后勤接待组、信访维稳组、医疗卫生组。分别由十个任副组长的县领导担任工作组长。

二是确定参观点。根据调研时间两天安排，第一天调研塘坳生态移民和小城镇建设，从大同到当之要经过塘坳镇，顺路，紧接着非公企业党建，选择汇丰石材加工厂，其次平湖现代农业园区生态园区，最后东城新区和文化产业一条街。第二天早上慰问五户农民贫困户和五户下岗贫困职工，下午汇报会。

三是县里陪同考察人员。从精减人员出发，县四大班子主要领导全程陪同，报社、电视台记者各一名，县委办主任、两名便衣警察。不带小车，同乘一辆县委办的考斯特车，其他县领导及部门负责人到各自的点上等候，情况由点上负责人介绍，全部参加第二天下午的汇报会，但晚上各部门必须主动与省厅对口联系，争取更大的支持。现场参观组要对考察路线进行认真的踩点，参观的路线一定要准确，考察点的时间一定要卡紧，一分一秒都要节约出来。哪个环节都要考虑周到不出任何失误，影响本地在上级领导心目中的形象。

项兵从提高认识，加强领导、夯实责任、狠抓落实四个方面讲了话。

丁江峰讲了话后，出其不意地提出了一条建议："林书记名字三个字都带有木，木怕什么？木最怕火。所以，我们不要穿红色衣服，一律穿白衬衫，" 这是个细节，细节决定成败，得到了项兵的首肯。

国宝厚挂职任副县长人大常委会差点不被任命一事，天福州一直耿耿于怀，他要找铁木钗讨个说法，还他一个清白。这天下午天福州捕捉到铁木钗在办公室的信息，不打电话预约，径直来到铁木钗的办公室。门虚掩着，来到门前，他平稳下呼吸，懒得敲门，轻轻地走了进去。

铁木钗正在全神贯注地看刚到的报纸，上面有关于她下乡的报道，似乎没有留意天福州的到来。

天福州见铁木钗沉浸在报纸之中，不卑不亢地喊道：“铁主任。”

直到天福州叫她，铁木钗才如梦方醒般从报纸里慢慢抬起头来，很惊讶地望着天福州问道：“噢，天部长来啦，请坐。”

天福州不客气地坐下，慢条斯理的调侃道：“我今天是夜猫子进宅，无事不来，特来向领导负荆请罪。”

“负什么荆，请什么罪？你把我说糊涂啦。”铁木钗满腹疑团地问道。

“你不是给姜书记说要处分我吗？”

“处分你那是纪委的事，与我们人大没得关系。你是县委宣传部副部长、报社总编，属于党群系列，我们管不着。如是政府组成人员，我们要监督。”

“关系重大啊，铁主任。”

“我真不明白你在说什么，不要绕弯子了，痛痛快快地直说吧。”

“你给姜书记说我们报纸提前把国宝厚任命了，要处分我们哩。”

铁木钗当时给姜奎说的是气头上的话，早把这件事忘记得一干二净。经天福州一提起，心里还是有点不愉快地说道：“哦，我想起来了，是有这么回事。我们人大常委会还没任命，你们报纸就把他任命了，什么县委常委、副县长国宝厚出席某某会议，这是虚假的新闻，严重的失实报道，给我们人大常委会的工作造成被动。那天开人大委常委会议决定任命国宝厚为副县长，委员们议论纷纷，说《当之报》就任命了，还要我们来划什么圈。后来我说这是政治任务，连挂职干部就任命不了，如何向市委交代？委员们感到事情的严重性，才全票通过任命了国宝厚的职务。真要是出问题了，我的责任不小啊。所以，我的那个气呀真不知该向谁发，想来想去，只能发到你们身上。当着委员们的面说要处分你们，是想缓和一下委员们的情绪。”

“万一要处分人的话，首先得从丁书记处分起，其次是你铁主任，等你们都处分完了，才轮到处分我们。”天福州半开玩笑半认真地说。

“此话怎讲？丁书记可没招惹你。”铁木钗丈二和尚摸不着头脑，奇怪的是，她没气恼，却十分认真地想天福州分解下文。

天福州似乎豁出去了，也不管后果如何，像吐枇杷籽似的说了出来：“丁书记在大会小会上都介绍国宝厚是县委常委、来当之挂职的副县长，你是在场的。书记怎样说，我们就怎样报道。要说新闻报道严重失实的话，根源是从丁书记哪儿来的，他说了假话，你说该不该处分他。你没有及时纠正丁书记的口误，你默认了丁书记的说法，你说该不该处分你。我们按照你们领导的说法进行了报道出现了失误，我们是有一定的责任，那不过是次要的责任。”

铁木钗哭笑不得，天福州的话有道理又没得道理，但不能让他任性，嗔怪道：“丁书记说得没错，他介绍是来挂职的副县长，并不像你们所报道的那样是副县长。请注意，挂职的副县长和副县长这是两个截然不同的概念。”

“铁主任，挂职的后面仍有‘副县长’三个字。”天福州也不示弱，说话点到为止，言多必失。

铁木钗很欣赏天福州的个性，莫说是气头上讲气话要处分他，真的他犯了错误要受处分的话，她会为他求情的。不由大度地一笑，调侃道：“天福州啊天福州，你总是那么能言善辩，能写会说。真的处分了你，当之从此无文章，岂不惜哉。发表了虚假的新闻还不认错，你要是在政府部门当局长，第一个不任命的就是你。”

看来铁木钗也不像姜奎副书记说的那样小肚鸡肠的，说起话来也很幽默，风趣，亲切。天福州也打趣儿说道：“铁主任亲民爱民的事迹风靡全国，在当之是老幼皆知，是我们学习的楷模。不过，在大是大非问题面前不坚持原则，我要是人大代表，我不会投你票的。”

“你不投我票不打紧，”铁木钗笑着说，“可是你们把我推到了舆论的风口浪尖上了，我还没找你们的麻烦。我做了一件我应该做的小事，在我看来平常得就像我们一日三餐吃饭一样，根本无新闻价值可言，你们新闻人当成了无价之宝，大书特书，我真的不理解。”

“不理解是正常的，”天福州侃侃而谈，“我们新闻人有新闻鼻，嗅觉灵敏，有新闻眼，眼观六路，有新闻耳，耳听八方。在别人看来很平常的事，从新闻的角度看问题，就是一条好新闻。人们应该做的大伙儿都去做了，这的确无新闻价值可言，人们应该去做的却没有人去做，而某个人去做了，这就有新闻价值。比如，领导干部与农民同吃同住同劳动，而且正儿八经地下田劳动了，这就是新闻。”

“你的新闻理论知识真的很渊博，横说有理，竖说也有理。罗丹凤一篇文章，弄得我疲于奔命，明天，有10家省内外媒体要来采访我，想推都推不掉。媒体的威力我领略了，媒体可以在一夜之间捧红一个人，也可以在一夜之间毁了一个人。”

“这是好事情，你成了领导干部楷模的新闻人物，提高了当之的知名度。”

“我下乡去为什么不带记者，为什么不要随从人员，为什么要关手机，我真真实实想干点事情，没想到罗丹凤这一整，弄出那么大的动作。”

“有心栽花花不开，无心插柳柳成荫。有的领导下乡去一呼百诺想出名，结果事与愿违，谁也没人记起他。”

“其实，要把新闻报道平民化，话筒镜头笔尖要多对准基层和群众。把版面留给群众，增强新闻报道的吸引力、引导力、影响力和传播力。像我们人大，多宣传奋战在经济建设第一线的人大代表，鼓励支持他们为当之的经济社会发展做出更大贡献。不要老是天天围绕主任副主任屁股转，好像领导的活动就是新闻。”

天福州略想了一下说道：“你的提议很好，我在《当之报》上开辟一个

《人大代表风采》栏目，宣传谁由你们定，我们派记者采访。”

这个天福州有悟性，脑袋瓜子灵活，能想领导之所想，急领导之所急。善于领会领导的意图的人能得到领导的欢心，往往能够更快地得到提拔，也能得到更多的奖赏。不只特别注意领导的言行，而且能够抢先一步，把领导想说而未说的话先说了，想办而未办的事情先办了，表现出极大的主动性。

铁木钗脸上露出喜悦的神色来，不得不佩服天福州的随机应变的能力。我只说多宣传人大代表，他就主动提出开辟《人大代表风采》栏目，把自己的心思揣摩得清清楚楚，所以他说话办事都能弄到点子上。连忙点头说：“你的想法很好，具体叫冯隆兴和你联系。另外，每一期报纸你给我留20份，等林书记到我们县来调研，他们每一个人的房间都摆上《当之报》。让领导了解当之，让领导认识人大代表。”

“你放心，我一定会做好。”天福州用坚信的语气对铁木钗说道。

“如需版面费，我适当出点。”铁木钗随口说道。

“谢谢铁主任，从这一期起我就安排版面。”天福州神色真切恳挚地说道，说完便站了起来。

铁木钗主动站起来，轻轻地握住天福州的右手，信任地望着他的脸孔说道：“欢迎你经常来，请多多支持人大工作。”

第三十七章　听到真话

省委书记外出考察除了随行带两个警卫外，按理说警卫是无级的，但林柏森是中央委员，地方上仍按三级警卫来对待。当之县在林柏森考察的线路各三岔路口或丁字路口都有警察守护，接到林柏森要经过该路段时，守护的警察立即封锁小路，不让任何车辆驶入主公路，必须保证领导的安全。

6月20日，这是一个明媚的日子，雨后天晴，空气格外清新，林间的鸟儿欢快地叫着。

丁江峰一行早早地来到当之与大同区交界的地方等候。按照省委办公厅的日程安排，林柏森一行八点钟在市里吃早餐，八点半从市里出发。如果不堵车的话，半个小时左右就可到达。遇到上班高峰期，走走停停，停停走走可能要一个小时。交警车在前面开道，林柏森交代过，不准鸣警笛，尽量避免扰民。开道交警只好开闪烁警灯，遇到迎面有车开来，用喇叭轻声喊道："后面有车队，请慢行。"遇到因车多交通拥挤"寸步难行"，又不能采取临时交通管制措施，也只能是望车兴叹。活该秦明丰露脸，也不知咋的今天早上的交通秩序非常好，比以往任何时候都好，不费吹灰之力车队就驶出了城。

古杰俊随时和项兵保持热线联系，车队几时从宾馆出发，现在什么方位，问过一清二楚，时不时向丁江峰汇报。

项兵在电话里告诉古杰俊，车队已到了大同区的横川镇，还有十分钟就到交界处了。丁江峰心情既紧张又激动，感觉有无形的压力从四面八方朝他压来。他稍整理一下灰色领带，灰色领带是当前流行的时尚元素。以领导为榜样是自古有之的简单朴素的领导哲学，在现代社会将日益成为领导者需要、甚至于必须遵循的领导原则。县委书记作为一个县的领头人，在一个县的全局工作中处于核心地位，肩负着重要职责，其能力素质高低，直接关系一县一地发展的快慢。一言一行，一举一动对于下属来说具导向作用。某种爱好容易被人效仿，这也就是大家平常说的偶像。打了灰色领带，来的人也是清一色的灰色领带。一群人站在公路边，清一色的白衬衫就像天边飘来的云。

市里的交警开道车首先进入丁江峰的视野，片刻工夫就停在了他们的面前，紧接着后面的车队也缓缓停下。项兵拉开车门，快步下车，走向丁江峰说道："丁书记，为了不耽误时间，这里林书记就不下车了，到塘坳再见面。"

市里的交警开道车变成了后卫，到了当之的地盘上，就由当之的交警负责开道。当之的交警曾和县里的领导共同采过点，走什么路线，参观多长时间都烂记于心。

车子的排序是有讲究的，省委书记在前面，省厅的厅长紧跟其后，然后是市委书记，县委书记屈居第四了，后面是警卫车。千万不能插队，插错队就不讲政治了。

到了塘坳镇，车子一停下，丁江峰一行就向前走去。秦明丰分别向林柏森介绍了当之县四大班子主要领导。林柏森握着铁木钗的手亲切地说道："你就是'插秧姐'呀，报道你事迹的通讯，你写的调研报告和《民情日记》我都读了，真的很不错，特别是女同志做到这一点难能可贵。我就没做到啊，要向你学习。”

说得铁木钗脸上飞起一层红云，显得更加美丽动人。不好意思说道：“林书记，我做得还不够，请多批评。”

林柏森对铁木钗的第一印象特别好，他感觉到铁木钗说话不亢不卑，仪表端庄，衣着得体，具有一个西部女子优美成熟的气质。不由多握了一下铁木钗的手，多讲了几句话：“调查研究，是干部的谋事之基、成事之道。重视调查研究，更是我们党在各个历史时期做好领导工作的传家宝。然而不知从何时起，一些领导干部下基层调研逐渐变了味：事先安排好线路，确定好调研对象，身边陪同干部一大堆，与基层普通群众则少有交流，满足于听听、转转、看看。这样蜻蜓点水、浅尝辄止的调查研究，被一些群众形象地称作：‘调查研究隔层纸、联系群众隔座山。’我带来了几个厅长，不要认为我兴师动众，他们是来给你们解决实际问题的，你们有什么困难大胆提出，现场办公解决。至于考察路线，我不会按你们的线路走的，想到哪里看，我就到哪里看。你说是吗？木钗同志。”

铁木钗笑着点点头说：“林书记的谆谆教导，我们一定要紧紧牢记。”

当之以“规划引领、农户自愿、先易后难、模式多样”四个坚持为统领，扎实推进扶贫生态移民工程建设。目前，已规划建设移民安置点40个，总投资4.1亿元，已搬迁2 084户，实现了6 015人脱贫致富。

林柏森饶有兴致地观看了塘坳的生态移民安置点，看到一栋栋生态移民安置房拔地而起，他十分高兴。一路走、一路听，时不时提问了一些问题，华远胜流畅地作了回答。丁江峰从大局出发，每个参观点由分管领导介绍，因为他们熟悉情况，汇报起来才有根有据，万一领导详细问起，可随机应答，再说也让副职们在上级领导面前施展一下自己的才华，加深领导的印象。

华远胜分管生态移民，昨晚他把全县和塘坳镇生态移民的材料看了一遍又一遍，直到倒背如流，现汇报起来有声有色。看得出来，丁江峰的脸上洋溢着喜悦的神色，显得十分自豪，他们汇报得越好，他的脸上越有光彩，实践证明我丁江峰领导有方嘛，不管是前任领导做的，或是他现在实施的，统统都记在他的名下。

秦明丰的心里也是喜滋滋的，内心深处都充满着自信。

林柏森突然走进生态移民龙江海家中，这是一幢三楼一底的洋房。他关切地询问起龙江海家的生产生活情况："老乡，你好啊。你叫什么名字？"

老实巴交的龙江海见这么多陌生人涌进来，显得有些手足无措，他搬过凳子招呼大伙儿道："我叫龙江海，同志，你们请坐。"

"你不要管我们，我们不坐，"林柏森和蔼地问道，"你家是从哪里搬来的？"

龙江海讪讪地站在那儿，十分朴实地答道："我家是尖坡村的，我们那个地方田少土少水少，遇到天旱年，颗粒无收，全靠镇里救济。过去住在深山，我们早就想移出大山，苦于没有资金。去年，镇里的干部说，国家出钱在镇上给我们老百姓修好了房子，叫我们搬下坡来坐，我们就搬来了。"

"你们家有几口人？有困难吧？"林柏森关心的话语温暖了龙江海的心。

"没得困难。我们家有五口人，儿子在镇中学当保安，媳妇守这个门面，她今天到武江打货去了。还有一个孙子和孙女，他们都在镇里读中学和小学。"

"你现在这个门面一个月有多少收入？"

"一个月有4 000多元的纯收入，好点的月份有个七八千。比在山上种庄稼，不知要强多少倍。"

"是吗？"直觉告诉林柏森，龙江海并没被地方领导"导演"，讲一句是一句的话是真实可信的。林柏森对当之的扶贫生态移民安置工作取得的成绩给予了充分肯定。他满脸兴奋地说:“近年来,当之的变化很大,扶贫生态移民安置工作上了一个台阶,很好,很不错。我们要通过教育移民、劳务移民、县内安置、沿水沿路安置、工业园区安置等多种途径,让这部分群众彻底摆脱生存困境,与全省人民一起走上共同富裕之路,真正做到搬得出、稳得住、能致富。”他表示,“生态移民是省里的一个大战略,实践证明也是一项好政策,移民群众遇到什么困难和问题,都要积极向党委、政府反映,我们一定会想办法尽全力帮助解决。”

结束了塘坳扶贫生态移民的参观,林柏森要秦明丰、丁江峰和铁木钗与他坐一辆车子,在车上好交换意见。几个厅长挺纳闷儿,林书记怎么啦,市委书记县委书记喊上车来可以理解,把市人大主任凉在另一辆车上,而把县人大主任喊上车来,有如雾里看花,弄不明白,大家都不得而知。

车队进入了苗王城大坝,坐在车里远远望去,一片片绿油油的秧苗在微风中摇曳起伏,荡漾起层层波浪,格外吸引眼球,一派喜人景象。林柏森突然喊道:“停车,我们下去看看。”

众人明显感觉到,省委书记突破常规,搞了“突然袭击”,不按常规出牌,摆脱各种束缚,透过事物的表象发现问题的实质。听到真话、见到实情、问得真经。

林柏森走下车来,其他的人也跟着走下车,开道车见后面的车队停了下来,以为发生了什么事故,赶紧打电话询问是怎么回事,知道是林书记临时下车调研,才舒了一口气。林柏森站在公路旁的田埂上,望着满坝新绿的秧苗,感叹道:“多好的一坝田啦,今年应该是个大丰收年。”然后,弯下腰去仔细查看水稻苗的长势情况。他要求,各地各部门一定要抓紧时间,加强田间管理,采取有效措施防治病虫害,确保秋熟作物丰产丰收。

“烂朽朽”吴本文刚好从这里经过,看见考斯特他认为是跑营运的中巴车,那么多人在欣赏着田野里的秧苗,莫不是来观光旅游的。他充满好奇地走过去想看个究竟，一个熟悉的身影跃入眼帘，铁木钗就在眼前，快步走过去，主动握着铁木钗的手，异常兴奋地说道：“铁姐，我又见到你啦。告诉你一个好消息，小河的桥已开始动工啦。”

“‘烂朽朽’，你到做哪样？”铁木钗表情平静地问道。

“我到田里放水，大伙儿都想你哩。”吴本文真挚诚恳地说。

“我也想大伙儿。”铁木钗也真心实意地说。

铁木钗和“烂朽朽”亲热的谈话，引起了林柏森的注意。他站起来，颇感兴趣地迅速扫了一眼铁木钗，走过去亲切地与“烂朽朽”攀谈起来：“老乡，你认识她？”

“认识，她是我们的铁姐。”“烂朽朽”拿不准眼前这人是个什么官儿，自然地低下头说道。

“你们是亲戚？”林柏森面对着“烂朽朽”，这省委书记倒是没有什么架子，朝着“烂朽朽”笑了笑后，善气迎人地问道。

“我要是有这样一个当官的亲戚，是八辈子修来的福分。”“烂朽朽”自豪地说道：“我和她一不沾亲，二不沾故，是她到我们村蹲点，群众大娃细崽都认识她。”

“哦，原来是这么回事。你们铁姐是个大好人喽。”林柏森说。

“我们老百姓反正不会说什么话，铁姐为我们群众办了好多好事，当然她是大好人啦。”“烂朽朽”说起话来无遮无掩，想到什么说什么。

林柏森指着丁江峰问道：“你认识他吗？”

“烂朽朽”上下仔细打量一番丁江峰，这人面目和善，穿着一件白衬衫，低头沉思片刻，然后摇摇头说：“这位当官的我不认识。”

林柏森指着那稻田一块挨一块长势茂盛的秧苗充满希望地说道：“我看这满坝秧苗长势喜人，恐怕今年有个好收成。”

“烂朽朽”不假思索，懒声懒气地说道：“有哪样好收成哦，就怕老天爷不给面子。”

不知何时，吴国华也到了这里，他和铁木钗打了招呼，就钻到了“烂朽朽”身边。他感到林柏森面熟，这个人好像在哪儿见过，就是一时回想不起来。铁木钗陪着，肯定是个官儿，比铁木钗大的官儿。他担心“烂朽朽”讲出些出格的话，得罪领导，立刻板起脸说道：“‘烂朽朽’，千万莫要乱嚼舌根，不晓得就不要乱说。”

“烂朽朽”闷闷不乐地嘟囔了一句：“我又没讲哪样。”

林柏森立刻听出了吴国华话里有话，不禁问道：“此话怎讲？你尽管说，不用害怕。”

“烂朽朽”不好意思地搔了搔头，向铁木钗投去求助的目光。铁木钗却装着若无其事，脸上不露声色地微微点了点头。“烂朽朽”立即心领神会，大着胆子说道：“你是要听真话的还是要听假话。”

“我当然要听真话喽。”林柏森笑着对“烂朽朽”说道。

“烂朽朽”听林柏森语气轻松，也憨厚地跟着笑了几声说道：“莫看这满坝的秧苗长得绿油油的，都是些‘望天田’。”

“慢，老乡，你说这大田大坝的是‘望天田’，到处都是水，你让我越听越糊涂了，到底是怎么回事？”林柏森莫名地问道。

“给你领导说，如果是风调雨顺的年份，农民有个好收成是没的问题的。一旦遇上天旱，干个十天半月，水利设施配套不到位，田里浇不上水。这些秧苗就要渴得呼爹唤娘了。”“烂朽朽”很低声音地说道。

“这么一大坝田没得水库？”在林柏森的印象里，万亩大坝应该是有水库作保障的。

“水库那里倒是有一个，叫架箭水库，”“烂朽朽”指着山那边说，“不过是聋子的耳朵，只是个摆设。”

“为那样嘞？”林柏森惊诧地问道。

“好多年没维修了，畜不起水，”“烂朽朽”吁了一口气。

“有这等事。”林柏森听了“烂朽朽”的牢骚话，不但没生气，反而道歉说，“是我们工作没做好，我马上问个明白，给你一个满意的答复。”苗王城大坝缺水的状况铁木钗在她的调研报告中好像提到过。他眉头紧锁，不禁脸露愠色地问丁江峰道：“江峰同志，到底怎么回事？”

“林书记，架箭水库的维修每年我们都向上级申报了项目，但是每次都泡了汤。”丁江峰无奈地说。

林柏森把目光转向了毛联政，寻根刨底地追问道：“联政同志，你说说。”

毛联政到水利厅任职才一个月，可以说很多情况还不熟悉，林柏森问到，他有些无奈，心里发虚，轻轻擦拭了一下额头的汗珠，小心翼翼地说道：“林书记，立项不立项，我还搞不清楚，我回去查一下。”

林柏森凝神想了想，然后语重心长地说道：“水利是农业的命脉，说出了水利在农业中的重要性。为政之要，其枢在水。一方小水库，造福八方人啊。水利是现代农业建设不可或缺的首要条件，是经济社会发展不可替代的基础支撑，是生态环境改善不可分割的保障系统，具有很强的公益性、基础性、战略性。加快水利改革发展，不仅事关农业农村发展，而且事关经济社会发展全局。不仅关系到防洪安全、供水安全、粮食安全，而且关系到经济安全、生态安全、国家安全。就目前我省来说，水利基础设施薄弱是抗旱‘短板’，部分水库修建于20世纪50年代到70年代之间的病险水库。年久失修老化，淤积、冲刷严重，没有蓄水能力。搞好水利服务农业是我们应尽的职责，必须大力加强以农田水利为重点的农业基础设施建设，从根本上增强农业抗御自然灾害的能力。我们今天就在这里现场办公，解决架箭水库的维修问题。联政同志，就这样定了，你还有意见吗？”

毛联政痛快地表态道：“坚决按林书记说的办，我回去马上落实，争取用最快速度解决。”

林柏森和“烂朽朽”握了握手说道：“老乡，谢谢你。”

“烂朽朽”目送林柏森上车后，觉得那个人必定不简单，心里一直搁着个疑团，双眼眯成一条缝，把脑袋凑近即将上车的铁木钗，压低声音好奇地问道：“铁姐，和我说话的那个人是个什么官儿？”

铁木钗故作神秘地小声说道：“你猜他是谁呀，我给你说，他是省委林书记。”

“他是省委书记？”“烂朽朽”诧异地睁大了双眼，表情有些激动。盯着那辆远去的考斯特发愣，一时半刻竟是没回过神来。

第三十八章　破格提拔

两天的考察，林柏森收获不小。他除了按日程安排的参加县委例行公事的汇报会外，还单独和县人大常委会的班子成员进行了座谈。他是双重身份，既是省委书记，又是兼任省人大常委会主任，调研人大工作也应是重头戏。铁木钗面对领导不骄不诌、言谈自如，汇报得有鼻子有眼睛的，包括县人大常委会没通过吴保贵的任命也一一和盘托出。林柏森对当之人大常委会的工作很满意，对铁木钗的印象进一步深刻。他当即发表了重要讲话："同志们，我既是省委书记，又是兼任省人大常委会主任，身份特殊。人大常委会作为地方国家权力机关，尽职尽责地做好人大常委会的工作，做到到位不越位，尽职不越权。围绕县委中心工作，为人民掌好权、用好权，不辜负人民的信任和希望。积极贯彻落实党委意图，自觉做到维护党委核心。我们的党是执政党，党委在同级各种组织中发挥领导核心作用。所以，我们必须把县人大常委会置于县委领导之下，积极贯彻党委意图，在思想和行动上与县委高度保持一致，使县委提出的关于县域经济和社会发展的重大问题决策，推荐的重要人事任免的建议在县人大常委会得到顺利贯彻，转化为具有法律法规效力的人大的决议或决定。在干部任免问题上，必须坚持党委推荐和人大常委会依法审议决定相结合。作为具有最后决定权的人大常委会本身要敢于行使法律赋予的这项职权，替党委和人民把好这一关。根据人民代表大会及其常委会的性质要求，人大常委会的组成人员，不仅具有代表性和先进性，而且具有鲜明的政治性。肩负人民希望和重托，代表着人民的利益和意志，行使人民赋予的权力，我们的职务光荣而神圣，我们的使命重大而庄严。在思想上应珍重人大常委会组成人员的职务和责任，树立委员的职务是第一职务，委员的职责是第一职责的意识。”

林柏森入住的是当之县最高档的当之国际大酒店2118号豪华套间，外间是会客室，如同一个小会客室一般，配备有高档沙发、茶几、大屏幕彩电，还有一个相当高档的按摩椅。里间是卧室，收拾得素雅干净，配备有双人床、仍然配有家用彩电。省委书记劳累了一天，不能影响他的休息，来的人自然不能耽搁太多时间，晚上九点左右，便也知趣地纷纷告辞，陆续散去。林柏森感到累了，坐在按摩椅上，按下电源开关，椅背立即自动后躺，呈现最舒适姿势，再按一个按钮，按摩椅立即就工作了。按摩后浑身舒畅无比，身上的每一个细胞都像是被激活了。站起来伸了个懒腰，打了个深深的哈欠，顿感肌肉放松，疲劳消除，精神许多。重新坐下，休闲自得地看了一会儿电视。突然想起了一件未了却的事，用电话就把田茂盛、冯佳顺、秦明丰叫了来。

田茂盛、冯佳顺、秦明丰心里正在犯嘀咕，这么晚了林书记找自己能有什么事情呢？好在他们都住同一层楼，一眨眼工夫就赶到了。林柏森双手搁置在按摩椅的扶手上，示意他们坐下，接着便说道：“这么晚了叫你们来，是有件事想和你们商量一下。”还不等三人开口，又继续说道，“据我两天的观察和平时掌握的情况，铁木钗同志是一个不可多得的女干部，应把她放在更重要的位置才合适。你们谈谈看法。”

田茂盛长期从事组织工作，在使用干部上还是有经验的，从林柏森说的话里透露出一个信息，铁木钗要有进步了，看来这是不争的事实。对铁木钗的看法，从他接触她那一刻起，打心眼里也欣赏这位女干部的干事干练和工作作风。深深印入脑海的是她的谈吐不凡，举止优雅。一个人的谈吐举止，能够代表他的教养。也许就在不经意中帮你在事业上一蹴而就。无论如何，诚恳的态度、谦逊的语言、优雅的举止，在任何场合，都是一张备受欢迎的通行证。身为组织部长，在重大人事原则问题上，要有正确的立场、鲜明的观点、坚定的态度。于是谈了自己的看法："人才到基层锻炼，干部从一线选拔。铁木钗同志有良好的精神状态，政治上靠得住、工作上有本事、作风上过得硬，是目前我省女干部中的佼佼者。让想干事者有机会，能干事者有位置，干成事者有地位，庸碌无为者让位子，真正做到'有为有才位'，'有位就有为'。"

冯佳顺是省委常委、省委秘书长，同时担任省委办公厅主任。负责省委日常工作的综合协调，主持省委办公厅全面工作。从某种意义上说，省委秘书长是省委书记的第一助手、第一秘书。省委常委一般排名是：省委书记（一般兼任人大主任）、省长(副书记)、省委副书记（主管党群工作)，常务副省长，剩下的按出任省委常委的时间先后排名，其实都是副部级，不分高低，就无几把手之说。所以叫几把手的只有省长是二把手，省委副书记是三把手，常务副省长是四把手。虽然常委排名比较靠后，在省委常委会研究任免干部时，他是有建议权和表决权的，在思想上、行动上、工作上始终与省委保持高度一致。网上对铁木钗的宣传报道，他知根知底，并坚持搜集每天网上的舆情信息，送给林柏森参考。总感觉铁木钗在人大常委会主任位置上有点屈才，干部就是生产力，敢于把人才放在关键岗位、重要岗位上锻炼。思索一会儿，随即自己表了态："铁木钗同志是女性干部中的一名佼佼者，她立党为公，执政为民，坚定理想信念，坚持党的宗旨，得到了群众的认可。人民的爱戴是真正的丰碑，群众满意是对党员干部的最高奖赏。我们要敢于不拘一格举才，把优秀女性干部及时提拔到重要岗位担任领导职务，给她们搭舞台，压担子，进行重点培养，破格任用。对德才兼备的女干部，尤其是基层女干部、年轻女干部，敢于打破年龄、资历等界限，大胆提拔重用。对政绩突出、发展潜力较大的女干部，采取一步到位，应直接提拔到党政正职岗位上。”

林柏森听了冯佳顺的发言后，微微颔首，不无赞许地说道：“佳顺同志说得好，我们要解放思想，大胆提拔使用女干部，搭建女干部干事创业舞台。”接着问秦明丰道，“明丰，你的意见呢。”

秦明丰很是自知之明，他告诫自己要认清自我，摆正位置，毕竟不是省委常委，要把铁木钗提为副厅级干部，在今天这个场合没有他说话的份儿，能让他参加这个有关讨论人事的秘密会，算是省委书记百分之百的信任他，从头到脚看得起他。自家是省管干部呢，要是铁木钗当个县委书记，调为市里重要的局的局长什么的，那是他职权内。他虽到武江来的时间不长，通过系统的了解，铁木钗各方面都很出色，从内心来讲很赏识铁木钗。他曾动过念头，等届中把铁木钗交流到县委书记的重要岗位上。在一般人的眼中，干部只要到各级人大任职就意味着退居二线。过去，人大常委会机关长期存在着干部流动慢、交流难和人大干部结构不合理的现象，不少地方在提拔使用干部时，基本上都是将年龄比较大的干部安排在人大工作，因而，社会上流传着“退休了不用怕，人大政协把家安”的说法。他眨巴着眼睛想了想，就说道：“一切按林书记的指示办。”

林柏森听后很不满意地摇了摇头说：“明丰呀，是想征求一下你的意见，你不能把皮球往我这儿踢。你应该有自己的思想，今晚是一个非正式会议，想怎么说就怎么说，说错了没人追究你的责任。”

省委书记既然把话都说到这个份儿上，秦明丰也不好再推脱了，不禁颇为感动地说道：“能把铁木钗提拔到重要领导岗位上，我完全赞同。凡事可先行先试，应该把人大干部与党委、政府干部交流使用，使人大干部照样能在党委、政府任职，有效地调动人大干部的积极性。我想到届中把铁木钗轮到县委书记的位置上来。”

林柏森微微一笑，语调柔和地说道：“说实话，我和铁木钗非亲非故，在没来当之之前，我不认识铁木钗，在铁木钗与群众同吃、同住、同劳动的事迹没报道出来之前，我连铁木钗这个名字都不知道。为什么我要重视铁木钗哩，一是我们省女干部比较少，二是这两天的调研你们都体会到，铁木钗同志是个综合素质比较高的女干部。作为领导干部，你是不是领导人才，是不是高素质的领导人才，对一个单位、一个地区，有着至关重要的影响。我们坚持面向基层和生产一线培养选拔女干部和少数民族干部，树立‘人才到基层锻炼、干部从一线选拔’的鲜明选人用人导向，激励广大干部凝心聚力谋发展、真抓实干促跨越。”

田茂盛愧疚地说道：“我们省的女干部确实很少，表现在厅级局层面上，这主要是我的责任。”

冯佳顺心里一直存有疑惑，敞开心扉地说道：“我搞不明白，像铁木钗这样优秀的女干部，在临江县当县长时，老百姓的口碑也好，测评时优秀得高票，伍天权就是没把她放在县委书记位置上。”

秦明丰慢悠悠地解释道：“听说铁木钗有点像伍天权大学时的初恋情人，毕业那年，那女生一脚把他踢开了，从此以后，他对那女生恨之入骨。”

林柏森愤愤地说道：“荒唐至极，怎能在干部问题上泄个人私愤。难怪他锒铛入狱，是我们选人用人失察失误。”

冯佳顺说道：“林书记不必自责，水稻田里难免长有几棵稗子。常言道，父母可以生儿女的身，但生不了儿女的心。”

众所周知，就在武江市委换届后的第三十六天，刚刚组建的新的市委领导班子出事了，确切地说，是武江市委的伍天权书记出事了。三十六在武江是个不吉利的数字，人将死的时候，亲人烧落气钱就是三斤六两，走到纸钱铺前说一声买点落气钱，卖纸的把纸放在秤上一称，说一声“三斤六两”，不用问，已告诉你病入膏肓的人无可救药了，赶快准备后事吧。不知道这个日子对伍天权来说是不是意味着永远没有了翻身之日。

落马的成因很简单，却也有些必然性，他在洪坪市当书记时，在工程项目中收受巨额贿赂，八字还没见一撇，他就调了，几个老板追到武江要讨回贿赂的钱，他赖着不退。当老板提起所送财物时，伍天权的答案是已上缴纪委。通过多番打探，老板们了解到，伍天权收受钱财后，的确已上缴了纪委，但只是上缴小部分，截留大部分。“钱财已上缴纪委，不怕告”则成了挡箭牌。几个老板急了，说你不退我们要去告你。他仗着自己是市委书记，省里的人脉广，上下的关系处理得相当不错，没有人来查他。他近乎嚣张地回应道：“黔中省范围内，能告倒我的人还没生出来。”

愤怒的几个老板一合计，向中纪委实名举报，并附带相关证据，其他商人也纷纷效仿，这引起了林柏森和省纪委领导的高度重视。这些商人，大多被伍天权坑过，其中不乏地产商。这些地产商，为在洪坪拿地，都曾送给伍天权较大数额钱财。同一块地皮，送礼的开发商会有几家，能拿到地的，往往是送钱最多的。这让没拿到地的开发商感到愤怒。伍天权到武江市后，做事也是独断专行，武江一名官员称，武江的权力全都集中在伍天权手里。

林柏森想起伍天权就有点厌烦，这人太不争气了。面色沉重地说道：“伍天权在洪坪根基深，社会关系网盘根错节，查处与反查处的斗争尖锐复杂，为了不打草惊蛇，彻底查清他的问题，我们才把他挪到武江市来。”

秦明丰说：“省委的决策很英明，我们要时刻绷紧反腐倡廉这根弦。以伍天权的反面典型为戒，警钟长鸣。”

林柏森神色严峻地说道：“通过伍天权的腐败典型，我们深为震撼、深受教育、深得启示。面对现实生活中纷繁复杂的诱惑与抗诱惑、腐蚀与反腐蚀的严峻考验，无论你身在何方、官居何位，都没有绝对的‘保险箱’和天生的‘免疫力’。我们一定要认真加强学习，切实经受住党所面临的长期执政的考验、改革开放的考验、市场经济的考验和外部环境的考验。一举一动常思百姓冷暖，一言一行不忘公仆本色，严格要求自己，勤勉工作，以身作则。”

冯佳顺说道：“围绕省委重要决策部署，配合反腐倡廉专项治理，省纪委已出台了一批规范性文件，筑牢领导干部拒腐防变的坚固大堤。用法治编制更为科学的反腐防腐体系，为领导干部画出‘不想腐败’、‘不能腐败’及‘不敢腐败’的法律红线，将预防和惩治腐败这把达摩克利斯之剑，始终高悬在各级领导干部和全体公职人员头顶。”

林柏森深深地望了一眼田茂盛说：“市一级省管干部还缺少哪些职数？”

田茂盛沉思了一会儿，把各市的副职缺额在脑子里过了一遍，因为才换届不久，基本上是配齐了的，只有冷梵市罗云县还缺一个县委书记。县委书记虽是省管干部，但不在副厅序列。他如实汇报道：“目前据我所知，各市才换届结束，职数全部配齐。只是冷梵市罗云县还缺一个县委书记。”

林柏森微微点了点头说道：“我们要突破墨守成规的思想，树立开拓创新的意识。我提议铁木钗同志任冷梵市市委常委、罗云县县委书记。”

田茂盛马上表态道：“我没意见。”

冯佳顺也附和道：“我赞同。”

秦明丰请求道：“铁木钗同志能不能留在武江任职？”

林柏森说：“明丰同志，不要自私啊，想把好干部留在自己的身边。就这么定了，茂盛同志回去完善程序，组织考察组对铁木钗进行考察。明丰同志，你要做好引导工作。时间不早了，大家回去休息吧。”

千里马需要伯乐的发现，埋在深山老林里的宝藏没被人挖掘出来，就永远无价值。铁木钗遇到慧眼识人的省委书记林柏森，真是她祖坟山冒青烟了。临走履新职前的那天晚上，她和丁江峰进行了诚挚的谈心。丁江峰从灵魂深处说出了肺腑之言:“木钗同志,过去很多地方我对不起你,请你原谅。你要常回家看看,以后你要把你的宝贵经验带回家乡。”

铁木钗意味深长地说道:“丁书记,金无足赤,人无完人。我也有很多不足之处,平时学习少,世界观和人生观没有改造好,回当之来当人大常委会主任,是带着沉重的思想包袱来上任的。”

丁江峰坦诚地说:“你走后,我怕听不到真话了。”

铁木钗开心见诚地说道:“江峰同志,你是一个好领导,有崭新的精神面貌和良好的工作作风。不过,在以后的工作中,要强化自我约束,净化‘生活圈’,纯洁‘社交圈’,在公事中不要夹杂个人感情。时刻分清公私界限,公事是公事,私情是私情,坚决做到坚持原则、公私分明。你我都是共产党员,要立党为公,执政为民。”

“从这次省委破格提拔你我得到启发。你说得对,从对干部负责,党群、政府、人大、政协的干部要进行交流,不能在一个岗位上任职太久。”丁江峰大彻大悟,心里涌动起一股令人依依不舍的热流。